COLLECTION FOLIO

Henri Vincenot

L'œuvre de chair

Denoël

Né à Dijon en 1912, Henri Vincenot est un véritable Bourguignon « de la Montagne ». Il passe son enfance dans les monts de Bourgogne, à Châteauneuf, d'où sa famille est originaire.

Après l'école des Hautes Études commerciales, il séjourne au Maroc puis entre à la compagnie P.L.M. et collabore pendant plus de vingt ans à *La Vie du rail* en tant que rédacteur de cette revue.

Connu pour ses romans *Walther, ce boche, mon ami* (prix Erckmann-Chatrian), *La Pie saoule, Les Chevaliers du chaudron, Le Pape des escargots* (prix Olivier de Serres), ses ouvrages historiques sur la vie du rail et sur la Bourgogne au temps de Lamartine, et surtout *La Billebaude* et *Les Étoiles de Compostelle.*

L'Œuvre de chair a été son dernier roman. Disparu en 1985, il avait passé ses dernières années à Commarin, partageant son temps entre la peinture, la littérature et les travaux campagnards.

1

La demoiselle de Plouvara

1

Avant que le petit tacot ait stoppé, j'étais déjà descendu de la plate-forme du wagon et restais paralysé d'émotion sur le quai de la petite gare de Pordic. La « gare », c'était cette cabane de brique, mangée de fougères, d'où sortait alors, pour contrôler les billets des voyageurs, Marie Guyomarc'h, la « cheffesse de gare ».

Elle me reconnut, ramassa mon ticket en disant :

« Biaou temps a-né ! » (Beau temps aujourd'hui.) A quoi je répondis traditionnellement :

« Diab mon gars, toucom ver-pa ! »

Ce qui veut dire, à peu près, en parler gallo : « Certes oui ! » Tout simplement, mais avec une nuance d'humour et de grande courtoisie, soulignée par ce « pa » que l'on ajoutait toujours au bout des phrases, dans ce canton.

Je jetai mon sac de matelot sur l'épaule et je gagnai la sente qui dévalait vers le chemin creux. Il s'enfonçait très profondément entre deux talus de terre et plongeait tout de suite sous une voûte de feuillage. Là-dessous il faisait noir comme en un four éteint. Je ne revins à la lumière du jour qu'après le premier tournant d'où l'on aperçoit le pignon de l'*Auberge de la Grenouille,* que les bretonnants nommaient « le Glesker[1] ».

Je courais presque, tant j'avais hâte de gagner la tête de la lande, d'où je savais que j'allais « la » découvrir, « Elle », la mer. Mais tout à coup, sur ma gauche, par un sentier couvert, déboucha une large cape noire. La vieille femme qui la portait était fort courbée. Elle s'appuyait sur un bâton de houx rouge. Le capuchon de sa cape était rabattu sur sa grande coiffe, qui avait sans doute été blanche et judicieusement amidonnée, jadis.

Elle marchait vivement à grands pas et tenait, entre ses gencives nues et roses, une petite pipe du genre brûle-gueule, dont le foyer reposait sur le menton qu'elle avait en promontoire. Oui, avec son nez crochu et ce menton-là, elle ressemblait à « Mamm-Goz Arvor », la « grand-mère Bretagne », ou tout au moins au portrait qu'en ont fait les géographes sur leurs diable de cartes : le menton, c'était le cap Sizun, son nez : le cap Saint-Mathieu, et sa langue, qu'elle dardait souvent, la presqu'île de Crozon.

En me voyant elle s'était arrêtée net, un peu essoufflée. On aurait même dit qu'elle avait couru pour couper ma route et me rencontrer. C'était Marguerite Philippe. Il serait plus convenable d'écrire : March'arit Fulupp, ce que je ferai dans le cours de mon conte, car c'est ainsi qu'on le prononçait et qu'on l'écrirait, si toutefois on avait besoin d'écrire le breton, ce qu'à Dieu ne plaise ! Les Bretons ayant une langue, deux oreilles et une cervelle, écrire ne leur est pas plus nécessaire qu'une troisième jambe pour marcher.

Elle m'attendait. Sans retirer sa pipe éteinte de sa bouche, elle lança :

1. *Glesker :* grenouille ; en breton trégorrois.

« Deut out d'en bro, ma vaotr ? (Alors, te voilà revenu au pays, mon gars ?

— Dam ya ! » (Dam oui.)

M'avait-elle reconnu ? C'était bien possible, car sa mémoire, qui était immense, je le savais, lui permettait de réciter, en quelques veillées et sans lâcher sa pipe, quelque cent mille vers armoricains, peut-être même davantage.

« Tostad aman sellin d'e wit, ma mab bihan !... Ya, ya breman out eur gwir vreton ! (Avance un peu que je te regarde, petit gars ! Oui, pour sûr, tu es maintenant un vrai Breton !)

— Koulskoude, c'hwi gouveet awalc'h non ket ganet aman, Marc'harit ! » (Pourtant vous savez bien que je ne suis pas né ici, Marguerite), répondis-je.

Elle prit sa pipe à pleine main. Un filet de salive jaune dégoulinait par la commissure de ses lèvres et se faufilait au défaut de son menton jusqu'aux fanons de son cou. Toujours en breton, car elle affectait de ne pas connaître le français, elle gronda :

« Oh, je le sais dam bien, que tu n'es pas d'ici ! Je me souviens de t'avoir vu arriver, il y a dam plus de treize ans, oui dam plus de treize ans ! Tu étais là, debout, perdu, dans ton petit costume marin. Tu étais haut comme une hottée de goémon, descendu tout seul du hent houarn [1] de Saint-Brieuc... Je te vois encore avec ton balluchon et je te voyais bien sur le point de pleurer dam ! Mais Désiré Angot est arrivé avec son ânesse blanche, il t'a monté d'un côté du bât, ton paquet de l'autre et vous êtes partis par la route-ci, vers la pointe. Je m'en souviens comme d'hier. »

J'admirais cette prodigieuse mémoire, exercée certes et entretenue par cette profession sacerdotale de conteuse.

1. *Hent* : chemin ; *houarn* : fer. *Hent houarn* : chemin de fer.

« Pourtant, Marc'harit, vous ne venez pas souvent par ici ?

— Non dam ! J'y viens le moins souvent que je peux, dans ce pays de Gallos ! Mais il y a aussi des Bretons bretonnants ici, qui ont besoin de mon ministère. Tu le sais bien, toi qui parles breton. Et si tu parles breton (et que la Bonne Dame t'en bénisse !) c'est que des Bretons te l'ont appris...

— Oui dam ! Les Le Louarn, les Le Duigou... j'ai joué avec leurs enfants et c'est comme ça que je l'ai su...

— ... Alors, mon gars, ceux-là aussi veulent entendre Marc'harit, les pauvres ! Il y a aussi les Kernaoned, les Guilvic, les Le Goffic, et d'autres, tous Trégorrois, tous des gens de la terre, venus ici pour travailler sur un domaine, ou bien comme hommes des Postes, va savoir, et ils s'embêtent parce que le curé fait le sermon et confesse en français, et que tous les autres, les hommes de mer, parlent gallo ! Alors je viens, de temps en temps, parmi eux, faire mon ministère. Trois ou quatre fois par an peut-être...

— C'est peut-être aussi parce qu'il y a du bon cidre à boire, par ici, en pays régaire ? »

Marc'harit n'entendit pas. Elle me faisait marcher très vite, car elle avait des pattes de chèvre et courait presque, en dépit de ses cent dix ans proclamés.

« C'est égal, Marc'harit, chaque fois que vous venez, c'est pour me voir débarquer du rapide du Portrieux ! » On appelait ainsi le tortillard à vapeur qui faisait alors Saint-Brieuc-Paimpol par la côte. A ce moment, on entendit sa petite locomotive qui sifflait au loin, à l'entrée de Binic.

« Oui. Oui, gaz bihan, je suis là pour t'accueillir depuis la première fois que tu es venu, pauvre petit Parisien crevé !

— Vous savez bien que je ne suis pas parisien, Marc'harit !

— Tout ce qui ne vit pas en Bretagne est parisien, dam ! Ça ne m'empêche pas d'être encore là, aujourd'hui pour te recevoir !

— C'est bien de l'honneur pour moi !

— C'est le Bon Dieu qui organise ça, dans sa très grande cervelle, faut croire, dam !... »

On trotta encore un peu et puis on arriva à la Tête-de-l'Étang, puis à la bosse de granit de l'Épine-Merlet, et, un peu plus loin, les arbres disparurent ; le chemin avançait sur un terrain qui était devenu tout nu, battu par le vent de mer.

La mer, on ne la voyait pas encore. Elle était cachée par le dos du pays, qui se ramassait là pour plonger dans la baie. Seule, la petite chapelle de la Croix-Guingar dressait son petit campanile entre les ormeaux tordus qui tentaient de la protéger des vents du large. On ne la voyait pas encore, cette mer, mais le ciel était tout éclairé de son grand reflet, qui découpait les toits bas des trois maisons.

Je demandai : « Marc'harit ! Vous conterez ce soir ?

— Oui, chez les Le Louarn, ce soir, et demain ! Tu viendras ! Tu viendras ? Sûr ? »

Elle insista, de curieuse façon, encore deux fois : « Tu viendras ? » On aurait dit que ma vie allait être en danger si je n'y venais pas, ce qui était stupide. Mais avec elle, on ne savait jamais.

Trois pas encore et, tout à coup, entre le café de Marie-Josée Bodin et la maison des Le Duigou, toutes grises : la baie, tout entière, s'ouvrit comme une grande fleur, depuis l'île de Bréhat jusqu'au cap Fréhel. Cent kilomètres d'horizon marin d'un seul coup d'œil.

Au fond, tout à gauche, on devinait l'embouchure de l'Ic, le port et l'église de Binic dont les cloches se mirent à sonner l'angélus du soir, sur trois notes : *mi do ré*. Ô musique de mon enfance. A droite, la côte s'en allait, violette, jusqu'au-delà d'Erquy, au cap Fréhel, avec la côte de Port-Morvan, l'îlot du Verdelet, la longue plage du Val-André et, dans le fond, les sables d'Yffiniac, que cachait à demi la pointe du Roselier.

Au milieu : les sept îlots de Saint-Quay, presque recouverts par la marée, et deux maquereautiers de Cesson, minuscules, avec leur grand-voile brune et leur klein-foc gonflé à péter par le vent de noroît, qui moutonnait ferme.

Comme chaque fois que j'arrivais à cet endroit et que je « la » contemplais, j'avais le souffle coupé. Marc'harit avait disparu comme par enchantement. Cela ne pouvait m'étonner tant cette heure était irréelle. Le lieu aussi.

C'est au pas de gymnastique que je descendis de la chapelle vers les maisons de la Ville-Rouho, qui s'alignaient le long du chemin de la Pointe, jusqu'à « Beg Lann », « l'extrémité de la terre ». Le soir tombait. Le feu du Grand-Légeon, à six milles au plein large, s'alluma le premier. Suivirent ceux de Fréhel, d'Erquy, du Portrieux et, par-dessus le cap, celui de Bréhat : le phare du Paon. Je m'aperçus alors que le phare d'entrée de Binic, modeste comme une chandelle, se reflétait déjà en clignotant dans les eaux de son avant-port.

J'étais arrivé.

Désiré Angot était à sa petite fenêtre, large comme une meurtrière. Il avait les coudes sur la table, les jumelles marines sur le nez. Il observait alors un cotre qui, à cinq milles au moins, sous la falaise d'Etables, manœuvrait pour prendre la passe de l'avant-port et j'entendis le vieux gronder de colère au moment où le pilote prit, trop tôt à son avis, sa bordée. « Tu seras trop court à ton changement d'amure, gars ! » grogna-t-il à son adresse.

De fait cette bordée amenait le cotre sous la falaise qui le déventa et la voilure se mit à faseyer, ce qui prouvait que l'homme de barre était un fichu débutant ou un « étranger », qui ne connaissait pas le tourbillon de la Rognouse. Désiré Angot affina la mise au point de ses jumelles, comme s'il eût voulu reconnaître le pilote pour l'injurier. Il me fallut attendre que le cotre eût repris le vent pour l'entendre enfin me dire, sans quitter ses jumelles : « Alors, te voilà, gars ? »

Et il se retourna. Et je m'en fus l'embrasser trois fois, joue gauche, joue droite, joue gauche, traditionnellement.

Désiré Angot, ancien premier maître en retraite de la Marine d'État, appela sa femme, tante Léouise, afin qu'elle nous servît à chacun une bolée de cidre et qu'elle décrochât de l'âtre une douzaine de capelans salés, qui saurissaient là, enfilés par les ouïes sur un filin de carrelet. En me voyant, tante Léouise leva les bras en disant : « Oh oh oh oh oh ! Diab' mon gars toucom ! » Ce qui exprimait, chez elle, le comble de l'émotion. Elle versa trois larmes en m'embrassant trois fois et, tout de suite, jetant une brassée d'ajonc sec sur une page froissée de *L'Ouest-Éclair* qu'elle enflamma, elle décrocha le gril, le mit sur le trépied et sortit la miche et la motte de beurre salé.

De la petite fenêtre, que tonton Désiré nommait « son nid de pie », en souvenir du nom que l'on donnait à la hune de misaine dans la vieille marine à voile, on voyait s'allumer, un à un, les feux de soixante-dix kilomètres de côte, que l'on pouvait découvrir depuis cette maison perchée, à quelque cent mètres d'altitude, sur l'ultime bosse du Penthièvre, face à la Cornouaille britannique.

On se mit à boire et à croquer les capelans grillés. Un bol de bigorneaux traînait dans un coin, qui fut vidé en un rien, pendant que deux maquereaux de la pêche du jour, raides comme jugés, furent fendus en deux, ouverts et jetés dans le beurre d'une poêle, large comme un fond de barrique.

Je dus donner des détails sur mes études parisiennes et, lorsque j'eus dit que je venais d'être reçu, avec le numéro huit, au concours d'entrée de l'École coloniale, on parla d'ouvrir une bouteille de ce terrible cidre « bouché » que tante Léouise, furtive comme un gobie, s'en fut quérir à la cave.

Je racontai aussi que j'avais fait le chemin du bourg avec Marc'harit Fulupp la Conteuse, mais ni tonton Désiré (peut-être vaudrait-il mieux que j'écrive définitivement « tonton D'ziré », car c'est ainsi qu'on le chante) ni tante Léouise ne s'occupaient de cette fille qui prétendait ne comprendre que le breton, mais qu'ils avaient surprise un jour à parler français aussi bien que le président de la République ; et comme ils étaient gallos, ainsi que toutes les familles de marins de par ici, ils n'avaient jamais parlé ni même compris le breton. On était ici à la frontière linguistique, en quelque sorte.

D'ailleurs tonton D'ziré, s'il comprenait le parler gallo, et pour cause, ne le parlait jamais. Il avait perdu l'usage de sa langue maternelle en quinze ans de service dans cette Marine nationale où les commandements ne sont donnés, on ne sait trop pourquoi, qu'en français.

Il s'exprimait donc dans une langue classique, je dirais même académique, d'une grande pureté, avec des passés simples et des imparfaits du subjonctif placés là où il fallait. Pour passer le temps à bord, il avait lu tout Chateaubriand, tout Victor Hugo, tout Lamartine et tout Malebranche quand il bourlinguait dans les mers de Chine.

A la fin de la bouteille de bouché, que nous bûmes à deux (tante Léouise ne buvait jamais, même de l'eau), j'étais fort excité. Tonton D'ziré plaisanta mes pommettes, qu'on eût alors pu prendre pour le fanal, qui était rouge, de la balise de l'île Harbour, juste en face, au milieu de la rade de Portrieux. De sorte que le rapport que je fis sur ma vie d'étudiant parisien fut quelque peu fantaisiste.

Le feu pétillait dans la grande cheminée, le beurre chaud parfumait la salle, et les deux vieux, penchés sur moi, buvaient mes paroles. Mais j'avais hâte de rejoindre la maison Le Louarn, où Marc'harit Fulupp devait conter. J'aimais ces veillées et cette psalmodie celtique, et cette langue si souple et si riche. J'aimais aussi ces histoires incroyablement compliquées et pourtant si conformes à mes rêves.

Peut-être autre chose m'attirait-elle chez les Le Louarn, car plus la nuit s'installait et plus je me sentais des fourmis aux fesses et l'on aurait dit que de lourdes mains me serraient à la hauteur de la poitrine pour me soulever et me projeter vers mon destin. Le cidre bouché de tonton D'ziré vous avait de ces effets.

Quand j'arrivai chez les Le Louarn, Marc'harit Fulupp, assise sur la haute pierre du foyer, mangeait des crêpes que Françoise Le Louarn lui retournait en deux coups de spanell[1]. Elle les prenait toutes chaudes encore et les enduisait de beurre salé pour les

1. Spatule pour faire les crêpes.

tremper dans son bol et les fourrer dans sa grande bouche, alors que le beurre fondu tombait dans son café pour y faire des yeux énormes.

J'entrai en lançant, très fort, le « Nozvezh vat ! ». Marc'harit me jeta un regard étrange. Mais tout n'était-il pas étrange dans cette vieille « gwerziou » qui fumait la pipe et connaissait tout le répertoire, cet antique barzaz-breiz, qui comporte bien trois cent mille vers, sans pourtant avoir jamais appris ni à lire ni à écrire ?

Dans l'ombre, j'aperçus alors les quelques autres Bretons, fidèles assistants. Leurs bonnes figures roses brillaient dans l'obscurité, à la seule lueur du feu d'ajonc que le père Le Louarn alimentait brin par brin. Les femmes avaient leurs coiffes trégorroises, avec leurs deux pointes qui rebiquaient de chaque côté de leur menton, comme les cornes d'un bélier d'Aran. Une coiffe bien insolente, bien audacieuse, bien irrespectueuse, dure et truculente, sévère et cocasse à la fois. Donc bien trégorroise, et si différente de la coiffe locale, la nouvelle, absente ici, qui était alors formée d'un court ruché, comme un petit gâteau gaufré, cimé d'un papillon, fixé sur le sommet du crâne par deux larges barbes passant sous le menton, nouées d'un nœud de cabestan à la hauteur de l'oreille gauche.

Les conversations allaient bon train mais elles s'arrêtèrent toutes lorsque Marc'harit s'essuya le menton, tout luisant de beurre fondu, et, sans quitter sa place, commença, d'une voix curieusement grave, alors que le grillon du foyer se mettait à chanter : « Messieurs mesdames plaise à vous d'écouter cette complainte que je vais vous conter et que mes deux tantes m'ont apprise, qu'elles tenaient de leur mère, qui la tenait de sa mère, qui la tenait de sa mère... et ainsi de suite en remontant jusqu'à la cent soixante-douzième génération... »

Je ne saurais affirmer que tous les diseurs de gwerz eussent l'habitude de préluder ainsi dans toute la Bretagne bretonnante, mais Marc'harit avait de ces idées très personnelles et je ne suis pas éloigné de croire que, bien que rigoureusement traditionnelle, la gwerz, ce récit ésotérique, accepte et même préfère que le conteur se laisse aller, mais à certains moments seulement, à des adjonctions personnelles dictées par l'humour trégorrois, qui est très vif.

Elle répétait cette formule à chaque veillée et depuis mon plus jeune âge j'avais calculé, avec admiration, que ce que Marc'harit nous chantait remontait donc à plus de quatre mille ans environ, et cela m'avait toujours donné le frisson, mais ce jour-là, avec la sagacité et le scepticisme de bon aloi d'un khâgneux reçu avec le numéro huit à l'École nationale coloniale, je jugeai que Marc'harit la Conteuse devait exagérer un peu.

A la fin de cette phrase, prononcée d'un ton irrespectueux, Marc'harit prit une voix incroyablement haut placée, et presque inhumaine, la voix d'un médium en transe, ou d'un castrat inspiré, et commença.

Ce fut d'abord une sorte d'invocation à Jésus et à sa très Sainte Mère, psalmodiée sur un mode liturgique (le troisième. J'avais vérifié sur mon missel). Et puis, tout à coup, avec une volubilité prodigieuse, c'était le récitatif, qui se déclenchait comme le cliquet bavard d'un moulin. A la fin des phrases, qui étaient longues, la voix s'infléchissait, ainsi qu'à la fin des versets des psaumes.

J'attendais ce moment avec impatience car il me semblait être plongé tout à coup dans un monde, très ancien certes, mais qu'il me semblait avoir connu. Je comprenais pourtant très mal, car le débit était très rapide et, hélas, bien des mots du récit breton m'échappaient, car je ne connaissais que le vocabulaire de la conversation banale, mais je me laissais bercer par cette langue harmonieuse, souple, très musicale, quoique rude, et si astucieuse.

Non sans audace je pensais qu'elle était très proche de notre langue originelle, le gaulois, et je regrettais que nous en eussions perdu l'usage, car c'était, me semblait-il, une langue supérieure à notre français. Bref : un vrai trésor perdu. C'était ainsi que je le ressentais alors.

Ce soir-là, elle nous chantait un récit de Conan : « Une nuit, Conan s'éveilla dans son palais d'Alvon, le cœur angoissé. Plutôt que de voir, au-dessus de sa tête, le plafond de bois sculpté, il voulut, tout à coup, voir les étoiles. Il se leva et appela ses deux chiens Bran et Sgéolaun. Bran avait un pelage de neige et Sgéolaun une robe blanche tachetée d'or[1]. Ces deux chiens venaient du pays de la Menez dhu[2]. Leur sang était magique, ils possédaient une surhumaine sagesse. Et tous trois se mirent à cheminer dans la nuit sans se soucier de savoir où ils allaient.

Tout à coup, ils se trouvèrent dans une forêt aux arbres épineux dont les branches s'entrelaçaient étroitement. Ils y marchèrent à grand-peine et, subitement, comme un rayon de lune scintillant sur l'eau, telle une flamme, une chienne au pelage d'argent bondit et jaillit dans la clairière... »

Marc'harit Fulupp, les yeux fermés, racontait alors comment cette chienne au pelage d'argent les avait entraînés dans un palais merveilleux où ils entrèrent à sa suite, et lorsqu'ils furent entrés, ce n'était plus une chienne au pelage d'argent qui les y attendait, mais

1. Déjà l'épagneul breton ? (*N.d.A.*).
2. *Menez dhu :* Montagne noire.

une belle jeune fille toute brillante de lumière, qu'il épousa et connut ainsi le bonheur partagé.

Hélas, un jour, il fallut que Conan partît avec ses guerriers pour lutter contre les ennemis qui envahissaient le royaume...

Marc'harit Fulupp nous conta par le menu toutes les phrases du gigantesque combat, donna les noms, fort bizarres, de ses capitaines, ainsi que ceux de l'ennemi, le nom de leurs écuyers, de leurs chevaux, de leurs épées, car les armes portaient un nom dans ces récits, un nom de femme d'ailleurs, ce qui m'avait toujours frappé. Cela prit certainement près d'une heure, car tous ces combattants étaient si nombreux que la plaine en était couverte.

Conan fut heureusement victorieux, mais lorsqu'il rentra au palais, sa femme, qui se nommait Saba, avait disparu. Les gens, qui étaient restés là pour protéger Saba, racontèrent qu'un homme, exactement semblable à Conan, était venu la chercher, et l'on apprenait, après un bon quart d'heure de précisions toutes plus compliquées les unes que les autres, que Conan ne devait probablement plus revoir Saba...

Mais un jour, très longtemps après, les deux chiens, Bran et Sgéolaun entraînèrent Conan auprès d'une caverne. Ils y entrèrent et Conan les suivit. Après plusieurs jours de marche dans cette caverne (c'était une très grande caverne !), il trouva ses deux chiens assis de part et d'autre d'un merveilleux enfant que le reste de la meute menaçait de dévorer.

« L'enfant de Saba ! s'écria Conan, mon propre fils, mon trésor ! la fleur de ma vie !... »

... Et Marc'harit terminait par un *Gloria Patri* et un vaste signe de croix.

Si j'ai relaté tout cela, c'est pour montrer quelle sorte de récits nous chantait, traditionnellement, la vieille conteuse. Il y en avait peut-être trente ou quarante comme celui-là. Les philologues et les psychanalystes y trouveront sans doute toutes sortes de significations, et là n'est certainement pas son moindre intérêt. Tout cela s'est sans doute perdu, hélas, car en ce temps-là on ne s'occupait pas de ce que racontaient ces bardes itinérants et faméliques.

Il était bien rare, jadis, qu'au bout d'une heure de cette monotone psalmodie, je ne m'endormisse pas, comme la plupart des auditeurs, mais cette fois, je ne sais pourquoi, je sentais que quelque chose allait se passer qui allait me donner plus de raison de vivre que jamais.

En effet, lorsque Marc'harit en fut au passage où apparaît la belle jeune fille, j'aperçus, dans le coin le plus reculé de la salle, un visage à peine éclairé par la lueur du foyer. Le visage était pâle, entouré d'une chevelure blonde, de ce blond des filles de la Bretagne intérieure, dont la chevelure atteignait alors un grand prix chez les perruquiers parisiens.

En réalité, dans le noir, on voyait deux visages pareillement blonds. L'autre, qui m'était familier, était celui de Françoise Le Louarn, ma camarade d'enfance. Les deux se ressemblaient étrangement, mais le premier prenait toute l'importance et luisait comme la lune dans la nuit. Et son regard me fixait. Deux grands yeux mauves, me sembla-t-il, immenses et tristes.

Je me sentis pénétré et remué jusqu'au tréfonds.

Était-elle là depuis le début, ou était-elle entrée pendant que Marc'harit nous tenait en transe ? Je n'aurais su le dire. Je ne pourrais non plus soutenir qu'elle était belle. Elle était. Voilà tout ce que je peux dire. Elle était. Seule. Rien n'existait autour d'elle, ni avant, ni ici, ni ailleurs. Nous n'avions pas d'âge, ni l'un ni l'autre. Et j'aurais parié qu'elle me fixait, immobile, en dehors du temps et de l'espace.

Moi aussi, je la regardai, sans bouger pied ni patte, alors que le récit continuait et que les petits commençaient à rêver à haute voix, sur les genoux des grands-mères. Combien de temps dura cette extase ? Je ne sais. Longtemps, très longtemps, car les gwerz de Marc'harit pouvaient durer plus de trois heures d'horloge, et l'hypnose me prenait immanquablement dès le premier quart d'heure. Toujours est-il que, lorsqu'elle éleva le ton pour chanter le dernier verset et ajouter le *Gloria Patri*, qui venait sur cette histoire barbare comme des cheveux sur la soupe, je sortis de ma torpeur et que, bien éveillé, je cherchais des yeux la demoiselle, je ne vis plus personne.

Françoise Le Louarn avait aussi disparu et je me pensai : C'est une de ses amies, elle est allée la reconduire. Quand je retrouverai Françoise, je retrouverai la demoiselle.

Je sortis.

Dehors, c'était la pleine nuit, une nuit bien compacte de nouvelle lune, comme celle où Conan avait pénétré dans la forêt épineuse. Les feux tournants de la côte donnaient de grands coups d'épée entrecroisés dans le ciel.

Je m'arrêtai dans la cour de la ferme, qu'on appelait, par dérision, « Toul fank » ou « trou de boue ». J'étais là, les deux pieds dans cette boue qui régnait ici en maîtresse été comme hiver, immobile, l'oreille tendue pour entendre si les deux filles ne se trahiraient pas par quelque éclat de rire. Rien. J'avançai sur le tertre : c'était le silence, le grand silence de l'immensité, avec le sourd grondement du ressac sur les grèves de Tournemine et des Rosaires, à l'est. Ce qui voulait dire que la journée du lendemain serait chaude et orageuse.

J'avançai encore dans les ajoncs et écoutai : à un moment il me sembla entendre des rires étouffés et quelques chants sur le chemin de la Ville-Louhais et je me mis à courir. Les fougères que je foulais avaient des odeurs de femme ; j'y faisais cinq à six bonds et m'arrêtais pour repérer la voix des filles, qui fuyaient devant moi. Elles riaient, me semblait-il, et je repartais de plus belle.

Un peu plus loin je les entendais encore chanter ensemble. C'était une chanson à la mode, une chanson française, une chanson « parisienne », une de ces rengaines que serinaient, à l'époque, les chanteurs de rue, à tous les carrefours des villes : la *Romance de Toselli,* qui disait :

« Oui, j'entends ta voix, ta voix qui m'appelle !... »

Il me semblait bien reconnaître la voix de gorge de Françoise Le Louarn, et son rire aussi. Puis elles parlèrent du pardon du 15 août. Je compris même que l'une disait : « Oui dam, l'an passé nous avons eu du plaisir. » L'autre voix était douce et faible. Elles étaient donc deux ! C'étaient bien elles. C'était « Elle ». C'était « sa » voix.

Je voulus couper au plus court : je traversai un clos, franchis un mur de terre et me trouvai dans un noir d'enfer. Je crus reconnaître la ravine du Vaurio, qui descend rudement vers la pointe aux Chieuves. Je le remontai donc et me retrouvai près de la maison d'Étienne Rouzik. Étienne Rouzik errait alors, dans son clos, sous les pommiers, dans le noir. Je l'entendis gratter son violon, comme en prélude, puis il se mit à chanter à la nuit, un chant sauvage et fou, à son habitude, mais je ne le vis pas, tant il faisait noir.

J'étais déjà reparti. J'appelai : « Hoho ! »

Deux voix de fille me répondirent : « Hoho ! »

Deux filles arrivaient, en effet, mais je les reconnus à la voix. C'étaient des filles gallos, les deux sœurettes de la Ville-Daniel, qui s'en revenaient de quelque fillerie et rentraient, se tenant par la main et chantant, pour conjurer la peur et éloigner les Korrigans. Elles ne me reconnurent pas, bien sûr, lorsque je leur souhaitai la bonne nuit. Elles répondirent « Bonserr ! » d'une voix crispée et lorsqu'elles furent plus loin elles se mirent à courir, pouffant de rire, apeurées.

L'une disait :

« Qu'i-s-qu'ei tulà ? » (Qui est celui-là ?)

L'autre soufflait :

« Est Mogodeu ! » (C'est Mogodeu !)

Et de courir plus vite encore car Mogodeu est un personnage étrange de la légende armoricaine, que tous les gens d'ici connaissaient alors, qu'ils fussent gallos ou bretonnants.

Et moi je repartais de plus belle à la recherche de la Demoiselle (c'était ainsi que je l'appelais déjà) dans cette campagne sombre où les arbres en quenouille faisaient comme des fantômes grimaçants au bord du chemin.

Il me fallait la trouver, coûte que coûte. Je sentais qu'une grande quête alors commençait, qui devait me conduire dans les endroits les plus périlleux, dans les situations les plus héroïques sans doute, jusqu'à l'Éblouissement de la Révélation, qui serait la récompense de mon courage et de ma fidélité. Serait-ce pour demain, ou dans vingt ans, ou à l'heure de ma mort ? Je n'aurais pu le dire. Mais peu importait.

C'étaient à la fois la voix de Marc'harit Fulupp ? ou bien l'histoire de Conan avec ses chiens de sagesse ? ou encore le ressac sur les grèves de Tournemine qui m'avaient mis dans cet état de surexcitation ? Peut-être aussi la fatigue des efforts véhéments que j'avais faits, pour décrocher, du premier coup, mon ineat à l'École coloniale ?

Je n'abandonnai que très tard, comprenant qu'il était stupide de chercher une jeune fille blonde dans le territoire de la pointe de Pordic, en pleine nuit de nouvelle lune. Et je me répétai cette phrase : Si je trouve Françoise Le Louarn, je retrouverai la « Demoiselle ». Et trouver Françoise Le Louarn est bien facile. Je n'ai qu'à retourner, au matin, à Toul Fank, chez ses parents : elle y sera, trayant les vaches ou donnant aux poules, ou battant la baratte, en chantant, comme elle faisait toujours, avec une mèche blonde, rebelle, en travers de ses yeux verts.

Le lendemain il ne me fut pas possible d'aller voir Soizik (c'est ainsi que je l'appelais, depuis toujours). Tôt le matin, en effet, tonton D'ziré vint me secouer dans mon lit :

« Deboutte matelot !... On revient de la fillerie à trois heures de la nuit et on ne peut plus se lever, en matin ! »

Les filles allaient à la boëtte[1].

Les filles : c'étaient les deux filles de tonton D'ziré : Marie-Rose et Louise, dont je parlerai, sûr, avec une grande joie. La boëtte ? c'étaient les vers arénicoles qu'il faut aller chercher dans le sable, à mer basse, pour boëtter les lignes de fond, et les « bourlottes », ces gros vers semblables à un sexe mâle au repos, et qui servent à appâter les lignes flottantes.

Dans le tout petit matin, les filles étaient là, vêtues de noir, en cotillon très court et en grands bas de laine, le mouchoir blanc noué sur la tête, la hotte au côté, la courte bêche sur l'épaule, qui m'attendaient devant le baromètre « maritime » que tonton D'ziré avait logé dans une petite guérite vitrée, scellée à la porte de sa cour. Il avait eu cette idée pour attirer là, au moins une fois par jour, chacun des habitants de la pointe, qui défilaient ainsi, devant chez lui, la pression barométrique étant le prime souci des familles de

1. *Boëtte* : appât pour la pêche.

marins. Il avait ainsi l'occasion de bavarder avec tout un chacun sans même sortir de sa cour, ceinte de ces hauts murs qui la défendaient des vents du large.

Avec les filles, donc, et, en marchant, je ne pus m'empêcher de leur demander qui était cette fille blonde aux grands yeux mauves, qui venait aux veillées des Le Louarn. Mais les filles gallos ne fréquentaient pas les rares veillées bretonnantes et s'inquiétaient fort peu d'en connaître les habitués.

Arrivés à la grève de Tournemine, où la mer basse découvrait fort loin les sables, au-delà des brisants, on choisit un endroit où les tangues étaient les plus grises et constellées de ces petits tas de vermicelles, qui trahissaient la présence de « bourlottes » et de « vers à lieux ».

Là-dessus on se mit à bêcher hardiment. Il fallait aller vite car on n'avait qu'une heure de découverte. Tout en retournant consciencieusement le sable, je revoyais le visage de la « Demoiselle », dont je pensais qu'elle m'était apparue là pour une raison précise. Je ne pus m'empêcher de rêver d'Elle presque à haute voix : Était-ce une fille du pays ? ou bien une « étrangère » ? Une baigneuse ? Venait-elle de l'intérieur ? Ou de Binic ? Ou tout simplement de Saint-Brieuc ?

Les filles Angot me regardaient en riant et Marie-Rose, qui avait le verbe haut et la plaisanterie facile, se mit à chanter à mon intention un air de Théodore Botrel :

Celle que j'adore en cachette
a les yeux bleus.
C'est une fine demoiselle
de Saint-Brieuc.
Elle est très riche et très jolie,
Moi, pauvre et laid,

Je l'aimons ben, mais le li dire
je n'oserais...

Et toutes deux de chanter le couplet : *Et lon lon laine, Et lon lon la...* Et d'éclater de rire à nouveau.

Je ne devais pas en apprendre davantage ce jour-là. Les vers étaient enfoncés profondément, sans doute à cause du vent d'est et la menace d'orage.

La mer montait très vite, en rouleaux sombres. C'était le meilleur moment pour les vers, car ils reviennent en surface au jusant, mais il fallut abandonner et regagner les galets pour nous chausser et remonter au village.

Je croyais alors y trouver Soizik Le Louarn, mais tonton D'ziré attendait ses vers pour « boëtter » ses lignes et comme son embarcation était à flot à mi-marée, on n'avait que le temps d'appâter et de redescendre au petit havre pour prendre la mer. Il me fallut donc abandonner ma quête, vider les bourlottes d'un coup de pouce, les couper en morceaux et appâter les lignes puis les lover savamment dans les grandes panières rondes en piquant les hameçons bien régulièrement dans la bordure, charger la panière sur mon dos et descendre, par le sentier des chèvres, avec le vieux, vers la crique où les canots, couchés à l'abri de la petite digue, commençaient à flotter doucement.

Tonton D'ziré avait acheté d'occasion dès sa retraite de la Marine d'État, un joli cotre de sept mètres, noir à lisse verte, le *Lili* construit à Carantec et immatriculé à Binic, sous le numéro Bi 177 ; l'équipage était constitué d'un cousin Maximy, ancien Terre-Neuva. Le cousin Maximy étant mort, et le *Lili* parvenu à bout de carrière, tonton D'ziré venait d'acheter un doris, une de ces petites embarcations, utilisées par les Terre-Neuvas pour la pêche à la morue. Bien qu'à fond plat, ces doris avaient une tenue prodigieuse à la mer, due à leur forme spéciale, qui leur permettait d'affronter tous les temps, montant debout à la vague et prenant la mer par le travers avec désinvolture.

Là-dessus bien sûr on ne naviguait qu'à l'aviron mais tonton D'ziré m'avait expliqué que, ne s'écartant plus jamais des côtes à plus de cinq encablures et ne pêchant plus qu'aux cordes flottantes, il n'avait plus besoin d'un voilier de haut-bord.

Mais cette fois-ci, il avait, en embarquant, un sourire malicieux que je compris lorsque nous fûmes sortis de l'abri de la jetée ; je le vis en effet chercher dans le coffre avant et sortir une voile — une espèce de klein-foc, triangulaire, qu'il avait retaillé, me dit-il, dans la grand-voile du défunt *Lili.* Pendant que je nageais vigoureusement pour sortir du ressac, il sortit prestement un petit mât, y établit sa voile triangulaire, garda l'écoute en main et me pria de gréer, à la poupe, un petit gouvernail qu'il avait « bricolé » je ne sais trop comment.

A peine avions-nous pris le vent, qui soufflait de terre trois quarts arrière, nous partîmes à une vitesse étonnante. L'embarcation à fond plat, sans quille ni lest, glissait sur l'eau tout en étalant très bien la lame. Nous rentrâmes les avirons, tonton D'ziré se carra voluptueusement sur le banc arrière qu'il appelait le « château de poupe », s'accota au bordage, sortit sa pipe, l'alluma, tira une bouffée et, me regardant, se mit à rire en disant : « Maintenant, c'est moi le plaisancier ! A vous, matelot, la manœuvre, maintenant ! »

Le temps que nous fussions rendus sur les lieux de pêche, il avait eu le loisir de me raconter comment, lors de sa seule campagne sur les bancs de Terre-Neuve en 1890, ils avaient mis plus de trois jours, quatre-vingts heures, son compagnon et lui, perdus dans la brume sur leur doris, pour retrouver leur bâtiment, le *Saint-Pierre,* un beau brick armé à Binic. Pendant trois jours, ils avaient erré à l'estime; mangeant la morue crue et commençant à crever de soif, ils avaient été recueillis par un Danois, à plus de vingt milles de leur bâtiment.

« Si nous l'eussions manqué, ce Danois, disait-il, nous eussions été quittes pour rentrer à l'aviron jusqu'à l'avant-port de Binic, où des gens compatissants nous eussent sans nul doute aidés à gravir les trente-sept échelons du quai. Tout au moins j'ose l'espérer! »

Lorsque nous fûmes par le travers de la grève de Barrié, il prit ses points de repère et ordonna de « mettre en panne », comme s'il se fût agi d'une corvette de l'escadre de la Manche, et l'on posa les lignes. Lorsqu'il eut jeté la dernière bouée à la mer, on fit demi-tour et la chanson changea de ton, car il fallait alors rentrer vent debout et il n'était plus question de compter sur la voile, le doris ne pouvant tirer de bordée ni naviguer au plus près. Il me fallut donc revenir à l'aviron, face au vent de terre, qui drossait joliment la lame sur notre étambot.

On mit trois heures pour revenir prendre la passe et l'on arriva au mouillage juste au moment que notre corps-mort allait se trouver à sec. C'était l'heure où les rares baigneurs arrivaient et s'étendaient sur les galets, bien à l'abri du vent de terre, tout en haut de la grève, blottis derrière les canots retournés, pour y passer leurs ennuyeux après-midi de Parisien en vacances (la mode commençait à s'en répandre).

Et, alors que nous embossions notre doris, j'eus un grand choc dans tout le corps : là, au pied de la falaise éboulée, une chevelure blonde, de grands yeux mauves. C'était là tout ce que je connaissais d'elle, mais c'était bien suffisant pour la reconnaître. Le reste de sa fine personne, que je voyais en somme pour la première fois, était assez malingre à vrai dire. Ses jambes étaient maigres, avec des articulations trop grosses, comme celles d'un tout jeune chevreau. Oui, disons-le, elle était plate comme une limande et son visage était encore ingrat, comme tant d'adolescentes à cet âge. Mais peu importait : c'était Elle. Celle à qui je m'étais voué aveuglément depuis déjà dix-sept heures et demie. Celle à laquelle j'avais décidé d'appliquer, inconsciemment, sans savoir ni pourquoi ni comment, tout le flot d'espoir exigeant, d'ambition, de pureté, de grandeur, qui se gonflait en moi.

En vérité, c'était Soizik Le Louarn que j'avais aimée jusqu'à ce jour. A elle on ne pouvait faire de reproche ni pour ses jambes ni pour sa poitrine, qui étaient parfaites. Sa chevelure, blonde aussi, ses yeux verts (mais étaient-ils vraiment verts !), ne pouvaient laisser personne indifférent, surtout pas un jeune bachelier en philosophie de mon espèce. Bien mieux : je le lui avais dit. Oui, pas plus tard qu'à la fin des vacances passées, je lui avais dit « Je t'aime ! » en lui prenant la main, une main qui sentait le lait ribot. Elle avait à peine retiré cette très belle et très savoureuse main, mais m'avait répondu, en français, sur un ton qui ne souffrait pas de contestation :

« Non ! Je n'épouserai jamais un étranger ! »

Je n'avais pas insisté. Elle avait pourtant ajouté, en

breton comme pour donner plus de poids à sa réponse :

« Biskoaz n'eut dimezi deus our plac'h na neket deus ar vro ! »

Ce qui signifie la même chose.

J'avais, à plusieurs reprises, fait remarquer que j'étais littéralement imbibé de culture bretonne et que je parlais la langue. Mais elle avait eu, dans le langage de Brizeux, cette réponse merveilleuse, qui résonne encore en moi comme un verset biblique. « Ce n'est pas pour ta langue, que je te refuse, mais pour la race ! »

Je n'avais pas vraiment compris, car « la race », en breton, se dit « gouenn », ce qui est phonétiquement homonyme de « Gwenn », et qui veut dire « blanc ». J'avais répété : « Gwenn ? »

Elle avait insisté, durement, mais sans cesser d'être sauvagement séduisante : « Nann ! Hil ! »

« Hil ! » J'avais compris alors. « Hil » c'est « la race » mais dans le sens de « semence », de « sperme ». C'était un mot savant, mais qui revenait souvent dans les psaumes de Marc'harit Fulupp, où la filiation des héros était exposée en long, en large et en travers pendant des dizaines de versets avec une grande abondance de précisions et de gaillardes expressions.

Et ç'avait été tout. Jamais plus je n'avais parlé d'amour à Soizik Le Louarn, qui était restée l'amie la plus affectueuse, la plus spontanée, la plus généreuse et la plus fantasque. C'était de mon « hil », de ma semence qu'elle ne voulait pas.

Et là, maintenant, sur cette petite grève perdue, il y avait cet être ineffable et prédestiné, qui m'était désigné pour la deuxième fois en moins de vingt-quatre heures, par des signes indiscutables !

En remontant prendre le sentier qui monte au

village, je fis en sorte de passer près du groupe où elle était assise. Elle était un peu à l'écart, ce qui me parut de bon augure. Au passage, je lui dis, en breton :

« Herie brao eo an amzer ! » (Il fait beau aujourd'hui !)

Elle frémit imperceptiblement et répondit timidement :

« Excusez-moi, je ne parle pas breton ! »

Je fus très troublé : ainsi elle ne comprenait pas le breton et pourtant elle était venue à une veillée où elle savait que l'on ne parlerait que breton. Et à quelle dose !

C'était là encore un signe, un signe prodigieux.

Je ne pus que répéter ma phrase, en patois gallo cette fois : « Fait biaou à né ! »

Elle rougit davantage et, très gênée, mais avec une certaine froideur, que je mis sur le compte de sa distinction naturelle et de son éducation, qui semblait être très bourgeoise : « Je ne comprends pas le gallo non plus. Excusez-moi. »

En riant, je dis : « Je vous demande pardon : je croyais que vous étiez du pays... »

C'était une façon détournée de lui demander quelles étaient ses origines. Mais elle ne répondit pas. Alors, gauchement, je lui dis : « Je suis bien content de vous revoir. »

Alors elle eut cette réponse merveilleuse, incroyable, inestimable, sublime, incomparable, inoubliable : « Moi aussi. »

Les autres membres du groupe, étonnés sans doute de la voir parler à un pêcheur, l'appelèrent :

« Anne ! On t'attend ! »

Ainsi elle s'appelait Anne ! Un nom merveilleux, qui me troublait, bien sûr, depuis toujours. Je lui fis signe, de la main levée. Elle y répondit par le même geste, mais plus timide et plus mystérieux, et je rejoignis tonton D'ziré qui, à pas très lents, les bras croisés sur la poitrine, remontait posément la sente difficile qui, à travers les ajoncs encore fleuris, conduisait aux maisons brunes et grises, là-haut, où attendaient les femmes.

Aussitôt arrivé à la maison du baromètre, je fus pris d'une sorte de violent remords de ne pas m'être assis près de cette jeune fille à qui une force mystérieuse me poussait à me consacrer.

Je redescendis en hâte le sentier de la ravine. Lorsque j'arrivai sur le tertre d'où l'on embrasse toute la grève et la crique, d'un seul coup d'œil, je vis bien que le groupe n'était plus là. Les galets, la frange de rochers qui bordent le rivage étaient déserts. La lande environnante aussi. Pour la deuxième fois ce fantôme m'échappait, comme s'il était dissous dans le paysage.

Je restai là, planté comme la bouée de Kafat, l'œil perdu dans les écumes du ressac. Je ne savais rien de précis, mais je sentais que, pour moi, commençait une quête prodigieuse qui allait mobiliser mes forces, mon temps, mon âme, et me conduire vers l'Absolu.

Lorsque nous avons repris la mer, pour aller relever nos lignes, la grève était solitaire et quand le vieux me vit jeter un large coup d'œil déçu sur la côte, il se mit à me déclamer ironiquement :

« L'océan était vide et la plage déserte... » car il savait ainsi, par cœur, une grande partie des œuvres poétiques romantiques, surtout Alfred de Vigny, dont le style grandiose le stimulait.

On voyait le grand courant sinuer à la surface de la

mer comme un grand serpent blanc qu'épousait la houle et, par places, drossait le clapotis en friselis sombre, que tonton D'ziré appelait « les maroules ».

« Jusqu'où allons-nous courir pour trouver nos cordes ? » grognait-il, en cherchant, en clignant des yeux, le fanion rouge et blanc de ses bouées.

Nous les trouvâmes très loin, jusque devant les grèves des Vaux-Madec. Je mis le cap sur la première bouée, mais plus j'avançais, plus le fanion semblait s'éloigner. Enfin, après une demi-heure de poursuite il put saisir la première bouée et l'embarquer. Mais alors il eut un cri, car la ligne qu'il empoignait lui sciait les doigts. Il eut le réflexe de l'embosser sur l'étambot. Le doris reçut alors comme un choc et se mit à filer vers le large, se cabrant aux vagues qui giflaient durement sa proue.

Devant nous, on vit alors, à une vingtaine de mètres, un dos noir surgir de l'eau, puis plonger à nouveau...

« Est un marséoin ! » (C'est un marsouin !), hurla tonton D'ziré qui, de surprise, retrouvait son parler gallo. Nous fîmes ainsi une course folle pendant une centaine de mètres. Je me pris pour un de ces téméraires chasseurs de baleines dont le vieux marin me parlait souvent et qui, après avoir harponné le monstre, étaient entraînés, en une remorque échevelée, sur la houle du Pacifique. Soyons modeste : la houle était celle de la baie de Saint-Brieuc un jour de vent de suroît et la baleine n'était qu'un marsouin de cent kilos.

Il allait pourtant bon train. Nous le vîmes plusieurs fois venir respirer à la surface. Je pus même voir son dos luisant, et ses poils, raides comme ceux d'un sanglier. Que je meure si je mens !

Puis, alors que nous prenions de front une lame un peu plus raide que les autres, la ligne cassa sec et nous restâmes en panne, nous regardant mutuellement dans le blanc de l'œil comme si nous eussions voulu en venir aux mains.

Retrouvant son calme de coureur des mers, tonton D'ziré laissa tomber, d'une voix égale, en reprenant simplement la ligne en main : « Dam ! Les Kerlaouézo ne m'ont pas vendu de la camelote !... »

C'était en effet la maison Kerlaouézo, de Saint-Brieuc, qui fournissait ce sacré filin natté avec lequel nous confectionnions ces lignes. Celui-là nous avait valu d'être halé sur deux encablures par un marsouin trop gourmand.

On put alors reprendre, sans un mot, l'opération : moi à la godille, le vieux à l'avant, relevant la ligne où vingt maquereaux noyés ne demandaient qu'à être embarqués. Le marsouin, un jeune imprudent sans doute, s'était pris lui-même à notre hameçon en voulant avaler l'un de ces maquereaux.

Maintenant il filait vers le large, traînant derrière lui le reste de la ligne et la bouée blanche et rouge qui dansait au milieu de la bande de ses camarades. On les voyait sautant de joie tout autour de lui, comme font les footballeurs après avoir marqué un but.

« C'est la première fois que je vois ça ! » dit tonton D'ziré, qui, pourtant, en avait vu des choses de par le monde !

Pendant que je souquais sur les avirons pour rentrer au mouillage, le vieux méditait. Soudain il me dit, en me regardant fixement : « Matelot ! C'est là une aventure inhabituelle ! Non, non, je n'avais jamais vu ça ! Le marsouin est bien trop subtil pour se laisser prendre à une ficelle comme un vulgaire chien de mer !... »

Il réfléchit un instant, cligna de l'œil et ajouta, en me regardant fixement :

« ... A moins, dam, que ce soit un signe... mystérieusement significatif... qui laisse augurer un événement... dam... hautement exceptionnel... et d'une grande gravité!... »

Oui, je vous l'ai déjà dit : Il parlait vraiment bien, Désiré Angot.

2

Yves Le Floch nous arriva un matin, sous la pluie fine que nous amenait la marée.

Je le vis déboucher au tournant du chemin du bourg, fier dans son uniforme, la casquette d'aspirant bien droite sur la tête. Il portait, lui aussi, son énorme sac de marin sur l'épaule. Son regard allait, d'un trait, à la ligne d'horizon, sans s'arrêter sur les ridicules petites maisons du village, alignées de part et d'autre de la route, tassées sous la bruine comme les vieilles femmes à la procession de Notre-Dame-de-Bon-Voyage. Il ne voyait pas davantage les gens qui sortaient sur le pas des portes pour le saluer. Non : il regardait la mer, cette maîtresse tant désirée et qu'il venait de posséder pour de bon, admis dans les premiers à l'École navale. La grande école navale de Brest.

Il répondait par le bref « Jour ! » des gens de mer et passait, sérieux comme un amiral, ignorant même les cultivateurs qui mettaient, en hâte, les gerbes en douzains[1]. Il affectait de ne prêter aucune attention aux choses de la terre. Les voyait-il même ?

1. *Douzains :* tas de douze gerbes, empilées d'une certaine façon, pour attendre le ramassage.

Il vint directement à moi, qui suçais une herbe, accroupi sur le talus, à l'abri d'un fort buisson d'ajoncs, à l'endroit même où, cinq ans plus tôt, nous taillions des coques de cotres ou de trois-mâts dans les morceaux de chêne que Camille Orhan nous apportait de l'atelier de son père, charpentier de marine. Il vint à moi, donc, et, m'étant levé d'un bond, je lui fis l'accolade.

Ses femmes, averties sans doute par la rumeur, étaient sorties de la maison et s'exclamaient de le voir si beau dans son uniforme de midship.

Ses femmes ? c'étaient : sa grand-mère, Jeanne Rault, sa mère, Jeanne Danio, femme Le Floch, sa tante Anna Danio, ses cousines Renée et Mathilde Le Savouroux... Elles criaient de joie en joignant les mains, en action de grâces. Elles l'embrassaient, et m'embrassaient aussi, par la même occasion, ce qui n'était pas pour me déplaire, car il y avait là des minois bien aimables.

Très calme, il jeta son sac à terre et, entrant, sans dire un mot, dans la maison, respira à fond le parfum de ces cloisons de planches de pin, abondamment vernies et revernies, qui assimilaient ces demeures de pêcheurs de la Pointe aux coursives de la vieille marine.

Une heure plus tard, après avoir satisfait aux traditions des retrouvailles maritimes, nous étions tous deux dans le grenier, lui assis sur le couvercle poilu de la malle-souvenir du grand-père Danio, mort en mer au siège de Diégo-Suarez, et moi sur un impossible siège d'ébène incrusté d'ivoire représentant une sorte de monstre mi-éléphant, mi-crocodile, rapporté un jour du Sénégal par l'oncle Lucien, mort en mer au cours d'un typhon dans la baie d'Along.

C'étaient là nos places habituelles. Là nous avions lu ensemble dans les livres de prix à tranche dorée,

Bug-Jargal, L'homme qui rit et surtout *Les Travailleurs de la mer,* livre intéressant, certes, mais dont l'illustre auteur faisait preuve d'une telle ignorance des choses de la mer, que nous avions décidé de mettre, en bloc, toutes les œuvres à l'index.

En un instant Yves Le Floch sut que j'étais reçu à l'École coloniale. Il ne manifesta qu'un médiocre enthousiasme car, dit-il, cela ne débouchait sur aucune carrière maritime.

L'instant d'après, il « sut »...

Il sut ma rencontre avec la Demoiselle, et alors il quitta sa casquette, passa la main dans ses cheveux fous et vint s'étendre à mes pieds sur une natte de jonc où se trouvait représentée, à la gouache, une curieuse baie d'Along, rapportée des Échelles du Levant par un autre oncle, dont le nom m'échappe, lui aussi mort en mer, aux Caraïbes.

Yves eut vite fait de dissiper les brumes poétiques qui baignaient ma rencontre avec la Demoiselle, et, tout de suite, à voix basse, me demanda :

« Où habite-t-elle ?

— Je ne sais pas.

— D'où est-elle ?

— Je ne sais pas. »

Il prit alors sa vraie tête de Breton et dit, en serrant le poing : « Il faut savoir ! »

De la même voix qu'il avait dit, à dix ans : je serai officier de Marine ! On eût dit le chevalier Lancelot s'élançant à la quête du Graal.

Yves Le Floch, il faut le dire, était gallo par sa mère, née là, en Pordic, mais trégorrois par son père, natif de Bourbriac, un bourg situé à trente kilomètres d'ici, mais franchement à l'intérieur de la frontière linguistique et, bien que le père fût bretonnant, le fils ne l'était pas. Et même il avait l'accent du Midi. Oui, mon ami Yves Le Floch avait l'accent de Toulon. Paradoxalement, c'est assez fréquent chez les Armoricains côtiers, inscrits maritimes : on se marie et l'on meurt en Bretagne, mais on naît souvent aux Salins d'Hyères et l'on fait ses études au lycée Paul-Arène à Toulon, le père étant momentanément second maître à l'escadre de la Méditerranée.

Ainsi donc Yves Le Floch, ce Breton, avait, en bon Celte, la peau blanche et des taches de rousseur autour des yeux et sur le nez, mais lorsqu'il se baignait par une chaude journée, il disait de l'eau de la baie de Saint-Brieuc, en y trempant seulement le pied : « Elle est bouillannnte. »

Cela n'étonnait personne ici, car tout côtier inscrit maritime est allé au moins une fois apprendre l'exagération méridionale au pied du mont Faron, et les Salins d'Hyères étaient, à cette époque, au dire des sociologues, une des plus grandes villes de Bretagne, après le quinzième arrondissement de Paris.

Ce jour-là, il m'obligea à relater scrupuleusement, une deuxième fois, ma première entrevue avec la Demoiselle. Il en fit préciser un à un tous les détails, puis ma seconde entrevue sur la grève, ainsi que l'incident du marsouin, qui lui parut, à lui aussi, des plus mystérieux et des plus significatifs. Ce marsouin n'était-il pas une sirène ? une morgane ? En tout cas sa présence au bout de nos cordes, sa fuite et surtout la rupture du filin Kerlaouézo étaient des faits dignes de considération. Enfin, en vrai lauréat du Concours général (il l'était en mathématiques), il résuma objectivement les choses et conclut, comme pour lui-même : « Voilà qui ne se rencontre pas deux fois dans la vie ! » Et une minute plus tard : « Il ne faut pas laisser passer ça ! »

Tit'yves, comme tout le monde le nommait familièrement, s'était levé. Il arpenta un instant le grenier où les vieux filets, suspendus aux chevrons, s'enrichissaient de puissantes toiles d'araignée, puis, s'arrêtant devant moi : « Il faut savoir ! »

Et il descendit en catastrophe l'échelle de meunier qui conduisait à la salle commune. Je le suivis et j'allais me mettre à dévorer la tartine de beurre salé que me tendait la grand-mère Jeanne Rault, lorsqu'il répéta, mais cette fois avec une grande force : « Il faut savoir ! »

La grand-mère, qui avait la tendresse bourrue et l'admiration brutale, lança, avec son rude accent : « Tu ne sais pas encore assez de choses comme ça, dam ? Qu'est-ce que tu veux encore apprendre, aussi don, pauvre boudet [1] ? »

Il ne répondit pas mais affirma avec une grande force : « C'est foutral et cornecul ! »

J'étais tout à fait d'accord avec sa pensée, bien qu'elle fût exprimée en argot du « Borda [2] », et, animés tous deux de la même étrange ardeur, nous sortîmes d'un seul pas, déterminés comme deux chevaliers de la Table ronde s'élançant à la quête de cette Sublime Connaissance dont les gwerz de Marc'harit Fulupp nous parlaient, hélas à mots couverts.

Nous prîmes au passage une faux et un coupe-racines et, suivant le sentier des douaniers, nous allâmes à la pointe du Corps-de-Garde pour y « couper de la lande ».

La lande, qui recouvrait tout le versant des falaises, était en effet lotie en parcelles où les habitants

1. *Boudet* ou *boudeg :* mot gallo : la petite fée ; du breton armoricain *boudig :* la fée.

2. Le *Borda :* navire école de l'École navale, à l'époque désignait aussi l'École navale entière.

pouvaient aller faucher la fougère, le genêt et couper l'ajonc. La fougère et le genêt servaient de fourrage et de litière aux chèvres de Jeanne Rault, et l'ajonc, que l'on empilait dans le courtil, fournissait une partie du chauffage. « Couper de la lande » était le travail des hommes, à chacune de leurs escales. Nous y excellions, Tit'yves et moi. A grands coups de coupe-racines nous rasions vigoureusement cette rude végétation, face à toute la baie brillante de soleil ou luisante de pluie, avec le chant sourd de la mer dans la tête. Nous nous arrêtions de travailler pour parcourir d'un regard connaisseur cette immensité entre les deux caps : le Fréhel à l'est et l'Arcouest à l'occident, où quelques bisquines cessonnaises, mouillées en travers du Grand Courant, pêchaient à l'effare[1]. Ici et là, des cotres couraient le maquereau plein-largue et, aussi loin qu'ils fussent, on entendait les grincements de leur gréement, et même la voix des matelots, car le promontoire énorme, sur lequel nous étions perchés, dominait de très haut la baie, et l'on y recueillait tous les courants, qu'ils fussent maritimes, terrestres ou aériens.

Bien que nos mains fussent mises cruellement en sang par les ajoncs, cet instant nous paraissait sublime et notre pensée s'élevait, sans effort, très haut. C'est là, ce jour-là, que je me promis de lancer ma première expédition pour retrouver la Demoiselle.

J'en fis part à Tit'yves qui, d'une voix sombre, gronda, avec l'accent toulonnais : « Je le pense bien ! »

1. *Pêcher à l'effare :* pêcher après avoir appâté avec de la farine d'arachide qui se dilue dans l'eau et, entraînée par le courant, attire le poisson près du bateau amarré dans ce courant.

Le soir même, revenus de nos travaux, nous attendîmes, au passage, Soizik Le Louarn qui rentrait ses vaches. Nous voyant tous deux postés de chaque côté du chemin, elle lança ses bêtes au trot, prit ses sabots à la main et s'enfuit, pieds nus à travers champs en riant à pleine gorge.

Après une bonne course à travers les éteules, elle s'arrangea pour se retrouver coincée entre Yves et moi, dans un angle mort de la métairie. Ainsi son honneur était-il sauf : elle avait lutté et ne succombait que devant la force et la ruse masculines. Après quoi, le plus malgracieusement du monde (toujours l'honneur sauf) elle accepta la conversation. « Qui était cette fille assise l'autre soir, près de toi à la veillée de Marc'harit Fulupp ?

— Quelle fille ? Il n'y avait de fille que moi !

— Mais si ! la blonde, avec laquelle tu es sortie, dans la nuit ?

— Je n'ai dam pas vu cette fille !

— Mais si ! Elle était assise à côté de toi et elle m'a regardé !

— Te teus hunvred, paotr kez ! » (Tu as rêvé, ma parole !)

Puis en français : « Ma parole, tu as des visions. C'est de la physique dans ta tête ! »

On ne put rien en tirer d'autre, sinon des sourires coquins et de discrètes minauderies. Il sortait de son sarrau, habilement échancré, un parfum merveilleux de sueur et de lait sur. Ses cheveux, ses admirables cheveux blonds, étaient tirés en un chignon lourd, déjà façonnés en nattes pour recevoir, le dimanche, la coiffe trégorroise et, par coquetterie, je le savais, elle avait lissé ses cheveux avec un peu de beurre, fondu dans le creux de sa main.

Ah ! qu'elle sentait bon, et qu'elle était jolie, Soizik Le Louarn, là, essoufflée, un peu de sueur perlant aux tempes ! Maintenant, elle riait et se moquait de moi, à la troisième personne :

« Il veut savoir, hein, le gaz bihan [1] ! Et il ne saura pas, le gaz bihan !... Et il cherchera, le gaz bihan ! Toute sa vie il cherchera la jeune fille, le gaz bihan !

— Oui sûr, toute ma vie !... Mais dis-moi ?

— Mé, je n'ai rin à te dire toucom ! »

Elle employait là les tournures gallos, qu'elle mélangeait innocemment au breton et au français. On termina l'interrogatoire en voulant lui prendre un baiser, mais elle s'en défendit avec une vigueur admirable et s'échappa, en disant, riant toujours : « Peut-être ce soir !... A la fillerie !... Peut-être !... »

Dans ce « peut-être » et dans la manière dont elle l'avait prononcé, il me sembla qu'elle suggérait que la Demoiselle allait y venir, elle aussi.

Et le soir, nous fûmes à la fillerie.

On se rassemblait devant le baromètre du père Angot, garçons et filles, et quelques mères aussi, et l'on commençait une « dérobée », qui est une danse-cortège grâce à laquelle on arrive à avancer de deux kilomètres à l'heure. On suivait le chemin jusqu'à la pointe, jusqu'à ce fameux « corps de garde » où nous coupions de la lande dans l'après-midi. Il y avait là une sorte de dépression herbue, où l'on installait les batteries de défense côtière pendant les guerres. En temps de paix (et grâce à Dieu nous y étions ! doué béniguet !) l'herbe poussait là, piétinée par les danseurs du crépuscule. Entre les danses, on s'asseyait dans l'herbe, sur les bords relevés de cette cuvette qui s'ouvrait sur la baie où les phares s'allumaient les uns après les autres.

C'était là que se tenaient nos filleries.

Ce soir-là on commença la « dérobée » aussitôt

1. *Gaz bihan* : le petit gars, en breton.

après la maison Orhan. C'était Marie Domalain, la grand-mère, qui conduisait la danse. Elle m'avait pris vivement par la main et s'élançait en chantant :

La Dérobée que je tiens, que je mène,
La Dérobée que je tiens par la main,
Dérobons-la, la jeune fille,
Dérobons-la, car elle s'en va !

Nous sautions, un deux trois, un deux trois, puis nous nous séparions pour retourner, toujours dansant, chacun de notre côté, en queue du cortège, alors que le deuxième couple prenait notre place en tête. D'habitude, c'était Étienne Rouzik qui conduisait, avec sa vielle ou son crin-crin. Mais ce soir, il n'était pas là, aussi tout le monde s'était-il mis à chanter. A bon danseur (et les Bretons en sont de furieux) pas besoin de musicien, et l'on scandait du talon.

Tout en dansant, je regardais si la Demoiselle ne s'était pas faufilée dans l'assistance, et lorsque Soizik Le Louarn passait près de moi, elle cessait de chanter, clignait de l'œil et murmurait, à mon adresse, en breton, pour que les Gallos ne comprennent pas, ce qui faisait un secret entre elle et moi : « Martez ?... Martez ? » (Peut-être ?)

La Demoiselle ne vint pas. On fit la ronde, longtemps : « Entrez, dansez, embrassez qui vous voudrez ! »

Les vieilles femmes avaient beau dire : « Il se fait tard ! On retourne ! » la jeunesse prolongeait le plaisir de se biger. Il faisait grand nuit que l'on s'embrassait toujours, et toujours davantage, et de plus en plus fort. Les joues des filles étaient douces, fraîches, et sentaient bon la sueur saine et franche de la danse. Soizik

Le Louarn revint plus de vingt fois au centre de la ronde, sollicitée plus souvent que les autres, et chaque fois quc j'y fus moi-même, c'était elle que j'allais embrasser pour l'y faire revenir, alors que les autres poussaient des hou! d'excitation, surtout lorsque, à son tour, elle revenait me poser ses lèvres sur le museau.

Ils criaient :

« Non ! Non ! Est de la truche[1] ! »

Et pourtant je ne pouvais pas m'en empêcher. Oui, Soizik, c'était de la chair à baiser. La joue était si douce ! Et si ferme à la fois, et ses cheveux avaient le parfum enivrant d'une noisette d'un an ; à chaque baiser que je lui faisais, elle me disait : « Brigand ! Si elle était là la treizher[2], elle ne serait pas contente ! »

Et je répondais : « Si elle était là, ma coquine, E'n' serait pas té que je bigerais, toucom !

— Forbann ! » répétait-elle en s'esquivant, alors que je lui criais en écho :

« Morgann ! »

Deux mots bretons, de même assonance, et rimant entre eux, mais bien différents de sens. *Forbann* voulait dire vaurien, alors que *Morgann* désignait un monstre merveilleux, femelle de surcroît, venant de la mer. Une sirène. Et, que le diable me fricasse si je mens, ce mot-là lui allait comme un gant, bien qu'elle fût, farouchement, une fille de la terre.

Et déjà la Demoiselle jouait bien là son rôle qui était de me conduire, de me « passer » — comme Soizik elle-même avait sans doute voulu le signifier très obscurément en disant : ta « treizher », un mot qui veut dire « passeur », et que je n'avais pas compris tout d'abord.

1. En breton : *truchan :* tricher.
2. *Treizher :* de *treiz :* « passer » dans le sens de transmettre.

Nous eûmes beau prolonger la fillerie par tous les moyens et au-delà des heures convenables, la Demoiselle ne vint pas. Pourquoi serait-elle venue ? Et même : existait-elle ? C'était peut-être Soizik Le Louarn qui sécrétait l'image de cette fille, comme elle sécrétait cet enivrant parfum de jeune femelle. C'était son double, probablement, qui avait émané d'elle, à la veillée de Marc'harit Fulupp et qui s'était assise, dans l'obscurité, à côté d'elle.

En revenant de la fillerie, on quitta le groupe et l'on passa, Yves et moi, par les Vaux et le doué[1], pour remonter dans les genêts noirs, histoire de prolonger cet instant nocturne inégalable.

Nous revînmes tout juste aux maisons au moment où tonton D'ziré, dans le lait de l'aube, sortait de chez lui, galochant à plaisir, suivi de sa fille Marie-Rose, qui n'avait pas paru à la fillerie.

« Vous voilà, les mousses ! dit-il. Allez vite mettre vos socques. Vous ne serez pas de trop pour visiter les lignes de sable ! Et vitement ! La mer n'attend pas. »

Nous eûmes vite fait de mettre nos socques et de retrousser nos pantalons, et nous arrivâmes ainsi à Tournemine, juste au moment où la mer découvrait les caillasses au-delà desquelles s'étendaient les sables gris. C'était là, entre les goémons et le lenn[2] que le village tendait ses lignes de sable. Nous relevâmes une

1. *Doué :* mot celtique qui veut dire « source », par extension : le lavoir. A donné le mot français bourguignon : *douix :* rivière souterraine qui vient au jour.

2. *Lenn :* poche d'eau de mer retenue par le sable à marée basse. Le mot est celtique mais employé aussi bien par les Gallos que par les Bretons, et aussi en français.

douzaine de ces grosses plies que l'on achète sur les marchés sous le nom de limandes et trois malheureux tacauds. On remit les appâts, on affermit tous les amarrages et, en attendant que la mer se mît à monter, Marie-Rose ramassa des bigorneaux et des vignaux gris, qui abondent en cet endroit. Elle en eut bientôt une pleine hottée et nous, pataugeant dans le lenn, nous guettions les carrelets qui, blottis dans le sable, filaient à notre passage et que nous crochions d'un coup de gaffe... Le soleil venait de se lever. A l'horizon un brick allait chercher la passe pour entrer au port du Légué.

J'attendais beaucoup du dimanche. En effet, si la Demoiselle vivait dans les parages, comme il semblait, nous ne devions pas manquer de la voir à l'église.

Je résolus d'assister aux trois messes, car il y avait un recteur et deux vicaires : le petit et le grand. Donc trois messes, dont la première était dite à six heures par le petit vicaire. Pour ne rien manquer je partis à cinq heures et fis mes trois kilomètres dans le temps du « trois milles » des derniers championnats de France.

Des chemins creux adjacents, on voyait déjà arriver des groupes de femmes en châle noir. Bien qu'il fît grand beau, elles portaient toutes le parapluie ouvert, afin d'empêcher l'humidité du matin de ramollir l'amidonnage de leur coiffe de fête, dont les ailes immaculées battaient à chaque pas. Ceux qui rient du parapluie de Bécassine ne savent pas que l'amidonnage et le repassage des coiffes sont longs, difficiles et coûteux. Cela voletait au-dessus des talus de toute part. On eût dit un vol de vanneaux passant sur la lande et gagnant, à tire-d'aile, le grand clocher de granit gris. Certains groupes chantaient.

Debout avec les hommes, groupés au fond de l'église, j'eus mes trois messes d'affilée. Trois nefs pleines, à déborder sur les bas-côtés et même sur la place.

Sous ces voûtes de pierre sombre, la mer des coiffes blanches se soulevait à l'évangile, s'abaissait à l'élévation, pour se dresser encore, en un grand froissement d'ailes, et retomber à la communion, déferler au dernier évangile, se briser enfin en éclats après l'*Ite missa est* et s'étaler largement sur la place où les attendaient les marchandes de fouesses et les poissonnières.

La première marée fut rapide et la Demoiselle n'y était pas. La deuxième marée fut plus longue, et la Demoiselle n'y parut pas non plus. Enfin ce fut la troisième, la grand-messe.

Plus pleine encore, l'église se mit à vibrer aux accents de l'ophicléide, ce fameux « serpent », aux sonorités riches et puissantes, mais presque incongrues, intestinales, qui soutenait de ses flatulences, les six cents voix bretonnes. Voix de gorge, qui montaient comme une clameur druidique. Cette grand-messe chantée me bouleversait toujours, avec ces nombreux bateaux ex-voto suspendus à la voûte, toutes voiles dehors, au-dessus des vagues de l'assemblée. Au plus fort du *Credo*, proféré par près d'un millier de gosiers chouans, les voiles de ces bâtiments en arrivaient chaque dimanche, à se gonfler, comme sous un vent de force 8.

Mais cette fois je ne vis ni n'entendis rien. Dès le début j'avais surveillé l'arrivée des fidèles. J'étais crispé comme à la sortie des passagers d'un paquebot arrivant des antipodes, et je n'avais pas vu entrer la Demoiselle. Fût-elle venue, je l'aurais vue tout de suite, avec sa toilette claire de Parisienne parmi toutes ces veuves noires à cornettes blanches. Mais, l'*Introït* n'était pas terminé que mon cœur fit un grand mouvement dans ma poitrine : une robe claire, un chapeau jaune canari, un chapeau cloche à la mode de Paris, venait d'entrer. C'était elle, à n'en pas douter ! Cela ne pouvait être qu'elle. Elle monta jusqu'au milieu de la nef et désormais je ne vis plus que ce chapeau cloche jaune, inattendu, incongru comme une perruche tropicale qui se serait perdue au milieu de fous de Bassan dans les embruns glacés du cap Horn.

A la fin de l'office, alors que les hommes étaient déjà sortis, je restai seul près de la porte pour voir défiler les femmes et, entre la mère Le Louarn et Jeanne Trovry, le chapeau jaune canari s'avança vers moi. Et sous ce chapeau, un visage me souriait triomphalement, odieusement fardé de rouge à lèvres : c'était celui de Soizik Le Louarn.

Je sortis furieux.

« Tu as vu, me dit-elle en français. Tu as vu mon chapeau ? »

Et comme je restais muet.

« Et ce n'est pas tout ! »

Elle ôta, non sans peine, ce chapeau cloche qui emprisonnait sa tête jusqu'aux deux oreilles, et ses cheveux, ses magnifiques cheveux blonds s'en échappèrent, mais coupés ! Coupés très court, à la garçonne, comme ceux des filles parisiennes de la rue de Lappe. J'étais fou de colère.

« Tu es folle !... Quelle idée ? Mais quelle idée ? Tes cheveux ! tes si beaux cheveux ! Soizik ! »

Elle se cambra fièrement et remit son chapeau canari.

« Je les ai vendus, mes si beaux cheveux, si tu veux le savoir !

— Vendus ?

— Oui. Un homme est passé qui achetait des cheveux pour les perruquiers parisiens. Il passe tous les ans pour me demander de les lui vendre. J'ai toujours refusé. Mais cette fois j'ai accepté.

— Folle !

— Hé ! Il m'en a donné trente francs !

— Mais ce galurin ?... Tu t'es vue ?

— Je l'ai acheté avec les trente francs. J'ai aussi acheté la robe là, deux chemises à dentelle et mon sac à main !

— Folle !

— Et il me reste encore de quoi acheter une grosse fouesse pour notre dimanche !

— Folle ! Folle ! Folle ! »

Alors elle se fâcha toute rouge et me tourna le dos. Je la rejoignis : « Te voilà habillée comme une Parisienne ! Tu n'as pas honte ?

— Et alors ? Je n'ai pas le droit de m'habiller comme une Parisienne ?

— Non ! »

Elle fut si interloquée qu'elle resta coite et j'en profitai pour continuer : « ... Non. Jamais une Bretonne ne devrait s'habiller comme une n'importe quoi. Tu es bretonne... Ch'wi zo koant, merc'hed ar vro [1] ! Vous êtes belles, les Bretonnes, et surtout toi quand tu es vêtue comme ta mère ! Mais tu es laide avec ça.

— Ah ! je suis laide ?

— Tu n'es pas laide, tu es affreuse. On dirait une cane qu'a mis un maillot de bain ! »

Je la regardai en pensant : « Quel massacre ! De si

1. Vous êtes belles, les Bretonnes.

beaux cheveux ! une si belle croupe ! si bien mise en valeur par la brozhbihan [1], la jupe à plis !

Et j'éclatai :

« Les cheveux coupés, passe encore : ça repousse ! Mais ce galurin ? Tu n'as donc pas vu comme la cornek te va bien ? avec les cornes qui viennent te chatouiller le menton ? Tu n'as pas vu comme elle te découvre bien le front, que vous avez si beau ! et tes grosses nattes dorées roulées dans la dentelle de ta jobelinenn ? Avec cette jupe qui te remonte plus haut que le gras du genou, où est-elle ta belle jambe ? On dirait maintenant deux saucisses piquées dans un navet !

— Tu es méchant parce que tu n'as pas retrouvé ta Demoiselle ! Pour te punir, je ne te dirai jamais où tu peux la trouver ! »

Elle se retourna vivement et s'en alla en me lançant, par trois fois : « Fall !... Fall !... Fall ! » (Méchant !)

Et pour finir, je l'entendis qui disait durement : « Divroad !... Parisad ! »

Ce qui veut dire : sale étranger ! Parigot !

Alors je me retournai et revins à elle : « Justement, tu dis que tu n'épouseras jamais un étranger, à cause du " hil ", et voilà que tu t'habilles comme une divroad, comme une gast [2].

— Je m'habille comme il me plaît ! »

J'eus l'impression qu'elle était honteuse, mais qu'elle me répondrait ainsi à l'infini, par coquetterie, pour prolonger le plaisir de me provoquer. Aussi, comme Mme Le Louarn arrivait, alourdie par sa pèlerine à collet, je me tus pour rompre et j'eus l'idée que la jeune fille en était marrie. Mais ce fut la mère qui m'attaqua, cette fois : « Qu'est-ce que tu en dis, Hari, de cet accoutrement du diab' ?

1. *Brozhbihan :* petite jupe à plis.
2. *Divroad :* étranger ; *gast :* prostituée.

— Je ne comprends pas que, lorsqu'on a la chance d'avoir un costume comme celui du Trégor, on aille chercher des horreurs dans les magasins de Saint-Brieuc ! »

La mère eut un air de triomphe. Elle appuya : « Ha ! Soizik, tu entends ce qu'il dit, Hari ? Tu l'entends ? »

Je continuais : « Et quand on a des cheveux comme ça, on...

— Ah ! non, pas ça, Hari ! On ne peut pas lui en vouloir pour ça ! je n'ai rien à lui reprocher là-dessus : moi, j'ai vendu six fois mes cheveux. Les cheveux de la femme, c'est la richesse de la maison ! »

La phrase était dite en breton. Je vous en fais grâce, mais elle avait, ainsi prononcée, quelque chose de magnifique, de biblique.

« Non, non, Hari, on ne peut lui en vouloir. Pense que le père est pauvre, elle le sait. Elle veut l'aider en vendant ses cheveux...

— Et pour l'aider aussi elle achète toute cette camelote ? Et ce chapeau qui lui tombe sur le nez ? C'est pour l'aider qu'il ne lui reste plus que pour acheter une fouesse ? »

Tout ce vif dialogue était prononcé en breton et en français, mélangés, et tout le monde nous regardait sans trop comprendre, car la proportion de Gallos était écrasante sur la place. On le voyait à la forme des coiffes et à la façon de porter le grand châle en pointe.

En revenant ensemble de la messe, après avoir bu un café chez Duchesne, Soizik Le Louarn s'approcha de moi et, tendrement, me demanda : « Tu voudrais bien la retrouver, ta Demoiselle ? »

Je ne répondis pas. Elle passa outre et murmura : « Tu pourrais voir, dam, du côté de Tréméloir... et de Plouvara... hein ?... Plouvara !... »

Là-dessus, Yves Le Floch m'ayant rattrapé, nous forçâmes le pas pour retrouver les éléments gallos du village, ses cousines, ses tantes, les filles Quéhé, les filles Angot et Codebessin, et Marie Hamon, qui marchaient en chantant et en riant haut, comme tous les dimanches.

3

C'est dans le doris que Désiré Angot devenait bavard. Lorsque j'étais aux avirons, surtout, il racontait sans cesse. Ce jour-là, nous revenions de lever les casiers à homards. Nous les avions trouvés pleins d'araignées de mer, car c'était alors leur pleine saison. Entassées dans les casiers, à l'avant, elles salivaient et faisaient des bulles et en remuant lentement leurs longues pattes, elles semblaient sagement l'écouter.

Je souquais et tonton D'ziré parlait.

Il racontait le chargement des bœufs dans la baie de Diégo-Suarez ; ces bœufs étaient amarrés de part et d'autre de pirogues qui les amenaient au bateau, mouillé en rade. Nageant désespérément, ils buvaient la tasse à chaque vague en poussant des beuglements sourds.

Parfois, une large tache de sang montait à la surface alors qu'une bête coulait en râlant. C'était maître requin qui venait de faire son déjeuner en emportant une patte ou en arrachant un ventre.

« Ce n'était pas le moment de piquer une tête ! » ajoutait calmement tonton D'ziré.

Il racontait si bien qu'à la place du port de Binic, au fond de la baie, je croyais voir celui de Diégo-Suarez, que je connais encore comme ma poche pour le lui avoir entendu décrire plus de vingt fois. Et les marsouins, que l'on voyait sauter gaiement, étaient, pour moi, des squales mangeurs d'hommes.

Tonton D'ziré venait de mettre à l'eau une ligne à traîner appâtée, à sa manière, d'une cuiller avec émerillon. Une idée qu'il avait prise, disait-il, dans les rias d'Irlande, et améliorée à sa façon.

Il était d'ailleurs le seul, c'est sûr, à utiliser cette technique sur toute la côte. Il espérait ainsi crocher dans une daurade, un bar ou des maquariaux qui, à cette saison, se promenaient en surface comme les Parisiens sur les boulevards. Il s'était donc installé sur son château de poupe et, tenant sa ligne en main droite, il n'interrompait son prodigieux récit que pour m'encourager à souquer hardiment, car le leurre devait travailler en surface, et non en profondeur.

Il venait de me dire que c'était à Madagascar qu'il avait commencé à lire Xavier de Maistre qu'il aimait, et Stendhal, qu'il n'aimait pas du tout. Il ajouta qu'il avait pourtant, par désœuvrement, continué la lecture du *Rouge et le Noir*, de *La Chartreuse de Parme* et de *Lucien Leuwen*, dans l'océan Indien pour les terminer à quai à Saigon. C'est alors que je lui dis : « Vous avez toujours aimé la lecture ! »

A mon grand étonnement il me répondit : « Non, mon gars, je n'aimais pas lire !...

— Mais alors ?

— ... Je me suis forcé à lire, par devoir, de même que je faisais, à bord, des objets en bois découpé... Je me suis mis à lire par devoir...

— Pour vous instruire ?

— Non. Pour tout te dire j'ai lu, et beaucoup lu, par respect pour ma femme. »

Il scruta de l'œil la mer qui s'était mise à moutonner, puis continua : « ... Au mouillage, surtout, en rade ou à quai, si tu ne lis pas, matelot, tu t'accoudes au bastingage, du côté de la ville, du côté du bruit. Le bruit et les lumières, voilà ce qui tire l'œil de l'homme oisif. C'est stupide mais c'est ainsi. Et tu te mets à regarder. Tu regardes les gens. Et tu ne t'aperçois pas que tu regardes les femmes. Et alors le diable t'entre dans la cervelle, dam, et tu te prends à penser à ces femmes que tu vois, de loin. Tu les imagines comme ci, comme ça. Et c'est par là que le diable te travaille au corps, sans même que tu t'en doutes et puis voilà que tu te surprends à te raser, pour passer le temps, puis à te peigner, puis à te passer de l'eau de Cologne... et puis voilà que tu t'aperçois que tu viens de quitter le bord, dam, et que tu t'es mis à te promener, les mains dans les poches, mine de rien.

Les femmes que tu regardais de loin, tu n'en avais que la vue, mais là tu en as aussi l'odeur, matelot ! Et même le toucher ! Dam, tu n'as qu'à avancer la main, comme ça... et même c'est elle qui avance la sienne... Et c'est le commencement de la catastrophe de la colère de Dieu !

Tonton D'ziré donne une lancée à son filin de pêche. D'étonnement j'ai laissé les avirons en suspens. Il crie :

« Nage ! Nage matelot ! Souque hardiment ! Mon hain [1] va crocher le fond ! Nous sommes sur le grand herbier icite et il n'y a pas quatre mètres de fond ! »

Alors que je rame, pardon, que je nage vigoureusement, il reprend : « Oui, mon petit gars, tu me comprends bien : deux mois, trois mois sans une femelle en vue, et tout à coup tu tombes au milieu d'une flottille de filles au grand pavois, et qui chalute à tout va ! (il prononce : à tout vatte).

— Et alors ?

1. *Hain* : hameçon appâté (parler gallo).

— Alors ? D'ziré Angot ne voulait pas mordre à ce hain-là ! »

Il se tait. Je le regarde. Il est en train de haler sa ligne qui se tend par grandes saccades. Dans le sillage, à vingt brasses, on voit une sorte de ressort d'acier qui bondit sur l'eau, plonge, vole, virevolte, dans un joli halo d'embruns. Tonton D'ziré hale toujours, bien régulièrement, et la bête approche : c'est une orphie, une « aiguille » d'assez belle taille, qu'il embarque et qu'il décroche. Il la prend de ses grosses mains rongées de sel, la porte à sa bouche et lui donne un coup de dents sur la nuque, la repose, frémissante sur le caillebotis où elle glisse entre deux lattes et va rejoindre les autres « à fond de cale ». C'est là encore une expression du père Angot, qui lui donne toujours l'impression de commander un navire de haute mer.

Il relance son filin et commande : « Hardi gars ! En avant toute ! » et reprend son discours sur les femmes :

« Tu n'aurais pas voulu qu'elles me crochent, les garces, non ?... Je n'ai qu'une bourlotte [1] moi, et je l'ai consacrée devant le maire et le curé à celle qui devait être et qui a été ma femme, dam !

— Peur des maladies vénériennes ?...

— La vérole ?... Chaut pas guère [2] !... C'est bien autre chose : j'avais promis, j'avais juré. On ne se parjure pas comme ça pour une mousmé qui change d'amure à chaque pas ! D'accord, le diable peut arriver à te tenter par une peau jaune, ou une peau noire, ou la forme d'un téton qui n'est pas breton... Mais promis juré (il crache).

1. *Bourlotte :* ver arénicole qui a la forme d'un sexe d'homme. Les marins emploient ce mot dans ce sens.

2. *Chaut pas guère,* parler gallo. « Peu me chaut ! Ça m'est bien égal ! Pas d'importance ! »

— Sont pas nombreux les marins qui parlent comme vous, tonton D'ziré ! »

Il me regarde sévèrement, de ses yeux gris-bleu et, très durement : « Faut pas dire ça, matelot ! Tu ne sais dam rien là-dessus ! Tu ne fais que répéter ce qu'écrivent les suppôts du diable : “ Une femme dans chaque port ! ”... »

Il dit tout cela très vite, de sa voix brève de marin : « ... Quand ils parlent des marins, ils laissent entendre... en ricanant ! Suppôts du diable, passez au large ! Et ma dignité, alors ?... Et sa dignité, à Elle, l'épouse ?... Et la dignité des enfants ? Qu'est-ce que tu en fais ? Les enfants qui portent le stigmate du chien, jusqu'à la fin de leurs jours si leur père renifle les chiennes de port !... »

Il se tait, met le nez au vent, me fait signe de gréer le petit mât de fortune, son klein-foc de tourmente, le met en ciseau et me fait signe de me mettre vent arrière en installant le gouvernail et nous voilà filant grand large, vers ce repère de la côte que nous connaissons bien, nous autres, les gens de la Pointe : la bosse de l'étambot droit sur ce vide qui existe entre la maison de Robert Maximi et celle de Louise Hillion, qui se détachent en contre-jour au-dessus de la falaise, toutes minuscules dans l'éloignement. C'est par ce repère qu'on prend par bâbord la balise d'entrée, à condition de corriger convenablement le cap en raison d'un courant qui, à ce niveau de la marée, vous « d'rive un petit [1] » sur la pointe aux Chieuves.

Le cul sur le caillebotis, je m'adosse au bordage de tribord, les pieds calés soigneusement sur celui de bâbord et je le regarde, comme pour lui dire : « Encore ! parlez ! parlez ! » Car ce qu'il dit me fait battre le cœur. J'aime entendre parler ainsi de la

1. *Vous d'rive un petit :* vous dérive légèrement.

Femme et de l'Amour. De la vraie Femme, du vrai Amour. Et ce qu'il va dire ensuite m'exalte bien davantage encore.

Il s'exprime par courtes phrases, séparées par de longs silences :

« ... La femme, gars, ce n'est pas, comme on le dit, notre moitié. C'est notre tout...

« ... Si tu t'es consacré à elle, ta femme, et que tu fasses la bête à deux dos avec une autre, ou même simplement si tu en renifles une autre, alors gars, tu es bon pour qu'on te bascule par-dessus bord... avec un coup d'aviron sur la goule, pour t'empêcher de refaire surface ! »

Je pense : Bravo. Voilà qui est parler en homme ! ce qui s'appelle parler !

« ... Et même si tu regardes une femme, comme dit Tolstoï, et que tu la désires, ou seulement si tu la trouves désirable, tu as déjà commis l'adultère en ton cœur ! »

Et tout à coup ceci, après un plus long silence pendant lequel il regardera filer un cormoran noir au ras des vagues : « ... Et sais-tu, petit gars, ce qu'il a dit, Notre-Seigneur Jésus-Christ ? Il a dit : l'adultère ? Il vaudrait mieux qu'on lui attache une pierre de moulin au cou, et qu'on le jette à l'eau !... Tu demanderas au recteur Le Touzé si ce n'est pas vrai.

— C'est vrai. Je le sais. Il y a beau temps que je l'ai appris au catéchisme !

— ... Et le Renard argenté te le confirmera ! »

Le « Renard argenté », c'est précisément l'abbé Le Touzé, recteur de la paroisse (ainsi nommé, précisait toujours tonton D'ziré, « parce qu'il a le poil blanc et la queue rouge »). C'était la plaisanterie traditionnelle de tous les jeunes marins en permission. Tonton D'ziré ajoutait toujours : « Mais ne va pas dire ça à ta tante Léouise, elle n'oserait plus aller à confesse dam ! »

Le Vieux, la main droite sur la barre, a l'œil fixe et la mâchoire prophétique. Il dit :

« La Femme, matelot, c'est le temple de l'Humanité. C'est dans son ventre qu'un petit grain de ta semence, que tu ne verrais pas seulement à l'œil nu, même avec une lunette marine, se transforme en un être vivant, comme toi, qui sera un autre toi-même... Un temple comme ça, matelot, tu ne le profanes pas !... Ou alors tu deviens moins qu'une bête. »

Comme nous nous approchons de la côte, nous voyons alors qu'il règne, dans cette crique minuscule, que nous nommons pompeusement le havre, parce que nos embarcations y cherchent un piètre refuge, une agitation extraordinaire : des gens sont là, tout le long de l'estran et dans les rochers. Ils s'agitent, ils crient. Plus nous approchons et plus nous en voyons, de ces gens qui gesticulent d'une façon curieuse. Et puis, alors que nous doublons la pointe des Roches-Blanches, nous voyons, dans la crique, un bouillonnement extraordinaire à la surface de l'eau : un énorme banc de petites sardines, la « menuse », est venu, va savoir pourquoi, se jeter à la côte. Elles sont tellement serrées les unes contre les autres, ces petites sardines, à peine grosses comme des sauterelles, qu'elles en épaississent l'eau, au point que le ressac est lent et pâteux, comme si c'était du mercure.

Là-dessus, un petit banc de maquereaux qui rôdait dans les parages, est entré dans la crique et fonce, gueule ouverte, dans cette masse argentée, qui se jette, en folie, sur les galets, pour échapper aux maquereaux.

Aussitôt débarqué, je prends une hotte, je me joins

aux autres et, de l'eau jusqu'au ventre, je plonge la hotte dans cette soupe de poissons et je la retire pleine de menuses et de maquereaux, qui, même jetés au sec sur les galets continuent de mordre à pleine gueule la masse frétillante des petites sardines.

Tout le village est là, dans le ressac. Les gamins prennent le poisson à pleins bras, ou dans leur béret. D'autres ont enlevé leur chandail, ou leur culotte, et, ayant noué les bras ou les jambes, s'en servent comme d'une épuisette, qu'ils courent vider sur les galets. Et ils recommencent, comme fous, excités par cette atmosphère de pillage et de fortune de mer. Certains se sont procuré des havenets, des sacs. D'autres dévalent la ravine, portant des hottes, et criant comme des fous.

A l'instant où je vais vider ma bourriche pour la sixième fois, une bande de marsouins, attirés par le carnage, entrent dans la crique et foncent, gueule ouverte, dans cette purée de poissons, jusqu'à venir s'échouer à la vague. L'un d'eux me frôle même, puis virevolte en bondissant entre les gars qui rient dans les éclaboussures.

A un moment, les marsouins se replient vers le large, mais c'est pour revenir en force, à fleur d'eau, gueule ouverte dans ce magma, brillant comme vif-argent. A chaque assaut cela fait un bruit de roue de moulin...

Et puis tout à coup, comme sur un signe mystérieux, tout disparaît : les marsouins et les maquereaux. Il ne reste plus que nous autres, trempés, et la menuse morte, flottant, ventre en l'air et que la vague rejette à la grève.

Le soir tombe. Sur l'estran, au sec, il y a, un peu partout, des tas de maquereaux qui frémissent encore. Les femmes descendent du village, avec les ânes et, pendant des heures, remontent, en riant, cette pêche miraculeuse.

A la maison, tonton D'ziré est grave. Il dit :

« L'affaire là n'arrive dam que pour la comète... ou pour annoncer autre chose !

— Autre chose ?

— Autre chose d'exceptionnel dans le ciel ou bien...

— Ou bien ?

— Ou bien dans le monde : par exemple qu'il va naître un être exceptionnel... ou bien encore... que des choses se préparent...

— Il se prépare toujours des choses...

— Oui mais celle-ci n'est pas ordinaire, gars ! »

Puis me regardant, l'œil mi-clos :

« Tu n'aurais pas à souhaiter quelque chose, par hasard ?

— Bien sûr que si !

— Alors c'est dam le moment. Fais un vœu ! »

Il prend alors quatre maquereaux qui frétillent encore, les ouvre par le dos, les écarte, les vide, les jette dans le beurre de la poêle, qui se met à chanter, alors qu'il répète : « Oui dam ! Une chose pas ordinaire ! Dam oui !... surtout que c'est après-demain le 15 août ! la fête de la Femme, la fête de la Mère... Stella matutina ! l'Étoile du Matin, l'Arche d'Alliance ! la Femme génératrice et régénératrice !... »

Puis il prend ses jumelles et scrute l'horizon marin qui devient noir alors qu'un volet de sa lucarne est rabattu par un coup de vent :

« Le volet gauche ? C'est vent de pluie ! » dit-il simplement. Et, pendant que son regard plonge dans la double nuit du ciel et de la mer, il semble réciter. Non pas un texte d'un écrivain célèbre, mais plutôt un de ces monologues qu'il se fait sans cesse à lui-même et qu'il prononce là, à voix haute, pendant que tante Léouise tisonne en silence, comme sourde, muette et aveugle : « Quand on a bourlingué sur toutes les mers du monde, six mois, un an, sans revenir au pigeonnier, on peut en parler !... Oui, on peut parler de l'amour de longue attente, dans la chasteté.

« Le seul amour qu'on peut appeler Amour. Tout le reste n'est que chiure de morgatt[1]. »

Cette nuit-là, après un premier sommeil très agité, peuplé de monstres marins à tétons de femme, je repense à cette prose magnifique que le Vieux a improvisée pour moi, ou pour lui-même, va savoir. Phrases terribles : « Si tu t'amuses à faire la bête à deux dos avec une autre, ou même si tout simplement tu la renifles, tu es bon pour qu'on te bascule par-dessus bord... avec un coup d'aviron sur la goule, dam, pour t'empêcher de refaire surface. »

Et tout à coup, comme une grande lumière dans la tête : Mais oui ! Voilà ma vérité. La Vérité. La consécration de tout mon être, corps et âme, à une fille. A la « Demoiselle ». Je me conserverai pour Elle. Exclusivement.

Au matin donc je suis debout avant l'aube qui, dans cet Occident maritime, est plus tardive que dans l'Orient continental. Tonton D'ziré ronfle encore mais tante Léouise est déjà debout. Au fait : l'ai-je jamais vue couchée ? ou même assise ? On l'entend qui froisse du petit fagot. Elle me regarde aller et venir, préparer le bigot et les corbeilles, car aujourd'hui on arrache les pommes de terre.

Les filles sont parties avec l'ânesse blanche, nommée Mignonne, pour vendre tous ces maquereaux miraculeux ramassés hier soir à pleins paniers. Elles iront dans l'intérieur les proposer aux populations terriennes, peut-être à l'ouest jusqu'à Saint-Brieuc

1. *Morgatt* ou *Morgad* : mot breton, utilisé aussi par les Gallos pour désigner la seiche.

douze ou quinze kilomètres à l'aller, à pied, en chantant et autant au retour, mais en montant, chacune leur tour, sur l'ânesse blanche.

Dans la cave il y a encore quelque cent kilos de maquereaux que Désiré Angot, qui vient de se lever, se met à vider et à parer pour les mettre en sel dans une barrique défoncée.

En bon ancien Terre-Neuva, il les tranche d'un coup de barre après avoir rogné la tête, comme les morues. D'un revers de la main gauche, il extirpe la tripe et la vessie natatoire. D'un coup de paume il ouvre et étale la bête et l'aplatit sur le tranchoir. Il la pose alors dans le tonneau, la saupoudre d'une poignée de gros sel marin, et tasse le tout de toutes ses forces avec le revers de ses gros poings tout mangés de saumure. Aussitôt il attaque un autre maquereau. Tout cela se fait dans un enchaînement fulgurant de gestes pourtant incroyablement précis.

Il voit que je le regarde avec admiration, alors il rit et, se tournant vers moi, sans plus regarder son travail, il se met à parler du temps où il était trancheur à bord du brick *Saint-Pierre*, armé à Binic et parti sur les bancs le 1er avril 1900.

Bien que son regard soit tourné vers moi, ses mains continuaient par cœur les mêmes gestes, avec la même prestesse, sans perdre de leur précision ni de leur efficacité.

« Au banc, chaque homme faisait de même trente caques par jour ! par moins dix degrés et grand vent ! » clame-t-il fièrement.

A ce train, les cent kilos sont salés en moins d'une heure, trois bêtes à la minute. Il regarde ce tas de nourriture, se frotte les mains en riant, d'un drôle d'air de frère de la côte, en disant « Fortune de mer ! »

On ira, comme les autres maisons, jeter la tripaille sur le fumier, au fond du jardin, face à la mer, où cela formera le plus puissant guano du monde, qui fera des choux gros comme une miche de quàtre livres,... et c'est ainsi que toute la pointe sera baignée d'une vigoureuse puanteur de poisson pourri. Ce qui, grâce à Dieu, fera fuir les parisad pendant quinze jours.

Mais j'y pense : Si les étrangers fuient cette partie de la côte, la Demoiselle se gardera bien d'y venir. Il est donc temps que j'aille à elle.

C'est ainsi que, tout en arrachant les pommes de terre de Désiré Angot, je décidai fermement de commencer la quête. La grande quête qui devait orienter ma vie.

Il me fallut pourtant finir d'arracher les patates et les ensacher. Car c'était là une de mes tâches. Cela me parut long. Très long. Et si Yves Le Floch n'était venu m'aider, et c'était miracle qu'il le fît, car en véritable homme de mer, il laissait plutôt aux femmes tous les travaux de la terre, j'eusse terminé à la nuit, mais grâce à lui j'avais fini à trois heures de l'après-midi.

Il vit bien, à mon excitation, que quelque chose se préparait. Il me le dit : « Alors ?... c'est pour bientôt ?

— C'est pour tout de suite : je vais ! »

Je tournai les talons et il me regarda partir en disant, gravement : « Tu as raison, mon gars, assume ton destin !... »

Il ajouta : « Je te laisse aller !... Car c'est ton destin ; pas le mien ! »

Il dit encore autre chose mais je ne l'entendais déjà plus.

A la Croix-Guingar, Soizik Le Louarn était assise, comme par hasard, sur la murette de l'enclos paroissial de Notre-Dame-de-Bon-Voyage, où les femmes, avec l'abbé Hamon, préparaient les fleurs et tendaient, sur les murs des trois maisons, des draps blancs, pour le pardon de l'Annonciation. Elle siffla, pour m'appeler, comme elle sifflait son chien vacher.

Je n'avais pas le temps de répondre. Alors elle lança, de loin : « Alors ? Finies les patates, Hari ? »

Je continuai impassible et, alors que je prenais le chemin du bourg, elle lança : « ... du côté du Vaudy, Hari !... La route de Tréméloir... Tu tournes ensuite à droite et toujours devant !... loin ! très loin ! presque jusqu'au partage d'entre deux mers !... »

La diablesse avait compris mes intentions. Comment donc fonctionnait sa cervelle lorsqu'elle cria, alors que je m'éloignais : « Kenavo, danvez bihan ! » ?

« Danvez » ! Mot difficile, que je m'efforçais de bien comprendre, tout en marchant. Je pouvais le traduire en effet, par « matière » ou « étoffe », mais aussi par « fortune » ou « richesse », et aussi par « candidat » ou « aspirant ». Le « fiancé » se dit « danvez-gwaz ». Mot à mot : l'homme-candidat. C'est ainsi que je le compris, mais je sentais bien qu'il avait, dans la jolie bouche de Soizik, un sens plus profond, plus mystérieux. Car tout était mystérieux qui sortait de cette tête dont les cheveux, courts maintenant, et découverts, faisaient, lorsque je me retournai, comme une auréole au pied de la chapelle Guingar.

Alors commença l'aventure qui, au-delà des soucis universitaires, des difficultés financières du jeune orphelin et des aléas de toutes sortes, devait à coup sûr me conduire vers un destin fatal et forcément merveilleux.

Soizik avait dit, par deux fois : « Du côté du Vaudy, par la chapelle du Vaudy... la route de Tréméloir ! » C'était donc d'abord là qu'il me fallait aller.

J'y fus bientôt, car je courais, et Jules Ladoumègue, bien que pour lors champion du monde je crois, aurait eu de la peine à me suivre. Sûr, dam !

C'était assez loin, bien au-delà du bourg, en direction du cœur du Trégor. En moins de vingt minutes j'eus passé l'agglomération, après quoi le pays m'était inconnu. Seule la bande littorale, valorisée par la mer, nous intéressait, Yves et moi, et même tous les camarades gallos, tournés vers l'Océan, n'avaient jamais dépassé, dans cette direction, la grand-route Saint-Brieuc-Paimpol. Au-delà, c'était pour nous « la Mertrie », le pays perdu, secret, le cercle magique.

Je suivis donc la route de Tréméloir. A La Plesse je pris résolument à droite et j'entrai dans le pays sombre, le pays des talus, le dédale des chemins creux, où embaumaient les sarrasins en train de passer fleur.

Je courais toujours au grand trot, comme de ces fameux chevaux du pays qu'on appelle les postiers bretons et qu'on élevait alors sur les hauteurs de Kerchouan, aux sources de l'Ic et autour de Corlay. Pourquoi allais-je si résolument dans cette direction ? Je ne saurais le dire. Je suivais, au nez, un parfum, comme la chienne Sgéolaun aux poils blancs tachés d'or. Et je pensais bien que, comme elle, mon flair me conduirait au palais où m'apparaîtrait la jeune fille Saba, au fond des collines, ainsi qu'il est dit dans la gwerz de Marc'harit Fulupp. Les collines des Faeries pouvant très bien être ces hauteurs vertes et bleues que je voyais devant moi et qui faisaient probablement le partage des eaux entre Manche et Atlantique, comme Soizik me l'avait dit : « Jusqu'au partage d'entre deux mers. »

C'était un pays vert sombre, compliqué de mille talus, de vallées minuscules et imprécises, dont le fond était tourbeux, encombré de grandes fougères et de joncs, où un filet d'eau se faufilait, en se cachant sous les menthes argentées.

J'avançai ainsi pendant au moins deux heures. Je passai deux petites vallées, probablement des affluents de l'Ic et, butant sur un massif d'ajoncs, au revers d'un de ces ravins, je me demandai tout à coup ce que je faisais là. Soizik s'était moquée de moi en m'envoyant dans ce labyrinthe. Pouvais-je trouver ainsi, au hasard, dans ce profond Argoat, la Demoiselle ?

Pourtant, ayant contourné avec peine une lande abrupte et impénétrable, je rencontrai une voie convenable qui avait l'air de m'encourager à continuer, au moins pour trouver le chemin du retour car le soleil baissait au-dessus du Gouello. Je continuai cependant dans cette direction, ce qui m'éloignait encore à coup sûr de mes bases maritimes...

... Mais tout à coup, alors qu'un clocher sonnait sept heures, celui de Plouvara ou de Kastell Audren [1], un chemin s'enfonça, sur la droite, sous une voûte d'énormes châtaigniers. Entre les troncs, en contrebas, on devinait un « doué », un de ces petits lavoirs, protégés en général par un oratoire, où l'on vient, la nuit de la Saint-Jean, guérir quelques malades.

Un peu plus loin, après une joncheraie, où l'eau brillait de lueurs étranges (du moins me parurent-elles ainsi), on voyait une bâtisse sombre, une de ces demeures de petits gentilshommes bretons, entourée de ses crèches basses. Seule la façade de la maison principale était blanchie à la chaux.

Je m'étais arrêté net, car la porte venait de s'ouvrir et trois jeunes filles, vêtues de blanc, en sortirent. Parmi elles, il y avait Anne, la Demoiselle. Elles montèrent dans une Citroën noire que je n'avais pas vue et qui démarra, prit le virage, s'engagea dans le chemin creux et passa devant moi, me repoussant dans le talus.

Un homme mûr était au volant : un officier en

1. *Kastell Audren :* pour les gens de « l'intérieur », c'était Châtelaudren, chef-lieu de canton des Côtes-du-Nord.

uniforme, portant les galons de capitaine, me sembla-t-il.

La voiture passa très vite, mais j'avais eu le temps de la voir et, j'en fus certain, elle m'avait regardé et m'avait même souri. C'était très vague, très imprécis, mais je décidai d'appeler cela un sourire.

Dès lors je ne sus que faire. J'étais comme paralysé de stupéfaction. Je m'amusai à penser qu'une magie avait joué. Oui : l'apostrophe de Soizik. « Kenavo, danvez bihan ! » était un sort que la diablesse m'avait jeté. C'était là le véritable sens de cette phrase résolument ésotérique et évidemment bénéfique.

Je réfléchis : cette voiture l'emmenait au bourg, ou à Guingamp, pour y faire des courses avec ses sœurs, mais elle allait certainement revenir puisqu'elle n'avait pas de bagage et portait une robe légère.

Je fus donc m'étendre dans les genêts, d'où je voyais l'allée entre les massifs d'hortensias bleus et la porte d'entrée et je m'endormis.

Je fus réveillé par le bruit d'un moteur : c'était la voiture qui revenait. Plusieurs personnes en descendirent mais la nuit était maintenant presque tombée et je ne pus vraiment pas voir si elle était là, bien qu'une brillance exceptionnelle accompagnât l'une des silhouettes, comme une aura, qui ne me laissa aucun doute.

Un à un les volets se fermèrent. Je restai là néanmoins et, beaucoup plus tard, les lumières du rez-de-chaussée s'éteignirent, alors qu'une fenêtre du premier étage s'éclairait tout à coup et continuait à scintiller doucement comme un phare.

Je m'approchai alors de la maison et je me proposai de me hisser à la hauteur de cette fenêtre en utilisant les saillies de la maçonnerie, qui était faite de gros moellons de schiste brun, maçonnés selon la méthode du chiquetage, qui laisse des aspérités régulières.

Ç'aurait été un jeu pour moi mais comme je m'approchais, je vis une silhouette immobile devant la barrière blanche fraîchement repeinte, entre les deux massifs d'hortensias bleus. Le même halo de lumière semblait l'entourer. Peut-être parce qu'elle portait une robe blanche et que de ses cheveux blond pâle rémanait la lumière du soleil, comme la fille Saba.

Je m'approchai.

C'était Elle. Debout, immobile, elle semblait m'attendre. Je la saluai ; il me sembla qu'elle répondait d'un signe. J'eus l'audace d'approcher encore. Elle ne recula pas, et même elle s'avança légèrement.

« Je vous ai vu tout à l'heure, dit-elle de sa voix grave à peine perceptible, je me doutais bien que vous alliez venir.

— Oui. Je suis venu..., dis-je.

— Je savais bien que vous alliez repasser. J'en étais sûre ! »

Il y eut un long silence et tout à coup un bruit se fit dans la maison. Elle eut un geste de recul, comme pour s'enfuir. Je crois bien l'avoir entendue murmurer : « Vous reviendrez sans doute ?

— Oui, je reviendrai. Mais peu importe, car maintenant : je sais. Je ne voudrais pas repartir sans que vous sachiez à votre tour.

— Je sais aussi ! » murmura-t-elle.

Elle disparut d'une façon très mystérieuse et moi je m'en allai. Au bout d'une cinquantaine de mètres je me retournai : à la fenêtre illuminée je vis une ombre pâle qui soulevait le rideau. Je supposai que l'on me regardait partir.

J'arrivai à la Ville-Rouho un peu avant trois heures du matin. Je m'en fus frapper à la porte d'Yves Le Floch, dans les combles de sa maison.

C'était en effet dans le grenier qu'il avait élu domicile. Il dormait dans un hamac de la Marine d'État, qu'il avait suspendu entre deux chevrons de la charpente. Un lit était installé pour lui dans un coin, mais il refusait de s'en servir. A la lueur de la bougie, je lui racontai mon expédition. Il tenta de situer la maison de la Demoiselle, mais méprisant tout ce qui se passait « dans les terres », il avoua qu'il en était incapable et il se contenta de dire : « Merveilleux ! »

Puis, le menton dans la main : « Vois-tu, si je rencontrais une telle aventure, je lâcherais tout pour la suivre !

— Même la mer ? » lançai-je.

Il eut un haut-le-corps, ouvrit de grands yeux et, brusquement, avec un vif mouvement du menton : « Non ! Pas la mer... C'est pourquoi je n'aimerai qu'une Bretonne de la côte. Elles seules acceptent et peuvent partager l'âme de leur homme avec la mer. »

Avec mépris il ajouta : « Les terriennes en sont incapables ! »

Je terminai la nuit dans le lit qu'il n'utilisait pas. Sur le matin nous fûmes réveillés par la pluie qui tambourinait sur les ardoises, amenée par la marée montante.

4

C'est alors que, comme chaque fois que la marée était de plus de 100 [1], et probablement sous l'influence de la lune (dont la réputation n'est plus à faire), il se fit un grand mouvement dans les esprits, dans les corps, dans les rapports sociaux et familiaux. Soizik Le Louarn fut, pour cette raison, inabordable. J'aurais voulu la voir pour lui conter mon aventure, mais elle passa toute la journée à courir comme une folle, en criant, après ses vaches et ses chèvres, qui, la queue en l'air, semblaient alors plus folles qu'elle à l'occasion de ce mouvement cosmique.

D'ailleurs je n'eus pas le loisir de la poursuivre, car, par ces fortes marées, toute la population maritime était « à l'herbier ». Au contraire, tous les cultivateurs se gardaient bien de descendre sur le rivage et ne regardaient même pas la mer. Le père Le Louarn refusait de connaître par leur nom, les vingt-sept rochers de Saint-Quay, pourtant drossés en travers de la baie et, de ce fait, personnages importants du paysage. De son côté, Mme Le Louarn, ostensiblement

1. Cotation de l'ampleur de la marée donnée par les services maritimes et publiée dans le petit almanach édité à l'époque par *L'Ouest-Éclair*.

et quoi qu'il advînt, ne prêtait attention qu'à la moitié terrestre de ce paysage et à son éternel tricot à cinq aiguilles, même si elle gardait ses vaches au plus avancé de la falaise, en Beg Lann, le « bout du monde ».

Il était bien impossible que les deux races pussent alors se rencontrer. Ce dont elles semblaient ne pas se soucier le moins du monde.

Les vents soufflant de terre, les eaux se retirèrent très loin à cette marée-là. Elles découvrirent largement cette immense toison que l'on appelait « l'herbier », pâturage insondable et inépuisable où paissait une population sous-marine multiple, qui servait de réserve vivrière à tout un peuple de pêcheurs.

Pour lors il était là, ce peuple, dans l'eau jusqu'au ventre, à pousser le havenet triangulaire, les jambes entravées par les grandes lanières molles du varech. Ce varech que Désiré Angot prenait à pleines mains en disant :

« Voilà de l'or, ami ! de l'or ! La richesse de la baie ! le pactole du côtier ! la bénédiction de Dieu ! le pâturage du pauvre homme ! »

En effet, ces milliers d'hectares de prairie sous-marine offraient refuge et nourriture à une fabuleuse faune aquatique qui, au plus bas des grandes marées, restait prisonnière des grandes algues.

On voyait maintenant d'innombrables points noirs se mouvoir à la surface des grands espaces de nacre et d'émeraude sous le ciel immense. C'étaient les gens des villages, les femmes surtout, les hommes naviguant pour lors sur les mers du globe, caparaçonnées de vêtements de laine noire, mouchoir blanc en tête, qui draguaient patiemment cette inquiétante prairie où les vagues du large venaient mourir en rouleaux déferlants.

Tout le monde était saisi d'une sorte de frénésie.

Songez que chaque relevé de havenet pouvait faire surgir la surprise, par exemple : une morgane, cet être mystérieux, toujours de sexe opposé à celui du pêcheur, qui vit dans les hauts-fonds de varech pouvait très bien surgir au mitan de votre filet. On avait vu le cas. Mais c'était le plus souvent de grosses crevettes bouquet, que l'on faisait glisser dans sa hotte, ou bien un homard, ou un congre, ou encore un « minard », cette pieuvre commune, rouge de colère, qui passait ensuite par toutes les couleurs de l'arc-en-ciel avant de vous envoyer sa giclée de sépia. C'était alors une bataille très animée pour la saisir, introduire ses deux mains dans son estomac et la retourner, en un tournemain, comme une vieille chaussette.

Pendant trois heures de basse mer, nous labourions ainsi, de nos havenets, les grands varechs, et nous rentrions, rouges comme langouste cuite, harassés, parcheminés d'iode et de sel, ployant sous le filet mouillé que nous rincions, au passage, dans l'eau douce du « doué », la hotte pleine à ras bord de ces crevettes bouquet que l'on pouvait vendre aux baigneurs, jusqu'à un franc le kilo.

Tonton D'ziré ne faisait plus la marée. Il restait tout en haut de la falaise, sur le tertre du Bellon, les jumelles à la main. Il contemplait les sables mis à nu, brillants comme muqueuse. Si l'on s'approchait de lui, il disait, en montrant la baie d'un geste large : « Regarde-la, cette grande femelle ! Regarde-la nous livrer ses toisons et ses secrets ! C'est la lune qui la met dans cet état, et, dam, ça met tout le monde sens dessus dessous, les gars et les filles, les clercs et les lais, les jeunes et les vieux, les gens et les bêtes ! Pas étonnant si Vénus est née à marée basse ! Ah ! la grande garce ! Vois-la qui se pâme sous les caresses de ses chatouilleurs ! »

La nuit, c'était Étienne Rouzik qui arrivait, dans le

noir, par le haut du village, en chantant ses plus ardentes chansons.

Cette fois-là, on l'entendit venir depuis la Croix-Guingar, déclamant, sur un air qu'il inventait au fur et à mesure, un poème incompréhensible, mais à coup sûr grandiose. Nous couchions alors dans le grenier d'Yves Le Floch, lui, dans son hamac réglementaire, moi dans le lit. Nous entendîmes venir le barde depuis la Ville-Louhais. Il arrivait à pas lents, scandant ses versets d'une antienne qu'il improvisait sur son violon, en double corde.

Il s'arrêta juste devant la maison, comme il avait l'habitude de le faire, à toutes les grandes marées, car au carrefour s'élevait justement le calvaire. Nous nous levâmes, pour le regarder depuis la lucarne : il était alors perché sur le socle de la Croix. Il s'était affublé d'un grand drap qui le recouvrait de la tête aux pieds. L'archet dans la main droite, le violon en main gauche, il écarta les bras et son poème prit une ampleur extraordinaire. Ainsi installé, il était tourné vers la mer, invisible dans la nuit, et c'était à elle qu'il s'adressait.

Sa voix était tellement pâteuse qu'on distinguait mal les paroles, mais l'air, si j'ose dire, ressemblait à celui qu'utilisaient alors les tragédiens de la Comédie-Française.

Des mots se détachaient. Il parlait français. Un français qui semblait assez pompeux. Quand sa voix fut arrivée au paroxysme, on comprit qu'il interpellait la mer :

« Ô fille de sous la vague, je te le demande : Prends-moi ! Prends-moi, ma grande amoureuse ! Pourquoi m'as-tu refusé déjà deux fois ? » On disait qu'il avait fait deux fois naufrage, la première dans le détroit des Dardanelles où son bâtiment avait été coulé par les Turcs, et la deuxième en océan Indien, alors qu'il revenait de Singapour. « Prends-moi dans tes bras ! Car tu es revenue, je le sais ! Tu es revenue après avoir marché pendant sept ans, ensorcelée, dans les tourments de la solitude... »

Il déclama ainsi longtemps, appelant « la Fille de sous la vague » avec de grands cris, de grands gestes amplifiés par le drap, gonflé par le vent de mer. Puis ce furent des sanglots, et tout à coup, après un terrible hurlement qu'on ne pouvait entendre sans frissonner, il prit son violon à deux mains et le brisa d'un grand coup sur son genou.

Les deux morceaux, un dans chaque main, étaient encore reliés par les cordes et il s'acharnait à les arracher mais il ne le put, alors il fit tournoyer le violon brisé au-dessus de sa tête et le lança en hurlant. Je me souviendrai toute ma vie du bruit humain que fit le violon brisé en tombant dans les ajoncs qui le griffaient. On aurait dit une plainte. Étienne sanglotait : « Pour toi, fille de sous la vague, je me suis brisé le cœur... »

Et la tirade continuait avec la lance de Bîrgha, la coupe de lune, l'épée de Conan, le saumon de la sagesse, et tout ce compendium qu'il évoquait à chaque grande marée, et dont je devais comprendre, petit à petit, qu'il faisait partie, en quelque sorte, de moi-même.

Bien qu'il fût minuit, des gens, jetés à bas du lit par les glapissements d'Étienne Rouzik, s'étaient groupés en silence sur le talus pour ne pas manquer le paroxysme du spectacle, qu'on sentait venir.

Je ne sais trop pourquoi, j'eus l'espoir que, peut-être, la Demoiselle était là parmi eux. Je descendis donc en pensant l'apercevoir. Mais que serait-elle venue faire là, depuis le fond de la vallée de Plouvara ? Voir un vieux loup-garou briser son violon et hurler à la lune, comme le chien de Fionn, en pleurant ?

Bientôt des lumières arrivèrent par le haut du chemin. C'étaient ceux qui, le fanal à la main, partaient pour la marée de nuit, pour ramasser les lançons en grattant le sable de leur pioche, l'étale de basse-mer devant se produire vers deux heures du matin.

On vit leurs lumières descendre la sente de la falaise puis, plus tard, briller très loin sur les sables mouillés, procession étrange qui surexcita davantage encore l'aède. Il cria, de plus en plus fort, des choses de plus en plus mystérieuses, des pieuseries mêlées d'injures et de grossièretés macabres, et d'où il se dégagea tout à coup une sorte d'élégie :

Tous les morts sont ivres, oui ivres d'eau de mer
Au cimetière de Ploubazlanec...
Les vagues de l'Éternité les bercent
Et le cercueil de mes frères
Est grand comme les océans du monde
Au cimetière de Ploubazlanec,
Et les goélands sont gras
Oui, gras de votre froide chair humaine
Vous, les morts en mer, mes frères,
Au cimetière de Ploubazlanec...

Et quand la mer commença à monter, le vent passa tout à coup au noroît, et le flux se mit à gronder, depuis le sillon de Talbert, et la mer sortit, noire, de la nuit, avec une écume blafarde au coin des lèvres, livide, rageuse, convulsée, râlante, en pleine crise d'équinoxe.

L'orgasme maritime dura ainsi trois jours, avec son paroxysme le deuxième jour, et cela s'arrêta tout à coup. Toutes fureurs cessantes, Elle redevint douce et gracieuse, comme une épouse largement fécondée, et l'on put rencontrer Soizik Le Louarn sans qu'elle prît l'idée de sauter par-dessus les talus pour s'enfuir en criant, aux trousses d'une vache en caprice...

D'ailleurs les vaches n'eurent plus de caprice, jusqu'à la lune suivante.

Après le grand bouleversement de la grand'marée, ce fut le moment de faire la deuxième coupe de luzerne. C'était mon affaire, et j'y prenais grand plaisir car j'étais persuadé que les mouvements du faucheur étaient le meilleur exercice pour se faire une belle ceinture abdominale, travailler ses lombaires et surtout préparer la volonté. Et de la volonté, dam, je savais qu'il m'en faudrait pour atteindre le but.

Yves Le Floch ne m'aidait qu'avec condescendance, par amitié pour moi, c'est certain, et par devoir filial, car c'était une récolte à demi, une moitié pour Jeanne Rault, sa grand-mère et une moitié pour les Angot. Il me laissait embattre la faux, me regardant faire, avec une curiosité amusée, mais se gardant bien d'y mettre la main, car pour un marin, surtout un gradé, faucher était un travail de femme. Aussi pour les Terre-Neuvas, qui sont là-bas, sur les bancs juste au moment où les luzernes sont bonnes à couper.

A vrai dire on n'en fauchait qu'une vingtaine d'ares, ce qui était suffisant pour l'hiver des quatre chèvres et de l'ânesse blanche de Désiré Angot. Je fauchais donc, à grands andins savants et Yves fanait, non sans maladresse. Une maladresse voulue, systématique, pour prouver son incompétence pour les choses de la terre et donc sa vocation exclusive et indiscutable aux choses maritimes.

Les filles venaient nous aider à faner, râteler, mettre en tas et rentrer, à bras, le fourrage sec.

Tout cela nous prit beaucoup plus d'une semaine car les mouvements de lune prolongèrent les travaux. Il fallut plusieurs fois, en toute hâte, mettre en tas puis étaler. Aussi abandonnâmes-nous la mer pendant ce temps, nous contentant d'embarquer à bord du doris pour aider tonton D'ziré à tendre ses cordes et à les relever. Les pêches étaient d'ailleurs maigres et la mer boudeuse. On était revenus en morte-eau, les grandes passions étaient retombées, les cheveux de Soizik Le Louarn paraissaient plus ternes et son œil franchement moins coquin.

Moi je maniais la faux, d'un grand geste convaincu — le fauchage en tant qu'ascèse —, m'efforçant de mettre la lame bien à plat, le talon rasant le sol pour ne laisser subsister aucun de ces « plumeaux » qui, à jamais, déshonoraient le faucheur.

J'étais donc en train de raser au plus près la bordure du champ, le long du chemin, lorsque je vis tout à coup la Demoiselle, Anne, qui s'avançait, dans une certaine auréole. C'était peut-être simplement le soleil qui la prenait à contre-jour, mais c'était encore autre chose que j'aurais certainement su expliquer si je m'étais tant seulement donné la peine d'employer les grands mots, merveilleusement précis, du père Arnaud, mon ancien professeur de philosophie. Mais au diable la philosophie ! Un grand coup venait d'être frappé dans ma poitrine, ou peut-être dans ma tête, ou ailleurs encore ; je ne m'arrêtai pas de faucher, mettant toute ma science à bien faire.

Cette auréole qui la précédait m'avait empêché de voir qu'Anne était entourée de plusieurs personnes, qui jasaient en riant. Ils ralentirent le pas lorsqu'ils passèrent près de moi et j'entendis une voix mâle qui disait :

« Ah ! bravo ! Un brillant labadens qui sait faucher !... et qui fauche bien ! On ne voit pas ça tous les jours ! »

Je me relevai. L'homme avait l'air « martial et décidé », les cheveux coupés en brosse, la voix nette, très Lyautey. C'était sûrement le militaire que j'avais vu au volant de la voiture, à Plouvara. Je le saluai par le « jour » bref des marins bretons.

Anne était là aussi. Elle avait pris gentiment l'homme par le bras. C'était certainement son père. Elle me regardait en souriant à peine, timidement. Je m'avançai pour leur serrer la main. Il me sembla que l'homme claquait les talons en se présentant : « Capitaine Guesclin ! »

Elle resta muette et souriante. Il me sembla que je me devais de dire quelque chose. J'essayai mais ne trouvai que cette sotte allusion à ma science du fauchage : « C'est le meilleur entraînement pour les lombaires et les abdominaux !... et pour la volonté !

— Parfaitement ! » dit énergiquement le capitaine Guesclin.

Encouragé, et débordant d'audace j'ajoutai : « Si on ne fauche jamais, si on ne pioche jamais, on est obligé, pour se bien porter, de faire des tas de contorsions qu'on appelle " culture physique "... »

Le capitaine Guesclin éclata d'un large rire unanime. J'ajoutai donc, sans vraiment apprécier ce que cette phrase prétentieuse avait de prophétique. « ... Mais ce sera tantôt le lot de toute l'humanité mécanisée ! »

Il se retourna vers sa fille et lui dit : « ... Mais c'est qu'il a de la dent, ton labadens ! »

Elle rougit, sans doute pour m'imiter. Et ils prirent le chemin de la ravine et descendirent vers les grèves. Au moment de disparaître au tournant de chez Duchesne, le pêcheur de roussettes, elle se retourna.

J'attendais cela. Elle eut, en me regardant, un mouvement de bras pour relever une mèche folle, à moins que ce ne fût pour me dire adieu et, peut-être, pour esquisser un baiser ? C'est ainsi, toutefois, que je compris ce geste ineffable.

Yves Le Floch l'avait vue aussi, bien qu'il fût au milieu du champ à plaisanter avec les filles et sa tante Anna Danio. Lorsqu'il passa près de moi en étalant mon andin d'un revers de râteau, il lança : « C'était bien Elle !... Pourquoi n'as-tu pas parlé ?

— Son père était près d'elle, et les deux autres jeunes filles aussi...

— Ses sœurs sans doute : elles lui ressemblent.

— ... Et puis pourquoi parler, puisque j'en sais maintenant assez !

— Heureux mortel ! »

Et tout en fauchant (rien ne stimule mieux la pensée que le geste du faucheur) je me mis à réfléchir sur les lumineux événements de la matinée. Une chose m'avait frappé : le père savait que j'étais étudiant et que je venais d'avoir un succès universitaire. Mais comment l'avait-il su ? On avait donc parlé de moi dans son entourage. Et l'on s'intéressait à moi d'une manière précise. Je n'en demandais pas davantage.

Pourtant la phrase : C'est qu'il a de la dent « ton » labadens ! me trottait dans la tête. Il avait bien dit « ton » labadens, en s'adressant à elle ? Si elle avait parlé de moi dans la famille c'était peut-être à l'occasion de mon raid à la maison du doué, en Plouvara... et les langues avaient marché ! J'en fus gêné. J'eusse préféré le mystère.

Lorsque le groupe remonta des grèves, elle s'arrangea pour être seule et je pus lui dire :

« J'irai vous voir après-demain, à Plouvara.

— Venez demain, car après-demain nous partons.

— Vous partez ? Déjà ?

— Mon père a reçu sa nouvelle affectation. Nous le suivons ! »

Et ce fut tout.

Là-dessus, nous rentrâmes toute la luzerne sèche, qui fut entassée au-dessus des crèches et, comme le soir tombait, il fallut prendre en hâte les pioches pour aller chercher des vers à lieux, dans les sables gris des Rosaires, la marée devant être basse avant le crépuscule.

Nous étions tout juste revenus par le sentier des douaniers, pour la fillerie qui, à l'habitude, se tenait près des ruines du « corps de garde ». Une fillerie sans entrain, une fillerie de morte-eau, qui me parut bien terne après l'éblouissante entrevue du matin. D'ailleurs Étienne Rouzik ne daigna même pas y paraître, bien qu'il eût remplacé, disait-on, son violon brisé par une vielle. On tenta de danser, sans musique, en chantant, un jabadao, qui tomba à plat comme une krampouez[1]. Quelques baigneurs parisiens présents tentèrent de le transformer par dérision en une espèce de fox-trot, à ce qu'ils dirent, et nous les laissâmes gigoter à leur aise, enlacés comme de vulgaires acteurs de cinéma américain, et nous revînmes en dansant une dérobée, ce qui nous prit près d'une heure.

Seul Yves Le Floch n'y prit pas part. Assis à l'écart sur une tête de rocher, le poing au menton, il resta, face au gouffre noir de la baie, tel un nouveau Chateaubriand. Un Chateaubriand qui eût été admis à l'École navale.

Et donc le lendemain je cherchai une occasion de m'échapper vers Plouvara. Nous sortîmes le doris à la marée descendante pour aller relever les cordes où,

1. *Krampouez* : crêpe (*kram* : grillé ; *pouez* : lourd).

paradoxalement[1], sept petits congres seulement se trouvaient pris.

« Juste pour la soupe de ce soir ! » dit tonton D'ziré, toujours satisfait.

On était embossés sur le corps-mort à trois heures de relevée et, revenus à la maison, où les cordes étaient rincées à l'eau douce et étendues, aux fins de séchage, sur la haie d'aubépine taillée à cet effet.

A la prestesse de mes gestes, Désiré Angot comprit que mon programme comportait une entreprise importante. Comme il commençait une épissure, je vis qu'il me guettait du coin de l'œil. Quand j'eus décapelé la dernière bouée, alors que tante Léouise commençait à dépiauter les congres, il me dit : « Mousse ! Je crois que tes devoirs t'appellent ailleurs... »

Tante Léouise soupira, très discrètement, en coupant le chou de la cotriade.

« ... Pas sans manger la soupe, toucom ? dit-elle.

— Il la mangera en rentrant. Son affaire n'attendra pas ! fit Dziré, très détaché.

— Hon hon hon hon ! fit tante Léouise scandalisée, Toucom Toucom ! Est-y possible ? !

— Oui. Il a affaire ! insista le Vieux, très sûr de lui.

— Hon hon hon... Est-y possible ? répéta sa femme.

— ... Oui. Il a un petit commerce à faire, du côté de Plouvara. Va-t'en pas le li faire manquer !

— ... A Plouvara ? Toucom ! Est loin ela ! (C'est loin ça !)

— Loin ? Et alors quand j'allais jusqu'au-delà de la Ville-Tréhen pour té ? Était pas loin p'tête ? »

1. Paradoxalement : car le congre, poisson de fond et de roche, mord rarement aux lignes de surface.

Et tante Léouise, me lançant un long regard humide, se tut, résignée.

Comme je passais le seuil, le vieux lança : « La jeunesse ? C'est comme une grande fillerie. On peut y pêcher le poisson qu'il faut... »

Je traversai le jardinet. Il me suivait : « ... Et malheur à celui qui emploie l'effare du mensonge et le pouillen pourri de la chiennerie ! »

Ces mots mériteraient une explication : « l'effare » et « le pouillen » sont deux appâts employés dans la baie pour attirer le poisson sur les lieux de pêche, le premier pour le maquereau, en mer, le deuxième pour le mulet, à la côte.

Je passais le seuil ; j'étais déjà lancé au pas de gymnastique. Désiré Angot faisait mine de jeter un coup d'œil sur le baromètre, c'était pour pouvoir me lancer, alors que je prenais le chemin du bourg : « Gars ! Souviens-toi : L'œuvre de chair ne désireras... »

Et je répondis, par-dessus mon épaule : « ... Qu'en mariage seulement. »

Et je terminai en serrant les dents pour courir plus vite. « ... Prends pas peine, Désiré Angot ! On sera digne ! »

Une averse venait de tomber et le soleil revenu faisait briller les toits des métairies. Les arbres étaient sombres dans les vaux. Je calculai qu'en partant à cette heure, même en prenant ce train, je ne serais pas arrivé avant neuf heures, ni revenu avant une heure du matin, pour le moins.

Je repris un à un les chemins connus, malheureusement je me trompai au dernier, où je devais traverser deux vallées dans les ajoncs et les hautes fougères trempées de pluie. Il faisait nuit quand j'arrivai à la maison du doué. On voyait sa façade blafarde à travers le feuillage des châtaigniers.

Près de la barrière blanche, je vis comme une lueur qui semblait sortir d'une grosse touffe d'hortensias bleus. C'était elle qui était debout, immobile, lumineuse comme à l'habitude.

Elle m'entendit venir mais ne fit pas un geste.

Je devinai un grand mouvement dans la cour, autour de l'automobile. Je m'approchai et je vis que la Demoiselle avait calculé l'endroit où elle se trouvait afin de ne pas être vue de l'intérieur de la propriété.

« Vous arrivez bien tard ! dit-elle d'une voix neutre, quasiment irréelle.

— J'ai dû faire sécher les lignes et j'ai eu beau courir... »

Il y eut un silence, puis : « On a changé le moment du départ, à cause du temps. Nous partons à l'instant pour Brest. »

Il me sembla qu'elle avait la mine navrée, comme si elle eût annoncé un grand malheur, et je m'en réjouis.

On l'appelait de l'intérieur.

« Quand nous reverrons-nous ? Peut-être jamais ! dit-elle furtivement, d'une voix inexpressive.

— Cela n'a pas d'importance. Moi je vous verrai à toute heure, à volonté, partout où je serai... Et quoi qu'il arrive, nous nous retrouverons. Dans trois ans, aussi sûr que je suis là... dans trois ans... »

Pourquoi avais-je dit trois ans ? Parce que dans trois ans j'aurais terminé mes études ? Peut-être aussi parce que le chiffre trois jouait un grand rôle dans ma vie. Dans la vie des autres aussi il est vrai.

Elle s'échappa. Je tendis la main, elle fit le geste de l'effleurer mais je ne sentis rien. Il me sembla l'entendre répéter en écho : « Dans trois ans... peut-être dans trois ans ! »

La voiture sortit et disparut. D'un bond je m'étais enfoncé dans la haie. La nuit tombait. J'étais parfaitement heureux, ces difficultés successives me stimulaient en me donnant la certitude d'être sur les voies de la vérité, car la vérité est longuement insaisissable et ce qui est facilement acquis est mensonge, sinon douteux.

Je ne savais que son nom : Anne Guesclin, et que son père était nommé à Brest.

J'avais l'image de son visage, ingrat certes, mais dans lequel je lisais les plus charmantes promesses. Elle serait belle. Oui dans trois ans elle serait belle... dans trois ans, où qu'elle soit !

C'est en chantant que je repris le chemin du retour, comme lors de ma première quête. La nuit était tombée. J'en déduisis qu'il était près de dix heures et demie. Le soleil tarde à mourir dans l'ouest.

En marchant, je revis sa petite robe blanche à ceinture bleue, ses cheveux blonds, ses yeux immobiles, il me fut très difficile de me rappeler sa voix. Oui sa voix était celle d'un être qui n'existe pas. Chemin faisant, tout à coup il me vint à l'esprit que la Demoiselle, contrairement à toutes les filles que je connaissais, n'avait pas d'odeur. J'en fus choqué car pour moi les sensations olfactives ont une grande importance.

Je pensai : « Et si elle n'existait pas vraiment ? »

C'était la première fois que je soulevais cette question, mais combien de fois allait-elle encore se poser à moi ?

Lorsque j'arrivai en pays connu, je poussai la fantaisie jusqu'à prendre un raccourci que je suivais étant enfant car il conduisait à la maison d'école qui se dressait, seule, au milieu de la lande. Un de ces raccourcis qui ne raccourcissent rien mais qui, au contraire, prolongent le plaisir.

Celui-là descendait dans une valleuse, franchissait

le ruisseau, remontait dans les balais[1] et gagnait, par le derrière, la maison Quéhé.

Au moment de m'engager dans le plus sombre du massif, un cheval blanc (personne ne possédait de cheval blanc par ici) surgit devant moi, me fermant le passage. Je dus crier et ramasser un morceau de bois qui traînait. Le cheval s'enfuit sur ma gauche en hennissant, ce qui me fit frissonner car Marc'harit Fulupp parlait en grand mystère, du « cheval blanc hennissant » dans tous ses psaumes.

Bien pis : alors que je terminais, à quatre pattes, l'escalade du versant, ce fut un chien blanc à taches rouges qui se mit en travers de mon chemin. Je lui lançai mon bâton avec une telle force qu'il s'en fut en hurlant, et boitant très bas de la patte arrière gauche.

J'en fis part à Soizik Le Louarn aussitôt que je pus la rencontrer, dans la matinée.

« Un bâton qui était une tige de balann ? dit-elle.

— Je ne sais pas.

— ... Et un chien blanc, dis-tu ?

— Oui.

— Piqué de taches d'or ? Ah ! voilà qui me chagrine gros ! » dit-elle, la main sur son joli petit sein gauche, l'index et le majeur croisés, et elle prononça, avec épouvante, cette phrase étrange : « Ce matin, l'abbé Jickel avait la jambe gauche cassée ! »

Désiré Angot, à qui j'en parlai un peu plus tard, me confia que l'abbé Jickel aimait, par jalousie sans doute, chercher ainsi noise aux gars qui revenaient de la fillerie. C'était lui, sûr, dam ! que j'avais rencontré sous la forme d'un chien blanc à taches d'or.

« Tu lui as réglé son compte. C'est bien fait pour lui ! » ajouta-t-il simplement.

1. Balais : les genêts, dont le nom en celte est *balan*, qui a donné, en français, « balai », car on en faisait tout naturellement des balais.

Yves Le Floch, informé à son tour, ne fut pas si naïf. En bon taupin, il envisagea logiquement la chose, se tut un moment, puis :

« Un chien noir, pour l'abbé Jickel, je ne dis pas mais un chien blanc à taches rouges : c'est irrationnel ! Il faudrait plutôt voir si ce ne serait pas Soizik Le Louarn qui aurait la jambe cassée... ou tout au moins des bleus au tibia !

— Je viens de la voir à l'instant et elle saute comme un cabri. Mais ce qui est sûr, c'est que l'abbé Jickel a bel et bien la jambe cassée ! dis-je.

— Sans doute, mais il faut dire que cela n'a rien d'étonnant : l'abbé Jickel a bien d'autres occasions de se faire casser une patte ! » conclut Yves Le Floch qui, par ailleurs, s'enthousiasma lorsqu'il apprit que la Demoiselle venait de rejoindre une destination inconnue et qu'en tout état de cause je doutais même qu'elle existât.

Peu m'importait cela d'ailleurs : je venais de prendre le pari sacré. J'allais m'élancer sur les traces lumineuses de la Demoiselle, comme le Conan des contes de Marc'harit Fulupp. Et comme lui une main mystérieuse venait de me déposer dans une barque sans rame, ni voile, ni gouvernail, qui me conduirait vers Iseut, ou comme le Guiguebert de Marie de France, vers « la guérison »... toujours comme nous le contait la vieille chanteuse de gwerz. Car dans les contes de Marc'harit de nombreux jeunes gens de qualité étaient ainsi déposés dans une barque sans voile et sans aviron afin de poursuivre le plus merveilleux destin.

Je ne saurais passer sous silence ce voyage aux îles, avec le doris de papa Angot, car il a sa place dans ma vie. Une place privilégiée. Certains me comprendront :

Nous avions embarqué à six et, bien que la saison n'en fût pas encore venue, nous récoltâmes cent quatre-vingt-douze ormeaux, plusieurs hottées de bigorneaux gris, ceux que l'on nomme là-bas, les vignaux. Marie-Rose Angot, qui était une incontestable spécialiste, ramenait une énorme pochée de crevettes bouquet, grosses comme on n'en voit jamais sur la côte, et enfin dix-sept homards pour Yves et moi.

Nous fûmes surpris par le jusant qui, pour un peu, nous eût subtilisé le doris que nous avions échoué trop bas. Lorsque nous revînmes pour embarquer, il flottait déjà par trois mètres de fond sur son grappin. Nous fûmes obligés, Yves et moi, d'aller le quérir à la nage. Le retour fut très dur, avec le vent en cul, six personnes à bord et tout notre chargement. La mer embarquait par l'arrière, bien que nous ayons gréé deux paires d'avirons pour appuyer la petite voile, et que nous souquions dur, deux filles et nous, alors que deux autres filles, Joséphine, dite Finette, et Françoise Angot, les cousines, écopaient sans prendre le temps de renouer le chignon.

On arrivait à la nuit, glacés et trempés, la pluie s'étant mise avec la marée montante. Et voici ce qui se passa, alors que nous remontions la ravine : la mère Le Louarn, la coiffe en bataille, nous attendait dans la brume. Aussitôt qu'elle nous vit, elle se jeta sur nous et nous demanda si Soizik n'avait pas embarqué avec nous.

« Dam non ! C'eût été la première fois ! répondit Yves.

— Elle est partie avant-hier. Bientôt deux jours ! Et on ne l'a pas revue ! » pleurait la mère.

Dans la nuit et le lendemain Soizik fut introuvable et les jours qui suivirent aussi. Tout le village était en chasse, avec la brigade de douaniers. Mais voilà que l'on trouva, sous le couvercle de l'arc'h [1], une lettre où elle disait :

Je vais me placer à Saint-Brieuc, chez des bourgeois. J'en ai trop gros sur le cœur de ne pas gagner d'argent pour aider mon pauvre père à nous nourrir. Je reviendrai un de ces dimanches pour vous apporter de l'argent.

Comme ni la mère ni le père ne savaient bien lire, et que le frère Jos était au 27ᵉ régiment d'infanterie au fin fond du continent, dans une ville qui s'appelait Dijon (où diable ces gens-là vont-ils chercher ces noms bizarres ?), ce fut moi qui lus la missive. Au fur et à mesure que je lisais, je traduisais en breton et la mère Le Louarn corrigeait mes fautes et comblait les lacunes laissées par le texte, alors que le père, assis sur la pierre de l'âtre, disait, en litanie : « Ma Doué béniguet ! Gagner de l'argent pour moi ! mais quelle idée ? et à Sant Brieg [2] ! pour se perdre, la pauvre enfant ! Mais quelle idée ?... Elle était bien plus utile ici ! Mais quelle idée ? »

Quelle idée ? C'était une idée de Bretonne, une idée d'équinoxe, une idée de Soizik, un jour où tout était retourné sens dessus dessous, où la mer s'en était allée rager, le diable sait où, et qu'elle revenait plus femme que jamais, de la bave blanche aux lèvres, qu'elle grimpait jusque sous le Bellon, qu'elle montait mordre la terre et l'arracher jusqu'à ce que de grands morceaux de rocher, gros comme la chapelle de Bon-Voyage, se trouvassent déchaussés on ne sait comment, où elle cherchait même à monter le sentier de la grève et, de rage de ne pouvoir y parvenir, en emportait une centaine de mètres cubes pour aller les

1. *Arc'h :* en celte : coffre.
2. *Sant Brieg :* Saint-Brieuc, chef-lieu des Côtes-du-Nord.

jeter dans la courbe de la jetée, qu'elle recouvrait à moitié, pour faire pester les gens de la pointe.

Quoi qu'il en fût, Soizik resta introuvable et l'on attendit vainement une lettre d'elle; la pluie que l'on croyait arrivée pour l'automne, ne revint que trois semaines plus tard, juste au moment où Yves Le Floch prit son sac de mataf, marqué à son nom et gagna Brest, où l'attendait le Borda; Brest, loin vers l'ouest, d'où vient la Vérité, Brest, la Mecque de la Marine française, Brest, le débarcadère du bout du monde où sont arrivés les géants venus de l'île des pommes... selon Marc'harit.

Nous accompagnâmes le futur amiral Le Floch à la gare du petit tacot, où Marie Guyomarc'h, la cheffesse de gare, nous cria, à son habitude, sous une pluie battante : « Biaou temps a né ! » (Beau temps aujourd'hui !)

Yves monta solennellement dans une de ces curieuses voitures Far-West, à plates-formes, qui constituaient le matériel à voyageurs de la Compagnie des Côtes-du-Nord (C.d.C.-d.-N.). Lorsque le tacot démarra, il resta sur la plate-forme avant, tourné vers l'ouest, appuyé des deux mains à la balustrade; on l'aurait déjà cru à la passerelle de commandement du cuirassé *Richelieu.* Il ne nous regardait plus : il scrutait l'horizon occidental.

Je restai un instant sur le marchepied. Il me dit : « Tu me tiendras au courant, pour la Demoiselle !

— Sûr ! Ce que je peux te dire c'est que je me garderai pur comme mes intentions. Pur comme mon rêve ! Je te le promets. Pour moi, maintenant, le problème est résolu ! »

Le train démarrait, prenait de la vitesse. Alors que je sautais, je crus comprendre qu'il disait quelque chose comme : « ... Le grand rêve des Celtes !... »

Et, touchant le sol, lancé à quarante à l'heure, je fis

un saut boulé et j'allai rouler à dix mètres en bas du talus, n'ayant pas compris la dernière phrase qu'il avait prononcée.

Ainsi Yves partait, curieusement, en direction de Paimpol. Il avait combiné de ne pas aller prendre le rapide de Brest, à Saint-Brieuc, ce qui l'aurait obligé à se diriger d'abord vers l'est. Au contraire il passait par Paimpol et il retrouvait le rapide de Brest, à Plouaret. Ainsi il maintenait son cap « vers l'ouest, en avant toutes ! ». C'était son expression favorite.

Une semaine plus tard, c'était moi qui partais, mais dans l'autre sens, vers Saint-Brieuc et Paris, pour rejoindre l'École nationale coloniale où trois années d'études m'attendaient — les trois années de délai, que je m'étais solennellement fixées devant la Demoiselle, pour devenir digne d'elle, par ma valeur et ma volonté. Trois ans pour qu'elle devînt belle, ma belle dame, qui n'était encore qu'une pâle adolescente. C'était pour elle que je travaillerais et que je me garderais, le corps pur comme mon âme... le rêve des Celtes ?

C'est ce que j'entendais murmurer dans ma tête alors que le train roulait et que l'on traversait successivement le « bro Sant Brieg », le « bro Gwitreg [1] », et que, tout à coup, passé la frontière du duché, les noms des gares changeaient étrangement de résonance, et que changeait aussi l'âme du paysage.

Dans la cour des fermes, les pommes, en tas,

1. *Bro Sant Brieg* et *Bro Gwitreg*, deux des six anciennes subdivisions territoriales du duché de Bretagne. Littéralement : pays de Saint-Brieuc et pays de Vitré.

commençaient à pourrir en attendant d'être broyées, pour le cidre...

... Et Soizik Le Louarn n'avait pas encore donné signe de vie.

2

L'épreuve du temps

5

A Paris, je logeais à l'Accueil des étudiants, près du square d'Anvers. C'était l'ancien collège Rollin, transformé, pour l'étage supérieur, en chambres pour étudiants. Il serait de bon ton que je dise : « pour étudiants pauvres ». En ces temps de misérabilisme revendicataire, il est des adjectifs qui s'imposent. D'ailleurs l'établissement se situait sur le mont Martre, le « mont des Martyrs » !

Ma chambre était encadrée à gauche par celle d'un étudiant en médecine, Jean Lemâle, franc-comtois fumeur de pipe, et à droite par celle d'un élève besogneux de l'école des Hautes Études commerciales, bourguignon de cœur et de mine, tous deux également pauvres. D'ailleurs il fallait n'être pas très riche pour vivre dans cette sorte de caserne, sans aucun confort, dirigé par un vieil adjudant de la Coloniale, « emploi réservé », qui devait, pendant mes deux ans de vie parisienne, compléter curieusement mes cours de « colonisation » en me faisant profiter de son expérience africaine. « Les coups de pied au cul ! ils ne comprennent que ça », disait-il des indigènes.

L'École coloniale était construite au sommet occidental du quartier Latin, tout à l'opposé du mont

Martre, sur le mont Parnasse, dans un style inspiré de la grande exposition coloniale de Marseille, compromis entre le fortin soudanais, la grande mosquée de Tombouctou et l'ancien palais du Trocadéro, tout cela accommodé par un maître à la sauce Arts déco, qui est aussi appétissante qu'une autre. On a vu pis depuis. Et même le pire.

On avait installé ce haut lieu de la colonisation française en bordure des allées de l'Observatoire. D'ailleurs je crois bien que le bâtiment existe toujours, je ne sais trop ce qu'on en a fait, et peu importe.

On y enseignait par-dessus tout la gloire de la France, colonisatrice et pacificatrice, dont l'empire colonial s'étendait alors sur tous les continents. C'était précisément ce qui m'avait attiré là : planter le drapeau français sous toutes les latitudes et par toutes les longitudes pour apporter à ces pauvres populations ignorantes, barbares, scandaleusement ignorantes et sous-développées, le progrès et la culture française ainsi que la civilisation chrétienne : tel était l'idéal que je poursuivais depuis l'âge de dix ans, encouragé en cela par mon instituteur, gratuit, laïque et obligatoire, pieusement antireligieux, véritable apôtre républicain, et par les pères rédemptoristes chez qui j'avais fait mon secondaire.

Sur leurs conseils communs, je me voyais, vigoureux et bronzé, sous un palmier battu par les vents de sable, excitant Noirs et Jaunes à s'engager hardiment dans la voie du Progrès libérateur, de la culture égalisatrice et du christianisme « fraternisateur ». Liberté, égalité, fraternité...

J'ai tort d'employer ce ton de scepticisme railleur pour parler d'entreprises qui, à l'époque, passaient, en toute sincérité par de merveilleuses et exaltantes réussites. Je me fais là l'avocat du diable et j'ose écrire, à mes risques et périls : j'avais la vocation coloniale la plus sincère et la plus désintéressée.

Qu'on y réfléchisse : on y étudiait l'Asie française, l'Indochine, la Cochinchine, le Laos et le Tonkin ; un tiers de l'Afrique, Madagascar, l'Océanie française, la Guyane. Vingt fois la surface de la France ! Oui, mes petits frères, à cette époque-là nous possédions et gérions tout cela, et il ne nous serait pas venu à l'idée d'en avoir honte. Et même, bien au contraire, nous pensions en recevoir la reconnaissance du « tiers monde » et la respectueuse admiration des deux autres tiers.

Je ne sais pourquoi, mais l'avenir proche allait me le dire, au milieu de toutes ces richesses ce fut le Maghreb qui m'attira le plus puissamment, et plus particulièrement le pays berbère. Peut-être que Chassigneux, le professeur de la spécialité, en était lui-même amoureux fou.

Le troisième soir, alors qu'étendu sur mon lit, je relisais les notes prises au cours « d'introduction à l'administration coloniale », la porte de ma chambre s'ouvrit brutalement et Jean Lemâle, mon voisin de droite, que je ne connaissais pas encore, entra dans ma piaule en criant : « Alors, petit gars, on se trasibule ? on coinfle ? on se branlifuge, tout seulabre, sans mariner avec les cominches ? C'est pas bien ça ! C'est pas christoche ! C'est positivemuche bizutinnommable !... »

Fort comme un Franc-comtois jurassien, qu'il était, il avait déjà retourné ma paillasse, et moi avec :

« Allez ! Allez ! jeune brandouille ! Qu'on se guiborectule ! Qu'on se propense, qu'on se couillecale, qu'on se munipèse et qu'on se commuffle, tous ensemble au bistrocoimbre ! »

Je faisais la connaissance avec le dialecte, spécifiquement fluctuant, aléatoire et exclusivement endomuffle des États libres de France-Pourliche et de Haute-Merdure réunies, desquels on était citoyen, *ipso facto*, du moment que l'on franchissait la porte de cet établissement municipal qu'était l'Accueil des étudiants.

On me confessa gaillardement dans cette langue, on m'autocritiqua, on me verbadialisa, selon une coutume rigoureuse.

Tout cela eut lieu au *Café des Oiseaux*, au coin du square, taverne où la légende la plus orthodoxe situe très exactement le lieu où Courteline venait prendre assidûment son absinthe, en écrivant clandestinement l'œuvre théâtrale que lui avait intelligemment commandée, en prévision de sa célébrité, la Comédie-Française (et non l'Académie française, comme certaines mauvaises langues l'ont tendancieusement prétendu).

D'ailleurs on me fit asseoir dans le fauteuil de moleskine dans lequel avait été conçu, intégralement, *Les Ronds-de-cuir*.

Il y avait là un polytechnicien en civil, actuellement en stage à l'école Bréguet je crois : Laurenceau. Comme son nom l'indique il était compatriote de Clemenceau, et tous les hommes dont le nom se termine en « eau » sont vendéens. Sauf Chantereau qui, on le sait, était berrichon. Il y avait Guérini, Bourdachol, Le Calvez, Berthaz, Lavoignat, Dubrulle, dont il est inutile d'indiquer séparément l'origine, car on l'aura reconnue, et plusieurs noms terminés en « ot », bourguignons, cela va de soi. Un seul « az », Berthaz, savoyard de stature et d'accent. Enfin un certain Berger, que je conserverai pour la bonne bouche.

La cérémonie de la « Verbodialise » consistait, pour moi, à répondre à des questions plus saugrenues les unes que les autres, après quoi tout le monde devait chanter le *Dignar est intrare,* qui précédait l'inévitable et innocente beuverie aux frais du récipiendaire. Cérémonie très modeste on le voit, mais qui engageait l'impétrant, sur l'honneur et *usque ad mortem* (exclusivement) à adhérer à une philosophie rigoureuse d'entraide aveugle et totale et à entreprendre, sans hésitation, toute action proposée par un seul des membres, pourvu qu'elle fût généreuse et paradoxale.

Je récite cela de mémoire, car c'était une des clauses des catéchismes, unifiés trois ans plus tôt, franc pourliche et haut merdurien, qu'il me fallut apprendre par cœur.

Je répondis avec succès à toutes les questions subsidiaires mais lorsqu'on arriva à celle-ci, inévitable, formulée en merdurien évolué : « Es-tu prépuceau ? »

Avec la plus grande sincérité du monde, et non sans intention provocatrice, je répondis : « Oui. »

Un grand silence se fit alors dans l'assistance. Je crus qu'il était dû à l'arrivée d'une fille brune, d'une beauté étrange. Elle salua tout le monde de la main et s'assit parmi nous. Après quoi on me posa de nouveau la question, mais presque en français cette fois : « Pas d'emberliffes : Es-tu puceau ? »

Derechef je répondis : « En vérité, oui, je le suis ! »

Et les bouches restèrent bées. Puis petit à petit le silence s'effrita et, chacun voulant s'exprimer, il en résulta un borborygme collectif étrange, un bouillonnement de « bon » et de « ho », dont Jean Lemâle émergea le premier : « Et canerais-tu[1] nous dire pourquoi tu es encore puceau ? » J'aurais bien pu répondre, tout simplement : « parce que je n'ai jamais encore connu de fille », mais le moment n'était plus à la plaisanterie. L'heure était venue, pour moi, de faire ma profession de foi, d'annoncer ma vérité, qui était LA vérité, de propager l'idéal encore tenu secret entre Yves Le Floch et moi.

Je pris donc ma respiration comme un plongeur et je sautai à pieds joints : « Parce que je réserve ma semence à ma Dame bien-aimée. La seule, l'unique, la vraie ! »

Il y eut un nouveau temps d'effarement général. Le monde comminche n'était visiblement pas préparé à ce dialogue. Dans un murmure qui me parut être franchement approbateur, Jean Lemâle, apparemment très désorienté, ajouta :

« ... Et l'as-tu rencontrée, cette Dame bien-aimée, la seule, la vraie ? »

Dans le plus pur style des gwerz, je répondis : « Je le crois, oui. Il me faut maintenant subir l'épreuve du temps et l'épreuve du feu ! »

Alors les applaudissements crépitèrent franchement.

J'étais admis, j'étais verbodialisé, j'étais comminche ! Et, ce qui ne gâtait rien : j'avais de l'humour. Je fus amené, statutairement, à payer les treize bocks et le café-crème de la fille, modestes libations intronisatoires rituelles qui grevèrent lourdement mon budget, cependant que retentissait, poussé par onze gosiers provinciaux fraîchement urbanisés, l'hymne haut merdurien, incantatoire au possible.

1. *Canerais-tu :* du verbe haut merdurien *caner :* visiblement inspiré du saxon *to can*, pouvoir.

Cette séance déclencha dans le groupe une discussion permanente qui ne laissa pas de m'étonner. Et pour commencer, le lendemain la fille brune se présenta à moi alors que je sortais de l'Accueil :

« Justement je voulais te voir ! » dit-elle.

Je la voyais alors de plus près : ses yeux sombres étaient largement fendus, sous un front haut et brillant couronné d'une puissante chevelure noire et légèrement crépue. Ses lèvres étaient charnues, surtout l'inférieure, le nez lourd et noble, le menton dodu, les oreilles longues, les épaules admirables.

Avec un léger accent, très habilement dissimulé, elle m'apprit qu'elle se nommait Erika Berger, qu'elle prononçait Bergé, à la française.

Elle voulait me voir parce qu'elle avait la manie, je le sus tout de suite, de psychanalyser les gens. En réalité elle faisait une thèse sur « les trois libido chez les Français et leur incidence sur leurs options sociopolitiques ».

On s'en doute : son dieu était Freud, bien qu'elle se méfiât de son côté bourgeois et « des prolongements politiques qu'il impliquait fatalement » *(sicut dixit)*.

Je traduis cela en langage clair, mais le titre de sa thèse et sa foisonnante argumentation de base étaient beaucoup plus compliqués que ça.

Ce qui l'intéressait en moi, c'était ma province d'origine, qu'elle ignorait encore, mais surtout cette réponse qu'elle avait entendue, tout à fait par hasard, à la fin de ma séance d'intronisation.

« Es-tu vraiment vierge ? » me demanda-t-elle avec le plus grand sérieux. « Réponds-moi franchement. C'est d'une grande importance pour moi ! »

Elle m'expliqua que si je répondais oui, et que je ne le fusse plus, ou bien si je répondais oui, et que je le fusse vraiment cela pouvait modifier très profondément la façon de développer sa thèse. Sans la modifier, certes car elle était préconçue, comme toutes les théories pures.

« Ta réponse était fantaisiste, n'est-ce pas ? » me demanda-t-elle en faisant une moue humide grâce à quoi sa lèvre inférieure débordante et fendue comme un abricot devint étrangement appétissante.

« Pas fantaisiste du tout ! dis-je fermement. Dès que j'ai compris le mécanisme et le but de l'amour, j'ai décidé de rester vierge jusqu'à ce que je puisse “ la ” rejoindre.

— Pourquoi ?

— Par respect pour l'acte, pour elle, pour moi et pour notre descendance. »

Elle notait tout cela, froidement, techniquement, alors que je continuais : « ... Et je viens précisément de rencontrer, peut-être, celle pour qui je me garde de toute éternité !

— Tu l'as vue ?

— Sans doute. Pas tellement avec les yeux du corps, mais ceux de l'âme. C'est une toute jeune fille : une Bretonne blonde.

— Et tu le lui as dit ?

— Inutile : je le crois.

— Mais elle, le sait-elle ?

— Je le pense oui. »

Elle répéta, avec insistance : « Et pourquoi veux-tu “ te garder ”, comme tu dis, te garder pour elle ? »

La figure de Désiré Angot me revint à la mémoire. Le son de sa voix aussi. Je me contentai de répéter sa phrase : « Celui qui commet l'adultère, il vaudrait mieux qu'on lui attache une pierre au cou et qu'on le jette à l'eau... et qu'on lui donne des coups d'aviron sur la goule pour l'empêcher de refaire surface... »

Elle s'exclama :

« Mais tu n'es pas marié à elle ! L'adultère, c'est...

— J'étais à Elle avant de la connaître, et même avant qu'elle fût ! » coupai-je.

La conversation allait s'engager sur une voie périlleuse mais combien enrichissante pour cette pauvre petite étudiante, lorsque Jean Lemâle, tout à coup, appuya lourdement ses mains sur nos deux épaules.

« Attention ! Attention, petit gars ! Elle va te pourrir notre Erika, te pourrir jusqu'à l'os, car c'est " leur " mission : pourrir tout ce qu'ils touchent ! Pourrir ! Pourrir les goyim !...

— Et quand je couche avec toi, est-ce que je te pourris, grand Helvète de mon cœur ? » répondit Erika en éclatant de rire, et Jean continuait : « ... De grands " retourne-merde ", des fouille-étrons, des exploiteurs de merde ! La merde des autres bien sûr... méfie-toi, petit gars, méfie-toi ! Elle ne fera qu'une bouchée de ta belle santé gauloise, notre Salomé ! »

Cela me devenait parfaitement intolérable, mais à mon grand étonnement, mes deux disputeurs riaient ensemble, à gorge déployée, devant mon air furieux, comme si Jean eût proféré les meilleures plaisanteries du monde.

« ... C'est comme son frère », continuait Jean Lemâle en criant très fort pour que tout le square d'Anvers l'entendît, « son frère est cet Eliacin scrofuleux que tu as vu hier, celui que l'on nomme, comme sa sœur, Berger, mais leur nom est en fait Mistberger, ce qui veut dire quelque chose comme Montagne de fumier. Eh bien, lui ne pourrit pas nos vieilles cervelles gauloises avec les vomissures du sacré petit père Freud, mais avec ses caricatures, ses dessins, ses propres chiures qui paraissent dans la presse, signées " Rotop "... car " ils " ne signent jamais de leurs noms !... La merde, oui ! " Exploite-merde " voilà ce qu'ils sont tous ! »

J'étais effrayé et écœuré par ces violentes diatribes,

mais à chaque phrase Erika était secouée d'un franc rire qui lui cambrait le cou en arrière, son cou merveilleusement galbé d'un goitre naissant. Une vraie gorge de pigeon, qui évoquait d'autres spasmes, si troublants que j'en avais le souffle coupé, car il émanait de cette peau tendue un appel violent. Tout autre chose, certes, qu'Anne Guesclin.

Elle s'était mise à passer sa main dans les cheveux de Lemâle, en le décoiffant. Il la prit alors vivement par la taille et profita de ce cou tendu pour le couvrir de baisers en disant : « ... Heureusement qu'Erika n'est pas de la même pâte que son frère ! Regardez-moi ce plantureux plateau de fruits mûrs ! Là il y a de quoi mordre et saliver ! Peu importe si ça recouvre un baquet de sanie, c'est beau ça, madame !... Que le hagre me pompe si je ne te bouffe pas avant ce soir, sombre gazelle de Judée ! »

Se calmant tout à coup, il se retourna vers moi : « Sais-tu que j'ai fait avec elle une expérience instructive ? J'ai simulé de vouloir épouser cette juteuse viande Kacher ! Oui, oui ! Elle était d'accord pour jouer avec moi cette comédie. Elle par pure curiosité scientifique (car c'était dans le cadre de sa thèse de doctorat) et moi pour me gausser de la tribu de Juda, à laquelle elle appartient. Nous sommes donc allés voir le vieux Mardochaï, son père, qui est tailleur rue Vieille-du-Temple...

— Oui, oui, c'est vrai ! affirmait Erika en roucoulant de plaisir sous l'outrage.

— Et alors ?

— Alors ? Ah ! il fallait voir le vieux Mardochaï ! j'ai cru qu'il allait faire une syncope ! Jamais il n'accepterait un goy dans la famille ! La pensée même de ce mariage était polluante. Il l'évoquait avec une grimace de dégoût furieux dont je me souviendrai toute ma vie !... Et le petit frère scrofuleux en a fait un ictère infectieux. »

Il continuait impunément, car Erika riait de plus belle en approuvant et moi j'étais pétrifié de dégoût. Comment cet homme, si sympathique et apparemment intelligent, pouvait-il proférer de semblables horreurs ?

Jean Lemâle, Franc-comtois de première catégorie, comme il disait, lissa, d'un revers de main, sa fine moustache blondasse et, après réflexion : « Essaie, un jour, d'en épouser une, petit gars, et tu verras ! Si par suite d'une aberration coupable, l'idée te vient d'en marier une (ce qu'à Jéhovah ne plaise !) Essaie ! tu verras !... »

Puis gravement : « Tu vois : pour désigner leur méprisant et dangereux ostracisme de race, il faut inventer un mot. Moi j'en ai un à proposer. Si d'autres ne l'ont pas fait avant moi ? — Ce mot est " racisme ". Voilà : ces gens-là sont racistes — oui " racistes " ! Excuse ce néologisme dont je suis fier... Racisme ! »

Il insista là-dessus, en appuyant sur ce mot, qu'il venait d'inventer, d'un mouvement de menton. C'était la première fois que je l'entendais, ce mot, mais hélas je devais l'entendre bien souvent par la suite. Erika, elle, le plus tranquillement du monde, prenait soigneusement des notes sur un bloc-notes, extrait d'une espèce de sac à provisions, qu'elle portait toujours à son flanc et dans lequel régnait un désordre sordide.

« Regarde-la ! continuait Lemâle, elle musse ! Elle amasse ! Elle note tout ce que tu dis, tout ce que disent les goyim et avec ça, sans même encore savoir le français, elle va bâtir une "théorie originale ", elle va en faire un livre aussi abject qu'emmerdant, qui sera vanté par toute la Presse, et devant lequel les goyim vont tomber en pâmoison. Comme toujours, avec notre suc elle fera son petit miel, un miel empoisonné et dégueulasse... N'est-ce pas petite Erika de mes couilles ?... Et malheur à qui le consommera !... »

Jean Lemâle resta un moment silencieux pendant lequel il caressa l'intérieur des cuisses d'Erika. Puis, comme s'il y avait repris force, il continua, plus véhément que jamais : « Mais tout le monde le consommera, son poison, parce qu'un de ses cousins, pourtant arrivé l'avant-veille de Bessarabie, et déjà conseiller de l'enseignement goy, le fera inscrire à tous les programmes scolaires de France et de Navarre... »

Et Jean Lemâle continuait ce discours qui m'était intolérable, bien qu'il le prononçât en riant et en donnant de bonnes tapes sur les cuisses d'Erika, qui notait toujours.

Jamais je n'avais entendu semblable volée d'injures, que l'autre écoutait d'ailleurs en riant. Était-ce cela la vie ? La vie estudiantine parisienne, si réputée ? Tout cela me donnait la nausée. C'était si loin de la recherche des vers arénicoles, des cordages de chez Kerlaouézo, et du fauchage de la luzerne ! J'aurais voulu retourner là-bas, chez Désiré Angot, me mettre à sa petite fenêtre ouverte sur la mer pour critiquer la manœuvre d'un cotre sortant, au loin, du port de Binic et entendre tante Léouise dire : « Toucom !... C'est-y possible ? » en ravivant l'âtre d'une poignée d'ajoncs bien secs.

A un moment cela devint si violent et si inacceptable, du moins pour moi, que je criai : « Assez ! »

Jean se tut. Erika leva le nez au-dessus de sa feuille de papier et tous deux me dévisagèrent avec un égal étonnement. Je profitai du silence pour continuer, hors de moi :

« ... Laisse ces gens ! laisse cette fille ! »

Jean me regarda attentivement, les yeux dans mes yeux :

« ... Mais... petit gars... on dirait qu'elle t'a eu ? Ça y

est... Possédé, enjôlé, emballé le petit gars ? Elle te tient, la reine de Saba ?... »

Il éclata de rire et s'en alla vers l'hôpital Cochin où il était de garde. Je restai donc avec la reine de Saba qui, méthodiquement, et comme si Jean n'eût pas existé, me cribla de questions indiscrètes, souvent malsaines et je crus que, bribe par bribe, elle m'avait tout fait dire. C'était mal la connaître : elle en tenait en réserve d'odieuses et de stupéfiantes qui lui semblaient toutes naturelles. C'était, paraît-il, pour documenter sa thèse de doctorat... Elle serait docteur ? Peut-être, mais docteur en quelle matière ?

Après avoir rempli son curieux questionnaire, elle resta un bon moment songeuse, en me dévisageant. Elle me sembla (qu'on excuse ma prétention) apparemment émue au plus haut point. Nous restâmes ainsi tout près l'un de l'autre dans nos fauteuils de square, alors qu'elle se remettait à écrire, sans respirer, avec son acharnement habituel. Les enfants bruyamment, jouaient autour de nous.

Nous ne nous levâmes que lorsque la chaisière vint nous réclamer les dix sous qui étaient le prix de location des deux sièges.

Cette séance devait se reproduire chaque semaine, très régulièrement, alors que mon dossier, dans son cabas, enflait régulièrement. Elle profitait pour cela de l'après-midi du jeudi, où elle savait me trouver seul et libre, les autres comminches étant occupés ailleurs, chacun de leur côté.

Lorsque je la voyais arriver, mon sang battait plus vite et une chaleur subite se répandait dans mon corps, jusqu'au bout des doigts, et je pensais à la réflexion de Lemâle : « Ça y est ! Tu es pincé ! »

Nous nous rassemblions tous, une fois par semaine, pour prendre le repas dans un restaurant sordide d'une impasse obscure près de Barbès et portant l'enseigne *A la riche table.* Sur les murs de la grand-salle, un peintre famélique et fort talentueux, ce qui n'est pas incompatible, avait, pour effacer son ardoise sans doute, peint les scènes les plus célèbres de la chasse au rat, au rat comestible, pendant le siège de Paris en 1870-1871. Conçu dans le style le plus réaliste qui soit, cela coupait l'appétit des gens nourris, qui renonçaient et, aussitôt, partaient. Les clients sérieux restaient et s'alignaient, au fur et à mesure de leur arrivée, sur des bancs encadrant une grande table. Ils commençaient le repas permanent là où ils le trouvaient en commençant par le rôti, le fromage ou le dessert, quitte à prendre ensuite la soupe et le bœuf au service suivant.

C'est là que, pour me prier de lui passer le sel, Erika employa, pour la première fois, l'expression qui devait rester mon glorieux sobriquet : « le petit fiancé », ce qui était, on le remarquera, le synonyme du « divroad bihan » de Soizik Le Louarn.

Tous les comminches se turent alors et me regardèrent d'un œil ému et, me sembla-t-il, envieux. Ils regardèrent aussi Erika avec étonnement. Elle n'avait pas, habituellement, ce genre de lyrisme. Pour lors, elle approchait chaudement sa cuisse de la mienne, exercice rendu possible par le banc de bois, lissé par combien de milliers d'autres cuisses ?

Cet événement discret provoqua, la nuit suivante, au *Café des Oiseaux,* puis encore plus tard dans nos chambres, de nombreuses séances, tenues entièrement en français, et non en haut merdurien, ce qui en disait assez l'exceptionnelle gravité, car tous mes camarades étaient si ébranlés par la présence, parmi eux, d'un homme vierge, qui osait le dire, qu'ils n'avaient pas l'esprit à plaisanter. Comme ils l'avaient sous la main, ils pouvaient le triturer, le presser comme un citron, ils ne s'en firent pas faute, ce qui me montra assez qu'au fond cette question n'était pas grave et capitale qu'à mes yeux.

Je ne pus me défendre d'éprouver beaucoup de pitié pour ces gens qui me semblaient avoir perdu définitivement, par leur faute, une sorte de paradis et qu'ils me jalousaient. On ne m'appelait plus « le puceau », comme certains l'avaient fait au début, mais « le petit fiancé ». Il leur semblait que se déroulait, sous leurs yeux, un événement prodigieux, exceptionnel et heureux.

C'est au cours de ces discussions, qui me paraissaient absolument puériles, que j'eus à répondre à des questions naïves à en rire et le plus souvent bêtes à en pleurer. Et notamment « comment un jeune homme de dix-huit ans peut-il vivre sans " connaître " une fille ». Et je les laissai cois en leur répondant : « Comment un " homme " jeune ou vieux, pouvait-il, sans crever de honte et de dégoût de soi-même, donner sa semence à la première pouffiasse de rencontre, et sans même savoir si elle en ferait le bon usage. » Des enfants ! Oui, des pauvres enfants perdus et inconscients. Voilà ce qu'ils étaient à mes yeux.

Un autre jour, Erika se trouva devant moi alors que je tournais, à l'angle du collège Rollin et du boulevard Rochechouart. J'eus même l'impression qu'elle me guettait. Elle me dit à brûle-pourpoint, sans même répondre à mon bonjour :

« Es-tu sûr de la retrouver un jour, ta petite fiancée ? »

Dans une grande confusion, je bafouillai. Elle continuait :

« ... Et quand tu la retrouveras, es-tu sûr qu'elle ne t'aura pas oublié ? Crois-tu qu'elle se gardera pour toi tout simplement parce que tu te seras gardé pour elle ? » Le temps d'avaler ma salive, et je répondis :

« ... *J'approuve que ma dame me fasse long attendre. Et même qu'elle ne me donne ce que je mérite d'elle... Pourvu qu'elle me conduise au Palais !...* »

C'était une phrase que Marc'harit Fulupp mettait dans la bouche d'un de ses héros, Conan le Magnifique.

« ... Mais alors, dit Erika, tu perds peut-être pour rien ta belle jeunesse ? »

Encore comme un héros de la vieille conteuse, je répondis en riant :

« *Prenez ma pureté en hommage, belle de dure merci, Pourvu que, par vous, à l'île d'honneur je tende !...* »

(Je traduisais là encore, comme je le pouvais, un verset d'une gwerz de Marc'harit.)

Erika nota, avec un empressement admiratif, ces phrases, bien celtiques, sur ses tablettes en me jetant, comme une injure :

« Troubadour cathare, va ! »

Elle faisait peut-être allusion à des connaissances universitaires, que j'ignorais. Mais plutôt à cette définition, que je connaissais, du mot grec *catharoi*, qui veut dire « pur », et c'était bien dans ce sens, exclusivement, qu'elle l'employait, ce qui me combla d'aise.

6

Chaque fois que j'avais un instant, je me dégourdissais les jambes en explorant le quartier dont l'Accueil des étudiants était le centre. Le plus souvent je montais la rue de Steinkerque et je gravissais le sommet de la butte Montmartre. Il me semblait en m'élevant à 54 mètres d'altitude (et ce n'était pas seulement une impression) que je m'extrayais d'une boue qui m'engluait et, au fur et à mesure que je gravissais les escaliers tout neufs du square Saint-Pierre, je respirais mieux.

Il y avait aussi là-haut, il faut le dire, un curieux magnétisme qui m'attirait irrésistiblement. J'avais cru un moment que le pôle était la basilique, toute blanche, du Sacré-Cœur, bien que sa silhouette de pièce montée en sucre me déplût. J'avais été fort surpris, et choqué, en entrant pour la première fois dans cet immense édifice, de trouver des mosaïques, des marbres, des dorures, et surtout une foule, en mouvement permanent qui défilait là, le nez en l'air, comme au marché et de suite j'en avais conclu que l'aimant qui m'y attirait n'était pas cette grandiose pâtisserie.

En tournant autour de cette basilique par la rue Sainte-Eleuthère, je ne manquai pas, bien sûr, de tomber un jour, sur la place du Tertre, et, au fond d'une cour je découvris, derrière un fronton ridicule où l'on lisait encore « Liberté. Égalité. Fraternité » la toute petite église romane de Saint-Pierre de Montmartre. Une simple merveille. En vérité la seule merveille qui existât sur le célèbre mont des Martyrs.

J'y pénétrai et, dès l'entrée, je fus pris de cette sorte de vertige qui me saisit toujours dans les édifices romans. Ce vertige qui m'oblige à m'immobiliser au centre de la nef et à regarder, comme hypnotisé, dans l'axe du chœur.

J'étais donc là, subjugué, enveloppé par cette chape qui tombait de cette voûte du XIIe siècle. Les jambes coupées, je fus, au bout d'un long moment, obligé de m'asseoir. Je me laissai donc tomber sur une chaise en me laissant envahir par cette extase active.

Je n'avais pas remarqué que je me trouvais ainsi adossé au confessionnal. C'est alors que, par la porte entrebâillée de la sacristie, je vis passer la tête joviale d'un curé qui, m'ayant vu, prit son étole, la baisa et la passa à son cou en se dirigeant vers moi. Il ouvrit la porte du confessionnal, y entra et m'y attendit.

Comme je ne bougeais pas, il se pencha vers moi et me demanda si je désirais l'absolution. Il m'avait pris pour un pénitent. Il ressemblait à une araignée qui s'approche prudemment de l'insecte qui s'est pris au piège qu'elle a tendu. Je refusai poliment en lui disant que c'était l'édifice qui m'intéressait. Il s'assit alors bonnement à côté de moi et se mit à faire l'historique de cette petite église du village du vieux Montmartre, comme effacée par l'orgueilleuse masse de la basilique, et pourtant bien plus intéressante.

Il ne put s'empêcher de déplorer la présence de ce concurrent prétentieux (il voulait parler du Sacré-Cœur) qui attirait les foules et leur faisait oublier sa belle petite église, sa splendeur, sa merveille, la plus vieille église de Paris, après Saint-Julien-le-Pauvre.

Il n'avait pas besoin de me la vanter. Dès mon arrivée j'avais été saisi par le contraste entre l'énorme basilique, vide (en dépit de la foule qui y grouillait), et qui n'était même pas orientée, puisque son axe était nord-sud, donc aberrant, et le tout petit Saint-Pierre, bien obscur, bien modeste, qui était, lui, plein de frémissements. Il n'était donc pas étonnant qu'on y ressentît le frisson sacré, au contraire de la basilique, où l'on ne ressentait strictement pas plus, la foule aidant, que dans une halle de gare.

Comme j'émettais ces remarques, pour le moins prétentieuses, il me demanda tout à coup, en changeant de ton, et tout à trac, si je n'avais jamais pensé à me faire prêtre.

Je lui répondis fièrement que la chose était pour moi impossible puisque j'étais fiancé.

« Qu'importe ! s'échauffa-t-il. Votre fiancée vous comprendrait certainement si vous lui annonciez votre décision de recevoir le sacrement de l'ordre ! »

J'étais tellement étonné que je restai muet.

« Vous êtes catholique ? me demanda-t-il affirmativement à brûle-pourpoint.

— Sans doute !

— Et votre fiancée l'est aussi, je suppose ? »

Je l'ignorais, hélas, puisque je ne lui avais adressé la parole que trois fois et pour lui dire les pires banalités, mais je répondis néanmoins :

« Avec le nom et les origines qu'elle a, je le suppose...

— Comment ? Vous n'êtes pas sûr ? »

C'est alors que je lui racontai mon histoire. Quand j'eus fini, il me regarda droit dans les yeux :

« Si je vous comprends bien, dit-il très rondement, vous n'êtes pas fiancé du tout, mon fils. Vous avez entrevu une jeune fille dont le minois vous a ému, tout au plus. Comment dirai-je ? C'est fréquent à votre âge et ça n'a aucune importance ! L'appel que je vous fais ici est infiniment plus profond, vous le concevez, mon fils ?

— Non, mon père : l'appel que j'ai reçu de cette fille est sacré !

— Comment osez-vous dire, ici, une chose pareille ? »

Nous chuchotions dans le coin le plus sombre de l'édifice, et pourtant sa voix emplissait toute la nef, me semblait-il.

« L'Église va bientôt manquer de prêtres, continuait-il ardemment, vous le savez, et vous le déplorez j'en suis sûr, puisque vous êtes catholique... Il faut donc sacrifier votre pauvre petit amour terrestre et rejoindre les rangs des soldats du Christ... Sans vous, l'armée de Satan va gagner !... »

J'eus l'audace de lui répondre :

« Comment pouvez-vous dire cela, monsieur l'Abbé, vous qui croyez en Dieu ?... Penser, un seul instant, que Dieu tout-puissant puisse être battu en brèche par une de ses créatures, révoltée, est un sacrilège. C'est la plus grave injure que l'on puisse faire au Créateur par qui tout a été fait. Satan lui-même est son œuvre et Lucifer le révolté fut même son Archange. D'un clin d'œil le Tout-Puissant peut le ramener à lui ou s'en débarrasser d'une pichenette, ce qu'il ne saurait manquer de faire d'ailleurs, puisqu'il est bon et veut le bien de l'homme, qu'il aime ! »

Avec une très grande surprise, je crus m'apercevoir que ce brave vicaire montmartrois n'avait jamais envisagé la chose de cette façon. Il ouvrit de grands yeux et prit le parti d'éclater d'un rire contenu, et même silencieux, en disant :

« Vous ne seriez pas un peu... Comment dirai-je ? un peu pélagien, vous ?

— Il se pourrait bien, dis-je, puisque je suis, comme vous, celte. »

Son bon sourire se continua intérieurement, puis, redevenu sérieux, en surface, et, écartant d'un geste ma ridicule objection, il reprit son idée :

« L'heure est grave : ce monde moderne manque de prêtres, et des gens comme vous, car je vois qui vous êtes, s'amusent encore aux petites amourettes de vacances ?... C'est pitoyable !

— Ce n'est pas une petite amourette, mon père, c'est l'engagement de ma jeunesse, qui doit déboucher sur l'Œuvre de Chair, l'acte le plus sacré de la Vie, à quoi je veux accéder absolument pur, et pour lequel Dieu m'a fait. Il n'a pas manqué de me le dire, paraît-il : Croissez et multipliez !

« Et cette Œuvre de Chair, je la veux parfaite. Une Femme m'est pour cela destinée et Dieu me la montrera...

— Et vous croyez que c'est cette jeune fille ? demanda naïvement l'abbé, qui semblait se prendre au jeu.

— Je n'en sais rien, mais je poursuis cette image et je fais sur elle ce pari. Elle me conduira, dans toute mon intégrité, à celle que je dois féconder. Ce sera peut-être elle ? peut-être une autre, mais elle est déjà l'âme de mon âme, la chair de ma chair. Ce n'est pas du tout une amusette, je vous l'assure... C'est aux antipodes de la débauche, me semble-t-il. C'est bel et bien du domaine du Sacré, non de la gaudriole !... »

L'abbé joignit les mains avec onction, des mains qu'il avait lisses et potelées :

« Comme c'est curieux, ce que vous dites !

— C'est ainsi que je ressens le Commandement !...

— Comme c'est curieux ! »

Il répéta encore deux ou trois : « Comme c'est curieux ! » Puis il me regarda longuement, par en dessous, et, clignant de l'œil, finaud :

« N'y aurait-il pas une bonne dose d'orgueil dans votre position ?

— Pas plus que dans la vôtre, à vous les prêtres, lorsque vous faites vœu de chasteté totale et définitive ! »

Il répéta encore : « Comme c'est curieux ! » puis posant ses deux mains rondelettes sur mes avant-bras, car il s'était assis en face de moi, il dit avec feu : « Pourriez-vous nous faire une conférence là-dessus ? Pourriez-vous animer une discussion avec mes gars !... »

Puis, se calmant :

« ... Il faut que je vous dise que, sur les recommandations de l'archevêque, avec mes jeunes, j'ai formé un " cercle d'études ". C'est un mot bien prétentieux mais, comment dirai-je, c'est ainsi : je réunis les grands gars de mon patronage et je leur trouve des conférenciers, des animateurs, qui viennent débattre, avec eux, des sujets les plus divers... et, très franchement, comment dirai-je, je voudrais voir... oui je voudrais voir comment ils réagiront à vos admirables propos sur le mariage...

— Hoho ! Admirables ?

— Si, si, admirables. Je dis bien !... Ah si tous les jeunes avaient un idéal aussi relevé que le vôtre !... quoique...

— ... Quoique ?

— ... Non. Rien. Nous parlerons de cela plus tard, avec eux par exemple... »

Il se mit à rire en sourdine puis :

« Je suis curieux de savoir comment de jeunes ouvriers parisiens peuvent recevoir des propos aussi rigoureux et, comment dirai-je, aussi... dérangeants ? »

Voilà comment je fus amené à faire, devant de jeunes ouvriers parisiens des conférences sur l'Amour et le Mariage. Conférences qui me confortèrent dans mes opinions.

7

Les lettres d'Yves Le Floch étaient arrivées dès les premières semaines de ma vie parisienne. Il me racontait son émerveillement devant la vie de flottard, dans cette atmosphère océanique, à l'extrême pointe du continent, où, pour des raisons mystérieuses, les terres plongent sous la mer, comme la Dame de sous la Vague.

« ... la Mer origine de tout, écrivait-il, la Mer, génératrice et régénératrice, comme la Femme... »

La Femme ! qu'il n'écrivait jamais sans une majuscule. Il employait d'ailleurs beaucoup de majuscules !

Pour le reste, il me donnait, non sans monotonie, des détails techniques, qui me semblaient être, tout simplement, des pages entières de ses cours, qu'il devait ainsi réviser, ce qui me vaut d'avoir une sérieuse culture maritime, mais il ne terminait jamais sans en venir, assez longuement, et d'une manière allusive, avec un grand lyrisme, à la Demoiselle.

« Es-tu toujours en communication avec Elle ? Et mérites-tu toujours cet honneur précieux de la Consécration totale, et sacrale ? As-tu la force de repousser toutes les tentations qui ne doivent pas manquer de t'assaillir dans ton cloaque parisien ? »

De mon côté, je lui racontais, point par point, les

puériles et ridicules tentatives de ce que tante Léouise appelait « le diable », et Marc'harit Fulupp « ar Diaoul ».

« Cette femme, Erika, m'écrivit-il un jour (car je lui en parlais), qu'est-ce que c'est ? Dahut ? la princesse qui a volé les clés de la ville et qui tente d'ouvrir la porte aux flots menaçants — gare à l'engloutissement ? »

A cette amusante allusion aux légendes profondes de notre clan, j'avais répondu :

« Dahut ? certainement pas. La reine de Saba, peut-être, vu l'angle que son oreille fait avec son front ? Lilith plutôt. Sois tranquille : il y a des mondes et des mondes entre cette fille et moi... »

Mais dans le même temps que j'écrivais cette phrase je sentais combien mon corps était attiré vers le sien, vers ces yeux sombres, ces cheveux noirs, ces lèvres trop rouges.

Il répondait : « Je te fais confiance. Je fais confiance aussi à la fille blonde, à peau blanche, aux yeux clairs, qui est pour toi l'étoile fixe... »

... Et autres fariboles dont le « racisme », comme eût dit Lemâle, ne m'échappait pas.

Il disait aussi :

« Et ce petit curé ? De quoi se mêle-t-il ce châtré ? T'arracher à la certitude ? Te faire prêtre ? Mais tu seras " prêtre " ! Tu es déjà le diacre du seul culte possible et conséquent : celui qui doit être rendu à la Femme, créatrice et procréatrice, principe générateur et régénérateur... »

Et il continuait, à pleines pages, sur ce ton, dans cette sorte de délire grave qu'il aimait à cultiver et qui, tout compte fait, est peut-être ce que l'on peut bien appeler « l'humour breton ».

Mais un jour, à la réception de la lettre quasi hebdomadaire, timbrée de Brest, il me sembla que l'enveloppe avait une autre couleur et un plus grand poids. Et je lus :

« ... Je l'ai rencontrée ! Oui. Je faisais la rue de Syam et je l'ai vue sous la pluie. Elle passait avec deux camarades de classe. J'ai d'abord hésité à croire que j'avais cette chance pour toi, mais elle m'a reconnu et m'a fait un signe de salut. C'est donc bien elle. Je n'ai pas rêvé. Elle est bien à Brest et je peux te dire qu'elle est au lycée de filles car je l'ai suivie. Tu m'en excuseras, mais j'ai pensé que tu pouvais avoir besoin de le savoir, bien que tes rapports avec elle soient d'un autre ordre.

« Si l'occasion se présente à nouveau, m'autorises-tu à aller plus loin dans mon enquête ? Ou faut-il rester au niveau supérieur ? »

Je répondis à ce sujet :

« ... Comme tu le penses je n'ai pas grand besoin de retomber au " niveau inférieur ", banal et insuffisant... mais si tu la vois, tu pourras lui parler, pour lui donner mon adresse par exemple, et, peut-être, pour lui demander la sienne. »

Neuf jours plus tard, une autre lettre arrivait, pareillement lourde :

« ... Je l'ai revue ! Elle était avec sa mère, mais dans un grand magasin où je l'avais suivie. Elles se sont trouvées séparées et j'ai pu l'aborder. Elle m'a demandé de tes nouvelles, puis ton nom. J'ai cru pouvoir lui donner l'une et l'autre, verbalement. Les a-t-elle retenus ? Elle m'a donné la sienne, la voici : Anne Guesclin, 6, rue Alain-Bouchard, dans le quartier de Recouvrance, à Brest. »

Et ma réponse fut :

« Tu as bien fait de donner mon adresse, pourtant je souhaite qu'elle ne m'écrive pas la première. Ce ne serait pas " convenable ", comme disent les gens bien. Mais je mets autre chose dans ce mot " convenable ". Autre chose que tu comprendras... »

Anne ne m'écrivit pas, bien entendu, mais je n'osai écrire non plus. Peut-être par timidité, mais plutôt parce qu'une certaine précision risquait de détruire « l'image » que je voulais conserver intacte, car c'était ainsi qu'elle m'était utile.

Tous les jours les comminches me demandaient si j'avais des nouvelles de la Demoiselle. Très curieusement ils avaient retenu son nom, qui m'avait échappé, un jour, par inadvertance. En outre, je rencontrais Erika plus souvent. Elle se trouvait toujours là, par hasard, au square d'Anvers, où, le soir, j'appelais les palombes à la voix. Elles m'obéissaient comme les pigeons du père Le Louarn et arrivaient, en vol plané, de partout, alors qu'un clochard, qu'on nommait « le vieux crabe », leur distribuait le pain qu'il raflait à la soupe populaire de la rue Rodier.

Erika assistait aussi au repas des palombes. Le Vieux Crabe la dévorait des yeux, et elle en jouissait sans vergogne. Elle me demandait aussi si j'avais des nouvelles. Je les lui donnais, en les améliorant de mon mieux dans le sens qui me semblait le plus conforme à mes désirs.

Elle me demandait :

« Ne crains-tu pas que, si loin et sans nouvelles, elle ne t'oublie et ne rencontre un autre garçon ? »

C'était toujours pour nourrir sa thèse sur « la sexualité des Français et ses rapports avec la politique », ou quelque autre faribole.

Mes réponses étaient très embarrassées, bien que je

fusse intarissable sur les circonstances et les lieux de nos rares et merveilleuses rencontres. Plusieurs fois elle mit en doute la fidélité de son souvenir, tant et si bien qu'elle arriva à jeter le doute dans mon esprit. Ce qu'elle désirait sans doute.

C'est alors qu'il arriva cette chose étrange et terrible qu'il me faut raconter par le menu :

Un soir, Jean Lemâle venait de me dire, en me donnant une bonne tape dans le dos, à m'en faire cracher mes poumons :

« Petit gars, trêve de plaisanterie ! Ce qu'il te faut, c'est une bonne vieille prostituée. Une professionnelle expérimentée. Une bonne vieille pensionnaire de bordel ! »

L'équipe entière eut alors l'idée de gagner une maison close et l'on m'offrit de les y accompagner. C'était un lupanar du vieux Paris, tout près de la rue Saint-André-des-Arts, où, si on le voulait, on pouvait se contenter de boire un verre, au salon, d'une vulgaire bibine que la patronne appelait champagne, et nous : « Pisse d'âne borgne ».

C'était, bien sûr, la première fois que j'entrais dans un de ces établissements, mais plutôt que de chanter notre hymne jacto-gallate au *Café des Oiseaux*, pourquoi ne pas le chanter là, avec les comminches, tout en m'informant de l'agencement de ces mystérieuses maisons closes ?

Notre entrée, sous la direction de Jean Lemâle, fut assez bruyante et, les commandes étant faites, je regardai, non sans émotion, autour de moi. Le moins que l'on puisse dire, c'est que le spectacle que j'avais sous les yeux n'apportait rien à ma culture. J'avais rarement vu mobilier et décoration d'aussi mauvais goût — avec tapis, pompons, et coussins prétentieux.

Nous étions seuls dans cette grande salle surchargée de tentures ridicules et fort défraîchies où régnait une odeur de cigare éteint et de verres d'absinthe mal lavés. C'était le « salon ».

« Ces dames vont descendre au " salon " ! » avait dit la patronne.

Tout à coup, en effet, une tenture se souleva et l'on vit apparaître une procession d'une dizaine de femmes, très peu vêtues, ou très mal dévêtues, qui, avec des gestes de commande, investirent les spacieux canapés aussi fatigués que les sourires de ces dames.

Je n'y pris point garde sur le coup, mais une de ces filles, la plus jeune semblait-il, s'agitait étrangement, en s'efforçant de se dissimuler. La patronne l'interpella.

« Eh bien, Cora ? qu'est-ce qui se passe ? »

La fille était debout et cherchait à se glisser derrière une tenture à pompons. Je me tournai vers elle et j'eus bien de la peine à ne pas crier de saisissement. C'était Soizik Le Louarn. Oui. A n'en pas douter, c'était Soizik.

Je me levai spontanément et j'allai à elle qui, enfin, s'immobilisa, droite, devant moi, comme en catalepsie, outrageusement fardée, à demi nue. Je murmurai, en breton :

« Te zo a'e ? (C'est toi ?)

— Ya, me eo ! (Oui c'est bien moi !)

— Mais comment ?... »

Soizik me fit signe de me taire.

La patronne, obséquieuse, venait à moi :

« Si vous voulez monter tout de suite avec notre petite Cora, jeune homme ?...

— Oui, on monte tout de suite ! » dit Soizik sourdement. Et elle me prit par la main et m'entraîna vers un grand escalier de stuc doré. Nous montâmes, nous tenant toujours par la main, alors que j'entendais un grand charivari du côté de la délégation jacto-gallate et que la voix de Jean Lemâle, dominant la rumeur, disait :

« Ce gars-là nous étonnera toujours !

— J'ai toujours pensé qu'il cachait son jeu, dit un autre.

— Il est plus fort que nous !... » ajouta un troisième.

Puis d'autres encore :

« Ces puceaux !... Ce sont les plus inflammables !

— Quand Erika saura ça !

— Faut dire que la petite a du chien !

— C'est le plus beau morceau du lot... et de loin !

— Il a bon goût le bélougre !

— C'était plutôt elle qui en pinçait ! T'as vu comme elle l'a emballé ?... Ça pressait !... »

Soizik m'entraîna bientôt dans une chambre où, sur la table de nuit, trônait une mauvaise photo, encadrée de coquillages, ceux que l'on ramassait sur la plage de Tournemine, retenus par des rubans de satin rose finement nattés : c'était le portrait, en coiffe et en tog, du père et de la mère Le Louarn photographiés par Hamonic, le photographe de Saint-Brieuc. Soizik-Cora cacha vivement cette photo dans le tiroir de la table de nuit. Puis, alors qu'elle était à peu près nue devant tout le monde, au salon, et sans en être incommodée, elle passa bien vite une robe de chambre de haut goût qu'elle ferma bien haut et bien bas pour cacher d'adorables seins, que je n'avais jamais encore vus, en dépit de tant d'années d'intime camaraderie. Qu'elle était belle, dam ! qu'elle était belle !

Elle fondit en larmes, en silence, dans mes bras.

Après un hoquet, que j'attribuai à la honte qu'elle ressentait, elle me fit le récit de son aventure : Non, quand elle était partie de « Toul Fank » elle n'allait pas se placer chez des bourgeois de Saint-Brieuc ! C'était pour Paris, qu'elle partait ! Paris où l'on gagne ce qu'on veut, où l'on va au bal et au cinéma tous les soirs (c'est ce qu'on disait au village). Comme elle descendait l'escalier de la gare Montparnasse, tout étourdie, comme Manon Lescaut sur la place de Montreuil, elle a été aidée à s'y retrouver par un bel homme, bien comme il faut, un beau brun bien peigné, très aimable. (Ah ! les messieurs bruns bien-peignés-bien-aimables de l'escalier de la gare Montparnasse à l'arrivée des trains bretons !) Elle était bien désemparée pour trouver un gîte, elle était aveuglée par toutes ces lumières, assourdie par tous ces bruits. Bien gentiment, il lui a demandé si elle avait de la famille ou des amis à Paris, puis lui a trouvé une chambre et un restaurant où il l'a laissée, toujours très discret, bien élevé et tout. Il est revenu la voir le lendemain, toujours gentiment, pour savoir si elle avait trouvé une place.

Comment trouver une place, comme ça, en arrivant de Pordic, sans relation, sans rien ? Elle a pourtant refusé son aide. Quand elle n'a plus eu un sou, il lui a dit : Je peux vous loger...

Soizik se tut, écarta les mains, baissa le nez et dit :

« ... Et voilà ! »

Je pensai tout haut, en m'étonnant :

« Tout de même, ma jolie, avant d'en arriver à : " et voilà ! ", il a dû s'en passer des choses !

— Mais c'est qu'il m'a forcée ! dit-elle, candide.

— Tu n'as pas mis longtemps à te laisser convaincre, à ce que je vois !

— Ah ! tu crois ça ! » dit-elle vivement, en reprenant la voix et l'œil de Soizik Le Louarn, « je voudrais t'y voir, toi !

— A Dieu ne plaise ! »

Je restai un moment, consterné, pendant qu'elle reprenait assurance en ravalant ses larmes.

« ... Mais c'est égal, ajouta-t-elle, c'est un métier où l'on gagne bien, et on a bien des compensations...

— Des compensations ?

— Oui : on vit dans le luxe... on a de belles toilettes... Et puis les hommes sont très gentils. Et on gagne beaucoup ! C'est pas croyable ce que les hommes peuvent dépenser pour nous !... Si tu as besoin d'argent, un jour, n'hésite pas, viens me voir. La patronne nous les met d'office toutes les semaines à la Caisse d'Épargne, mais j'en cacherai pour toi.

— Tu as ton livret de Caisse d'Épargne ?

— Non. C'est la patronne qui le garde dans son coffre. C'est plus sûr, avec les clients qui entrent et qui sortent... Je dois déjà en avoir un bon paquet ! »

Nous restâmes un moment silencieux, mais ma cervelle tournait à trois cents tours à la seconde. Je ruminais machinalement des projets d'enlèvement.

« Tu es enfermée là tout le temps ?

— Oui. Mais la patronne nous sort tous les mardis. On fait les magasins avec elle.

— Tu pourrais t'échapper, je te cacherais... »

Elle eut un geste d'épouvante :

« Oh ! dam, surtout pas !... Il y en a une, avant moi, qui a voulu se faire la paire...

— Et alors ?

— Alors, dam ! M'en parle pas. J'aime mieux pas savoir ! »

Je dis doucement :

« Tu te souviens ? Tu ne voulais pas de mon " hil "... " jamais je n'épouserai un étranger " disais-tu. Et maintenant ! »

Elle se cabra, très trégorroise et, de sa voix de gorge :

« Ce n'est pas du tout la même chose, dam !

— Comment ? Pas la même chose ?

— Non. Toi, Hari, ce n'est pas la même chose ! Tu ne peux pas comprendre !... Sortons maintenant ! La patronne n'aime pas qu'on fasse des passes trop longues avec les jeunes ! Et surtout ne fais pas mine de me connaître ! »

Elle m'embrassa sur les deux joues en me serrant la tête dans ses deux mains, qui ne sentaient plus le lait ribot, mais une de ces drogues infâmes que l'on vend sous le nom de parfum, dans les magasins de la ville.

« ... Et surtout ne fais pas mine de me connaître... » répéta-t-elle.

Au moment de reprendre l'escalier doré, orné d'amours joufflus, elle me glissa en breton :

« Larez man d'om zud ! (Ne dis rien chez nous surtout !)

— Nann, nann larin ket ! (Sûr, non !) »

Puis, d'une petite voix chancelante en retenant ma main :

« Tu reviendras hein ? Hari, oui reviens... reviens !... »

Je descendis parmi mes camarades, pendant qu'elle remettait de l'ordre dans son affreux maquillage, délavé par ses larmes. Ils me plaisantèrent, comme on pense.

« Ce n'est hélas pas ce que vous pensez ! Mais je vous expliquerai. Vous verrez ! Ça vaut son pesant de permanganate ! » leur dis-je.

Et l'on reprit nos bruyantes pérégrinations. Tout en faisant le zouave en remontant le boulevard Saint-Michel, je remarquai tout à coup que j'étais finalement le seul à être « monté », moi, le « puceau », alors que mes grands libertins s'étaient contentés de boire la célèbre « pisse d'âne borgne », et je pensais qu'en somme ces libertins ne l'étaient peut-être qu'en paroles, pour avoir l'air, ce qui me réconforta quelque peu.

Ces événements, bouleversants pour moi, furent, bien sûr, l'objet du « concoctage branlocervical » qui ne manqua pas de s'organiser spontanément aussitôt que nous fûmes rentrés au bercail. Cette sorte de vaste débat traditionnel avait lieu à peu près toutes les semaines, le samedi soir. Il était toujours brûlant mais ce soir-là il prit une ampleur tragique, inhabituelle car le thème en fut fourni par la navrante aventure montiparnassienne de Cora.

« Alors ? me dirent-ils tous en même temps pendant que nous investissions le coin sud du square d'Anvers, alors ? Conte ton conte, jeune brandouille ! Quid de Cora ?

— Et d'abord, dis-je en prenant mon temps pour assurer mon effet, cette fille ne se nomme pas Cora, mais Soizik-Françoise Le Louarn, née à Trégrom-en-Trégor, élevée à Toul Fank, au même lait que moi...

— Lieu commun !... cliché ! hurlèrent les comminches, la sœur de lait, bretonne qui a mal tourné ! victime du proxénétisme méditerranéen, et que l'on retrouve dans l'infâme bordel de la cour des miracles !... »

On les fit taire.

« Ce n'est pas ma sœur de lait, continuai-je, mais tout comme ! Et je peux bien dire que j'ai gardé les vaches avec elle et suivi avec elle le catéchisme du recteur Le Touzé. Ce qui vous explique mon émotion... »

Là-dessus, je leur racontai tout en détail cette fois, depuis Marc'harit Fulupp, jusqu'à « la Demoiselle ».

Erika Mistberger, qui venait d'arriver, lança, dans le mouvement : « ... la Demoiselle qui, en réalité, n'est avec Cora que le dédoublement du même être, messieurs, la Demoiselle étant l'ANIMA, la putain étant l'ANIMUS, ce qui, selon la thématique traditionnelle du roman breton puis du roman de chevalerie n'est que...

— Ta gueule, Erika ! coupa une voix mâle, ne ramène pas ta science et laisse parler le petit fiancé ! »

Je continuai donc en exposant, cette fois, la situation pitoyable de ce magnifique spécimen de la race armoricaine la plus pure, livrée aux bâtards dégénérés de la civilisation urbaine, exploitée par les métèques, les beaux bruns bien gominés...

Sans y avoir pris garde, je venais de rassembler et de canaliser les généreuses indignations, éparses, de mes camarades, et de les concentrer sur « ces messieurs ». La réaction de tous ces braves paysans puissamment libérés par l'enseignement laïque, gratuit, public et obligatoire, par la proclamation des Droits de l'Homme et, ne l'oublions pas, par tantôt vingt siècles de christianisme, fut d'une violence inouïe.

La vague d'indignation gauloise qu'avait fait naître mon allusion aux beaux Latins bruns et bien peignés devint, en un clin d'œil, et sous le regard de plus en plus sarcastique de l'effigie en bronze de Voltaire, un raz de marée, un typhon :

« Les salauds !... les pourris ! qui font de nos femmes des réceptacles omnibus. On devrait passer tout ça à la casserole !... Il y a des lois, que diable ! Que ne les applique-t-on !... Les travaux forcés ? Trop doux pour les maquereaux : la mort ! Oui, voilà ce qu'il leur faut !... »

C'était très émouvant et, somme toute, très réconfortant, pourtant je saisis l'occasion qui s'offrait à moi pour lancer un beau mouvement oratoire :

« Messieurs, messieurs ! Vous m'étonnez ! dis-je avec grandiloquence (ce qui était souhaitable et indispensable dans ce genre d'agora). Que dis-je, vous m'étonnez ? Vous me débecqueto-scandalisez !... Comment ?

Vous utilisez volontiers ces dames, dites-vous, vous consommez, vous forniquez sans vergogne ce pitoyable cheptel fourni par ces messieurs, dont vous êtes de ce fait les complices mous !... Vous vous complaisez dans les charmes et l'expérience de ces dames, du moins vous le prétendez, vous en admettez le commerce, vous en vantez les mérites, vous en affirmez même l'utilité, et vous condamnez ceux qui en sont les pourvoyeurs, vos abjects rabatteurs ? Mais vous êtes les bailleurs de fonds de cette sinistre industrie !

« ... Mais votre honneur, messieurs ? Et la dignité de la Femme, de la Mère, de la Génitrix, qu'en faites-vous, messieurs ? après l'avoir proclamée dans vos honorables familles, après l'avoir célébrée dans vos discours et chantée dans vos cantiques ?...

— Bravo, le petit fiancé ! » lança farouchement Erika qui venait d'arriver. S'adressant aux comminches et les pointant du doigt, elle tonna, préparant ses futurs discours politiques en faisant immédiatement siennes pour les exploiter à son profit les indignations des autres :

« ... Les salauds ? les pourris ?... C'est vous ! Vous les bourgeois ! Les suppôts de la droite putride et hypocrite, les béni-oui-oui du fait accompli, les... »

Elle continua sur ce registre qui lui devenait de jour en jour plus familier, alors que le Vieux Crabe, qui était arrivé vingt mètres derrière elle, bavait en approuvant du menton, la dévorant des yeux et bafouillant :

« Elle est charmante... charmante !... Elle me rappelle... cette créature qui vint me trouver, dans ma chambre, au *Carlton*, en manteau de vison. Elle écarta son manteau, messieurs, ... elle était nue, admirablement nue sous ce superbe vison... et sa propre toison... était mille fois plus précieuse... et plus...

— Nous sortons du sujet ! s'éleva énergiquement Jean Lemâle qui présidait officieusement. Et, bien entendu, c'est toujours toi, Erika Mistberger (il prononçait à l'allemande en appuyant bien sur l'accent tonique), c'est toujours toi qui nous ramènes aux tendancieuses vasouillonnades de la politique démagogique et gaucharde. Je t'inflige donc un rappel à l'ordre et je sors le débat de cette flaque de merde, où tu nous plonges, en donnant la parole à Laromanie qui semble avoir quelque chose d'intéressant à nous dire. Parle, Laromanie !

— Il me paraît, dit sentencieusement Laromanie, avec son accent de la Gironde, que la situation de cette jeune personne, sœur de lait du petit fiancé, mérite que l'on s'y intéresse d'une façon active. Ne pourrait-on pas agir directement et arracher cette femme aux griffes des nervis qui...

Laromanie s'embrouillait. Il changea de ton en roulant mieux les R :

— Putain ! dit-il, ne pourrions-nous pas tirer cette petite de son bordel ?

— Tu oublies le bel homme aux cheveux bien peignés ! dit une voix.

— Macarelle, nous sommes douze, et moi tout seul j'en fais mon affaire, du léno ! répondit le Cadet de Gascogne.

— Mais eux sont légion, beuzenot ! dit le Bourguignon, et ils se tiennent les coudes !

— Tu jouerais du couteau toi, Laromanie, de Gujan-Mestras ?

— Bons dieux, il me semble que des gens décidés pourraient rendre une Armoricaine à sa Bretagne natale et une vachère celte à la paysannerie française.

— ... Si toutefois elle est consentante ! Car qui te dit qu'elle le serait ?

— ... Même si elle ne l'est pas : ce serait symbolique, et nous ne serions plus les complices mous de ces messieurs !...

— A sa sortie du mardi avec la mère maquerelle, il me semble qu'un commando bien organisé pourrait..., suggéra une voix.

— Bravo les hommes ! coupa Erika. Je reconnais bien là les chevaleresques défenseurs du tombeau du Christ ! Hardi les preux ! Montjoie saint Denis !... »

Et tout à coup, comme toujours au pays de Descartes et de François Mitterrand, le ton du symposium changea. Le vent avait-il tourné ? Je ne sais, mais nous quittâmes le domaine du pratique et du spontané pour entrer dans celui de la théorie, de la parlote analytique, bref, du cartésianisme le plus délirant, qui débouche allégrement sur l'utopie. Néanmoins nous jurâmes, le bras tendu, de délivrer Soizik Le Louarn, et plus personne n'y pensa, sauf moi.

Les lettres d'Yves Le Floch ne tarissaient pas. Toutes passionnantes, mais un jour, dans l'une d'elles je lus :

« ... Elle voudrait te revoir. Elle ne me l'a pas dit expressément, car elle parle très peu, mais j'ai deviné qu'elle le souhaiterait... »

Je fis tout aussitôt mes comptes : le billet aller et retour pour Brest était alors de 120 francs. Pour des raisons arithmétiques il m'était impossible de retirer cette somme de mon budget et l'idée me vint d'aller voir Soizik-Cora.

Toute honte bue, j'y fus le jour même. La patronne me reconnut et appela tout de suite Cora, qui n'était justement pas « en main ». L'entrevue eut lieu dans sa chambre où elle mettait la dernière main à son savant déshabillage, et à peine avais-je parlé de la Demoiselle et de son désir de me voir au plus tôt, elle eut la larme à l'œil et me dit :

« Combien veux-tu ? »

Puis, avant que j'aie eu le temps de donner un chiffre, elle sortait, de la doublure de la semelle de sa mule, bordée d'une opulente chenille de cygne rose (le luxe !) un billet de mille francs. Oui : de mille francs ! très finement plié qu'elle fourra brusquement dans la poche de mon veston en disant, à voix basse :

« Ma dernière passe, un bon client ! — C'est pour toi. A Dieu vat !... »

Nous restâmes assis un instant sur son lit de travail. Elle me prit brusquement la main et y posa furtivement ses lèvres puis, l'œil chaviré, me dit d'une voix changée :

« Chans vad dit !... Ha kaez waraok ! » (Bonne chance ! Va-t'en maintenant !)

Je ne voudrais pas avoir l'air plus vaniteux que je ne suis, mais je crus bien l'entendre éclater en sanglots aussitôt que j'eus fermé la porte, derrière laquelle je trouvai la patronne qui me fit son plus gracieux sourire.

Je contai cela presque sur-le-champ à Erika qui tournait, comme une chatte en chaleur, autour du kiosque à musique du square d'Anvers, et se précipita sur moi comme la vérole sur le bas clergé. Elle eut l'air prodigieusement intéressé et se mit incontinent à m'expliquer que tout cela était symboliquement, ésotériquement et psychanalytiquement « valable », puisque je projetais la double féminité de mon âme sur des êtres réels rencontrés : l'ange et la putain, et qu'il était tout à fait constant que la putain fût à l'origine d'une interférence..., etc. (du diable si je me souviens de la suite). Ce qui me resta, c'est cette phrase qu'elle prononça, du ton d'un bon élève studieux :

« Ta vie est très intéressante ! Il s'y déploie, sur un schéma d'intrigue apparu dès les premiers romans médiévaux, une symbolique alchimique complexe, avec une redécouverte spontanée des structures mêmes de la thématique médiévale du roman de chevalerie... »

Cette phrase, je l'ai retenue, car j'y avais la part belle. L'avait-elle inventée ? l'avait-elle lue dans ses auteurs ? Je ne sais, mais son ronron était agréable à mon oreille, et je ne la trouvai pas ridicule. J'y puisai même un encouragement bien inattendu.

C'est ce jour-là qu'elle arriva, après de laborieux instants de méditation et de notation sur ses carnets, à me dire, sur un ton supérieurement sarcastique :

« ... En somme, si je comprends bien, tout cela te conduit exclusivement au mariage ?

— Bien sûr ! comme le mariage me conduit à la paternité, et comme la vie conduit mon corps à la tombe ! »

Cette réponse la fit éclater de rire. Elle me prit en pitié : le mariage était, à ses yeux, risible, stupide, pitoyable et « dépassé ». Elle ne comprenait pas qu'au XXe siècle, un jeune homme intelligent, etc.

Jean Lemâle qui venait de poindre entre deux groupes, et l'écoutait, debout derrière elle, lui coupa brutalement la parole :

« Ne l'écoute pas, petit gars ! Elle va te réciter tout cru le livre de son coreligionnaire Karfunkesltein, dit Léon Blum [1], où ce salaud démolit le mariage, la famille, la filiation... N'écoute pas ces démolisseurs maladifs. Ils veulent déstabiliser notre société ! la

1. Jean Lemâle soutenait que Léon Blum s'appelait Karfunkelstein, ou quelque chose comme ça. (*N.d.A.*).

merde ! foutre la merde partout : voilà leur rêve millénaire.

— Ta société occidentale ? Parlons-en ! Elle est belle !... » repartit Erika en gloussant piteusement.

On devine que, partie sur ce sujet, la discussion fut chaude entre eux. Après quoi on en revint au mariage et je pus utiliser, tout de suite, cette piètre trouvaille que je venais de faire à l'instant : « ... Cet homme et cette femme, en grande toilette, qui viennent promettre, devant Dieu et devant les hommes, leur fidélité inconditionnelle et définitive : ça me plaît ! Il me semble que ça devrait leur donner à réfléchir que le conjugo n'est pas une partie de jambes en l'air, ni une combinaison financière, ni une danse folklorique... »

Cette altercation, qui avait rassemblé quelques camarades, grimpés sur les chaises du square, dut, me semble-t-il, se poursuivre jusqu'à la fermeture du jardin...

Toujours est-il qu'avec les mille francs de Soizik, je pouvais prendre, le soir même, vers vingt-deux heures, le rapide de nuit qui portait la plaque « Paris-Rennes-Saint-Brieuc-Plouaret-Brest ».

Une demi-douzaine de comminches m'accompagnèrent à la gare Montparnasse, triomphalement, notamment Jean Lemâle et Erika, tendrement enlacés, qui continuaient leur polémique.

Je partageai le compartiment de troisième classe avec trois marins (Erika me donna de cela une merveilleuse interprétation ésotérique), qui buvaient de temps en temps une gorgée de rouge et ronflaient le reste du temps.

Lorsque je m'éveillai, c'était vers les cinq heures. Le

jour tardait à venir, ou plutôt courant vers l'ouest c'était nous qui le fuyions. Je mis le nez à la portière : je vis passer la gare de Broons et je tentai d'apercevoir, quelque part, dans le bocage obscur, le manoir natal de Du Guesclin, dont le nom me fit battre le cœur.

Tout à coup, l'horizon de droite s'élargit et, par-dessus le clocher d'Yffiniac, se déchira une immense brèche liquide et la mer apparut comme une plaque d'argent qui venait s'enchâsser dans les tangues de l'embouchure du ruisseau d'Yffiniac, entre les deux bras de la baie tendus vers le large.

J'eus le temps d'apercevoir là-bas, tout au loin, sur la droite, bien au-delà de la pointe du Rozelier, la pointe de Pordic, et Paimpol et, avec les yeux de l'imagination, le sillon de Talbert.

J'étais dans l'Autre Monde.

Sur le coup de huit heures du matin, nous étions à Brest.

Vers les dix heures, la veille, j'avais mangé un morceau de pain, une rondelle de saucisson à l'ail et une sardine, que m'avaient offerts mes trois marins en me disant : « Mange ça, matelot, c'est la princesse qui paye ! »

Je pris un café au lait et cinq sous de pain et je gagnai le quartier de Recouvrance. Me croira qui voudra : il pleuvait sur Brest, ce jour-là !

J'approchai prudemment du numéro 6 de la rue Alain-Bouchart : c'était une villa assez cossue, séparée de la rue par une étroite cour bordée de troènes taillés. Je passai et repassai sans apercevoir personne.

Je tentai de voir Yves Le Floch en m'adressant au poste de garde de l'École navale. Il était en manœuvres sous-marines dans le golfe d'Iroise. Je revins dans la maison, vide, d'Anne, et je croisai dans le quartier, espérant l'y rencontrer. La journée se passa ainsi à guetter signe de vie dans cette maison dont j'avais bien vu, en passant, qu'elle était la demeure d'un commandant dont le nom était effacé.

Le soir vint et je m'abritai de la pluie sous l'auvent d'une porte qui faisait face. J'y dévorai une sorte de sandwich au pâté fort poivré, que j'avais acheté à la charcuterie du coin.

La nuit tomba sans que le moindre mouvement se fût produit dans la villa. Et vint la nuit. Je faisais une sortie de temps en temps, sous le crachin, pour me dégourdir les jambes et je revenais m'abriter sous la porte. J'avais fait trois fois ce manège, et il pouvait être neuf heures lorsque j'entendis une fenêtre s'entrouvrir et en même temps me parvenait un intense pépiement d'oiseaux. Cela dura un instant, puis une voix me dit, très douce :

« Jeune homme ! »

Cette voix venait de la maison où je m'abritais. On répéta : « Jeune homme ! » Et je vis alors, par le volet entrouvert, un joli visage de vieille dame qui me souriait dans la demi-lumière d'un bec de gaz, alors que les pépiements redoublaient.

« Vous avez froid, jeune homme ? murmura la vieille femme.

— Oui... sans doute... mais...

— Vous devez avoir faim aussi ? Je vous vois aller et venir. Dites-moi : vous attendez quelqu'une ?... Elle doit être bien belle pour vous donner cette patience ?... Vous n'allez pas rester là toute la nuit... »

La fenêtre se referma.

Une heure plus tard, peut-être moins, car le temps est long ainsi, la fenêtre se rouvrit :

« Vous êtes encore là ?... Vous ne l'avez pas vue ? »

Puis ce fut la porte qui s'ouvrit à son tour :

« ... Entrez donc dans le corridor, vous y serez mieux, plus au chaud. Moi, voyez-vous, j'habite ces deux pièces indépendantes et j'y suis bien clefée. Je ne risque rien. »

J'entrai, paralysé de froid et, aussitôt entré, je compris cet étourdissant pépiement : le corridor était occupé à moitié par une grande cage qui montait jusqu'au plafond, et sur les perchoirs, je vis plus de cinquante oiseaux, des perruches me sembla-t-il, perchées, serrées les unes contre les autres, et qui pépiaient, par cœur. Le bruit était affreux, criard, comme électrique.

« N'ayez pas peur ! dit la femme, ils vont s'endormir. Vous vous étendrez ici. Je suppose que vous n'avez pas de quoi prendre une chambre ?...

— Non. Je partirai au train de demain... j'ai juste ce qu'il faut pour manger un repas demain et repartir. Après l'avoir vue ! »

La vieille dame était bavarde. Elle portait le bonnet traditionnel de la région d'Erquy et du cap Fréhel, avec un joli ruban de velours noir dans ses cheveux bien blancs. Je lui parlai gallo. Elle parut alors s'épanouir et désormais prit un ton plus confidentiel.

« " Elle " est jolie, dit-elle, en mystère. Elle est jolie, dam ! Oh ! je vois bien laquelle vous voulez voir ! Je la vois tous les jours, mé [1], et je peux vous dire dam ! qu'elle est bien gentille et bien sage ! »

Elle m'apporta un bol de soupe bien chaude, m'installa dans le corridor aux oiseaux, avec une couverture et un coussin pour ma tête et je m'endormis avec les perruches de Singapour qui, tout à coup plongées dans l'obscurité, la grand-mère ayant emporté sa bougie, se turent.

Au matin, la dame aux oiseaux, déverrouillant longuement sa porte, m'apporta un bol de café très fort, du café de marin, du café de contrebande, qui lui

1. *Mé* : moi, en parler gallo.

venait de son fils douanier sur la côte. Puis elle me dit :

« Maintenant partez ! Je n'aimerais pas qu'on me voie recevant n'importe qui... bien que vous connaissiez le parler de par chez nous, je ne sais tout de même pas qui vous êtes ! »

Et je repris ma ronde dans le quartier, sans voir personne.

Enfin, alors que je débouchais dans la rue, pour la centième fois peut-être, je vis la Citroën noire arrêtée juste devant l'entrée de la villa. Il pleuvait. La portière était ouverte et les trois jeunes filles sortirent de la maison en coup de vent et s'engouffrèrent dans la voiture. Les deux plus jeunes d'abord et celle qui devait être Anne, la dernière, un peu en retrait. M'avait-elle vu ? Je le crus car elle mit un certain temps à refermer la porte de la maison, puis elle prolongea le moment où elle verrouillait la grille d'entrée. Elle eut l'air de s'escrimer avec la serrure ; je pensai que c'était pour me donner le temps d'arriver à sa hauteur. J'étais à peine à dix mètres d'elle et j'allais l'interpeller, ce qui était, bien sûr, fort incorrect, mais elle releva la tête, me vit et resta un instant interdite.

Était-ce mon émotion ? Je la dévisageai en souriant mais je ne la reconnus pas. C'étaient bien des cheveux blonds, de grands yeux mauves (étaient-ils vraiment mauves ?). C'était sa taille, son allure, mais elle n'avait plus sa robe blanche à ceinture bleue, elle portait un tailleur brun et c'est cela qui devait la rendre si différente, sans doute. Mais cela suffit pour me donner une seconde d'hésitation. Je crus bien qu'elle m'avait souri. Mais déjà elle montait dans la voiture alors que la pluie redoublait. La voiture démarra et, de cela je suis sûr comme de l'averse, je la vis qui me regardait, par la vitre arrière. Son visage était triste, même anxieux. Et elle me fit un grand signe lent, comme dans un rêve, alors que ses yeux disaient « hélas ! ».

La voiture disparut au coin de la rue. Moi j'avais cependant repris une provision d'images qui devaient me servir pendant plusieurs mois d'attente. Je rejoignis la gare où un train pour Paris m'attendait qui démarra aussitôt que je mis le pied sur la première marche du marchepied.

Au retour, le Menez Bré me parut différent. Sans doute était-ce l'après-midi et la lumière n'était pas la même qu'à l'aller. Ce grand tumulus qui domine le Trégor du Sud à la hauteur de Guingamp m'apparut bien davantage encore comme un des mystérieux jalons qui marquent le grand chemin du 49e parallèle, celui qui passe par Sainte-Odile, Sion, Chartres, les Avaloirs, le Mont-Saint-Michel... Mais au juste cette remarque n'intéressait qu'Yves Le Floch, quelques rêveurs et moi.

Je refis donc ce chemin, dans l'autre sens, sans avoir revu la Demoiselle, car pouvais-je dire que c'était elle, cette jeune fille qui, pour la troisième fois, s'éloignait alors que j'allais la saisir ? Ses traces étaient donc probablement perdues encore une fois et pourtant jamais je n'avais eu autant de désir de poursuivre et la certitude d'un aboutissement. L'argent de Soizik ne pouvait pas avoir été inutile.

L'œil à la portière, je vis, à l'envers, se dérouler les pays d'Armorique : Bro Léon, Bro Tregor, Bro Sant Brieg, Bro Gwitreg se succédèrent, avec, au sud, les lointains de Brocéliande, comme dans un processus de démagnétisation et quand je descendis l'escalier de la gare Montparnasse (ce fameux escalier piège où les métèques bruns, bien coiffés, d'origine méditerranéenne, tenaient discrète permanence), j'étais complètement « désenchanté ». Je devais alors ressembler au premier Parisien venu, et je retrouvais cet entassement démesuré d'immeubles enchevêtrés comme les braises d'un grand feu sans chaleur où j'étais venu passer l'Épreuve du Temps.

Les comminches m'attendaient dans les chambres de l'Accueil. Je ne leur dis pas l'exacte vérité : j'avais vu Anne, nous avions eu une conversation merveilleuse qui donnait raison à ma foi, qu'ils nommaient « entêtement ». Il fallait, à ces petites âmes avortées, de petits événements d'une grande banalité, au ras du sol, et conformes.

Et les études reprirent.

Autre épreuve qu'il fallait traverser victorieusement, après quoi je verrais vraiment la Demoiselle. Aussi écrivis-je, en grosses lettres, sur la partie haute de la cloison de ma chambre : TU VERRAS BÉATRICE, ce qui plut aux comminches, qui assistaient, ébaubis, à ma poursuite. Il y en eut même un, le Bourguignon, qui inscrivit aussi cette phrase, mais à la peinture, sur les murs de sa cellule.

Quelque temps plus tard je recevais une lettre d'Yves Le Floch. Il regrettait fort de m'avoir manqué au cours de ma visite à Brest, mais il me contait une histoire assez curieuse :

« ... Toute la police brestoise a été sur les dents ce jour-là : une vieille dame a appelé le commissariat le dimanche matin, disant qu'un jeune homme avait rôdé toute la nuit dans le quartier de Recouvrance, et particulièrement rue Alain-Bouchart, faisant de longues stations devant le numéro 6... »

La vieille dame (c'était ma charmeuse d'oiseaux)

m'avait vu escalader la grille, puis « grimper à la façade de la maison sise en face de chez elle... »

Bien entendu, l'enquête s'était arrêtée d'elle-même faute de délit et de victime, « mais, ajoutait Yves, l'affaire du jeune homme escaladeur vaut la peine d'être savourée et donne une idée de la valeur de la preuve testimoniale ! ».

Quant à lui, il participait ce jour-là, avec sa promotion, à un exercice d'alerte au sous-marin qui les avait tenus éloignés, inopinément, dans le golfe d'Iroise.

J'avais une vive envie d'aller voir Cora-Soizik pour lui conter tout cela par le menu, mais outre qu'à chaque fois je payais le prix de la chambre à la mère maquerelle, ce qui était stupide et coûteux, j'avais scrupule à avouer à Soizik que son argent, si généreusement offert, n'avait servi à rien.

J'étais en train d'imaginer une combinaison plus simple, par exemple de demander Soizik au salon pour prendre, avec elle, une simple consommation, lorsque Erika, suivie de près par le Vieux Crabe, vint me surprendre dans le square où je révisais mes cours.

L'entretien que nous eûmes alors dura plus de quatre heures, la fille étant tenace, et ce fut le gardien qui, fermant le square, vint nous chasser en disant : « Allons, les amoureux ! On ferme ! » La conversation se termina sur le terre-plein du boulevard Rochechouart où Dédé la Boulange brisait des chaînes et jonglait avec des poids de vingt kilos.

Dans la nuit tombée, elle me fit asseoir sur un banc, oubliant l'heure du repas, et finalement, avec une tendresse qui m'étonna :

« Mais enfin pourquoi cet amour pour une fille que

tu ne vois jamais, et même que tu n'as, en somme, jamais vue ? »

C'était bien là une question de psychanalyste sémite, et j'éclatai de rire. Elle ne pouvait pas comprendre.

L'enlèvement de Soizik courageusement conçu et minutieusement minuté eut lieu, si j'ose dire, un mardi, jour de sortie des filles, sous la surveillance de la patronne. Nous étions sept à en avoir pris le risque. Ils étaient là, tous ceux qui avaient fait le « serment des coriaces » (c'était ainsi que nous avions baptisé l'opération), sauf le généreux instigateur, Laromanie, qui était pris, ce jour-là, par un examen.

J'avais jugé plus prudent de n'en point parler à Soizik. Je lui avais fait quelques visites pour m'assurer du minutage de la sortie de ces dames. Je savais qu'un taxi, toujours le même, venait les prendre à la porte du bobinard, comme les odalisques du dey d'Alger, et qu'il les emmenait à la porte d'un grand magasin. Pas toujours le même. Tantôt Lafarfouillette, tantôt le Printemps, tantôt le Bon-Marché. Rive droite ou rive gauche, avec une promenade au jardin du Luxembourg ou aux Tuileries où elles faisaient leur provision d'oxygène et de chlorophylle pour leur pauvre semaine.

A notre grand étonnement nous n'avions jamais remarqué qu'elles fussent surveillées par de beaux messieurs-aux-cheveux-noirs-bien-peignés. Seule la mère maquerelle les chaperonnait, ce qui nous parut curieux.

Le plan consistait à affréter un taxi et, dissimulés dans ce taxi, à attendre la sortie de ces dames, puis de les suivre, d'entrer dans le magasin avec elles et d'opérer énergiquement au moment où Soizik serait la plus isolée.

Ce plan, le seul possible, était plein d'aléas, mais nous n'en pouvions plus de laisser se perpétuer cette « lâcheté des mâles » qu'Erika nous avait reprochée et avec quelle véhémence ! Pour moi, la défense de la Femme, dont je me faisais le champion, devait passer par la libération de Soizik.

Ce jour-là, elles allèrent « aux galeries », comme disent les dames ; dans la foule qui s'y pressait, c'était jour de « solde », il nous semblait facile d'exécuter le plan. Notamment au rayon des chapeaux, où elles ne manquèrent pas de se précipiter.

Le rayon des chapeaux dans les grands magasins est certainement un des lieux les plus étonnants du monde. Je m'en m'aperçus ce jour-là. C'était la première fois que j'entrais dans ces monstrueux établissements. Les femmes semblaient être attirées par ce rayon comme les abeilles d'un rucher lorsqu'il s'y produit un « pillage ». Elles s'y ruaient toutes en émettant un curieux vrombissement absolument inexplicable scientifiquement, et aussitôt qu'elles réussissaient à s'en approcher, elles étaient prises d'une sorte de frénésie vésanique qui les poussait à se frayer, par tous les moyens, un chemin à travers ce grouillant magma de femelles en délire. Arrivées à l'étal, où les chapeaux soldés étaient entassés, elles faisaient tout pour s'y maintenir, mais c'était extrêmement difficile, car les nouvelles arrivantes, des poings et des griffes, cherchaient à les en déloger. Les plus vigoureuses avaient, de ce fait, les meilleures places et l'on voyait les plus menues ou les plus faibles rejetées comme une écume négligeable à la périphérie de ce virulent tourbillon.

Le but de cette violente agitation consistait à plonger la main dans ce tas de feutres et d'en retirer un, de haute lutte, de se le mettre sur la tête et de l'y essayer dans toutes les positions : à l'endroit, à l'envers, penché à gauche, à droite, rejeté sur la nuque ou abaissé sur les yeux au point d'être complètement aveuglée, peu importait.

Les plus chanceuses, ou les plus athlétiques, pouvaient accéder à un jeu de miroirs et de psychés où elles passaient un moment en contemplation d'elles-mêmes, en se tapotant la chevelure pour tantôt la faire bouffer, tantôt l'aplatir, tantôt la rejeter à droite, à gauche, sur l'œil ou sur l'oreille, jusqu'au moment où elles étaient rejetées elles-mêmes dans les ténèbres extérieures par un nouveau commando, ce qui donnait lieu à de discrets mais énergiques pugilats, rappelant assez ceux qui se passent à l'insu de l'arbitre, dans une mêlée de rugby, et à des injures insoupçonnables...

Le paroxysme était atteint lorsque deux mains plongeant ensemble dans le monceau de galurins choisissaient le même. Alors, chacune tirant de son côté, c'était le chapeau qui risquait d'être déchiré en deux, et j'ai vu, ce jour-là, chacune de ces deux moitiés disputées et achetées séparément par des élégantes toutes fières de leur emplette.

C'est de ce côté-là que se dirigèrent forcément nos hétaïres pour se jeter voluptueusement dans cette mêlée, qui offrait, c'est sûr, les meilleures conditions d'un enlèvement. La mère maquerelle mettrait certainement un long moment pour s'apercevoir de la disparition de Soizik, ce qui nous laissait un délai appréciable pour disparaître. Le désordre était d'ailleurs tel que tout contrôle était impossible.

C'est alors que nous nous aperçûmes que Soizik ne faisait pas partie du groupe.

Soizik n'était pas là !

Mes preux m'en firent part et, nous étant mêlés, à

nos risques et périls, à cette foule féminine hystérique, nous fûmes obligés d'en convenir : Soizik n'était pas de la sortie-promenade des pensionnaires du « Panier-Fleuri ».

Le coup était manqué.

Avant d'en entreprendre un second, certains d'entre nous firent, avec moi et séparément, d'autres visites au bobinard de Saint-André-des-Arts, rue Mazet, et ayant demandé Cora, nous reçûmes, avec le plus tendre sourire, l'assurance que « notre petite Cora » n'était plus dans l'établissement. Le plus curieux n'obtint que cette discrète réponse : « Notre petite Cora nous a quittées ! »

Où était-elle ? On ne le savait, et l'affaire fut classée par mes chevaliers qui, sur ces entrefaites, avaient trouvé d'autres sujets d'inquiétude, les examens de fin d'année étant imminents.

Pour moi ce fut différent : le sort de Soizik devint un cauchemar. Je pensais au père et à la mère Le Louarn, et à leur affreuse inquiétude. Je pensais surtout au merveilleux petit corps livré en pâture à des populations masculines probablement sud-américaines, car notre aîné, Jean Lemâle, consulté, pensa, froidement, que la direction de la maison close intriguée par notre imprudente assiduité et par la tendresse suspecte que je manifestais, en breton, à la scabreuse enfant, s'était doutée de quelque chose et l'avait tout simplement « changée de maison », ou même « envoyée en pénitence », c'est-à-dire déportée vers les claques méditerranéens ou argentins, où on les « mettait à la redresse », paraît-il.

Erika, qui notait toujours, butinait tout cela avec un acharnement d'agrégative. Et c'est à ce moment que se produisit un événement qui n'est pas près de s'effacer de ma mémoire :

Un soir, alors que je travaillais, Erika entra sans façon dans ma chambre. C'était la première fois qu'elle franchissait la conciergerie de l'Accueil des étudiants qui était pourtant « interdit » aux femmes.

Elle tenait à la main sa grosse serviette noire, bourrée de ce qu'elle appelait ses « documents ». Elle s'assit sur mon lit. Elle avait l'air très émue, mais elle prit son air d'intellectuelle surmenée et commença à me poser des questions sur les sujets qui agitaient fort la petite communauté haut merdurienne : la prostitution de Soizik, ou plutôt la façon dont nous « recevions la chose » (c'était là son charabia le plus clair).

Curieusement, elle se garda bien d'émettre ses théories sur l'animus et l'amima et de me parler de la dualité féminine de mon âme, ce qui était la menue monnaie de sa conversation habituelle. Elle me posa quelques questions qui me parurent fort indiscrètes, par exemple à quel âge j'avais eu mes premières érections, ce à quoi je n'avais pas pris garde. Je répondis que si elle s'imaginait que les garçons celtes notaient cela, elle se trompait tout à fait. Elle en fut très surprise.

A chacune de mes réponses, elle écrivait interminablement de sa très grande écriture d'excitée. Ce jeu cessa tout à coup lorsque, ayant posé brusquement son papier, elle se tourna vers moi, qui m'étais assis gentiment près d'elle sur le lit. Elle me regarda bien en face, sans dire un mot. Sa cuisse gauche, qui me parut brûlante, s'appuyait de plus en plus sensiblement sur ma cuisse droite.

Elle me sourit alors. Sa figure d'étudiante besogneuse s'était détendue. Son regard n'avait plus cette dureté virile qui l'enlaidissait habituellement. Elle avait tout simplement recouvré sa grâce naturelle. Elle redevenait une femme. Une très belle femme.

Elle approcha son visage du mien. Ses immenses yeux sombres étaient à quelques centimètres des miens.

Je sentis sa main recouvrir la mienne, alors que son corps se cambrait, dans un geste d'offrande.

« Au lieu de te crisper sur un fantôme, prends donc la réalité ! » dit-elle d'une voix sourde qui venait, semblait-il, du fond de ses entrailles. « ... Si tu veux bien me pardonner de m'être donnée à d'autres hommes... je serai ta servante. Tu me prendras quand tu voudras. Être possédée par toi, désormais voilà ce que je désire. Ta pureté me délivrera... »

Ses lèvres se saisirent des miennes d'une manière à laquelle je ne m'attendais pas. Je me faisais du baiser une bien autre idée. Mais je ne pus m'empêcher d'être agité d'une sorte de frisson, qui n'était pas celui du plaisir tel que je le réclamais. D'ailleurs son haleine sentait la cigarette. Tout son corps transpirait le tabac.

Et pourtant ma main gauche enlaçait maintenant sa taille et nous culbutions inexorablement, en un irrésistible mouvement tournant qui m'amenait à la dominer alors qu'elle s'anéantissait sous moi, renversée tout à fait sur le lit, les cheveux épars, et que ses jambes s'écartaient doucement.

A ce moment je vis, oui je vis nettement, la petite barrière fraîchement repeinte, et, entre les deux touffes d'hortensias bleus, la demoiselle de Plouvara, dans sa robe blanche, debout, immobile, un halo de lumière semblant sortir d'elle. J'entendais même sa voix : « ... Je savais bien que vous alliez venir... »

Je dus être assez violent dans mon geste de recul car Erika me regarda avec effroi et fit même le geste de lever le bras replié devant son visage, comme pour se protéger. Avait-elle cru que j'allais la frapper ? Je n'y pensais pourtant guère. Je l'aurais plutôt caressée doucement, comme une enfant apeurée.

D'un bond, je m'étais relevé et j'allais et venais devant elle, dans ma petite chambre, comme un homme en colère. C'était tout simplement pour rompre l'enivrement, cette espèce de tétanos qui, je l'avais bien senti, me gagnait à son contact. Mais Erika le prit pour une manifestation d'animosité.

Se relevant et abaissant sa jupe qui avait été retroussée dans le mouvement, elle dit, d'une voix bien posée : « Tu es ridicule, mon petit !... Je n'ai jamais vu de garçon aussi ridicule que toi ! »

Bien entendu, des deux c'était moi qui étais ridicule. Je pris le temps de savourer, au passage, comme il convenait, cette tendance bien féminine à projeter sur l'autre le reproche qu'on se fait à soi-même.

« Pardonne-moi, Erika, mais cette fille fantôme dont tu dis que je ne l'ai jamais vue...

— Oui. Eh bien ?

— Juste au moment où nous basculions, là, sur mon lit, je l'ai vue. »

Elle haussa les épaules.

« ... Je l'ai vue comme je te vois, et elle m'a parlé !...

— Poète visionnaire !...

— ... Tu pourras noter ça, dans ta thèse. C'est un excellent document ! C'est du tout chaud. Ainsi, tu n'auras pas perdu ta journée ! »

8

Lorsque je revins à Pordic, Marc'harit Fulupp ne m'attendait pas au coin du sentier. Je fis donc seul la lieue qui conduisait à la pointe et je savourai davantage encore l'approche de la côte et l'arrivée sur la baie.

Chaque fois que j'arrivais à la chapelle, cette terre qui s'ouvrait brusquement sur l'horizon marin prenait à mes yeux une signification, et la grise procession des maisons basses qui se tortillait jusqu'à la ravine me donnait l'impression de retrouver mon âme, que j'avais laissée là en octobre dernier.

La maison du baromètre me guettait, dans l'enclos, après la croix blanche ; il y manquait Louise Angot, la sœur aînée, qui venait de se marier, à Binic, au grand Yves Maximy, ce beau Gallo que j'ai confondu, plus tard, dans ma mémoire avec le grand Gary Cooper, l'acteur irlandais.

C'est d'ailleurs de ce côté qu'allait m'attirer ma première activité maritime de cette année-là : Yves Maximy s'était associé avec son frère et sa sœur pour faire construire un cotre de dix mètres pour la pêche, en remplacement du vieux *Saint-Yves*, un excellent bateau de même type, mais arrivé à bout de souffle après quatre-vingts ans de pêche, et qui pourrissait présentement dans l'arrière-port, sur les vases vertes de l'embouchure de l'Ic.

Le nouveau bâtiment avait été commandé aux Chantiers de Carantec, dans la baie de Morlaix, et, dès mon arrivée, je fus compté dans l'équipage qui devait le ramener de là-bas. Cela constituait une navigation honorifique car il s'agissait de doubler, avec un bateau neuf, la pointe du Squewel, le Porz Hir, le phare du Paon et surtout : le sillon de Talbert, ce qui est un événement autrement significatif que de réussir au concours d'entrée à l'École coloniale !

Désiré Angot était aussi du voyage. Nous partîmes bravement, Désiré Angot, Yves et Prosper Maximy, moi-même, Louise et Marie-Rose Angot, par le petit train jusqu'à Tréguier, puis Lannion, puis Morlaix, où, par la patache de Locquénolé, nous gagnâmes Carantec, où le *Frères-et-Sœur* se balançait sur son corps-mort.

La coque du *Frères-et-Sœur* était noire, la lisse verte, les inscriptions blanches et il embaumait le chêne frais, le coaltar, le vernis et aussi le chanvre neuf des cordages et le tanin de la voilure. Le gréement était parfaitement conforme au type binicais, aussi les frères Maximy s'y retrouvèrent-ils comme chez eux.

Le pilote nous conduisit jusqu'à la balise de sortie puis, sautant dans son canot que l'on remorquait, il nous laissa maîtres à bord, aux prises avec un vent de noroît qui fraîchissait au fur et à mesure que nous sortions de l'abri de l'île Callot et de la pointe de Bloscon et, au beau milieu de la baie de Morlaix, nous prîmes, par le plein travers, une risée qui nous fit gîter jusqu'à la lisse. A peine le grand Yves donna-t-il alors, négligemment, un coup de genou à la barre. Je suppose que le grand Yves voulait montrer, à ceux qui, de terre, nous suivaient à la lunette, que les gars de la baie de Saint-Brieuc savaient naviguer. Il faut dire que, depuis toujours, les Binicais étaient bourrés de complexes, ce qui les amenait à prendre des risques, par bravade, aussitôt qu'ils sortaient de l'abri des îles de Saint-Quay.

Dès que nous eûmes doublé la pointe de Primel, la grande houle de l'ouest nous empoigna alors que le vent forcissait encore, et c'est finalement par une vraie grosse mer que nous prîmes le cap, au compas, sur le Squewel, tout en haut du Bro Trégor, franchement nordé[1], sous grand-voile, flèche klein-foc et trinquette. Une vraie voilure de régate par petit temps. La houle nous portait en diable. Nous allions aussi vite qu'elle, ce qui nous évitait d'embarquer par l'arrière. Je pensai d'ailleurs que c'était pour cela que le grand Yves avait chargé en toile. Peut-être aussi avait-il hâte d'entrer dans ses eaux avant la nuit ?

Lorsque je vis le clocher de Saint-Jean-du-Doigt, à tribord, je le pris comme point de repère et je m'aperçus qu'il défilait diablement vite sur l'horizon des hauteurs de Lanmeur. Et tout cela disparut bientôt pour s'enfoncer au fond de la baie, invisible, de la Lieue de Grève, après quoi nous fûmes au plein large. C'était la première fois que cela m'arrivait, car, en baie de Saint-Brieuc, on était toujours en vue d'un point de la côte ou d'une roche quelconque. Il en résulta pour moi, une colique, la délicieuse « Colique du mousse ».

La mer fumait sous le vent et se creusait joliment, le vent sifflait dans les écoutes tendues à péter. Les filles, à plat ventre sur le gaillard avant, roulées dans le grand foc, regardaient gravement vers l'avant alors qu'Yves Maximy tenait la barre, solidement calé des talons sur le caillebotis, l'œil à demi fermé, comme

1. *Nordé* : nord-est.

pour écouter passionnément les geignements de sa nouvelle embarcation.

C'est alors que tonton D'ziré et le vieux cousin Maximy, le plus tranquillement du monde, sortirent leurs cordes à maquereaux, plombèrent convenablement, vérifièrent l'appât et les jetèrent à la traîne. Maximy disant : « Est pas un yacht elà ! » (ce bateau n'est pas un yacht) voulant dire que le *Frères-et-Sœur* était un bateau fait pour la pêche.

Plus nous montions vers le nord, plus la mer forcissait et plus la houle était creuse. J'étais pris d'une sorte de vertige qui me serrait à la hauteur du nombril et les filles qui, jusque-là, avaient caqueté et chanté, se taisaient, le ventre noué.

« Ça va tourner ! » disaient les vieux.

Ils voulaient dire que le vent allait changer. Ils m'expliquèrent que la couleur du ciel était telle, au levant, « qu'un vent de noroît comme tula ne pouvait pas durer, dam' non ! ».

De fait, lorsque nous eûmes doublé le Squewel, alors que l'on s'engageait entre lui et les sept îles, qu'on laissait à bâbord, d'un seul coup le vent remonta du sud. On le vit venir par cette moire sombre qui se faisait sur la mer du côté de Ploumanac'h et de Trestraou et gagnait sur nous ; en même temps qu'il nous amenait à changer d'amure en catastrophe, nous parvint une large bouffée d'odeur de genêt et de fougère, comme un vif parfum d'aisselle de femme, avec une pointe de sarrasin en fleur.

Tous l'avaient sentie et les hommes, le nez en l'air, reniflaient cette puissante odeur de femelle qui venait de la lourde masse armoricaine.

« Tu la sens, la bonne amie, hein ? Tu la sens, la maîtresse ? lançait tonton D'ziré.

— Ça sent la grand-mère Bretagne ! Elle est là, la vieille ! » surenchérissait le vieux Maximy.

De fait, il n'était pas possible de l'ignorer, même si l'on n'avait pas vu, à ce moment-là, derrière l'île Tomé, les hauteurs de la côte depuis Louannec jusqu'à Port-Blanc, on aurait pu jurer qu'elle était là, comme une femme couchée sur les grèves, et que c'était sa croupe et ses flancs que l'on voyait respirer, sur l'horizon tribord.

Je ne sais trop pourquoi à cet instant je pensai à la Demoiselle. Sans doute parce que j'avais remarqué, je crois l'avoir déjà dit, qu'elle n'avait pas d'odeur, et cela me paraissait curieux, troublant même.

On passa ensuite entre le Four et Illiec pour aller doubler la pointe du Château et c'est lorsque, par le travers de Porz-hir, alors que nous traversions d'ouest en est l'estuaire du Jaudy que les cloches de Tréguier se mirent à sonner l'angélus de midi.

Je pense que les cloches de Tréguier par le travers du Jaudy, un homme doit avoir entendu ça au moins une fois dans sa vie, dam' oui !

Une heure plus tard, on montait un peu vers le nord pour doubler le sillon de Talbert, qui était en quelque sorte mon cap Horn. Une heure plus tard encore c'était le phare du Paon, à l'extrême pointe de Bréhat, après quoi on virait pour entrer en baie de Saint-Brieuc, vent debout, et Yves se frotta les mains : on allait voir la tenue du *Frères-et-Sœur* au plus près. On le vit : par vent plein sud, on vint à Binic sans tirer une seule bordée, sauf au droit de Rognouze pour entrer dans le port de Binic. Prenez une carte et vous verrez que c'était du beau travail.

Cette mémorable traversée m'empêcha de reprendre, dès mon arrivée, mes recherches de la Demoiselle.

C'est trois jours plus tard, seulement, que je pus faire le voyage vers Plouvara, car tonton D'ziré était de plus en plus raide et j'avais dû piocher les pommes de terre, les haricots, les choux, remettre de l'ordre dans les cultures où l'herbe s'en donnait à cœur joie, Marie-Rose ne pouvant, seule, en venir à bout.

Enfin il me fallait conduire le vieux sur les lieux de pêche, en prenant la direction du doris. Les poignets surtout le faisaient souffrir et, pour manier l'aviron, nage ou godille, les poignets sont (dam !) d'une grande utilité. Les siens étaient enflés et ses doigts, gourds, se déformaient de plus en plus. Tante Léouise lui tricotait bien des mitaines et des bracelets de grosse laine noire et lui faisait des intraits de feuilles de frêne que l'on cueillait dans les vaux, mais rien n'y faisait. Il arriva même qu'il ne put même pas nouer un filin.

Pourtant il me dit :

« Aujourd'hui lundi (on ne sortait jamais à la mer le lundi. C'était la coutume.) matelot, tu n'aurais pas, dam, à naviguer du côté de Plouvara ? »

Je partis donc un matin. Mais cette fois ce fut à vélo, car Marie-Rose Angot venait de s'acheter une bicyclette avec l'argent que lui rapportait la vente des coquillages. La mode en effet était venue de fabriquer des fleurs avec les nacres roses des oricans que l'on trouvait en grande quantité sur l'estran de la grève des Rosaires.

Pensez que le kilo de nacre se vendait jusqu'à cinq francs, et qu'à cette époque un vélo valait six ou sept francs lourds. Une fille active avait vite fait de gagner sa bicyclette et l'on peut bien dire que cette mode des fleurs en coquillages avait apporté la grande opulence aux filles de la côte.

Donc avec cette bicyclette, en trois quarts d'heure à peine, je fus à la maison du doué, sous les châtaigniers. Les hortensias bleus étaient là, fidèles. La barrière blanche aussi, mais elle était close. J'étais résolu, cette fois, à frapper à l'huis et à me présenter à la famille. Las, les volets étaient clos de telle sorte qu'on voyait bien que personne ne vivait là, et l'herbe était haute dans la cour !

Je restai là, assis sur le talus, un long moment, pensant la voir arriver, par miracle. Tout n'était-il pas miracle dans la Rencontre ? Un an plus tôt c'est là que je l'avais vue apparaître, près de la porte.

Je m'adressai à un paysan qui piochait les pommes de terre, trois cents mètres plus loin. Il me répondit que le commandant ne viendrait certainement pas là cette année...

« ... Pensez !... Pour un commandant, le hameau de Plouvara, ce n'est plus assez beau ! Il leur faut une plage et un casino maintenant qu'on est officier supérieur !... »

Cela me mit dans une grande colère, qui me fit battre tous les records de vitesse, au retour, sur la petite route.

En réparant, plus tard, les casiers à homards, une longue méditation m'amena à conclure qu'il fallait persister dans ma recherche. Une voix me disait : « Cette fille insaisissable te protège de la catastrophe où tu vois sombrer tous les autres ! Déjà en mai, là-bas, à Paris, qui t'a retenu de céder aux avances d'Erika ? Pourtant tu étais bien tenté. Souviens-toi : ses cuisses étaient bien douces et son baiser bouleversant. Tu étais prêt à plonger tête baissée dans la grande chienlit où tu aurais perdu l'estime de toi-même et la joie de vivre...

« Mais l'image de la Demoiselle s'est alors interposée et tout est rentré dans l'ordre, le bon ordre. Cette image de fille t'est nécessaire... et il est bon qu'elle soit lointaine, comme une étoile. » « Accroche ton char à une étoile », dit Marc'harit Fulupp.

D'ailleurs, à y bien regarder, l'absence avait déjà considérablement embelli la Demoiselle. Il n'y avait qu'à voir comme elle était belle maintenant. En un an, la mince et gauche adolescente était déjà devenue, dans ma tête, une svelte et charmante jeune fille. Qu'allait-ce être au bout du délai que je m'étais fixé ! Et comme le jour serait beau où, à la fin de la quête, nous serions réunis et soudés, deux hémisphères errants dans le monde enfin rassemblés après l'épreuve du Temps et de la Distance, pour former la sphère idéale, la perfection voulue par Dieu : le couple.

C'était le moment où je m'occupais des casiers à homards, tonton D'ziré n'ayant plus assez de force ni d'agilité dans les doigts pour faire, ou resserrer, les quelque deux cents ligatures qui maintiennent ensemble les quarante baguettes, judicieusement cintrées, qui forment une seule nasse où s'engagent, pour n'en plus pouvoir sortir, les homards ou les araignées de mer. Comme nous avions vingt-deux casiers, cela faisait quatre mille ligatures croisées. Le temps de rêver sans cesser de se rendre utile tout en échappant aux vulgaires tentations.

Pendant que les doigts tortillaient les osiers et les baguettes, l'esprit pouvait aller, et il ne s'en privait pas. Surtout que j'étais installé derrière la maison, d'où je voyais toute la baie, d'un seul coup d'œil. Spectacle bien fait pour stimuler la penserotte.

Ce travail me prit plusieurs jours. Un matin j'entendis tonton D'ziré jurer comme un gabier. Je levai le nez : il était à sa lucarne, sa « hune », d'où il me donnait des ordres. Cette fois, les jumelles à la main, il grondait ; au comble de la colère. Il jurait d'ailleurs en gallo, ce que je ne lui avais jamais entendu faire :

« Gade tulà [1] ! » me dit-il en pointant le doigt en direction d'un bateau, qui naviguait à trois milles environ, en plein sur cet herbier de varech qui donnait à la mer une profonde couleur d'émeraude.

Je levai le nez.

« Coute ! » (Écoute !) me dit-il en tendant l'oreille.

J'entendais bien, en effet, depuis quelques instants, un teuf-teuf inquiétant et sordide, mais je pensais que c'était, au loin, l'autorail que les chemins de fer des Côtes-du-Nord venaient de mettre en service sur la ligne de Saint-Brieuc à Paimpol. Mais, ayant localisé le bruit, je ne pouvais plus douter qu'il vînt de la seule embarcation alors en vue.

Pourtant c'était un cotre classique, gréé normalement. Une seule chose était anormale : il naviguait sous sa seule grand-voile, où un ris était pris. Le vent étant ce qu'il était, il eût dû avoir son foc et toute sa grand-voile dorique.

L'ayant bien fixé je compris qu'il était équipé d'un moteur, un moteur à explosion.

Le vieux tempêtait toujours, interpellant le bateau et le traitant de tous les noms. Et son vocabulaire était diablement riche ! Je montai bien vite près de lui pour connaître la raison de sa colère :

« Est lu ! criait-il. Est lu ! (C'est lui !)

— Mais quoi ?

— Tu n'entends pas ?

— J'entends un moteur.

— C'est déjà beaucoup trop !... Mais ce n'est pas tout.

— Quoi encore ? »

1. *Gade tulà :* regarde celui-là.

Désiré Angot, se levant pour donner plus de poids à sa vindicte, hurla, ce qui ne lui arrivait jamais :

« Il chalute ! mon gars ! Il chalute !

— Oui sans doute, puisque c'est le cotre à Jikel (je venais de l'identifier) et que Jikel travaille toujours au chalut !

— Jikel autrefois chalutait À VOILE ! matelot. Et le voilà maintenant qui chalute À MOTEUR !

— Le déshonneur de la Marine ! lançai-je en riant.

— Pas rien que ! Mais surtout la mort de l'herbier ! dam !

— La mort de l'herbier ?

— Oui gars ! » appuya-t-il en me tendant les jumelles, « suis-le bien : moi je le regarde travailler depuis un bout de temps : lorsque le chalut croche par le fond, au lieu d'éviter et de remonter le chalut, comme on est obligé de le faire lorsqu'on est sous voile, faute de force suffisante, lui il met simplement les gaz au plus fort, gars ! et le chalut ARRACHE...

— Arrache ?

— Arrache le varech, dam ! Et pis encore : avec la voile on n'utilise qu'un chalut léger qui caresse simplement les fonds. Tula [1] est un chalut lourd qui croche dur, alors on met les gaz et on arrache le morceau... Et demain il y en aura trois comme lui ! Dans un mois il y en aura cinq ! Dans un an tous seront équipés de moteurs de plus en plus puissants, et alors il y en aura dix, vingt, trente qui arracheront la flèche [2] ! Et après on pleurera : plus de flèche : plus d'herbier. Plus d'herbier : plus de chieuves [3] ! Plus de poisson, plus de homards, plus rien ! La mort ! t'entends ? La mort. Voilà ce que c'est que ce teuf-teuf que

1. *Tula :* celui-là.
2. *Flech* ou *flèche :* nom local du varech.
3. *Chieuves :* nom local de crevettes.

tu entends là ! C'est l'arrivée des assassins, c'est la mort qui approche !

— Mais le progrès, Tonton ?

— Il n'y a pas là de progrès ! Au contraire, puisqu'il n'y aura plus de poisson, plus de homards, plus rien ! La baie sera vide, tu m'entends ? La baie sera stérile comme est devenue tante Léouise depuis tantôt trente ans !...

« ... Et pour trouver du poisson, dam, ils devront aller aux cinq cents tonnerres, je ne sais où, dam ! Peut-être jusque sur les côtes de Mauritanie... et même encore plus loin peut-être ?

— Tonton ! ce n'est pas possible ! » dis-je en riant.

Il continuait à délirer. Je croyais que c'était du délire sénile, mais ce n'était que la vraie vérité, je l'ai vu plus tard :

« ... Plus un gobi ! Plus une loche ! Plus de lançons, plus de menuse, plus de macariaous, plus que des berniques qui n'ont jamais pu cuire !... Pauvre Humanité qui tue la poule aux œufs d'or et lâche la proie pour l'ombre ! »

Puis se reprenant : « ... je vais écrire, de ce pas, à l'Inscription maritime, à l'Office des pêches, au journal *L'Ouest-Éclair*, au ministère de la Marine, au président de la République, à l'amiral Ropartz sous qui j'ai servi à la mer !... On ne peut pas laisser massacrer notre trésor comme ça sans gueuler !... Cet herbier, dam, c'est la vie de toute une population côtière, qui devrait le comprendre et exiger... »

Il prenait le porte-plume et le papier qu'il avait à portée de la main, sur une étagère, près des jumelles de marine et de l'almanach des marées. Il essayait d'écrire mais le porte-plume lui échappait et roulait sur le papier :

« Malheur ! disait-il, je ne peux rien tenir qui soit plus petit qu'un aviron, dam !

— ... Un aviron est cor trop petit pour té, mon bounhoumme disait, à voix basse, tante Léouise qui mijotait sa soupe de congre, dans l'âtre. Puis, se tournant vers moi elle ajoutait : « Il a cor voulu écrire sa campagne de Terre-Neuve, toucom, et son Majunga, et son Diégo Suarez, toucom ! Et son Tonkin !... Mais il n'a pas pu !

— C'est dommage ! Pourquoi ne s'y est-il pas pris plus tôt ? »

Et il me vint à l'idée : pourquoi ne me dicterait-il pas ?

Mais je redescendis vers mes casiers à homards, qui, me ramenèrent à la Demoiselle, et dès lors je n'entendis plus du tout ce teuf-teuf odieux, tant la musique de la Demoiselle était puissante, belle et universellement consolante.

9

Comme si elle avait deviné mes pensées, Marc'harit Fulupp la conteuse déboucha bientôt du sentier des Vaux-Madec. Elle arrivait ainsi de l'arrière-pays trégorrois, par la vallée de l'Ic, Tréguidel et Lantic courant toujours au secours des Bretonnants perdus chez les Gallos, mais aussi, me dit-elle pour savoir où j'en étais de mon entreprise avec la Demoiselle de Plouvara.

Où avait-elle appris mon aventure ? Je ne sais, mais il me semblait qu'elle en connaissait tous les détails.

Elle marchait toujours aussi vite, mais de plus en plus penchée en avant, ressemblant davantage à Mamm Goz Arvor, grand-mère Bretagne, la face à la proue de son corps, le menton faisant carnaval avec son nez. Le bâton de houx lui était de plus en plus nécessaire pour ne pas tomber en avant.

« Je conte chez les Le Louarn, ce soir. Je conterai pour toi, gaz bihan ! » me dit-elle en prenant quasiment le pas de gymnastique pour filer par la sente du raccourci.

Je la suivis comme je pus :

« ... A propos des Le Louarn..., commençai-je.

— ... Je sais, je sais... Tu veux parler de Soizik ?

— Oui, Soizik, la pauvre !

— Ne dis pas : “ la pauvre ”. Laisse-la faire son belegiezh. »

Le mot « belegiezh » veut dire quelque chose comme « sacerdoce ». Si je me trompe, c'est de peu. Je fus choqué. « Comment pouvez-vous parler de belegiezh. Drôle de sacerdoce ! »

Elle s'arrêta net au milieu du chemin :

« Paotr[1] !... pense qu'elle console tous les hommes qui ne peuvent pas gagner une femme pour eux tout seuls ! As-tu bien réfléchi que tous les hommes ne sont pas beaux et jeunes et intelligents comme toi ? Il y a les frakellek[2], les paukamm[3], les laids, les « gant droug ar roue[4] », et puis il y a les marins, les voyageurs, ceux qui ne posent jamais la tête sur le même oreiller. Ceux qui ne pourront jamais s'accoupler par penchant d'amour. Ceux-là, dam oui, sont bien contents de la trouver !

— Mais quel métier, Marc'harit !

— Plus beau que tu ne penses ! As-tu pensé à la reconnaissance qu'ils lui doivent, tous ces pauvres hommes sans femme ? Et puis pourquoi ne l'as-tu pas retenue ? Tu pouvais, ma paotr !... Toi oui, tu pouvais ! »

Furieux j'allais lui dire bien des choses que je pensais à ce sujet mais elle sauta littéralement, oui elle sauta comme une chèvre entre deux touffes d'ajoncs pour prendre le raccourci des enfants et sans doute bourrer une pipe derrière le talus. Elle répéta :

« Surtout n'en dis jamais rien au père et à la mère Le Louarn.

— J'ai voulu la délivrer..., commençai-je.

— Je sais, je sais ! coupa-t-elle, tu es un bon garçon,

1. *Paotr :* gars.
2. *Frakellec :* bancal.
3. *Paukamm :* boiteux.
4. *Gant droug ar roue :* scrofuleux.

courageux, mais garde-toi bien de rompre en visière avec le diable ! (je traduis ici très maladroitement). Car le diable, lui aussi, est nécessaire !

— Le diable ? nécessaire ?

— Sûr ! C'est bien Dieu qui l'a voulu, qui l'a créé et qui l'autorise tous les jours à travailler ? Alors c'est qu'il le juge nécessaire !

— Le Diable ? Voulu par Dieu ?

— Sûr ! Sinon dam comment voudrais-tu qu'il existe ? Puisque Dieu a tout fait et que rien de ce qui a été fait n'a été fait sans lui... »

J'eus le bec cloué. Non par la logique de son raisonnement mais par la rapidité de son argumentation.

Elle cria encore en s'éloignant :

« Ce soir ! »

Puis encore :

« Ce soir, je conterai pour toi ! »

Le soir, bien sûr, je fus chez les Le Louarn. Le père et la mère m'embrassèrent paternellement et je m'assis sur les marres où l'on gerbait les barriques de cidre, une place s'y trouvant libre. J'étais ainsi juste en face de l'endroit où, un an plus tôt, les deux filles étaient assises, côte à côte, se confondant. Leur image était si bien gravée dans les lieux que je les revis, sur le mur, comme en rémanence et cela me redonna courage, surtout que Marc'harit, après avoir fini ses krampouez au beurre et sa grande bolée de café, se moucha dans ses doigts, fit son signe de croix et commença, sur le ton des vêpres :

« Messieurs, mesdames, plaise à vous d'écouter une gwerz que je tiens de ma mère, qu'elle tenait de sa mère, qu'elle tenait de sa mère, et ainsi de suite jusqu'à la cent soixante-douzième génération, sans que jamais un homme n'y fût mêlé ! Parole ! »

Et, les yeux clos, tirant sur sa pipe par courtes bouffées, elle commença l'histoire du Gorsedd de Guingamp, qui se tenait, paraît-il, comme son nom l'indique, sur le tertre[1], celui de Coat Liou, à dix kilomètres au sud de Guingamp. Et ce tertre-là avait ceci de remarquable que tout homme noble qui s'y asseyait ne le quittait pas sans avoir reçu des coups et des blessures... ou bien sans avoir vu un prodige...

Le héros qui s'appelait Conan s'y asseyait en disant : « Les coups ? Je ne les crains pas plus que les blessures. Quant au prodige, je voudrais bien voir ça ! »

Ce disant, Marc'harit ouvrait les yeux et me regardait intensément pour continuer, en forçant sa voix, pour attirer mon attention :

« ... A peine Conan était-il assis sur le gorsedd, il vit arriver une femme montée sur un grand cheval blanc. Elle portait une robe aussi blanche que sa peau, aussi brillante que sa beauté. Son cheval allait d'un pas lent et majestueux.

« Conan se leva, sella son cheval et se mit à l'amble pour la rattraper. Mais il ne put la rejoindre, bien qu'elle fût toujours au pas. Il prit alors le trot pour gagner du terrain, mais plus il trottait, plus elle restait devant lui. Il prit alors le galop, mais la distance qui le séparait d'elle était toujours la même. Il força son cheval, qui tomba, fourbu, sans qu'il ait pu rapprocher la blanche fille.

« Il se procura un autre cheval, le plus rapide et le plus résistant que l'on pouvait trouver. Il l'enfourcha et piqua des deux. La belle fille blanche allait toujours

1. *Gorsedd :* en celte signifie « tertre », mais aussi « tribunal », car les assemblées judiciaires se tenaient sur ce tertre.

d'un pas lent et majestueux, mais plus il forçait l'allure de sa monture, plus elle ralentissait, et pourtant il ne pouvait l'atteindre et même elle semblait s'éloigner de lui...

« Le soir vint : il campa où il se trouvait et le lendemain matin, la cavalière de la veille était là, dans la brume de l'aube, qui l'attendait. Il se mit en selle sur son cheval bien avoiné et piaffant d'impatience et il partit à la poursuite de la fille blanche qui était toujours devant lui. Et cette poursuite dura trois ans.

« Trois ans ! » insista Marc'harit d'une voix dure en me fixant, dans les yeux. « Trois ans pendant quoi, même lancé à toute bride, il ne gagna jamais plus de terrain que s'il eût été au pas. Et chaque jour de ces trois ans il devait affronter des dangers terribles, surmonter des obstacles, lutter contre " tud an diaoul ", ceux du diable : il rencontrait des troupes de brigands. Il les estourbissait les uns après les autres. Il trouvait sur son chemin un roncier impénétrable qu'il traversait, tout ensanglanté, enfin il était arrêté par un monstre qu'il tuait d'un coup de son épée, mais le monstre renaissait aussitôt et il fallait le tuer encore, chaque fois plus dangereux. Il y avait aussi des morganes qui le tentaient, à gauche et à droite de sa route. Il passait outre et continuait sa quête...

« " Je vois, dit-il enfin, qu'il est inutile de la poursuivre ainsi ! Par moi et Dieu, elle doit avoir une mission pour quelqu'un. "

« Et tout à coup, trois ans après la rencontre, elle disparut, la belle fille blanche, mais un palais se dressa devant lui. Il entra dans ce palais et traversa trois salles chauffées d'un bon feu où un repas plantureux était servi.

« Il aurait pu se reposer, se chauffer et se restaurer

car il était glacé, affamé et brisé de fatigue, mais il allait toujours, outrepassant sa lassitude...

« Enfin, et je passe toutes ses innombrables aventures et ses difficultés, qui demandèrent au moins mille vers pour être contées, il arrivait dans la troisième salle et là, il trouvait une femme, dont il ne savait même pas si elle était belle ou laide : elle était. Elle lui souriait et tendait la main, mais ce n'était pas du tout la belle jeune fille qui montait le cheval blanc. C'en était une autre, aux formes pleines, au flanc généreux et qui venait au-devant de lui, qui l'accueillait en le baisant sur les lèvres et ils passaient tout de suite au lit nuptial.

« Elle lui disait :

" C'est toi que j'attendais de toute éternité, toi le père de mes enfants. Toi ma chair et mon sang. "

« Il lui répondait :

" Mais cette femme que j'ai poursuivie sans jamais l'atteindre ?

— C'est l'ange, envoyé pour te protéger des dangers de la route, qui te conduisait à moi ! " »

Là-dessus, Marc'harit Fulupp disait le *Gloria Patri* en s'inclinant un peu, à quoi je me surprenais à répondre, avec les autres Bretons : « *et in saecula saeculorum Amen !...* » Ce qui remettait tout dans le bon ordre.

J'ai raconté cette gwerz en la simplifiant beaucoup, mais Marc'harit mit près de deux heures à nous la chanter[1]. Elle n'omit pas un détail du harnachement des chevaux, ni la couleur des yeux des personnages, ni la forme de leur costume, ni l'accoutrement de chacun des brigands. On eut droit à chacune de leurs

1. Chanter en breton se dit *canu* qui signifie aussi réciter. On dit *canu a pader*, « chanter » ou « réciter le pater ». Les récits rituels sont toujours faits comme une psalmodie.

paroles, à la forme de leurs épées, à la description des trois salles du palais et de chacun des plats qui s'y trouvaient préparés. Et tout cela était assemblé en tercets qui me semblaient groupés en terza rima. Ces terza rima que je trouvai dès lors tellement belles que, plus tard, alors que je me mis à dire des gwerz de mon cru, en français, j'employai ce procédé de versification.

Le lendemain, Yves Le Floch arrivait avec son sac de matelot marqué à son matricule et son uniforme du Borda. Bien regardé, en silence et par en dessous, par les filles des terres qui, dans les champs, faisaient la moisson, et hélé par celles de la côte, qui lui faisaient des signes d'amitié et lui lançaient des phrases de bienvenue et des plaisanteries.

Je lui racontai tout : l'histoire de Soizik, notre tentative d'enlèvement, sa disparition, mon attente fébrile de la Demoiselle.

Il m'écoutait, étendu dans son hamac, qu'il avait gréé dès son arrivée. Lorsque je lui dis que j'étais allé à Plouvara à bicyclette, il eut un air contrarié. A pied c'était mieux. Et quand je lui annonçai que j'avais trouvé la maison vide, les volets clos, la barrière fermée, il se contenta de dire : « Bien sûr ! » comme si d'être allé à Elle à bicyclette eût été un gage fatal d'échec.

Il réfléchit longuement et me confirma dans mon opinion qu'elle ne viendrait pas cette année. Il avait appris que le commandant Guesclin avait été envoyé dans une autre garnison. Il ignorait où, sans doute à Montauban ; il supposait donc qu'il enverrait sa famille en vacances d'été sur la côte méditerranéenne, ce qui, curieusement, commençait à se faire à l'époque (le Midi en été ! Faut être fou ! Y a de quoi querver ! eût dit tante Léouise), surtout dans le milieu des officiers supérieurs. Ceux de l'armée de terre, bien entendu. Les marins restant fidèles, quel que soit leur grade, aux terres d'origine.

Voyant s'éloigner encore une fois la Demoiselle, je pensai, bien sûr, à la jeune fille insaisissable de Marc'harit Fulupp.

Je résolus donc, puisqu'elle s'éloignait encore, de lui écrire, puisque j'avais son nom et son ancienne adresse, à Brest. Elle devait avoir dix-huit ans maintenant, il n'était donc pas absolument scandaleux de lui envoyer une lettre personnelle.

Yves n'était pas d'accord : le procédé était trop direct et dissipait trop brutalement, à son gré, les brumes du mystère, qui baignaient la Rencontre et qu'il fallait conserver coûte que coûte, disait-il.

Pourtant j'écrivis à Anne, pour lui faire savoir que j'étais là, toujours fidèle à la barrière blanche et déterminé à poursuivre, quoi qu'il pût arriver. Dans cette première lettre, je racontais mon raid cycliste à Plouvara. Je décrivais la petite vallée et sa tristesse de voir la maison vide et condamnée. Habilement j'attribuais ainsi aux choses et à la nature entière les sentiments dont on devait comprendre qu'ils étaient les miens : le ruisseau pleurait dans ses menthes argentées, les grands châtaigniers soupiraient sous le vent, le chemin creux était mélancolique parce que solitaire, au plus profond de la vallée. Bref : une belle page de romantisme bucolique, qui se terminait par un chant d'espoir dans le retour du soleil. Car, j'ai omis de le dire, il pleuvait ce jour-là et j'étais rentré trempé comme soupe.

Je remis la lettre à Philippe Thoraval, le boulanger qui, dans sa carriole tirée par un superbe « postier breton », apportait le pain aux gens de la pointe, et qui me promit de la mettre à la poste du bourg, sans faute, le soir même.

Là-dessus Yves Le Floch s'intéressa au *Frères-et-sœur* et à notre voyage de Carantec à Binic. Il voulut en connaître tous les détails : le vent ? la mer ? la voilure ? Et il me fallut lui faire le récit de notre navigation au changement d'amure près, après quoi il décida, dans l'enthousiasme, qu'il embarquerait avec moi, comme matelot, chaque fois qu'Yves Maximy le voudrait bien, car la voilure du cotre construit à Carantec était, disait-il, la plus belle voilure du monde, et naviguer là-dessus devait être « foutral et cornecul ».

Je m'empressai de lui dire qu'un moteur à explosion avait été monté sur le bateau de Jikel et qu'avec ça ils chalutaient sans vergogne dans la baie, arrachant le varech et saccageant tout !

Entendant cela, Yves Le Floch s'était tu brusquement et était resté sombre et pensif, dans l'attitude de Napoléon à Waterloo. Il avait sauté de son hamac et s'était mis à aller et venir dans le grenier, à grands pas, le menton dans la main, très agité.

Puis il chercha dans son sac de matelot pour en tirer une petite boîte qui portait en son centre une sorte de manette. Il chercha encore et retira un petit caillou gris et scintillant, formé de petits cristaux octaédriques qu'il fixa sur la petite boîte, puis un écouteur à casque qu'il se mit sur la tête et, avec une sorte de pointeau que commandait la manette, il commença à palper le caillou gris. Il se livra ainsi à quelques manipulations qui me parurent bizarres car je ne connaissais rien à l'électricité, ni, à plus forte raison, à ce que l'on appelle la « radio ». Son regard s'éclaira. Il sourit et, enlevant le casque, il me le mit sur la tête en disant : « Écoute ! »

J'écoutai : j'entendis un homme qui parlait. Il annonçait qu'on allait entendre *Cavalerie légère* de Suppé et, de fait, on entendit les premiers accords. J'enlevai le casque. Il me regardait fixement. « Sais-tu quel est ce caillou ?

— Oui, je suppose que c'est de la galène.

— Oui. PbS ! le sulfure de plomb. Je l'ai ramassé tout près d'ici, à Trémuzon, où l'on extrait du minerai de plomb argentifère...

— Je sais, je sais ! Il y a belle heurette que les druides le connaissaient déjà et l'utilisaient d'une certaine façon...

— Je sais que les druides ont tout fait et connaissaient tout et que toi tu n'as que méfiance pour les choses du progrès, mais vois un peu ce que l'on peut tirer d'un petit caillou ! C'est tout simplement merveilleux ! Comme sont merveilleuses les propriétés du pétrole, comme est merveilleuse l'électricité !... Alors je me pose la question : comment pourrait-on ne pas exploiter ces propriétés et ces richesses ?... »

Il réfléchit longuement, puis :

« Ce qu'on appelle le Progrès est inévitable. Et tu n'empêcheras pas les pêcheurs de la baie de monter un moteur sur leur cotre...

— Pas plus que tu n'empêcheras tonton D'ziré d'écrire au président de la République et même à l'amiral Ropartz pour qu'on ne chalute plus à moteur, tout au moins dans la baie de Saint-Brieuc, sinon, dis-je, c'est la mort de notre très cher herbier... »

Yves hocha longuement la tête :

« ... Et il n'a sans doute pas tort !... »

Puis :

« ... Que penser ? »

Et, tout de suite après, changeant de ton :

« ... Mais tu pourras toujours dire à Désiré Angot

qu'il perd son temps à écrire à l'amiral Ropartz : il est mort.

— Signe des temps ! »

La famille Guesclin était donc à Montauban.

Jamais je n'avais trop porté attention à ces régions méridionales (j'entends celles du midi de la France) car outre qu'elles fussent assez peu tournées vers la mer, elles appartenaient à ce monde que Désiré Angot classait d'une façon probablement très arbitraire, dans la catégorie des pays de poussière et de chaleur. Et même, fort irrévérencieusement dans celle des « pays à punaises ». Mais il avait vu tant de choses que je me fiais à lui et que je faisais mien son jugement. Mais, du fait que la Demoiselle y vivait maintenant, je fus tout à coup attiré irrésistiblement de ce côté-là. Les gares des Invalides et d'Austerlitz devinrent, dans un Paris neutre et incolore, des pôles puissants d'attraction, et je me surpris tout à coup, au cours de mes longues marches à pied dans la capitale, à assister, presque chaque soir, du haut du pont du boulevard de la Gare, au départ du rapide de Toulouse qui quittait Austerlitz à dix-neuf heures dix-sept.

Envahi petit à petit par la poésie des noms que j'entendais énumérer par l'aboyeur de service, j'arrivai à en savourer curieusement la liste :

« Les voyageurs pour Orléans, Châteauroux, Saint-Sulpice-Laurière, Limoges, Brive, Gourdon, Cahors, Caussade, Montauban et Toulouse... en voiture s'il vous plaît ! »

C'était comme une litanie poétique et lancinante qui, chaque soir psalmodiée, semblait m'inciter à continuer courageusement ma quête et à tenir le pari sacré.

Ce fut si fort que je résolus de céder à l'appel et à entreprendre le voyage. J'étais au bout de la petite pension trimestrielle que me faisait verser mon tuteur. Il me restait tout juste de quoi vivre jusqu'à la fin du trimestre qui finissait. Soizik n'étant plus là, hélas, je ne pouvais aller au *Panier Fleuri* (c'était, l'ai-je dit ?, le nom du bobinard de la rue Saint-André-des-Arts) afin de lui emprunter les mille francs qui me manquaient pour prendre le train qui m'emmènerait au pays de la belle Esclarmonde (au fait : était-elle vraiment belle ?).

Je pus fort heureusement donner en hâte quelques leçons d'anglais, qui me furent demandées par quelques potaches un peu attardés et franchement providentiels du collège Rollin et c'est ainsi qu'un matin, le premier des vacances universitaires de Pâques, je me trouvai installé dans le « coin-fenêtre-face » d'une voiture de troisième classe du Paris-Toulouse.

Pour la première fois j'allais franchir ce 46e parallèle qui, pour Yves Le Floch, Désiré Angot, l'abbé le Touzé, Marie-Rose Angot, Anna Danio et tant d'autres Bretons, constituait, en gros, la frontière méridionale des pays vivables.

J'ai oublié de dire que mes pauvres leçons d'anglais ne m'avaient rapporté que cent francs, ce qui ne me permettait pas de dépasser Brive. Peu importait : j'avais pris la résolution de m'installer dans le train et d'y rester jusqu'à Montauban si possible. Renseignement pris, j'avais calculé que j'avais huit chances sur cent de n'être pas contrôlé au-delà de Brive. Supputation hasardeuse, mais on verra comment cette fameuse fatalité joue dans la vie, comme dans les gwerz de Marc'harit Fulupp, un rôle tellement précis que l'on en arrive à penser, finalement, que la prédestination n'est pas une vue de l'esprit. C'est du moins ainsi que j'explique les coïncidences dont je devais être le jouet, en quelque sorte.

Avec une émotion étrange, je vis, par la portière, le paysage français évoluer merveilleusement. Comme le soleil j'étais habitué à évoluer d'est en ouest, selon le 48e parallèle, exactement entre Paris et Brest, et voilà que, tout à coup, je plongeais vers le sud, ce dont j'eus conscience surtout lorsque la Loire et l'Indre étant passées, la ligne attaqua les premières rampes du Massif central. Il ne m'échappait pas, lorsque nous fûmes à la hauteur des monts de Blond, que nous entrions en pays d'Oc et, lorsque les monts d'Ambazac arrivèrent, le dépaysement était fait.

Peu après Limoges, vers Uzerche, par les gorges de la Vézère nous culbutions vers ce monde inconnu qu'étaient pour moi les pays de Garonne et qui recelaient, quelque part, la perle fine, la jeune fille insaisissable : Anne Guesclin.

Un vieux bonhomme, assis à côté de moi, voyant avec quelle avidité je dévorais des yeux le paysage, se pencha vers moi :

« Vous vous intéressez, à ce que je vois, au visage de la Terre des Hommes. Puis-je alors me permettre de vous dire que cette ligne suit, à peu près parfaitement ce que l'on appelle la voie des Suèves... un des chemins de Compostelle !... Un des chemins des Étoiles !...

— Moi aussi, je cours à l'étoile ! dis-je à cet homme, qui avait l'air d'en savoir long, sanglé dans son costume de velours d'Amiens. »

Il n'eut pas l'air surpris de ma réponse et me fit un long discours géographique, illustré par le paysage qui se déroulait dans le cadre de la portière. C'est ainsi que nous passâmes la gare de Brive et que je me trouvai donc en infraction, comme le premier brûleur de dur venu.

Je n'écoutais plus mon vieux bavard et ne faisais plus attention au paysage, occupé que j'étais à guetter le contrôleur.

Il apparut, ce contrôleur, alors que nous arrivions près de la gare de Souillac. J'eus un très mauvais réflexe, je l'avoue, en actionnant le signal d'alarme. Le train stoppa au-delà de la gare de Souillac, après le viaduc de la Dordogne, dans un paysage admirable, un peu avant Lamothe-Fénelon.

Mais j'étais déjà dans la nature. J'avais sauté en effet à contre-voie, ce qu'il ne faut jamais faire si l'on tient à sa peau, mais ce qui me permit de gagner, sans être vu, un hallier de noisetiers truffiers où je me perdis.

C'est à pied, en quatre heures de marche, que je gagnai Gourdon. Car, et c'est là que l'on peut voir le doigt de Dieu (mais que vient faire Dieu dans cette affaire ?), mes parents, en voyage de noces à Biarritz, en 1909, y avaient fait connaissance d'un autre couple, M. et Mme Vitrac, lui aussi en voyage de noces, originaire de Gourdon où le jeune marié venait de reprendre l'étude de son père. Les deux jeunes couples avaient spontanément lié amitié et ne manquaient pas, depuis cette époque, d'échanger une correspondance suivie avec l'espoir de réaliser la promesse qu'ils s'étaient faite de se retrouver un jour.

Mes parents étaient morts sans jamais avoir pu réaliser ce projet. Et moi, tout en marchant vers le sud, sur l'itinéraire initiatique des Suèves, il me vint à l'esprit que je n'avais qu'à faire une trentaine de kilomètres pour frapper à l'huis de Me Vitrac pour y être reçu et aidé dans mon entreprise...

Oui, comme Tristan, c'était bien dans une barque

sans voile, sans aviron ni gouvernail que je me trouvais embarqué pour ma poursuite.

La nuit me surprit alors que je traversais Auniac et une heure plus tard (j'étais un solide marcheur, même le ventre vide), je me présentais chez Me Vitrac.

J'y fus reçu comme le fils de la maison. Me Vitrac et sa femme pleurèrent avec moi la disparition trop précoce de mes parents et ils considérèrent mon arrivée inopinée, en ce samedi saint, comme une manifestation du Seigneur et enfin me présentèrent leur fille, Louise, que l'on appelait Loulou.

Je connaissais bien sûr l'existence de cette jeune personne, de deux ans mon aînée, mais les photographies un peu figées que ses parents envoyaient régulièrement aux miens ne pouvaient donner une idée de sa beauté vivante. Je tombai donc, tout tremblant d'admiration devant ce splendide spécimen de la race cadurcienne qui, dès le premier regard, me sembla être ce qui se fait de mieux dans le genre « allumeuse ». Non par sa toilette qui était fort désuète, mais par la pulpe de sa chair, le son de sa voix, qui semblait sortir du fond de son vagin, la chaleur de son regard, le potelé de ses mains, la rondeur de ses seins, pourtant bien dissimulés sous sa robe stricte de jeune fille bien convenable.

Non, de ma vie je n'avais vu ni surtout senti une si capiteuse présence ! J'en fus tout interloqué. Elle dut le savoir, comme on verra, et elle fit tout pour accroître ce trouble immense qui me bouleversait, malgré que j'en eusse.

Au cours du repas, sous la suspension familiale, on me demanda discrètement quel était le but de ce voyage, interrompu par l'impécuniosité, vers Montauban.

Je fus tenté de raconter n'importe quelle histoire pour justifier ma présence et intéresser cette superbe créature. Une voix suspecte m'incitait à inventer un élégant prétexte, mais une autre voix, plus profonde, et prudente, me poussa finalement à tout dire et je profitai de l'absence de la jeune fille après le café pour avouer que je n'avais entrepris ce scabreux voyage que pour tenter de retrouver une jeune fille, et sa famille, à laquelle me liaient de tendres sentiments.

Le fait que le père était officier, officier supérieur, en garnison à Montauban rendit le notaire et sa femme plutôt indulgents et compréhensifs. Ils me demandèrent pourquoi n'ayant pu prendre qu'un billet pour Brive je m'étais quand même lancé dans cette aventure pour Montauban ? Et aussi comment j'allais m'organiser pour le retour ?

Après un long conciliabule avec son épouse, Me Vitrac m'assura qu'il n'hésiterait pas à m'avancer la somme nécessaire, et qu'il ne se faisait aucun souci car je ne manquerais certainement pas de la lui rendre aussitôt que je pourrais... après quoi on parla de mes études. On me donna une chambre et je m'y retirai vers les dix heures trente. J'étais couché depuis à peine vingt minutes, lorsque du fond du baldaquin sous lequel j'allais m'endormir, je vis s'ouvrir lentement la porte de ma chambre.

Quelqu'un s'approcha furtivement de mon lit et s'assit sur le fauteuil qui était là, fort à propos, à mon chevet. Un parfum particulier de chair brûlante m'informa que c'était Loulou.

« C'est moi ! » dit-elle, en effet, en un souffle.

J'eus ensuite l'impression qu'elle pleurait.

« Je pleure, tu vois ! me dit-elle.

— Pourquoi pleures-tu ?

— Pour ce que je t'ai entendu dire tout à l'heure. J'écoutais. »

Il y eut un silence.

« ... Ainsi tu es fiancé ?... C'est une histoire que tu as inventée, j'en suis sûre ! »

Le mot « fiancé » prononcé avec l'accent quercynois avait un charme irrésistible, et nouveau pour moi.

« Et c'est pour ça que tu pleures ? dis-je, fort ébranlé.

— Dis-moi que c'est faux ! Oui, dis-moi ! »

À ce moment je sentis qu'une main brûlante se glissait sous les couvertures et plongeait doucement le long de mon corps. Elle rencontra ma main gauche, qu'elle saisit avec vigueur.

« Dis-moi que c'est faux ! insista-t-elle.

— C'est que..., hésitai-je.

— Peu importe après tout ! Moi je veux te dire que je t'aime... »

Elle chercha à dégager sa main et j'eus l'impression que c'était pour pousser plus avant ses investigations, mais je la retins en la serrant plus fort.

Elle dut prendre cela pour un encouragement.

Je voyais maintenant, dans la demi-obscurité, le halo clair de sa robe de chambre. De son autre main, elle la dégrafa et je vis alors, ou je crus voir, qu'elle était nue sous cette robe. D'ailleurs, elle venait de porter ma main à la hauteur de sa poitrine, puis elle l'avait plaquée sur son sein nu et l'y maintenait en lui donnant même un doux mouvement de caresse.

Elle était bien jolie et bien tentante, cette généreuse poitrine et j'étais comme incandescent. Mais tout à coup je pensai au Vieux Crabe et à son éternelle histoire dont nous riions fort : « ... j'étais dans mon lit, au *Carlton*, je buvais un café parfumé, lorsque je vis la porte s'entrouvrir. Une merveilleuse jeune femme entra. Elle portait un riche manteau de vison. Elle s'avança vers ma couche et elle ouvrit vivement son manteau : elle était nue, mon cher, délicieusement nue ! » J'avais cru, jusque-là, que cette histoire ne pouvait naître que dans l'imagination perverse et salace d'un vieux gâteux. Mais je voyais maintenant que la chose pouvait vraiment se produire, et pas seulement au *Carlton*, mais même sous le toit d'un honnête notaire de campagne.

Mais tout de suite ce fut, après ce souvenir ridicule du vieux clochard, la vision, très nette, de la « Demoiselle » dans sa robe blanche, près du massif d'hortensias bleus.

Loulou s'était penchée sur mon lit, en quittant le fauteuil, et semblait vouloir s'approcher encore. Cela ressemblait tellement à l'histoire du Vieux Crabe que j'eus envie d'éclater de rire.

« J'ai bien vu dans tes yeux que tu me désirais, dès le premier regard ! continuait la fille. Je suis à toi... »

Je me levai brutalement et me mis à marcher dans la chambre, à grands pas. Sa robe de chambre était maintenant refermée.

Je m'étais arrêté devant la fenêtre ouverte sur la nuit. Lorsque je me retournai, elle avait rejoint discrètement sa chambre. Aussitôt qu'elle avait quitté la pièce, mon sang avait cessé curieusement de bouillonner et je retrouvai mon calme. Je me surpris même à m'attendrir sur Loulou, mais sa démarche avait laissé dans mon corps comme la marque d'un fer rouge.

Le lendemain, qui était le dimanche de Pâques, ses parents m'entraînèrent à la messe, que j'entendis depuis le banc familial. De ma place, j'apercevais, en biais, Loulou, qui était mêlée aux autres jeunes filles, dans la chapelle de la Vierge, vêtue de blanc avec une dalmatique faite d'un large ruban bleu ciel, car elle était « enfant de Marie » et elle chantait de tout son cœur, la chère petite, les cantiques pascals, les yeux baissés, les paupières pieusement closes, sans qu'une seule fois un regard la trahît, au point que j'en arrivai à penser que j'avais rêvé.

Tout le temps de l'office, je le passai à tenter d'expliquer sa démarche. Dans cette petite ville, j'avais cru le comprendre, si une fille passait ses vingt et un ans sans être mariée, c'était une vieille fille, et tout espoir était perdu. Voilà pourquoi Loulou se livrait ainsi, pensai-je, à la chasse au mari... c'est ainsi tout au moins que je voulais comprendre son offre audacieuse.

A la sortie de la messe, alors que nous prenions l'apéritif, Me Vitrac prit la parole et, très gravement, me dit : « Mon cher enfant, vous allez prendre avec nous le repas pascal, après quoi nous vous conduirons à la gare, mais (et il baissa la voix) par respect pour vos chers parents qui, j'en suis sûr, m'approuveraient, je prendrai moi-même votre billet, mais un billet pour Paris, et non pour Montauban comme vous le désirez. Je me permets ainsi de me substituer à votre père qui, s'il était vivant, vous éviterait certainement de faire une démarche incorrecte et, pour le moins, compromettante... Plus tard, plus tard, j'en suis sûr, vous m'en saurez gré, car votre entreprise est dangereusement engagée; il est de mon devoir de vous remettre dans ce que vos parents vous eussent certainement représenté comme le "droit chemin"... »

Il continuait à plaider gentiment : « ... J'espère que vous me comprenez, mon cher enfant! Si j'agis ainsi, j'insiste, c'est par affection et par respect pour vos parents que Dieu nous a fait rencontrer dans des circonstances tellement étonnantes, tellement privilégiées! »

Ainsi parla Me Vitrac, avec son délicieux accent quercynois. Il parla même de la Providence, dont le rôle était, dans toute cette affaire, visible comme le nez au milieu de la figure.

Le repas fut très gai. Me Vitrac était, comme tous ses compatriotes, un habile dialecticien et un gourmet avisé. Il évita de revenir sur le décès de mes parents, m'entretint habilement de différentes affaires coloniales en me posant des questions qui me permirent de faire un exposé enthousiaste et brillant.

L'on me servit copieusement de plusieurs plats locaux, tous très riches en truffes ; pendant ce temps-là je sentais la cuisse droite de Loulou se caresser à ma cuisse gauche, en insistant de plus en plus au fur et à mesure que montait la chaleur communicative des bons repas. A un moment même elle réussit à enlacer, de ses deux jambes, mon mollet gauche, ce qui était très méritoire car elle était assise à mon côté. A ce contact, je ne pus m'empêcher de me tourner vers elle. Elle en profita pour me dire, très maîtresse de maison :

« Reprendrez-vous de cette croustade ? »

A quinze heures deux le train pour Paris entrait en gare. Me Vitrac me donna une accolade paternelle. Loulou m'embrassa sur les deux joues, comme du bon pain, en me disant : « Vous reviendrez, n'est-ce pas ? » alors qu'elle glissait quelque chose dans ma poche. Ils assistèrent tous deux au départ comme pour s'assurer que le train m'emmenait bien dans la bonne direction.

Lorsque je retombai sur la banquette, un peu estourbi par cette curieuse aventure, je mis la main à la poche et j'y sentis une enveloppe, que j'ouvris. J'y trouvais une photo de Loulou. On l'y voyait cambrée comme une danseuse navarraise (la ressemblance est grande entre les filles de ce pays et celles de la

Nabaria espagnole, paraît-il). Au dos de cette photo elle avait écrit :

« A toi quand tu voudras. »

Je jetai cette image par la portière.

10

Si les lettres de la Demoiselle étaient épaisses, c'était surtout parce que les enveloppes, mauves, étaient doublées d'un certain papier de soie qui ressemblait au tissu des pétales d'iris. Il en avait aussi le parfum. Je n'avais jamais vu ce genre d'enveloppe, il est vrai qu'à part celles d'Yves, je n'avais jamais reçu de lettres. C'étaient bien les premières, que j'eusse tenues, avec mon nom, écrit d'une écriture un peu maladroite, certes, mais bien réelle.

Le texte lui-même ressemblait à la copie d'une bonne élève bien sage. Elle commençait toujours par « cher camarade ». J'aimais peu cette formule. Mais qu'aurait-elle pu mettre à la place puisque c'était également ainsi que je commençais les miennes ? Et c'était préférable ainsi, en somme.

De même pour le texte : je décrivais scrupuleusement le cadre dans lequel je vivais, mais dans cette description je faisais passer, en filigrane si j'ose dire, toute cette profonde et calme exaltation et cette certitude que son image suscitait en moi. A elle de déchiffrer ce second texte, sous-jacent, dont les symboles ne devaient être clairs que pour Elle.

Ce langage était très limpide puisqu'elle répondait de la même façon, en décrivant, comme moi, inlassablement le cadre de sa vie. Mais alors que je lui dépeignais la baie, sous son ciel vaporeux, de préférence aux jours gris et nacrés, ou bien même aux jours tragiques des colères de la mer, elle ne me parlait que de ces paysages méridionaux, poussiéreux et aveuglants qui, visiblement, l'excédaient. Et cette sorte de plainte permanente, très douce et à peine exprimée, de l'exil sous des cieux différents, comment le comprendre autrement que comme la mélancolie de la séparation de l'être cher ?

Et lorsqu'elle écrivait : « Quand reverrai-je les grèves et les sables mouillés de la baie ? » comment ne pas comprendre : « Quand vous reverrai-je, ô mon doux fiancé ? » et encore : « Ah ! les fougères vert tendre suspendues au-dessus de la crique ! Elles sont restées à jamais gravées dans mon cœur ! » comment ne pas entendre : « Je ne vous oublierai jamais » ?

Et enfin quand, à mon tour, je disais : « La mer toujours présente, avec la Dame de sous la vague qui m'appelle... » cela ne signifiait-il pas : « Je vous entends comme si vous étiez là, près de moi » ?

Il y avait mieux encore, car j'avais à ma disposition le répertoire prodigieux de Marc'harit Fulupp, d'Étienne Rouzik, de la population de la pointe et de toute la celtitude. Il était tellement riche qu'il me permettait d'exprimer tous les enthousiasmes, toutes les douleurs, tous les espoirs et tous les rêves. J'y puisais à plaisir, instinctivement ; après coup je me dis que tout ce Barzaz Breiz, cette somme bardique, fond de notre âme, était fait, justement, pour dire ces choses, de la façon la plus claire pour les cervelles celtiques encore intouchées par l'incompréhensible, l'affreux cartésianisme, dont l'enseignement nous a englués, nous, les « évolués », très superficiellement, grâce à Dieu, mais auquel les populations des campagnes, surtout en Armorique, avaient échappé et auquel elles échapperaient toujours. Du moins l'espérais-je alors.

Et d'abord cette gwerz de la jeune fille diaphane, à cheval vers la mer, et qui fuit toujours devant Conan. Il a beau mettre son cheval au triple galop pour la rattraper, elle est toujours, sans forcer, devant lui, en marche vers le pays de l'éblouissement et de la certitude.

Comme l'on pense, j'utilisais ce psaume, qui contait, clair comme le jour, notre propre situation, sans qu'il me fût besoin de rien préciser.

Je réservais, comme argument final, celui où la jeune fille diaphane disparaît dans un palais. Le chevalier, on s'en souvient, l'y poursuit encore et trouve non pas la jeune fille diaphane qu'il a poursuivie à travers les pires difficultés, mais la femme en chair, sa femme, la mère de ses enfants, la Femme « génératrice et régénératrice »...

Je racontais aussi ma propre aventure du chien blanc aux taches d'or, à qui j'avais cassé la patte lorsqu'il me barrait le chemin, dans les ajoncs, la nuit où je revenais de Plouvara. Et aussi l'intervention du cheval blanc et la pêche miraculeuse le jour où la menuse était venue à la vague, la veille du 15 août, fête de la Vierge Mère... et aussi l'affaire du marsouin qui nous avait halés avant de casser le cordeau. Événements hautement significatifs pour qui voulait et pouvait les isoler et les comprendre.

Je pensais qu'avec des lettres aussi pleines de symboles tellement évidents il ne pouvait y avoir aucune méprise entre nous.

Elle répondait d'ailleurs avec une émouvante simplicité, qu'elle appréciait ces récits et qu'elle regrettait bien de ne pouvoir mieux les savourer en les entendant en langue bretonne ou en gallo. Elle m'affirmait même qu'elle conservait « pieusement » (elle avait écrit « pieusement » !) mes lettres qui constitueraient un jour, disait-elle, le reliquat de cette culture, qui était la nôtre, mais que pourtant nous laissions perdre...

Que je fusse à Paris ou « dans l'Autre Monde », ces lettres, envoyées ou reçues, étaient la grande affaire de ma vie ; elles me donnaient comme une grande force pour poursuivre. Grâce à elles, et au rugby, je pouvais triompher de toutes les tentations rencontrées, et il n'en manquait pas, depuis Loulou jusqu'à Erika, avec qui j'avais les conversations les plus scabreuses.

J'ai dit : grâce à ces lettres *et au rugby*. Oui, car j'avais rejoint l'équipe du PUC, à la suite de Laromanie précisément, en pensant à ces récits que nous faisait parfois Marc'harit Fulupp, où les clans des princes et des rois celtes se livraient entre eux à ce jeu très violent et très brutal qui se nommait « la soule », car il se jouait sur terrain libre[1]. Certes, à la place du lourd paquet de peau de mouton qu'il fallait jadis aller porter dans le camp des ennemis, c'était un ballon de cuir, ovale, qu'il fallait porter derrière une symbolique ligne blanche. Au lieu de la « soul », le chaume, c'était un terrain fermé, délimité, et au lieu de l'impitoyable et farouche mêlée des partisans, c'était un « bagad[2] », une troupe de quinze gaillards qui s'étrillaient avec quinze autres, jusqu'à la mort, exclusivement, mais cela se ressemblait étrangement, comme on pouvait le comprendre en écoutant les vieux conteurs...

Mais qui les écoutait encore en ces temps de radio chichiteuse et papoteuse qui nous préparait de longue

1. *Soul :* mot celtique désignant une friche, un chaume, un terrain libre.

2. *Bagad :* mot celtique signifiant « troupe » ou « équipe », qui a donné : *bagaude.*

main, le confusionnisme total et la standardisation des esprits ?

Bref : je retrouvais, avec le rugby, des tendances ataviques.

La seule chose qui m'avait déplu lorsque j'avais dit cela à demoiselle Anne, dans une de mes lettres, c'était la réponse qu'elle m'avait faite : que le rugby était « violent » ! et dangereux ! Bien sûr, chère âme, comme le travail est violent, comme la vie est dangereuse, comme l'amour est total, et définitif, faute de quoi la vie n'est plus la Vie, et l'amour n'est pas l'Amour, mais une pâle comédie pour jouisseurs dégénérés dont je me demande ce qu'ils viennent faire sur cette terre !

Réserve faite de l'affadissement des règles et des pratiques du rugby par rapport à la soule, ce jeu me convenait pour ce qu'il me demandait de courage et de maîtrise de soi, et surtout pour ce qu'il accaparait de mon temps et de mes jeunes forces, dont j'eusse pu faire, hélas, un autre usage. Celui que l'on pense.

« Du rugby en tant qu'ascèse », aurait dit mon professeur de philo. Et je crois bien avoir écrit cette phrase à la Demoiselle.

Enfin je concluais ces considérations sur le roi des sports en disant que le sport le plus violent et le plus exigeant était fatalement le plus convenable au jeune homme futur époux, futur père, le « père de famille » digne de ce nom.

C'était là le biais que je voulais utiliser pour en arriver à lui exposer mes idées. Que dis-je ? mes fermes principes. J'allai même jusqu'à lui dire, noir sur blanc, que c'était ainsi que j'espérais pouvoir atteindre l'absolu dans l'Amour. Et l'amour étant l'acte absolu, c'était donc l'absolu dans l'Absolu que je me proposais de réaliser. Seul programme qui me convînt. L'œuvre de chair étant la magie suprême qui met l'homme créateur au niveau de Dieu, tout simplement.

Que répondait-elle à cela ? Que le Languedoc était torride, que les pays du Midi étaient gris, que le soleil était endormant, contrairement à ce que l'on disait et qu'en conséquence elle aspirait au moment béni où elle retrouverait « le pays ». On ne pouvait être plus clair pour me laisser entendre que l'on attendait de me revoir pour me dire que j'avais raison et que seule ma façon de comprendre la vie était digne et juste.

Et un jour, fort longtemps après ces prémices, qui me prirent plus de six mois, je crois, elle m'écrivit que mes conceptions étaient « grandes et pures, et qu'heureuse serait la femme que j'épouserais » !

Comment ne pas prendre cela comme une promesse de fiançailles ?

Et puis il y avait Yves Le Floch. Elle m'en parlait sur ses lettres : elle avait vu plusieurs fois « ce jeune homme » dans les rues de Brest. Il lui avait fait une bonne impression et elle était heureuse de voir que je choisissais bien mes amis. « On voit la valeur des gens, disait-elle, à la qualité des amitiés qu'ils suscitent. » Ce qui était une formule de M. de la Rochefoucauld, je crois, mais qui, sous sa plume et dans le cas particulier, me prouvait qu'elle avait de l'esprit, de la profondeur, et surtout qu'elle m'entendait.

Erika Mistberger aurait bien voulu connaître les lettres d'Anne Guesclin, ainsi que celles que je lui envoyais. Il y avait là, probablement, une mine très riche de « documents » pour nourrir sa thèse. D'ailleurs tout, pour elle, était « document », c'est-à-dire, matière à classer, à répertorier, à inventorier et, finalement, à « utiliser ». Elle disait même à « exploiter ». Ce qui donnait en somme raison aux odieux propos de Jean Lemâle.

Et lorsqu'elle s'offrait, presque à chaque entrevue en disant : « Être possédée par toi... voilà ce que je souhaite le plus ardemment... je voudrais me purifier par toi... » etc., le faisait-elle pour rechercher le plaisir ou pour se procurer un ou plusieurs « documents » nouveaux ?

Elle était pourtant bien désirable, la belle petite Erika Mistberger, dite Berger, et elle savait le montrer. S'imaginant, je crois, qu'il suffisait d'être désirable pour être prise. Quand j'écris la « petite Erika » c'est par litote, car, en dépit de sa figure de cartomancienne mal nourrie, c'était une belle fille, plutôt dodue. Ce dont elle s'efforçait de souffrir, la ligne « manche à balai » commençant à hanter les femmes. Elle avait tort car chacun sait que les hommes feignent d'admirer les anguleuses mais se complaisent de préférence avec les rondeurs.

Sa naïveté venait de ce qu'elle était persuadée qu'un homme vierge ne l'est que parce qu'il ne connaît pas le désir, ou bien qu'il est incapable d'apprécier les charmes de la femme. Ce qui est stupide.

Jean Lemâle disait que sa « brillante intelligence de sémite » la rendait incapable de comprendre un raisonnement simple, et que sa spécialisation forcenée dans la toute nouvelle psychanalyse lui interdisait radicalement de pénétrer dans le lumineux domaine, archimillénaire, du simple bon sens et de la raison.

« Le bon sens ! » hurlait-il en éclatant de rire, « le bon sens ! Il n'y en avait déjà pas un milligramme dans les douze tribus d'Israël. Et souviens-toi que Dieu lui-même a été obligé d'arrêter le bras d'Abraham, sans quoi ce grandiose con aurait vraiment égorgé son propre fils ! Au couteau ! Couic ! Comme un veau de six semaines !... »

C'était égal : elle était pourtant bien émouvante, pour moi tout au moins, la splendide Erika, lorsqu'elle me disait : « Tu ne peux pas comprendre : tu serais pour moi une fontaine d'eau pure. Je retrouverais avec toi la pureté de mon enfance !... » Et autres balivernes dangereuses. D'autant plus dangereuses qu'en disant cela elle esquissait les caresses les plus hardies.

« Je ne te demande pas de m'aimer, disait-elle encore, mais de me... »

Et elle me laissait le soin de terminer sa phrase de la façon qu'elle croyait inévitable, selon sa logique. Elle finit même par prononcer crûment le mot, qui, dans sa bouche, je l'avoue, avait la saveur juteuse d'un fruit délicieux et tentant comme la pomme d'Ève.

Lorsqu'il nous voyait occupés à parler ainsi, Jean Lemâle reprenait sa rageuse polémique « raciste » en disant à Erika : « Tu voudrais bien la troubler, hein, l'eau pure ?

— Non. M'y laver ! » disait-elle.

Un jour il lui répondit : « Quand on est cradot on ne se lave pas dans une eau sans la dégueulasser, tu le sais bien, et c'est ça qui t'amuserait ! »

Puis se tournant vers moi : « Non, tu le vois, petit gars, " ces gens-là " prennent plaisir à salir, à pourrir et détruire, par tous les moyens !... »

Et il repartit de plus belle dans son odieuse philippique. Ces propos me révoltaient chaque jour davantage et finissaient par me rendre chers « ces gens-là » dont, jusqu'à mon arrivée dans le monde estudiantin parisien, je n'avais jamais entendu parler et dont Désiré Angot ne soupçonnait même pas l'existence. Et si Patrick Berger, de son vrai nom Elias Mistberger, m'était personnellement antipathique, c'était tout bonnement pour la façon dont, dans ses dessins dont l'humour m'échappait, il représentait le Français moyen, l'air abruti d'anisette, coiffé d'un béret basque avachi, une croix de guerre, épinglée de travers, ballottant sur un ventre mou, et une baguette de pain à la main... peut-être aussi parce qu'il avait tout récemment choisi le prénom de Patrick qui lui convenait, on s'en doute, comme un tutu blanc de danseuse sied à une vache noire. « Patrick ! Patrick le nom du grand Celte ! Non, il y a des choses qui ne devraient pas être permises ! » pensais-je, outré plus que je ne voulais le paraître.

Ce jour-là, Jean Lemâle eut, sur les juifs, des propos d'une telle violence et d'une telle cruauté que la colère qui montait en moi depuis plusieurs jours éclata. Jean Lemâle venait de se retourner vers Erika, qui, en mordant sa langue, prenait tout cela en note, soigneusement, sur de petites fiches de couleur rose pour la sémantique, blanche pour la psychanalyse (le petit père Freud était son dieu), et bleue pour la philologie. Il s'écria, en un très approximatif jacto-galate, et en retroussant Erika jusqu'au nombril, alors que toutes les fiches s'éparpillaient sur le sol :

« Plutôt que de se chipoter pour des babioles, on ferait mieux de s'alacrem-conjuguer [1] ! Viens donc par ici, belle Jeleur de Fessé [2] que je te troufignotte ! »

Et il l'enlevait sous son bras droit, les fesses en avant, les jambes gigotantes, selon la plus pure tradition mycénienne et il allait l'emmener vers une couche complice. Mais je venais de le prier de déposer son fardeau. Ce qu'il fit, fort étonné.

Ses mains se trouvant libres et sa position correcte, je lui emmanchai un superbe crochet du droit, qui le fit vaciller quelque peu, en lui disant en pur français :

1. *S'alacrem-conjuguer :* vocabulaire jacto-galate en usage dans le clan. Du latin « alacrem » : dans la joie. Se conjuguer dans la joie.
2. *Jeleur de Fessé :* encore un vocable spécifiquement jacto-galate obtenu par une déplorable contrepèterie de « Fleur de Jessé ».

« Tu me dégoûtes ! »

Tout rugbyman que je fusse (il faut dire que j'étais demi-d'ouverture et poids plume de mon équipe), il me ceintura à m'en couper le souffle et nous roulâmes sur le sol en cassant un pied de chaise et, après deux manchettes, il me laissa sur le sol, groggy, car il était d'une force peu commune. J'avais pris une raclée, mais j'étais très fier de ma réaction, une des premières dans l'histoire de l'antiracisme français.

Le lendemain, qui était un dimanche, lorsque nous nous retrouvâmes, à l'aube, dans ma chambre, pour y peler les pommes de terre du repas du soir, que nous prenions le plus souvent en commun chez moi, Jean Lemâle me dit fraternellement, en me donnant une bourrade amicale qui eût pu assommer un veau de huit mois :

« A propos, doux fiancé du rêve, pourquoi m'as-tu, hier soir, attaqué de si inélégante façon ? »

Je me lançai dans un grand discours :

« Quand je vois un grand Helvète s'accoupler, et par dérision, à une splendide sémite, cela me fait aussi mal que de voir un épagneul breton, à pedigree, besogner une levrette afghane ! C'est un crime contre nature qui demande réparation immédiate ! Mais surtout...

— Belle et noble réponse qui donne à réfléchir ! coupa Jean. Et surtout... ? disais-tu.

— Surtout pour le respect dû à la Femme !

— Mais tu sais bien, noble chevalier (il employait les mêmes mots qu'Yves Le Floch), que la femme en question était goulûment consentante ?

— Oui ! Je connais de splendides temples romans transformés par les myrmidons, en parc à fourrage ou en vils magasins d'habillement. Ils étaient " consentants " aussi, ces temples, pour se laisser profaner...

Mais ceux qui les souillaient étaient de criminels salauds, comme toi...

« Or je te le dis en vérité : La Femme, quoique avide de tes germes virulents, est le temple de l'espèce, elle est le calice où se transmute ta semence sacrée, et toi, tu en fais le cloaque de tes regrettables incontinences, le réceptacle et la poubelle de tes...

— Mais elle en est ravie, la poubelle, tu le sais bien !...

— Peut-être, mais c'est à toi, et à toi seul le mâle, le maître, chef de l'engeance, à lui rappeler la grandeur de son destin et à conduire avec rigueur le geste qui commande la reproduction. C'est en cela, et en cela seulement que l'homme est le chef du couple... Tu tiens entre tes mains l'honneur de l'espèce ! »

Je me prenais au jeu de ma propre éloquence et, comme dans le Kapuziner-Predigt [1] que nous traduisions à ce moment de l'allemand, je m'enflammai :

« ... Tu es le maître ! entends-tu ? Le Maître de l'Humanité et responsable d'elle, devant Dieu ! »

Les pommes de terre étant toutes pelées (car c'est pendant la corvée de pluches que me venaient les meilleurs morceaux de bravoure), Jean Lemâle, d'un geste qui lui était familier, frictionna énergiquement son nez, qu'il avait fort puissant :

« Et c'est pour m'expliquer ça que tu as tenté de m'assommer hier soir ? dit-il. Peste ! la vertu ne vous rend pas tendre, vous les purs !

— Il n'y a pas là " vertu ", mais simplement " logique ". Logique transcendantale ! ajoutai-je, orgueilleusement.

— Ton coup de poing l'était aussi, transcendantal !

1. *Kapuziner-Predigt :* sermon truculent et grandiloquent correspondant un peu à la littérature rabelaisienne dans la littérature médiévale allemande.

— ... par le fer et le feu, par le sang s'il le faut, je proclamerai qu'il ne doit pas y avoir de médiocrité, pas de combines sacrilèges dans l'Œuvre de chair ! »

Jean Lemâle, de son index à demi plié, frictionnait toujours son grand et beau nez et me regardait fixement, l'œil plissé, comme toutes les fois qu'il quittait franchement le canular. Si je ne craignais pas d'être prétentieux, je dirais même que son regard se faisait plus grave et même étrangement triste et c'est en abandonnant toute truculence qu'il soupira, changeant de style :

« Tu m'accables, petit gars ! dit-il avec un grand découragement dans la voix. Oui, tu m'accables ! »

Puis, plus ferme :

« Mais comment faire, petit gars ? Comment rester maître, comment rester pur ? Tu as un truc ?

— La petite fiancée, garçon ! Les petites fiancées, c'est fait pour ça !... Ma Demoiselle !... Ta Marguerite, dans son village franc-comtois ! Vasque précieuse, arche d'alliance, étoile du matin, vase magique où s'accomplira, si Dieu le veut, le Grand Œuvre, la transmutation parfaite d'un vulgaire spermatozoïde de Jean Lemâle en un être nouveau, qui ne sera ni lui ni elle, mais un être unique et prodigieux, doté d'un corps et d'une âme ! »

Jean Lemâle hochait la tête en écoutant mon pathos, comme un petit élève bien studieux écoute le vieux maître.

« Ta demoiselle ?... hasarda-t-il.

— Oui. Ma demoiselle ! L'étoile !... " Attelle ton char à une étoile ! " dit le grand Sage... C'est elle qui me conduit sans faux pas. Je n'ai qu'à la suivre, je ne risque rien et c'est facile !

— C'est égal ! » sursauta Jean tout à coup, en plaquant ses deux larges mains à plat sur ma modeste table en bois blanc, au risque de la faire voler en éclats, « c'est égal, petit gars... tu nous en bouches un coin !... Je n'aurais jamais cru... »

Puis il se leva : « Et je suis là, à t'écouter plutôt qu'à potasser ma génétique !...

— Mais c'est aussi de la génétique. Et de la meilleure ! » lui répondis-je.

Il me regardait toujours, les yeux grands ouverts, ce qui était inhabituel chez ce myope : « L'acte sexuel... », commença-t-il, mais je ne le laissai pas aller plus loin :

« Acte sexuel ? Tu veux parler, je suppose, de l'Œuvre de chair ?... »

Et contrairement à ce que l'on pourrait penser, et à ce que j'attendais, Jean Lemâle n'éclata pas de rire. Ce dont j'éprouvai un curieux trouble. Il resta pensif, hochant lentement la tête.

Il y eut aussi, à cette époque, dans cette correspondance symbolique avec Anne, la curieuse « affaire Soizik » que voici : dans une de mes lettres, très longtemps après les tristes événements que j'ai relatés, j'avais raconté la lamentable histoire de la fille Le Louarn, et même notre tentative, manquée, d'enlèvement. A ma grande surprise, Anne répondit : « De quelle fille me parlez-vous là ? »

Ce qui provoqua le dialogue épistolaire, au rythme d'une lettre tous les quinze jours, *que l'on peut* résumer ainsi :

Moi : Je parle de Françoise Le Louarn, votre amie de *Toul Frank.*

Elle : Je ne connais ni Françoise Le Louarn ni *Toul Fank.*

Moi : Vous étiez bien avec elle à la veillée de Marc'harit Fulupp ?

Elle : Je ne vois ni de qui ni de quoi vous parlez.

Moi : Il m'a bien semblé pourtant que vous sortiez ensemble de la veillée et qu'elle vous reconduisait dans la nuit ?

... Elle émit alors l'idée, au bout de la huitième lettre de cet échange, que j'avais dû me tromper lourdement. Après tout, l'éblouissement avait été tel que j'avais pu tout confondre et me méprendre à ce point...

Mais peu importait ! Notre Rencontre n'était-elle pas l'Événement, le seul, qu'il fallait retenir puisqu'il m'avait offert le chemin de l'étoile auquel il me fallait atteler mon char si je voulais gagner le pari.

Que l'on sache bien que cette correspondance rituelle devait durer, en tout, deux ans sans que jamais je n'eusse l'occasion de revoir la Demoiselle. Car je ne trouvai pas le moyen de recommencer l'expérience qui s'était si piteusement terminée à Gourdon, chez Me Vitrac.

Mais voici qu'au cours de la troisième année, celle qui devait faire de moi un lauréat de l'École coloniale, Anne Guesclin m'apprit que son père venait d'être nommé au Maroc, où la révolte du Tafilelt avait mis notre armée en position d'attaquant dans l'Atlas et les dirs sahariens. Il devait rejoindre, comme commandant, un régiment de tirailleurs en garnison à Fez et il y emmenait sa famille. Ils embarquaient à Bordeaux, sur le *Koutoubia,* le lendemain matin.

Je pus prendre un billet pour Bordeaux et, la même nuit, je sautais dans le rapide d'Hendaye. Arrivé à

Bordeaux au matin je me précipitai vers les quais de Gironde d'où partaient les paquebots des Messageries maritimes. Le fleuve roulait ses eaux traditionnellement jaunes, et même partiellement rouges, des orages terribles ayant éclaté trois jours plus tôt sur les hauteurs rubicondes du Rouergue, de la Viadène ou du Rouget. Je m'assis sur un tas de planches et je surveillai de tous mes yeux la passerelle du *Koutoubia*, fraîchement repeint de blanc, sa tenue estivale.

On retira cette passerelle avant que j'eusse vu la famille Guesclin s'y engager. Anne s'était-elle moquée de moi ?

Mais alors que le paquebot évitait au courant et quittait lentement le quai, je vis tout à coup la Demoiselle apparaître au bastingage de la plage arrière. Elle y fut bientôt entourée par sa mère, ses deux sœurs, et son père, le commandant Guesclin en grand uniforme de tirailleur marocain : veste bleu ciel et culotte amarante. Je me dressai d'un bond et me mis à faire de grands signes. Tous les passagers étaient penchés au bastingage, agitant des mouchoirs, et j'étais noyé dans une foule de gens qui les imitaient. Anne aussi, ainsi que ses sœurs, se mit à en faire autant, mais dans ces deux foules que le remorqueur séparait inexorablement, une seule personne existait pour moi et elle semblait ne pas me voir !

Pourtant, alors que la sirène lançait ses trois cris qui me retournèrent les tripes, je la vis tout à coup sourire en accentuant son geste d'adieu. Elle m'avait aperçu ! Et elle répéta ce geste que j'avais vu quand je fauchais la luzerne : son bras gauche étant levé, pour saluer, sa main droite monta lentement à la hauteur de sa bouche et y resta un court instant pour s'en éloigner, dans ma direction. Elle semblait la tendre vers moi. Je fis de même, mais la distance qui nous séparait grandissait lentement et, lorsque le bâtiment fut trop loin pour que l'on pût rien distinguer, la blanche jeune fille s'éloignait encore une fois du cavalier plein d'ardeur, qui la poursuivait vainement, ventre à terre.

Je revins de cette équipée juste pour jouer la finale du championnat universitaire, au stade Buffalo, à la porte d'Orléans, où après une chaude fricassée de côtelettes, nous fûmes battus par une équipe de l'école des Travaux publics, franchement plus forte que nous, et enfin pour passer les examens qui devaient faire de moi, quinze jours plus tard, un diplômé de l'École coloniale.

C'était là le terme que je m'étais fixé. Le sort en était jeté : je devais maintenant la retrouver pour déposer à ses pieds le diplôme que je venais de gagner, grâce à elle (et au rugby) sans coup férir.

Et je n'avais d'autre moyen de la rejoindre que de gagner le Maroc.

Yves Le Floch, informé, était bien d'accord avec moi là-dessus. Il m'encouragea d'ailleurs avec véhémence par une lettre dont je sais encore par cœur de longues tirades :

« Oui, Perceval des Temps modernes, poursuis ta quête exigeante et superbe. Lancé sur ta barque sans rame ni voile, ni gouvernail... »

3

L'épreuve du feu

11

J'embarquai sur le *Dal-Piaz*, à Marseille, avec quelque deux cent cinquante rationnaires à destination de Casablanca.

J'avais réussi, grâce à l'influence d'un professeur de l'École, à me glisser dans une liste de volontaires pour ce que l'on appelait « le théâtre des opérations extérieures », abrégé en T.O.E.

Et ce théâtre se jouait au Maroc, la population des oasis du Tafilelt ayant, providentiellement pour moi, rallumé les hostilités en Maghreb occidental marocain, foncièrement berbère. Bien que la chose fût présentée en France comme une généreuse campagne de pacification et même comme une opération de simple police et de protection des populations, on se battait bel et bien au Maroc. Et le Maroc était certainement le pays d'outre-mer qui m'intéressait le plus : j'étais curieux d'y reconnaître l'œuvre de Lyautey, et surtout, allez savoir pourquoi, d'y étudier *de visu* le régime des terres, que j'avais particulièrement potassé à l'École, surtout celui des biens « habous » et des terres « melk », dont la mystérieuse subtilité m'intriguait...

Mais tout cela n'était qu'un prétexte.

Je continuais tout simplement le long chemin, la longue chevauchée aux trousses de la Demoiselle.

La terre d'Afrique m'apparut, après l'Espagne qui fuyait sur tribord, alors que nous rencontrions les « bélugas de Gibraltar » dont tonton D'ziré m'avait tant parlé. Ces bélugas qui ne sont, comme il se plaisait à le répéter, que la réincarnation des hommes de Tartessos, engloutis dans le grand effondrement du détroit et qui rôdent toujours autour du jardin des Hespérides, maintenant sous les eaux, paraît-il. Ils sautaient autour du paquebot, en riant, par bandes d'une trentaine, curieusement synchronisés, semblant nous inviter à les suivre vers les profondeurs : « Venez ! Venez donc avec nous dans les abysses !... Vous verrez : des surprises vous y attendent ! »

Le cap Spartel surgissait devant nous, la tête perdue dans un nuage solitaire, en sentinelle avancée du Rif, dont on voyait l'échelonnement dans le Sud. Elle était là, cette terre d'Afrique dont, en somme, j'attendais tant de choses.

Je la suivis des yeux toute la matinée, sur bâbord, le cœur un peu soulevé par la grande houle de l'ouest qui nous arrivait d'Amérique. Mais j'étais si passionné de « la » découvrir, cette Afrique, que j'en oubliai d'avoir le mal de mer qui terrassait tous les rationnaires. Le mal de mer ? Moi ? Le matelot de tonton D'ziré ?

Les hauteurs du Rif s'étaient effacées pour faire place à une côte uniforme, compacte, accore et frangée d'écume hostile. Au-delà, c'était un pays d'une grande profondeur, aux teintes rousses et aux odeurs d'eucalyptus, de coriandre et d'excréments secs, et qui semblait tourner le dos à la mer en lui opposant des récifs noirs où elle se brisait rageusement, vexée de ne pouvoir le séduire.

En fin d'après-midi nous débarquions à Casablanca, « Casa », pour parler comme tout le monde. « Dar el-Beida » pour les autres. Ce qui veut dire exactement la même chose, mais c'est par là que l'on peut découvrir facilement le malentendu tragique qui commandait le destin de ce pays, envahi alors par la France mais dont la porte océane, entièrement artificielle, porte officiellement un nom espagnol, et secrètement un nom arabe, employé par une population d'origine berbère et partiellement soumise, mais non gagnée, depuis plus de mille ans, par l'envahisseur arabe, avant de l'être par les Français et après avoir été, longtemps auparavant, tant bien que mal conquise par Rome et, partiellement, pendant quatre cents ans par le christianisme, qui y fit même des saints; je veux dire : LE MAGHREB.

Bien entendu ce n'est pas ainsi que je le vis à mon débarquement, moi, rationnaire et soldat de l'armée française. Tout cela c'étaient mes connaissances livresques et scolaires qui faisaient surface, fidèlement, mais la réalité était tout autre. Casa n'était plus un port d'acconage. On venait d'y construire la grande jetée, qui nous permit donc d'accoster et de débarquer à quai, avec nos uniformes kaki, notre matériel kaki, notre mépris bonhomme et cette supériorité amusée et joviale qui permettait à mes camarades de traiter, d'emblée, de « mon z'ami » et de « sidi » tous les porteurs de djellabas.

Nous fûmes immédiatement incarcérés au camp des Ouled Ziane, où mon escadron, le 24e chasseur d'Afrique, conditionnait ses jeunes recrues.

Je m'étais mis dans l'idée que j'allais pouvoir, dès que j'aurais posé le pied sur la terre ferme, me précipiter vers Anne et toucher le prix de trois ans de constance.

Il n'en était rien : l'armée française prétendait, avant toute chose, « faire mon instruction ». La jeune fille fuyait encore devant moi ! Mais tout de même, la distance diminuait qui nous séparait. Fez n'était plus qu'à deux cents kilomètres et mon régiment y avait une compagnie, me disait-on. J'espérais y être affecté.

Et je m'y voyais déjà, à Fez, capitale impériale, en grand uniforme de chass'd'Af, le « pot de fleur » crânement rejeté sur l'oreille (la gauche ou la droite ? Je ne sais plus). Le burnous caïdal, à revers blanc, relevé sur l'épaule, les éperons damasquinés sonnant à mes bottes molles, et rouges par-dessus le marché. Car tel était, paraît-il, notre uniforme. J'appris alors que c'était bien notre uniforme, mais uniforme *d'apparat*. Et l'uniforme d'apparat, putain ! nous n'en avions pas besoin pour ce que nous allions faire ! Ce qui se révéla vrai. Je me voyais donc déambulant ainsi dans les caravansérails fassis, sous les yeux de ma « princesse lointaine », enfin proche.

Le pot de fleur, certes, je l'eus, mais bien droit et bien raide sur la tête, car cette chéchia, haute de vingt-trois centimètres, était faite d'un feutre grenat fort grossier, dur comme carton et pelucheux comme la bosse d'un vieux chameau. Nous le portions « incliné », oui mais « légèrement » (*dixit* le règlement très particulier des chasseurs d'Afrique) et sur l'oreille droite (oui, je m'en souviens bien maintenant, c'était sur la droite) alors que tout en moi avait tendance à porter à gauche. Le degré d'inclinaison n'était pas fixé. Il était laissé à l'appréciation de l'adjudant qui, pour montrer la supériorité de la cavalerie sur l'infanterie, avait droit à « mon ieutenant ! ».

Au demeurant cette haute chéchia était atrocement

chaude et lourde ! Et pourtant nous l'aimions tellement, nous, les chasseurs à cheval, que nous étions les seuls, de toutes les troupes des T.O.E. à ne point accepter « le champignon », ce fameux casque colonial, blanc comme un mousseron de printemps ou plutôt une psalliote des prés prête à s'épanouir, qui était sévèrement « obligatoire » pour tous les autres militaires. On pouvait même lire, dans le règlement des armées des T.O.E. que l'abandon du casque colonial sous le soleil africain exposait les hommes à l'insolation, qui pouvait être mortelle,... et à quinze jours de salle de police.

Nous, les chass'd'Af, échappant, par grâce d'État, à ces vulgaires dangers, nous pouvions, sans risque, chevaucher sans casque sur les pistes de l'Atlas, dans les sables brûlants du Grand Sud, sur les hamadas calcinées des dirs présahariens. C'était là un des nombreux privilèges de la cavalerie légère.

Pour le reste de l'habillement, foin des burnous et des boléros soutachés ! C'était tout bonnement la tenue kaki clair, assez semblable à la couleur du pelage du chacal, destinée à nous rendre, comme lui, invisibles aux yeux des « salopards » sur les terres ingrates des djebels.

« Les salopards » : c'est ainsi que l'adjudant Padovani, les maréchaux des logis Rossi et Paoli et le brigadier-chef Mariani nommaient « l'ennemi ». L'adjudant ayant mission, semblait-il, de nous présenter l'indigène, et particulièrement les « dissidents », les habitants du « Bled es Siba », le pays de la rébellion que nous n'allions pas tarder à connaître.

« Méfiez-vous ! » disait l'adjudant Padovani avec l'accent corsicain, « méfiez-vous ! les Arabes, des types à tuile c'est !... Tu les crois à gauche, ils sont à droite et si tu les crois à droite hé ! ils sont à gauche !

Vous verrez ça, vous verrez ! De la vermine c'est !... Écoutez-moi, je vous le dis ! »

Le brigadier-chef Mariani répétait :

« Oui, oui. De la vermine c'est !... »

Et l'adjudant de nous donner des exemples :

« Ils se mettent nus, la nuit, et ils entrent dans le camp en rampant comme des serpents, le couteau entre les dents ! Vous ne les entendez pas, hé, pas plus qu'un lézard. Et le matin, quand vous vous réveillez, ils ont coupé les jarrets de tous les chevaux, ils ont !... (il rit)... et emporté vos mousquetons ! hé oui !... Balek Balek (qu'il prononçait Balekeu Balekeu !). Des salopards c'est ! Attention ! Et en plus, en partant, ils ont saigné les sentinelles, ils ont... ! Au couteau, comme l'agneau pascal. » (Il rit encore car il se prénomme Pascal.)

Il conclut : « ... Alors attention, hé ! Les mousquetons ? Un œil qui dort et l'autre qui les surveille ! Tu sais ce que ça coûte un mousqueton ?... Et si tu te le fais prendre, c'est le falot ! Le conseil de guerre, hé oui !... Et un cheval ? Tu sais ce que ça coûte un cheval ? hé ?... Alors attention, hé, le cheval ! quand tu dors, un œil sur le mousqueton et l'autre sur le cheval, hé !... Ça, c'est le bon chasseur, c'est... !

« Et les munitions ? Hé oui, les munitions. Vous croyez qu'on vous en donne plein les poches, des munitions ? Et eux, les salopards, putain, si ça les intéresse, les munitions ! Ils n'hésitent pas à zigouiller un bonhomme rien que pour lui prendre ses munitions ! Hé oui !... Des types à tuile je vous dis : le brigadier-chef Mariani vous le dira, lui, ce qu'ils lui ont fait, au brigadier-chef Mariani... Dites-leur, brigadier-chef, ce qu'ils vous ont fait ! »

Le bricard-chef Mariani, le képi sur le nez, appuyé négligemment au tronc d'un faux poivrier, émet un grognement. Il se réveille. L'adjudant ne le punit pas, parce qu'ils sont du même village, en Corse.

« Hé ! dites-leur, brigadier-chef, dites-leur, aux boujadi [1], dites-leur ! »

Alors Mariani, d'un doigt sous la visière, rejette son képi bleu ciel sur l'occiput. On s'aperçoit alors qu'il a un visage magnifique, un profil grec, bronzé, avec des cheveux noirs, des yeux bleus : la beauté masculine corse. Plus tard je le retrouverai sous les traits d'Alain Delon. C'est un Alain Delon, tanné, boucané et cuit à point.

Il dit, en hochant la tête : « Ce qu'ils m'ont fait, Christache ?

— Oui, ce qu'ils vous ont fait, hé ? » répète l'adjudant.

Le brigadier-chef Mariani prend son temps : « Ce qu'ils m'ont fait ?... Hébé... ils m'ont éventré trois bonshommes ! Avé le couteau ! Ouverts par le ventre. Et les couilles coupées, hé ! Les couilles, oui !

— Vous entendez, hé ? dit l'adjudant en tendant gravement le menton... Vous entendez ? Les couilles oui ! Alors balekeu [2] balekeu ! Écoutez bien ce qu'on vous dit ! Et quand vous serez en colonne, dans le bled, appliquez le règlement ! Hé oui ! le règlement, il est bien fait. Vous savez : ceux qui l'ont fait, ce ne sont pas des ânes, hé oui !... Et maintenant : garde-à-vous !... »

On fait claquer les talons, en rectifiant la position.

« ... Reprenez l'instruction, brigadier-chef, et dites-leur, hé, dites-leur que ce sont des salopards... »

Il se reprend :

« ... Mais ce sont des hommes, hé ! et pas des mauviettes ! Des hommes ! Des hommes c'est ! »

1. *Boujadi :* les jeunes, les bleus (sabir des troupes coloniales).
2. *Balek !* littéralement : ton esprit ! (attention !).

Et il s'éloigne, fouettant ses bottes de sa cravache et en disant : « Et dites-leur que l'Armée, ça vous fait aussi des hommes hé ! Regardez-moi : j'ai trente-neuf ans ! »

Et il s'éloigne de son pas torse de vieux cavalier éternellement las, alors que le brigadier-chef Mariani nous dit :

« Écoutez-le, l'adjudant Padovani, écoutez-le, hé ! Il sait ce qu'il dit, lui. C'est un vieux baroudeur : il sait ! »

Et là-dessus, à l'ombre légère du faux poivrier, il reprend l'instruction d'hippologie : « Le cheval comprend trois parties : l'avant-main, le corps et l'arrière-main... » Ensuite ce sera la reprise de voltige au galop qui doit faire de nous, en colonne, au bled, des cavaliers d'élite, tout terrain.

Tout cela n'avait certes rien de commun avec le cours de colonisation de l'École coloniale où il n'était jamais question de colonne, ni de bonhomme éventré, encore moins de « couilles coupées », ni même de dissidence. On nous apprenait que la France arrivait dans le pays à coloniser, en y apportant par bateaux complets tous les éléments du progrès, enseignait les populations, leur apprenait à cultiver leurs terres, à gérer leurs finances et leurs richesses, qu'elle les comblait des bienfaits de la civilisation, et les « indigènes », eux, nous attendaient, les bras tendus vers nous, avides d'assimiler notre généreux enseignement, d'appliquer nos merveilleuses méthodes et pressés de se mettre sous notre protection. Sans doute était-il nécessaire de mettre un peu d'ordre, de temps en temps, ici ou là. Énergiquement, certes, mais toujours dans l'intérêt des indigènes et toujours avec intelligence et méthode.

Je tentai, un jour, d'exposer tout cela à l'adjudant Padovani. Il fut tout à fait d'accord avec moi : « Vous avez raison, cavalier, me dit-il. Votre raisonnement est juste, très juste ! On voit que vous sortez des écoles. Mais souvenez-vous, hé ! Les salopards ? des types à tuile c'est ! vous verrez quand vous serez en colonne, au bled, vous verrez ! »

Je devais connaître « les salopards » et « le bled » avant d'avoir revu la Demoiselle. Car aussitôt l'instruction terminée, on m'affecta sans désemparer, avec mon peloton, et mon cheval (un très bel arabe gris pommelé, immatriculé 4038) à la colonne Z.

« Z comme Zoubi ! » comme disait l'adjudant.

Cette colonne était composée d'un grand nombre de mulets, trois cents je crois, bâtés et conduits par les conducteurs indigènes du train des équipages et des partisans, armés par nous. Les bêtes étaient chargées de rouleaux de barbelés et de matériel destinés à approvisionner et renforcer les postes du Tafilelt, en pleine « rébellion ».

On partait de Midelt, poste avancé du bled el-Maghzen, le pays théoriquement soumis au gouvernement chérifien. Par le poste de légion de Rich, qui commandait l'entrée dans le bassin saharien, on devait pénétrer par la trouée de Nzala, dans le couloir de l'oued Ziz, pour gagner Erfoud, où la légion tenait, du haut des pitons, toutes les oasis du Tafilelt sous le feu de ses 75. En plein « bled es Siba », le pays de la dissidence, ou de la Résistance, comme on voudra, où se trouvaient rassemblés, pour une sérieuse offensive, semblait-il, les guerriers des tribus berbères du Moyen et du Haut Atlas, des dirs sahariens, que l'on contournait par le sud-est, et même, au dire des mauvaises langues, on y trouvait des gens du Rif et de bon nombre d'autres tribus ayant fait leur soumission à Lyautey depuis longtemps. Et même d'autres qui en étaient à leur deuxième, à leur troisième soumission.

La colonne s'étirait sur la piste, en file par un, sur plus de trois kilomètres. Notre peloton de cavalerie légère formait l'avant-garde, l'arrière-garde et les flancs-gardes de cette longue procession de mulets chargés. Ainsi protégée, la colonne avançait d'un poste à l'autre, ces postes, construits et tenus par la Légion étrangère, sur les pitons, et elle devait éclater dans le secteur d'Erfoud.

Du moins est-ce ainsi que j'avais compris la chose, car l'homme de troupe ne sait rien de la manœuvre qu'il exécute. Il se contente d'avoir « un œil sur le mousqueton, un œil sur son cheval », et les autres sur les blocs de rocher, les crevasses, tassilis, falaises et éboulis divers qui peuvent cacher des « salopards ». Et Dieu sait s'il y en a, des rochers, des crevasses et des tassilis entre Rich et Erfoud, dans le canyon grandiose taillé par les eaux du Ziz, dans les embases du massif de l'Aguelmouss et du djbel Assameur n'Oudadène et dans la khela qui en forme le revers méridional.

Dès avant Midelt, nous avions essuyé quelques coups de feu, au col du Zad, en pays alors « pacifié » pourtant, mais je ne saurais considérer cela comme un baptême du feu, car le brigadier-chef Mariani nous informa que ce n'étaient que quelques francs-tireurs qui voulaient « faire un carton ». Pour déloger ces « salopards », on avait envoyé une patrouille de reconnaissance dans les ravins de la Trick Aghirt. Elle tira trois coups de feu, mais c'était sur des sangliers. Elle rallia, au bas du col, l'un de mes camarades, un

Morvandiau patoisant, portant un sanglier mort, plat comme une limande, en travers de sa selle. Ce qui lui valut quatre jours de salle de police, pour avoir gaspillé des munitions, et une ovation de la part des chrétiens, pour avoir tué « un singuié ».

Il ne fit pas ses jours de salle de police, et pour cause, mais le soir, au bivouac, sous le nez des muletiers musulmans méprisants et prêts à vomir, les chrétiens mangèrent « le singuié [1] », sans l'avoir mortifié par la moindre marinade, grillé sur les braises d'un feu de thuya, ce qui lui donna un parfum exécrable, mais le piment de l'aventure et le sel de la peur aidant, nous fûmes unanimes à le trouver délicieux.

Dans le défilé de Nzala, sous une chaleur torride, ce fut autre chose : comme la colonne se trouvait engagée dans un étroit, en surplomb sur le torrent et dominé lui-même par une falaise de quelque deux cents mètres, une sorte d'avalanche de pierres vint broyer trois mulets de tête, alors que l'arrière-garde essuyait une salve d'une douzaine de coups de feu.

Nous avions sauté à terre, Mariani et moi, car nous étions en flanc-garde à droite de la colonne, du côté de l'oued qui roulait en contrebas. Les chevaux cachés dans une crevasse, nous nous étions jetés à plat ventre derrière deux blocs de rocher.

Le nez dans la poussière brûlante, un peu en retrait, le brigadier-chef, la sueur collant sa tunique sur la peau, me soufflait :

« Est-ce que vous pouvez les voir, vous ?... Moi je les vois pas hé... ils se cachent, les salopards !... Et voilà le travail : pas moyen de tirer !... »

Puis, quand les coups de feu eurent cessé : « Vous

1. *Singuié :* sanglier (*porcus singularis :* porc singulier) en patois morvandiau.

les avez vus au travail, les salopards?... L'adjudant Padovani a bien raison, hé! Des types à tuile, c'est! Moi je vous le dis! »

Et la colonne repartait après avoir récupéré le chargement des trois mulets écrabouillés, mais le lieutenant Du Laurier de Brincourt de Luversac, commandant le convoi, survint au galop et commanda : « Brigadier-chef, prenez quatre hommes et allez déloger ces salopards!

— Oui, mon lieutenant. »

Puis, se retournant, le brigadier-chef Mariani désigna quatre hommes, dont je fus, et en prit le commandement. Quand nous fûmes un peu plus loin, il me dit, car nous nous tenions botte à botte :

« Il est bon le lieutenant, hé! Délogez ces salopards, il dit! Mais vous les voyez, vous, ces putains de salopards? »

Il repoussa son képi sur la nuque, cligna des yeux et dit : « On va toujours monter par là!

— Il me semblait que les coups de feu venaient, au contraire, de l'autre côté? lui dis-je.

— Hé bé, justement, hé! Faut pas aller se foutre dans leurs pattes, couillon!... Et puis vous savez, cavalier, dans ce putain de pays, comme dit l'adjudant Padovani, on croit que ça vient de la droite et puis ça vient de la gauche hé!... ou bien d'en face!... Alors balekeu balekeu! »

A ce moment une sorte d'insecte à tête et à pattes noires et à corps blanc jaillit de derrière un parpaing pas plus gros que lui, de l'autre côté du ravin et se mit à sauter dans les rochers. J'étais en avant du bricard.

« Tirez! Mais tirez donc! Putain! me cria-t-il.

— Moi? Tirer? Mais sur quoi? Sur cette sauterelle? et pourquoi? »

Un coup de feu partit à mon oreille et la sauterelle tomba, en arrière, roula parmi les caillasses et fut arrêtée par un redent de rocher, où elle resta suspendue de travers, comme une marionnette, et c'est alors que je vis que la sauterelle était un homme, maigre comme une chèvre bédouine, dans sa djellaba blanche.

Un salopard !

Son fusil dégringolait encore, renvoyé de-ci de-là par les falaises jaunes.

« Et c'est un Lebel, putain ! Un de nos fusils ! » gronda Mariani, dont le mousqueton fumait encore un tout petit peu.

« Vous voyez, cavaliers, que l'adjudant Padovani, il avait raison ! Voyez : ils nous prennent " nos " fusils, hé ! »

On entendait le Lebel se fracasser tout au fond de la gorge.

« ... A moins que des marchands de canons, plus salopards qu'eux, ne les leur vendent, nos fusils ? » dit le cavalier Mourieux qui voyait des marchands de canons partout et citait dix fois par jour la phrase d'Anatole France : « On croit mourir pour sa patrie et on crève pour des industriels ! »

« Ça, c'est une autre affaire, c'est ! dit le brigadier. Ça vous regarde pas, hé ! Et pas de politique, hé, sinon je fais mon rapport, hé ! »

On s'aperçut alors que d'autres sauterelles, très haut, sur la crête, s'enfuyaient en sautant de pierre en pierre, comme des mouflons. Le brigadier mettait son fusil en joue, puis l'abaissait, navré :

« Ils sont trop loin, putain ! »

Et il donna l'ordre de se replier sur la colonne qui avait repris la piste.

Chemin faisant, Mariani était venu près de moi. Il n'avait pas encore remis son mousqueton à l'épaule, il le tenait appuyé sur le troussequin, sur ses cuisses, et le caressait négligemment de la main. Je voyais bien qu'il voulait me parler. Enfin, comme je ne le questionnais pas :

« Vous avez vu, hé ? dit-il. Ces mousquetons, ce sont de bonnes armes, hé ? Elles ont beau avoir le canon plus court que le Lebel d'infanterie, vous avez vu ? de la précision, hé !... de la précision ils ont !... »

Il voulait sans doute un compliment ; il l'eut :

« Vous ne croyez pas que ça vient plutôt du tireur ? lui dis-je pour le combler.

— Peut-être oui... je tire pas mal, oui, je tire... Mais de la précision ils ont, hé, nos mousquetons, putain ! Vous avez vu ? »

Quelque chose m'était remonté de l'estomac dans la gorge. Comme une boule dure, brûlante et acide, qui ne voulait pas redescendre, et je regardais maintenant le paysage, qui était exclusivement minéral et grandiose, avec d'autres yeux. Comme si chaque caillou, chaque rocher, et Dieu sait s'il y en avait, dût cacher un tireur. Je ne voyais plus en géographe ces prodigieux synclinaux et anticlinaux basculés, inversés, cassés, redressés, fracassés qui nous faisaient petits comme fourmis. Je ne cherchais pas à comprendre le squelette de la terre, pourtant ici visible comme sur une coupe géologique. C'est pierre par pierre que je scrutais ce chaos, et je me posais sans cesse la question : si j'avais à attaquer cette colonne étirée sur trois kilomètres, où me cacherais-je ? Et, que l'on me croie sur parole, je trouvais plus de cent endroits merveilleusement propices à une embuscade « foutrale et cornecul », comme eût dit Yves Le Floch.

Au bivouac, au crépuscule, alors que tous ces mulets étaient alignés à la corde et que je prenais mon tour de garde, un grand mouvement se faisait dans mon ventre. Il me semblait que mes intestins se nouaient alors qu'une gorgée d'eau amère me remontait à la bouche. Les muletiers étaient étendus en tas, roulés dans leurs gandouras. Quelques-uns dormaient mais la plupart avaient les yeux ouverts, qui faisaient des points brillants, comme des yeux de chacal, dans l'obscurité. Certains jouaient en sourdine, sur la flûte de roseau, un trille ténu et compliqué qui ressemblait à un crissement d'insecte...

Étaient-ce des dissidents ? des partisans ? Amis ? Ennemis ?

Le travail de la patrouille de garde consistait, la nuit, à tourner, sans cesse, autour de ce troupeau d'hommes et d'animaux, tapis dans la caillasse, et à faire la tournée des sentinelles, doublées par prudence.

Parfois, un mulet, on ne savait jamais comment, sortait de la file et s'en allait au petit trot, dans la nuit. Il avait pourtant été solidement attaché à la corde, comme les autres, mais c'était un « brel el cheïtan », un « mulet-démon », qui avait des manières d'homme et savait dénouer les nœuds les plus parfaits pour aller rejoindre les « djennouns », ou retourner à la dissidence, comme le premier venu de nos muletiers.

Il fallait alors donner l'alerte aux conducteurs, qui restaient le plus souvent étendus, et s'enfoncer seul dans la nuit du bled, suivre le fuyard au bruit, très fin, de ses petits sabots et le rattraper coûte que coûte (vous savez ce que ça coûte, un mulet, hé ?) au risque d'avoir « les couilles coupées » avant d'être égorgé, au couteau, par un lâche fanatique...

Je remarquais d'ailleurs à l'occasion que j'admettais facilement, dans ces moments d'intense frousse, que l'ennemi fût toujours lâche et le musulman toujours fanatique.

La nuit, d'un vert profond, était lumineuse et

constellée de dix fois plus d'étoiles que chez nous. Mais l'adjudant Padovani nous avait dit :

« Ne vous laissez pas prendre à ça, hé ! Quand on est de garde, si on se met à regarder les étoiles on est perdu, on est, hé ! On regarde les étoiles et on se réveille avec un mouss[1] entre les deux épaules ! Souvenez-vous de ça : le regard au sol, devant et derrière vous ! Toujours le regard au sol !... »

Il se reprenait en employant une forte formule du capitaine, qu'il admirait sans restriction :

« ... Et vous balayez le sol du regard ! Sans jamais rien fixer, hé ! Si vous fixez, alors là vous êtes foutus, hé ! Le caillou que vous fixez ? vous le voyez bouger : c'est un salopard. Le buisson ? vous le voyez qui avance sur vous : c'est un salopard ! Voilà ce qu'il faut pas faire, hé !... Et faut pas tirer sur n'importe quoi, hé ! Vous savez ce que ça coûte une cartouche, hé ? »

Il riboulait des yeux en claquant sa cravache sur la tige de ses bottes et répétait :

« Vous balayez, hé !... Vous balayez le sol du regard et vous regardez pas les étoiles ! »

Tout en trouvant ce genre de colonisation bien différent de celui que l'on m'avait enseigné à l'École coloniale, je balayais !... Je balayais le sol des yeux, et je ne regardais pas les étoiles.

Le mousqueton à la saignée du bras gauche, j'osais à peine, de ma main droite, tâter, dans ma poche, le papier mauve de la dernière lettre d'Anne. Elle m'y racontait, sans penser à mal certainement, qu'elle était allée, conduite par ses parents, à la réception de l'état-major, dans le palais Djemaï, à Fez Batha, qu'elle y avait dansé un peu, très peu, que l'orchestre européen était très bon, mais qu'il faisait, hélas, une chaleur, mais une chaleur ! comme je ne pouvais pas

1. *Mouss :* Couteau, poignard de combat.

imaginer ! Et enfin qu'il y avait un orchestre indigène, qui jouait de la musique fassie, celle que l'on appelle « andalouse » parce qu'elle a été rapportée d'Andalousie par les cavaliers d'Allah chassés d'Espagne au XVe siècle après six cents ans d'occupation. Musique ennuyeuse à la longue mais très intéressante à petite dose, un peu comme le *Boléro* de Ravel ; naturellement il n'était pas possible aux Français de danser sur cette musique, aussi le général commandant la région de Fez avait-il fait venir des « chirates », des danseuses berbères, qui avaient exécuté plusieurs de leurs danses. C'était très envoûtant.

Hélas, au lieu de me rapprocher d'Anne, notre marche nous entraînait tous les jours un peu plus dans le Sud. De poste en poste, tenus par des éléments du 3e étranger, nous pénétrions dans ce Tafilalt, où les femmes, drapées de noir, dans les ksour couleur de sable, nous regardaient passer par les lucarnes meurtrières ou du haut de leur terrasse où elles faisaient mine d'étaler les laines ou de piler l'orge et le mil.

Les hommes ? On n'en voyait aucun, sinon quelques grands vieillards. Les jeunes, eux, étaient partis « à la dissidence » avec leur fusil, leur gandoura, leur chèche, leur choukara pleine de cartouches. Ils étaient regroupés dans les oasis ou dispersés dans les ksour de la montagne ou derrière chaque caillou, guettant notre passage, comptant nos hommes et nos mulets, nous en tuant quelques-uns au passage. La promulgation du « dahir berbère » avait, paraît-il, soulevé tout le pays tafili. C'est ce que j'ai compris par la suite, mais dans le ravin du Ziz nous n'en avions aucune idée. Tout ce que nous savions, c'est qu'il faisait chaud, que le thermomètre pouvait monter, l'après-midi, au-delà de 50°, que les œufs que nous vendaient les enfants souriants au bord de la piste, et dont une bonne moitié étaient punais, cuisaient parfaitement au soleil sur la première plaque métallique venue : la platine de votre fusil, par exemple, ou le couvercle de la cuisine roulante dont il était inutile d'allumer le foyer.

Au fur et à mesure que nous avancions dans le Sud, les gardes étaient doublées, de sorte que nous ne dormions pas beaucoup et que, s'endormant en selle, certains d'entre nous, perdant l'équilibre pendant la marche, tombaient comme des épouvantails désarticulés, ce qui faisait rire toute la colonne.

A la hauteur de Ksar-es-Souk, que nous évitâmes prudemment, nous fûmes rejoints par un groupe du 3e Étranger dont la présence rassurante me permit d'avaler le rata de nos cuisines indigènes parce que la boule qui me gênait pour déglutir s'était résorbée par enchantement dès que j'avais vu les képis blancs, les épaulettes vertes et le fanion vert et rouge.

Dès lors nous fûmes « en subsistance » à la Légion étrangère, c'est-à-dire que nous participâmes à la gamelle légionnaire. C'est ainsi que je fis connaissance avec la solide et succulente cuisine allemande, les cuistots étant tous des Bavarois, des Souabes ou des Sudètes ayant quitté leur pays pour en fuir l'atmosphère qui était, paraît-il, irrespirable.

Je me suis toujours demandé comment ces gens-là arrivaient à servir une délicieuse choucroute à une troupe se déplaçant à quelque deux cents kilomètres des premiers centres de ravitaillement par 38° à l'ombre. Mais je n'étais pas au bout de mes surprises !

Le gros de la troupe était russe. Aspect inattendu de la colonisation française, dont on ne nous avait pas parlé non plus à l'École coloniale. C'étaient des cosaques de l'armée Wrangel qui étaient passés par tsénias entières dans la Légion, en 1919-1920, et y terminaient leurs trois rengagements successifs, colonel en tête.

Bien que ce colonel ne fût encore que légionnaire de deuxième classe, c'était lui qui commandait les chants de marche. C'est donc là, sur la piste d'Erfoud, que je fis la connaissance des célèbres chœurs des Cosaques du Don et autres lieux.

Le soir, au bivouac, les chœurs guerriers devenaient nostalgiques en diable et même délirants et il y avait là, c'est certain, une bonne vingtaine de Chaliapine qui, lorsqu'ils étaient complètement ivres, avaient un immense talent pour sangloter à fendre l'âme, en buvant, à même la bouteille, l'alcool de menthe (Ricqulès) et l'eau de Cologne de pacotille vendue par le soukier chypriote qui les suivait comme leur ombre, avec ses cinq bourricots et ses deux méharis, chargés à crever d'une étonnante marchandise. Les chants, de plus en plus beaux au fur et à mesure que l'ivresse gagnait du terrain, duraient jusqu'à deux ou trois heures du matin. Les Allemands y répondaient par d'autres chœurs et les Français, comme toujours insensibles à la musique, arrivaient à les faire taire à force de les bombarder avec tout ce qui leur tombait sous la main au son de la célèbre mélodie « Vos gueules là-n-dans ! ». Les Slaves alors s'éloignaient dignement dans le bled pour recommencer, en sourdine, jusqu'à la prime aube. Ils s'endormaient alors brusquement, lourdement sur le terrain. Deux heures plus tard, ils étaient les premiers levés, à la diane, frais et dispos, roses comme des jeunes filles en fleur ayant, en deux heures de sommeil, cuvé leur demi-litre d'alcool pur et récupéré la fatigue d'une accablante journée de marche. A croire, pensais-je, que la musique chorale remplace le sommeil. Tout au moins chez les Slaves. Mais les psaumes alternés des vêpres de mon enfance n'avaient-ils pas le même effet sur nos grands-mères ? Elles appelaient ça la Grâce.

Je dus à une talure au cou-de-pied, pour avoir trop serré la sangle de mon éperon gauche, de faire la connaissance plus approfondie du légionnaire Timochenko, qui n'était pourtant pas l'infirmier du détachement. C'était un légionnaire de deuxième classe, un colosse moustachu, le crâne nu comme mon genou, les mains larges comme des pelles de sapeur et qui refusait, pour ses compatriotes, le secours de l'infirmier de la compagnie, parce qu'il était, lui-même, « le plus grand médecin de la Russie ». Ce n'était pas lui qui le disait, mais les autres Russes, qui l'avaient en adoration. Il avait, disaient-ils, guéri le jeune tsarévitch d'une maladie mortelle et soigné Raspoutine en personne, avant de se consacrer aux Cosaques du colonel Wrangel et de les suivre partout.

C'est lui qui se proposa pour me soigner alors qu'à la halte j'avais enlevé ma botte et que je contemplais mon pied tuméfié.

Il sortit de sa cartouchière une bouteille d'un demi-litre d'alcool de menthe encore vierge et bouchée à l'émeri, descella, avec ses dents, le bouchon de verre et, alors que je m'attendais qu'il s'en servît pour laver la plaie, il en but une bonne lampée, la replaça dans sa cartouchière et, sans dire un mot, prit mon pied entre ses paluches, le tritura d'une certaine façon et m'invita à boire moi-même un coup de cet alcool de menthe, qui me semblait être, avec le pinard de l'intendance, la boisson habituelle de la Légion étrangère.

« Non, dit-il, alcool de menthe déplorable boisson, mais soukier imbécile ne vend pas autre chose. Alors je bois alcool de menthe, " beciff[1] " ! Surtout, jeune homme, pas boire eau ! ajouta-t-il d'une voix terrible. Eau très mauvaise ! Eau ici toujours très magnésienne ! Surtout jamais boire ! »

Et il ajouta en souriant, pour moi : « ... Et alcool très mauvais sur plaie ouverte et bon pour intestin ! »

Il tritura encore un peu mon pied, avec l'air concentré d'un rebouteux berrichon, puis le reposa en disant : « ... Surtout ne pas voir infirmier, ne pas voir major ! hein ! Compris ?... Infirmier toujours envoie vers major, et major envoie à Salé, maison de convalescence, et à Salé, monsieur, plaie ne se refermer jamais !... Voui Voui : Salé ? plaies se creusent plus profond !... Compris ?... (Il rit.) Très mauvais choix pour maison convalescence ! Médecins français ignorants !

« Ici, dans Atlas saharien, très bon climat pour santé ! Meilleur climat du monde, ici plaies guérissent vite. Même climat Caucase ! Caucase c'est pays natal pour moi. Climat merveilleux : jamais malade, tout le monde très beau, très fort, très gai. Vieillards ? deux cents ans. Femme ? Porter enfant jusqu'à quatre-vingts, quatre-vingt-dix ans... femmes fécondes jusqu'à cent ans, et belles jusqu'à mourir ! Race pure, voui, voui. »

Comme il parlait, la lettre d'Anne sortit de ma poche et tomba dans le sable. Il la vit, la ramassa plus vite que moi. Son regard devint très brillant :

« Ha !... Lettre demoiselle ? Lettre fiancée ? »

Il la soupesa gravement, la palpa, fit la moue et refusa de me la rendre en disant :

« Attendez, jeune homme ! »

1. *Beciff :* en arabe, par le sabre : forcément.

Il la palpa encore, puis :

« ... Demoiselle, oui, mais très loin très loin... »

Il fermait les yeux et répétait :

« ... Très loin, très loin... oui très loin ! »

Il leva la lettre, très haut et sembla la regarder par transparence en l'interposant entre le soleil et lui. Il l'abaissa soudain et me la rendit brusquement en disant, avec solennité :

« Demoiselle presque morte !

— Morte ?

— Non non. Je dis " presque " morte, parce que loin, très loin... »

« C'est l'alcool de menthe qui fait son effet », pensai-je. Et puis, tout à coup, il sembla redevenir le légionnaire Timochenko, matricule 3022, ci-devant le plus grand médecin de la Russie et se mit à rire de toutes ses dents, qu'il avait blanches comme neige. Et, comme il avait dit « elle est morte ! » il prononça avec solennité :

« Maintenant remettez botte, jeune homme ! C'est fini. C'est guéri. »

J'hésitais à lui obéir. Le légionnaire Niassev, qui assistait à la scène insista :

« Si, si ! Il faut faire comme il dit. Lui, plus grand médecin de la Russie ! Il a guéri tsarévitch ! »

Je fis mentalement le petit calcul : il a guéri le tsarévitch. Il avait donc au moins trente ans en 1917. Cet homme, cet Hercule aurait donc plus de cinquante ans ? Il en paraît trente ! Miracle de l'alcool ? ou race caucasienne exceptionnelle, comme il le prétend ?

Je remis ma chaussette, qui était fort sale, et je n'avais aucun espoir de pouvoir la laver d'ici longtemps, l'eau faisant totalement défaut dans le secteur. J'enfilai ma botte et posai l'éperon. Le lendemain la plaie était sèche, toute enflure et toute infection avaient disparu. Ce qui me laissa rêveur, car cela donnait, logiquement, une grande autorité aux étranges propos du Cosaque magnifique.

Il devait donc se passer quelque chose de grave pour Anne. C'est à partir de ce moment que je commençai à chercher à sortir, par tous les moyens, de cette équipée. Timochenko était fou, sans doute, mais ses vaticinations étaient pourtant si frappantes que je décidai de me rapprocher d'Anne et de reprendre vraiment la poursuite de la Demoiselle, et donc de quitter cette chienlit militaire où j'étais venu me fourvoyer.

Dans les jours qui suivirent, je cherchai à retrouver, comme bien l'on pense, le légionnaire thaumaturge Timochenko, matricule 3022. Je fis toute la colonne qui, en marche, s'allongeait sur trois kilomètres et le trouvai, allant allégrement, de son grand pas de colosse, et pérorant en russe, parmi ses compatriotes admiratifs. Je n'osais l'aborder mais il éclata de rire en me voyant et de sa voix claironnante m'interpella :

« Alors, jeune homme, pied guéri ?

— Je le crois. Oui ! »

Il se remit à rire, d'un air fier, comme pour dire : « J'en étais sûr ! Je réussis toujours. Nous sommes comme ça nous, les Caucasiens ! »

« Beau cheval ! » dit-il en regardant ma monture, qui était, il est vrai, comme tous ceux du peloton, un superbe arabe entier, gris pommelé.

« Pareil cheval Caucase ! » ajouta-t-il.

Et il expliqua, superbe : « Cheval arabe apporté au Maghreb par cavaliers d'Allah, et cavaliers d'Allah avaient volé cheval au Caucase ! Celui qui avait été sauvé par Noé, dans arche ! Meilleur cheval du monde ! Voui Voui ! »

Depuis notre dernière conversation je savais que le Caucase était habité par les hommes les plus beaux, les plus forts, les plus résistants, par les femmes les plus belles, les plus fécondes. J'ignorais encore que du Caucase vint le meilleur cheval du monde, celui qui avait débarqué de l'Arche de Noé échouée lorsque les eaux se retirèrent, précisément là-bas, dans le Caucase.

Les autres approuvaient en hochant la tête : oui, oui ! Tout cela était vrai, bien vrai ! Timochenko disait juste !

Tarass Boulba (c'est ainsi que j'avais surnommé l'homme) continuait, tout en marchant, à répandre sa science.

Au bivouac du soir je rejoignis la première escouade, où il professait. L'ordre avait été donné de faire la murette. La tribu chleuh dont c'était le territoire était en baroud. Toute la compagnie était donc à la corvée de parpaings. Je vis alors ce que c'est qu'un détachement de Légion en campagne : en beaucoup moins d'une heure une murette circulaire de cinq cents mètres de long, haute d'un mètre, fut construite avec ces parpaings ramassés, empilés, ordonnés. Chaque homme avait, à l'abri de cette murette, creusé son trou individuel, ménagé son angle de tir. Les mitrailleuses étaient en batterie derrière leur parapet, la bande engagée. Les deux cents mulets qui nous restaient étaient alignés à la corde, à l'intérieur du dispositif, leur chargement empilé et la soupe était distribuée, succulente, chaude, digne du meilleur restaurant de Munich ou de Reutlingen, et distribuée par les cuistots *en tabliers blancs* ! J'en donne ma parole. Et cela dans la hamada la plus râpée, la plus désolée, avec, comme toile de fond, vers le nord les sommets encore enneigés du Haut Atlas, depuis les neiges éternelles de l'Irhil M'Goun jusqu'au djbel Timetrout des Aït Morhad.

Peu s'en fallait, ma parole, que je me misse à admettre la guerre en général et cette forme de civilisation en particulier et à aimer la vie militaire ! L'attaque chleuh n'eut pas lieu, mais nous restâmes longtemps éveillés. Timochenko, qui ne dormait jamais, disait-on, tenait lieu de choreute. Lorsqu'il eut réussi à endormir tout son monde, il posa la main sur mon épaule, car j'étais près de lui, seul à ne pas dormir. Sans doute pour m'en récompenser, il dit à mi-voix, comme s'il eût rêvé : « J'ai vu lettre de la mademoiselle ! Attention ! Amour n'est pas partie de plaisir... Je dois dire !... Le monde se détruit et homme perd sa vie pour n'avoir pas compris. »

Il fit un silence puis : « ... Je peux dire parce que je sais : l'Amour, c'est magique et sérieuse opération ! Communion ! Oui ! Voilà ! Communion voui voui ! Très grave opération, très particulière opération, comme eucharistie... (Vous dites, oui : eucharistie ?) Sperme devient âme, chair et sang ! Opération sacrée ! Opération divine, voui voui ! Ce n'est pas rigolade, attention ! Compris ?... »

Si je comprenais ! C'était ce que je me tuais à clamer aux comminches et à tous ceux qui voulaient m'entendre. Il prononça ensuite une phrase en russe et il m'en donna aussitôt la traduction, en excellent français, mais avec un accent terrible : « Malheur !... Malheur à l'homme qui désacralise l'œuvre de chair pour en faire l'acte sexuel ! »

Je n'aurais pas dit mieux. Et je regrettai que Jean Lemâle ne fût pas là, et Erika Mistberger.

Je ne sais pas si tout cela était l'expression de l'âme slave, ou spécialement cosaque, ce qui m'eût étonné, mais j'étais très impressionné. Ce Cosaque répétait, en somme, ce que disait Désiré Angot.

Et pourquoi disait-il cela, aujourd'hui, là, devant moi, pour moi ? Tout simplement peut-être par cabotinage de légionnaire, comme ils aiment tous à le faire, comme il répandait qu'il était le plus grand médecin de la Russie ? Pour jouer les grands penseurs ?

Je lui demandai : « Pourquoi me dis-tu cela, à moi, ici ?

— Parce que je sais ! »

C'est alors que je pensai violemment à la Demoiselle, et avec une telle intensité que j'entendis sa voix. Celle que j'avais entendue dans les trop courts instants de Plouvara. A tel point, même, que j'eus l'impression qu'elle était là. Je la vis. Je la recréais, mais alors elle n'était plus la gauche adolescente de seize ans, c'était un être splendide, aux cheveux dorés, au visage précis et pur, aux formes pleines, au bassin large et fécond. Ainsi devait-elle être en réalité puisqu'elle était, maintenant, dans sa vingtième année.

J'étais venu au Maroc sous le prétexte d'y faire aimer la France, ce qui me paraissait comme un ridicule malentendu, mais en réalité pour y trouver la Demoiselle, et non pas pour m'y faire trouer la paillasse et encore moins pour y tuer du « salopard ».

Plus que jamais je résolus de retourner dans le bled el-Maghzen, à Fez, où je pourrais enfin retrouver Anne. Le temps en était venu. Je serais allé jusqu'à déserter, ce qui était stupide, le déserteur, ici, en pleine dissidence, étant voué à la pire mort.

Je me promis donc, solennellement, ce soir-là, de tout faire pour revenir en zone pacifiée. Par tous les moyens, je devais mettre fin à la poursuite, les trois épreuves étant passées : celle du temps, celle de la tentation ou de la chair, celle de l'esprit.

Le moyen me fut fourni le surlendemain, d'une façon qui peut paraître banale, mais que j'accueillis comme providentielle :

Nous avions pris le défilé de Tilmi et la colonne

suivait la piste en zigzaguant sur le versant ouest, très abrupt, des gorges de l'Assif Dadès, qui roulait bruyamment ses eaux quelque cent mètres plus bas. J'étais en avant-garde avec Mariani et trois camarades.

Parvenus à un tournant en surplomb d'un chaos où grondait l'oued, dominé lui-même par une haute falaise, nous fûmes arrêtés par un coup de fusil qui se répercuta à l'infini dans le défilé.

Le cheval de celui qui marchait en tête fut tué sur le coup, touché au poitrail et tomba net, comme à l'abattoir, puis ce fut une fusillade régulière et ininterrompue qui tua le premier mulet, puis le second, puis le quatrième. Le troisième, épargné, et qui portait notre mitrailleuse, se mit à trotter, en avançant vers moi. On aurait cru entendre un feu de peloton, mais il n'y avait peut-être que deux tireurs. C'était l'écho, me semblait-il, qui multipliait par dix chaque coup de feu.

C'était en somme ma troisième attaque et je croyais pouvoir commencer à juger les choses avec sang-froid. Nous avions sauté à terre et pris position derrière des blocs de rocher, en bordure de la piste.

« Allez débâter la mitrailleuse, dit Mariani à mon camarade Le Helloco, un Cornouaillais silencieux, qui partit aussitôt en rampant pour rejoindre ce troisième mulet. »

Arrivé au milieu de la piste, qu'il devait traverser, nous le vîmes tout à coup piquer du nez et rester immobile, alors qu'un petit filet de sang roulait dans la poussière au niveau de son aisselle gauche.

« Helloco ! Helloco ! appelait Mariani, bon Dieu, Helloco, allez-y ! »

Le cavalier le Helloco était mort, c'était sûr. A ce moment une énorme colique tourna, comme un typhon d'une grande violence, dans mon ventre et se termina, je dois l'avouer, dans ma culotte.

« Allez-y, vous ! » cria Mariani.

Je me contentai d'appeler le mulet qui reniflait les cailloux à trois mètres de moi. Comme un vulgaire Parisien qui propose une soucoupe de lait à son chienchien, je minaudais : « Petit, petit... Viens !... Allons viens !... Petit !... Petit !... »

Le mulet regardait stupidement la main (vide) que je lui tendais, mais ne bougeait pas.

« Putain ! Je vous dis d'aller débâter la mitrailleuse et de la mettre en batterie ! » grondait Mariani.

Débâter la mitrailleuse ? Elle était sur le dos du mulet, et le mulet était à trois mètres de moi. Entre nous deux il y avait le cadavre de le Helloco, au beau milieu de la zone battue par le tireur. Traverser ces trois mètres de piste, c'était se condamner à mort. Je n'étais pas venu au Maroc pour ça. J'étais venu pour retrouver la Demoiselle !

J'eus l'idée de chercher dans ma poche pour y prendre un morceau de pain que je savais y avoir laissé. Je l'y trouvai et, le présentant au mulet, je me remis à l'appeler doucement. Je vis alors l'animal tendre le nez, puis la lèvre vers le pain et avancer d'un pas, puis de deux, puis de trois, de tout petits pas, lentement, très lentement.

Au fur et à mesure qu'il avançait ainsi, je retirais le pain. Maintenant, c'était le mulet qui était parfaitement dans la zone dangereuse, mais encore trop loin de moi pour que je puisse atteindre la sangle de bât.

A huit mètres de là, caché derrière son parpaing, Mariani commandait :

« Débâtez, nom de Dieu ! Débâtez et mettez en batterie ! »

Le mulet avança encore d'un pas, puis de deux, renifla mon pain. J'allais pouvoir attraper son bridon, lorsqu'une balle vint le frapper au garrot. Il se dressa debout sur ses postérieurs, battit l'air de ses antérieurs en hennissant à la mort, tournoya sur lui-même puis retomba sur moi. Le bât s'étant désanglé, je ne sais comment, roula dans le ravin avec la mitrailleuse au complet en faisant un affreux bruit de ferraille.

« Ils nous tiennent sous leur feu, les salopards ! » criait Mariani pour se donner une contenance compatible avec son grade. « Il va falloir aller les déloger ! Putain ! »

Il restait d'ailleurs parfaitement immobile, ce qui donnait à son commandement l'allure d'une pétition de principe.

J'étais à plat ventre, cela va de soi, et aux deux tiers engagé sous le mulet mort. Je fis signe à Mariani que je ne pouvais plus bouger.

Pendant ce temps-là, le tireur tuait, un par un, les mulets de la colonne immobilisée, alignés sur la piste, comme dans un tir forain. Les muletiers indigènes faisaient le mort, chacun caché derrière sa pierre, attendant tranquillement la fin de la fusillade. C'est alors que j'entendis un grand cri. C'était Mariani qui venait de rouler dans la poussière, comme Le Helloco, avec un filet de sang au-dessus de son ceinturon, alors que son cheval se mettait au trot, tête basse, et disparaissait dans les rochers.

J'étais seul maintenant, sous mon mulet mort. Je réussis à ramener ses pattes sur moi, ce qui me fit comme une espèce de petite casemate où je me blottis. Et tout à coup je pensai à mon mousqueton. Il était là, ce cher fusil, et, dans ma cartouchière, je trouvai mes chargeurs. Je voulus déverrouiller l'arme. Je ne pus, je tentai d'y introduire un chargeur. Je ne pus. Tout cela était-il faussé par la chute, ou bien tremblais-je si fort que je ne pusse avoir des gestes assez précis ? Toujours est-il que je restai là, un chargeur en main droite, mon fusil en main gauche, absolument désarmé, seul Français vivant en tête de cette colonne, bloquée par quelques tireurs bien équipés et cachés dans le versant opposé.

Pour lors, ces braves gens continuaient leur jeu de massacre en tuant tous les mulets les uns après les autres, canon posé bien tranquillement.

Me revinrent alors en mémoire les histoires racontées par nos instructeurs : les « salopards » qui s'approchent, après la fusillade, pour la curée et... les couilles coupées avant l'éventration ! Il me revint que l'adjudant Padovani, le vieux baroudeur, nous avait dit :

« ... Et conservez toujours la dernière balle pour vous, hé ! Ça vaut mieux que de tomber vivant entre leurs mains ! »

Hélas, je ne pouvais même pas compter sur cette dernière balle puisqu'il m'était impossible d'armer mon mousqueton.

Après coup, très longtemps plus tard, avec cette manie, bien française, de tout critiquer, je devais juger très durement les officiers qui faisaient progresser une colonne dans un défilé, sur une piste de versant aussi bien exposée aux tirs d'une embuscade. Il y avait, c'était certain, d'autres itinéraires plus dégagés, et je regardai nos trois malheureux camarades comme des victimes de l'incurie du commandement. Mais sur-le-champ, je n'en pensai pas si long. Je ne pensais même pas du tout. Recroquevillé entre le ventre et les pattes repliées du troisième mulet, je liquidais ma colique en attendant la pire des morts, tout en m'apprêtant au corps à corps en engageant ma baïonnette au bout de mon fusil, comme me l'avait appris le pauvre Mariani.

Les mulets de la colonne, livrés à eux-mêmes, restaient immobiles tout le long de la piste que, de mon ridicule observatoire, je découvrais parfaitement. Les conducteurs indigènes restaient bien sagement cachés dans les éboulis.

La fusillade s'interrompit tout à coup et ce fut le grand silence des armes. En esprit, je reconstituais les faits et gestes des dissidents : ils s'approchaient maintenant pour récupérer les mulets et leur chargement, et il allait falloir, la colique dans le caleçon, défendre sa peau avec une baïonnette au bout d'un mousqueton inutile. Et contre ces Berbères de la montagne dont je ne connaissais vraiment ni la culture, ni les mœurs, ni même la binette et que j'ignorais encore un an plus tôt parce que l'on avait oublié de m'en parler à l'École (coloniale)...

Qu'étais-je venu faire ici, putain ?

Cette attente dura-t-elle longtemps ? Elle me parut interminable.

Tout à coup, très loin, j'entendis le clairon, le clairon de cette très chère Armée française, qui sonnait la charge, ou quelque chose comme ça. Merveilleuse, harmonieuse, roborative taratatade !

C'était la Légion — toujours elle — qui arrivait, au pas de gymnastique et dégringolait, dispersée en tirailleurs, dans les pierriers depuis les hauteurs où elle patrouillait, providentiellement (mais que vais-je évoquer ici la Providence ?). Pas si bête, pensai-je, pour s'engager comme nous dans un coupe-gorge comme celui où j'agonisais de peur !

Ils furent là en moins d'un quart d'heure. Mais plutôt que de me dégager de sous la bête morte, qui me servait de bouclier, et de me lever pour les accueillir, je restai là, instinctivement immobile ; ils me découvrirent promptement et, me « ranimant », Timochenko qui était là, archange moustachu, diagnostiqua, sur-le-champ, des « côtes cassées » (deux ou trois, dit-il) et des traumatismes divers. Ils formèrent, en deux temps trois mouvements, une civière de fortune pour me ramener à leur poste de Tiloughit, qui était proche d'une dizaine de kilomètres, sans plus, et où je fis mon entrée les pieds devant, escorté d'une demi-tsénia de Cosaques, renforcée de repris de justice français repentis et de quelques Allemands, transfuges des jeunesses nationales-socialistes. Brave, courageuse, invincible armée française !

Peu importait d'ailleurs : sur mon brancard, immobile et la mine défaite, comme il se doit, je calculais la façon dont j'allais exploiter les événements et j'entrevoyais maintenant une issue, pourvu que je susse tirer parti des heureuses circonstances : il me fallait être évacué vers les bases hospitalières, immédiatement. J'aviserais ensuite.

Timochenko me palpa savamment. Je hurlai au bon moment, me sembla-t-il, puisqu'il diagnostiqua :

« Deux côtes cassées ! Possibilité éclatement de la rate ! »

Puis, me faisant un clin d'œil :

« Il faut évacuer tout de suite sur première base ! »

Et à voix basse :

« Demoiselle, jeune homme ! Vous reverrez bientôt Demoiselle ! »

L'infirmier du camp, russe lui aussi, fut d'accord avec le plus grand médecin de la Russie et l'on organisa immédiatement mon évacuation avec celles des autres blessés. Mariani n'était pas mort. La balle s'était logée sous les côtes, à quelques centimètres du foie. Timochenko l'ayant examiné décida : « Il faut opérer ! Tout de suite ! »

Notre lieutenant, qui venait de réapparaître, s'écria :

« Opérer, opérer ! Vous êtes bon, vous ! Vous savez bien que nous n'avons pas de chirurgien ! »

Chœur des légionnaires : « Mais si. Nous avons un chirurgien : Timochenko ! Plus grand médecin de la Russie, il a guéri tsarévitch et soigné Raspoutine ! »

Timochenko avait non seulement sauvé le tsarévitch et Raspoutine, mais il extrayait, avec un succès permanent, les balles et tous les projectiles connus à ce jour. Notre lieutenant s'y opposa avec vigueur et repartit pour rassembler les restes de la colonne qui reprit la piste.

Aussitôt qu'il fut parti, Timochenko pria Mariani de se confesser, cependant qu'il étalait la trousse de première nécessité, en sortait le bistouri et le matériel nécessaire, après quoi il se mit à aiguiser, sur une pierre, son couteau personnel, qui était très beau et très brillant.

Mariani, étendu à côté de moi, balbutiait :

« Me confesser, me confesser ? Il est bon, le Russkoff ! Comment me confesser ? Je n'ai pas de curé ! »

Timochenko, imperturbable, répondait, tout en passant sa lame sur un grès bien lisse :

« Confesser publiquement, comme Cosaques orthodoxes ! Pas besoin curé !

— Christache, je suis pas cosaque moi, putain ! disait Mariani en grimaçant.

— Confesser, confesser tout de suite ! commandait Timochenko. Dieu vous entend ! »

Mariani tremblant de tous ses membres, vert de peur et de souffrance, se mit à clamer quelque chose en corse. Je suppose que c'était la liste, assez courte d'ailleurs, de ses péchés. Peut-être aussi de ses espoirs, car j'entendais souvent revenir le nom de la madona.

Il se tut bientôt. Timochenko attendait, plus magnifique que jamais. Le lieutenant commandant le poste, lui-même danois (ne disait-on pas que c'était un prince de la couronne ? Mais que ne disait-on pas à la Légion ?), organisait calmement l'évacuation de nos blessés après avoir dit à Timochenko : « Débrouillez-vous ! »

Tarass Boulba se lava les mains à l'alcool de menthe (très bon désinfectant alcool de menthe !) ainsi que le flanc, bien bronzé, du blessé, fit les quatre piqûres anesthésiantes, de la trousse de première nécessité et bravement se mit au travail et, « travaillant », il commentait ses gestes à l'adresse du patient :

« ... Monsieur brigadier-chef d'abord petite boutonnière... très petite boutonnière très facile... maintenant... trouver balle... très facile... très facile, très facile... »

Alors que quatre légionnaires maintenaient le blessé et que deux autres agitaient leur couvre-nuque pour chasser les mouches.

A chaque affirmation Mariani grondait. Quoique à cinq ou six mètres j'entendais pourtant ses grincements de dents, aussi fort qu'un cliquet de moulin. Et tout à coup des grands cris : le « Putain ! » de Mariani et le « La voilà ! » triomphant de Timochenko qui brandissait, au bout de sa pince à pansement, une balle de Lebel, « nos » Lebel.

Timochenko avait bien un peu de sang au bout des doigts mais son sourire était, comme toujours, merveilleux de sérénité, parfaitement réconfortant, et contagieux, car nous nous mîmes tous à rire. Moi avec discrétion, car enfin je prétendais avoir au moins deux côtes cassées.

« Je n'ai rien vu ! » disait le lieutenant-prince-légionnaire-danois qui, à l'écart, riait aussi, pendant que le plus grand-médecin-de-la-Russie, aidé de l'infirmier en titre posait, je suppose, les quelques agrafes qui figurent à l'inventaire de la trousse de première nécessité.

Mariani clamait, en gémissant encore un peu en langue corsicaine, puis :

« La balle ! Je veux la balle, putain ! ne jetez pas la balle !... Pour mon dossier de pension ! Moi, personne ne me croira que j'ai reçu une balle, putain ! »

On lui donna sa balle. Je lui touchai la main. Il fut sensible à mon geste et me confia :

« Il est bon, lui, le Cosaque : il me tire la balle, hé, mais comment que je toucherai une pension moi, hé ? Ils me diront : une balle ? ça ? cette petite boutonnière ? Mais vous vous êtes fait ça avec votre couteau en jouant ! Et la pension ouallou[1] ! »

Timochenko écoutait cela avec un air de suprême mépris en disant : « Pauvre petit Français de papier ! »

Escortés par deux pelotons de légion, nous fûmes descendus en cacolet à la base du 1er échelon, où l'adjudant-major, un étudiant de la faculté de médecine de Lyon, momentanément perdu en pays chleuh, approuva et confirma purement et simplement le diagnostic du légionnaire de 2e classe Timochenko, me sangla énergiquement et m'expédia précipitamment à la base du 2e échelon, à Rich, où j'arrivai le lendemain.

Là je fus reçu par un capitaine-major qui, m'ayant ausculté doctement, s'écria :

« Qu'est-ce qui m'a foutu un con pareil ? Quel est le con qui a trouvé deux côtes cassées à ce pingouin ?... »

Je me pensai : « Ça y est, mon petit fiancé, te voilà

1. *Ouallou !* en arabe dialectal : Il n'y en a pas !

coincé. Le capitaine a découvert ta supercherie. Il va te renvoyer au casse-pipe... »

Mais, m'ayant bien palpé il répéta : « Quel est le con... », etc.

A quoi il ajouta, sérieusement : « ... Une seule côte est cassée... les deux autres sont simplement décollées !... »

J'avais pourtant hurlé de la même façon lorsqu'il me palpait, mais je suppose qu'il devait bien justifier ses trois galons. Il ne fut plus question de l'éclatement de la rate qui, très franchement, me gênait.

« On n'a pas de place ici pour " ça " ! dit l'excellent capitaine. Sanglez-moi " ça " et envoyez-moi " ça " à Fez. N'est-ce pas, cavalier, qu'on se recollera bien gentiment à Fez ?

— A vos ordres, mon capitaine ! dis-je en esquissant un garde-à-vous, souligné, il est vrai d'une grimace bien étudiée.

— Repos, mon petit ! dit le capitaine mariole, évitez les mouvements brusques ! »

J'avais gagné ! Fez était là, à une journée d'ambulance automobile, sur une piste impossible, mais qui, auprès des hamadas et des ravins du haut pays Tafili, était une avenue des Champs-Élysées.

Nous arrivâmes dans la ville sainte au milieu de la nuit et je fis mon entrée à l'hôpital Guichot, alors en construction sur le plateau de Dar Mahrès. Là, ce fut, le lendemain matin, un colonel-major qui m'examina. Il le fit apparemment avec grand soin, me palpa en fermant les yeux, indice d'une puissante concentration, et, du haut de ses cinq galons, rendit son oracle :

« Quel est le con qui a fait ce diagnostic ? Ce soldat n'a pas une côte cassée comme je le vois inscrit sur sa fiche d'hospitalisation... »

Était-il plus perspicace que les autres, ce qui eût été normal, avec ses cinq galons ? Allais-je être démasqué ? « ... Mais bien deux côtes cassées ! » termina-t-il, se rangeant de l'avis du fumiste de deuxième classe, Timochenko.

« Sanglez-moi cet homme et envoyez-le-moi à Salé aussitôt que vous pourrez ! »

Je dois dire, à la décharge du corps de Santé militaire que l'usage de la radio n'était, heureusement, pas encore étendu à la valeureuse armée des T.O.E. où j'étais venu servir, volontairement, pour une petite jeune fille blonde de Plouvara. C'est toutefois ce jour-là que j'ai perdu toute confiance en la médecine.

Pendant neuf jours, je fus censé me recoller, certes, mais je fis prévenir Anne, par un brave infirmier indigène qui revint en me disant :

« Le commandant Guesclin y en a crivi !

— Le commandant Guesclin est mort ! ?

— Non, crivi, fic la main ! »

Il fit alors le geste d'écrire et me tendit une lettre où le commandant Guesclin me disait en quelques mots : « Je pars à l'instant pour Rabat où je rejoins ma famille qui y trouve, pour l'été, un climat plus humain, au bord de la mer... (Nous étions fin juin et les célèbres chaleurs fassies commençaient.) Je fais le nécessaire pour que vous soyez évacué dès que possible sur la maison de convalescence de Salé... »

Voyez comme vont les choses. Pour peu qu'on les pousse adroitement, il est vrai : Rabat était tout près de Salé. Un fleuve seulement les séparait. Et j'étais précisément évacué sur Salé !

J'allais revoir Béatrice !

A Salé, Lyautey avait installé, à l'écart de la médina, sur la légère hauteur qui domine Bab Fez, et tout près des ruines d'une très vieille mosquée de la grande époque mérinide, ce qui prouve que ce site était magnétique, un centre militaire d'hébergement. C'était, en quelque sorte, une très belle oasis construite et entretenue par la Légion — toujours elle — au bord de la plaine du Gharb et dominant le cimetière musulman, qui le séparait de l'embouchure du Bou Regreg, face à la tour Hassan.

J'y arrivai le soir, encore corseté d'une sangle inutile et gonflé d'un grand espoir : j'allais bientôt revoir la Demoiselle. Le soleil se couchait sur l'Océan et l'embouchure du fleuve était comme une nacre phosphorescente enchâssant le rocher et la forteresse des Oudayas, littéralement pourpres. Plus près, sur notre rive, c'était Salé, mauve comme une fleur d'althæa, cernée de ses remparts barbaresques : à coup sûr un des plus beaux crépuscules du monde.

Avant de m'endormir, et dans un lit, ce qui ne m'était pas arrivé depuis cinq mois, je contemplai Rabat, agrippé à la rive gauche du fleuve, et les allées et venues des barcasses des passeurs entre les deux villes, sœurs et rivales. Dans le ciel couleur de safran, les cigognes planaient au-dessus des anciennes darses, aujourd'hui envasées, d'où les corsaires barbaresques s'élançaient jadis vers la pleine mer et je fus comme étouffé par la joie en pensant que la jeune fille était là, outre-fleuve, quelque part sur les hauteurs de la ville nouvelle où s'ébauchait la cathédrale catholique.

J'étais arrivé au terme de ma poursuite. Vainqueur. J'avais surmonté grâce à elle, la demoiselle de Plouvara, ce que l'abbé Chancerel, de Saint-Pierre de Montmartre, et l'aumônier de mon vieux collège nommaient naïvement « les tentations », dont ils disaient tout bonnement que c'étaient des pièges tendus par le démon.

J'ai longtemps ri de cette définition simplette et

apparemment métaphorique, mais j'en cherche vainement une meilleure aujourd'hui. Ce n'était pas une métaphore. C'était au contraire une expression très précise pour dire tout simplement la réalité.

Les véritables joies de l'amour unique et exclusif allaient m'être données. J'allais y accéder sans tricherie ni remords. Et je ne suis pas sûr qu'il ne se mêlait pas à ce sentiment de pleine satisfaction un peu d'orgueil, comme l'avait laissé entendre le même abbé Chancerel...

Or le lendemain...

Oui : le lendemain de mon arrivée, je prenais le frais sous les palmiers devant ce prestigieux panorama, en compagnie de trois Bavarois paludéens, du 2e Étranger, et d'un goumier hépatique, transfuge des compagnies sahariennes, lorsque je vis arriver une voiture noire, la toute nouvelle Citroën « à moteur flottant », immatriculée en France, dans les Côtes-du-Nord.

En descendit un superbe commandant de tirailleurs marocains qui me donna un choc au cœur : c'était le commandant Guesclin. Et derrière lui trois jeunes filles.

Je m'étais levé et j'avançais vers elles, mes pieds volant à cinquante centimètres au-dessus du sol.

C'étaient les demoiselles de Plouvara et, parmi elles, l'aînée, Anne, la Demoiselle.

Ce ne pouvait être qu'elle. Et pourtant...

Pourtant : ses cheveux n'étaient pas vraiment blonds mais plutôt acajou, avec des éclats dorés il est vrai, mais ce n'étaient plus du tout les cheveux d'or du souvenir... Et les yeux n'étaient ni bleus ni mauves, mais noisette, me sembla-t-il.

Sa tournure aussi était différente de celle de la Demoiselle de Plouvara. Elle était belle, certes, mais d'une autre beauté, qui d'ailleurs n'allumait pas en moi le feu que j'attendais. Son regard surtout était très différent. Ses gestes aussi.

Mais peu importait : trois ans de rigoureuse ferveur et de consécration totale devaient trouver ici un glorieux aboutissement. Au demeurant, cette jeune fille qui descendait de la voiture devait pouvoir plaire aux plus difficiles.

Le commandant, très jovial, s'écriait en me tendant les deux mains :

« Mais oui ! C'est bien lui, notre Breton !... Alors, jeune cavalier, que vous est-il arrivé ?... »

Puis me regardant, sans attendre la réponse :

« ... Mais il a forci, le bougre ! Voyez ça ! Tanné, comme un vieux bledard ! Ah ! On peut dire que la vie africaine vous convient, à vous ?... La vie des camps et du bled, rien de tel pour faire un homme ! » (Comme l'adjudant Padovani.)

Anne s'approchait, à pas lents et comme absente. Elle me tendit poliment la main, et cette main était absolument froide !

Le commandant continuait :

« Nous avons appris par votre messager, mon cher, que vous étiez évacué, après glorieuse blessure, sur Fez, puis sur Salé. Nous ne voulions pas laisser passer cette occasion de venir serrer la main à un héros... qui, de plus, est un compatriote !... »

Ce n'était certes pas le moment de relever les grossières erreurs contenues dans les propos du commandant, d'ailleurs je ne l'entendais plus et j'oubliais de saluer les jeunes sœurs : je regardais Anne, je ne voyais qu'elle, mais au lieu d'en éprouver la joie immense que j'en attendais, je ressentis au contraire comme une angoisse que je ne pouvais mettre sur le compte d'une émotion trop vive.

Elle aussi me regardait, et son regard était neutre. Elle souriait aussi, mais c'était un sourire des lèvres. Elle n'avait aucune de ces rougeurs et de ces charmantes maladresses que je lui prêtais dans mes rêves. C'était une très belle statue, mais une statue de pierre. J'en fus moi-même glacé. Mais je mis cela sur le compte de la surprise.

Le commandant continuait :

« ... Mon cher, vous auriez dû me prévenir au moment de votre incorporation et je vous aurais facilité les choses pour votre examen de préparation militaire supérieure, où vous avez échoué, puisque je vous vois ici en soldat de première classe. Vous seriez aujourd'hui sous-lieutenant !...

— C'est que », dis-je en fixant les yeux noisette d'Anne (mais étaient-ils vraiment mauves jadis ?). « C'est que, mon commandant, je ne tenais pas à être reçu à l'école de Saint-Maixent comme mes camarades de l'École coloniale...

— Et pourquoi cela ? sursauta Guesclin, comme si on venait de l'informer que j'avais refusé un fauteuil à l'Académie française.

— Si j'avais été reçu, mon commandant, il me fallait faire six mois à Saint-Maixent...

— Sans doute, oui !...

— Et le reste dans un régiment stationné en France.

— Bien sûr ! Et alors ? »

Je pris un temps pour répondre d'une voix résolue, en fixant Anne dans les yeux :

« Et moi je voulais venir tout de suite au Maroc !

— Ha ha ! L'attrait du bled ? le mirage marocain ? Et l'appel de la patrie, la France qui fait ici un travail admirable ! Je vous comprends !

— Autre chose surtout, mon commandant... qui me tenait à cœur. »

Le brave homme détourna habilement le cours de la conversation en disant :

« Vous êtes diablement bien installé ici !... Quelle belle vue !

— C'est admirable ! » dirent les jeunes sœurs.

Anne se taisait toujours et il me semblait que la brume chaude du Bou-Regreg l'estompait curieusement. Elle avait plutôt l'air indifférent et moi je la dévorais du regard en me disant : « C'est pour cette jeune fille que tu as mené pendant trois ans une vie de rigueur et de vertu, conforme à ton idéal certes, mais très dure. Elle est là maintenant, devant toi, le moment est venu. »

Le commandant vit mon trouble. Il s'éloigna, entraîna ses deux plus jeunes filles pas le bras, en disant :

« Je vais, de ce pas, serrer la main du chef de l'établissement et lui faire compliment de ses bougainvillées... »

L'adjudant-chef Joly, qui était le gérant du camp de convalescence, s'approchait justement pour « présenter ses devoirs » au commandant, qui entama avec lui une longue conversation, très animée, à son habitude.

Nous étions seuls maintenant, face à face.

La Demoiselle de mon rêve, entrevue maintes fois, était là. Était-ce bien elle ?

Nous restâmes silencieux un long moment, ce qui accrut encore cette impression que j'avais d'être en face d'un marbre. Il me fallait retrouver un mot, un geste, qui pût renouer avec l'Émerveillement de Plouvara.

Et elle ? Que pensait-elle ? Retrouvait-elle l'étudiant-paysan, le jeune marin, le petit pêcheur à qui elle avait dit : « Je savais bien que vous alliez venir ! »

Ce silence dura longtemps. Je ne trouvai à dire que : « Je n'ai pu vous parler à Brest... »

Elle sourit un peu.
« Je n'ai pas pu vous revoir à Plouvara ni à Montauban... »
Elle émit enfin un petit rire gêné.
« ... Et je vous ai manqué de peu, à Bordeaux.
— Vous étiez à Bordeaux ? dit-elle, cette fois très étonnée.
— Diable oui ! J'étais sur le quai, au départ du *Koutoubia,* vous m'avez bien vu, vous m'avez fait signe !
— Je disais adieu à des parents qui nous avaient accompagnés... mais je ne vous ai pas vu. Où étiez-vous donc ?
— Sur le quai. Dans la foule... »
Elle fit un geste d'étonnement.
« Vous m'avez aperçue trois fois en trois ans !
— Oui, trois fois.
— C'est peu ! C'est insuffisant ! dit-elle avec un sourire amusé.
— Ce fut suffisant, Anne, pour me redonner à chaque fois le courage dont j'avais besoin pour réaliser mon idéal... »
Je la voyais maintenant de très près, car nous nous étions rapprochés l'un de l'autre et nous parlions presque à voix basse. Je vis alors qu'elle était fardée mais pas assez pour que je ne pusse voir sa peau, et cette peau était comme froissée, fanée. Et cette peau n'était pas celle de la Demoiselle qui, elle, n'était pas fardée. Ses cheveux n'étaient pas, eux non plus, les cheveux de la Demoiselle, et je m'aperçus alors qu'elle n'avait pas d'odeur. Un parfum, certes, se dégageait d'elle, mais de ces parfums achetés et dont on camoufle, je ne sais trop pourquoi, ses propres émanations, comme si l'on en avait honte, mais de cette odeur qui était la sienne propre, et que j'avais respirée à Pordic (n'avais-je pas rêvé ?) il ne restait plus rien.

« A chaque fois je reprenais pourtant courage pour un an ! dis-je, malgré tout.

— ... Sans me voir, ou si peu, et sans pouvoir nous parler !

— Cela me suffisait pourtant : c'était merveilleux ! »

Puis, m'échauffant :

« Anne, je vous remercie.

— De quoi, grand Dieu ?

— De ces trois ans d'efforts et de contention, que je vous dois... et de ce beau rêve poursuivi... »

Nous nous étions mis à marcher et, sortis du camp, nous longions le cimetière musulman où, assis sur leurs tombes, des familles passaient paisiblement leurs journées du vendredi.

Tout à coup je résolus de faire cesser cette sorte de mystère qui maintenant nous accablait :

« Dites-moi : êtes-vous bien celle que j'ai entrevue à la veillée de Marc'harit Fulupp, chez les Bolloch ? Êtes-vous bien celle que j'ai revue dans la petite vallée verte de Plouvara ? Êtes-vous bien celle à qui j'ai dit : " Oui, je reviendrai ? "

— Vous me posez trop de questions à la fois, et je ne puis y répondre comme cela !... Mais vous, comment avez-vous pu devenir chasseur d'Afrique de deuxième classe ? Je croyais que vous faisiez l'École navale... »

Une grande obscurité me parut être tombée tout à coup sur la terre. Le merveilleux spectacle de l'embouchure, des Oudayas et de Salé, toute blanche aujourd'hui derrière ses murs roux, se transforma tout à coup en un paysage obscur et d'une grande laideur.

« Mais je n'ai jamais tenté l'École navale ! C'était Yves Le Floch ! J'étais à l'École coloniale et...

— Ah oui, c'est vrai ! dit Anne. Excusez-moi. Je confonds mais je connais tellement de jeunes gens, des camarades...

— Mais alors, Anne, vous ne m'aimez pas ? »

Elle ne sembla pas gênée le moins du monde par cette question :

« Vous êtes un très bon camarade... Et vous ? m'aimez-vous ? dit-elle d'une voix morte.

— Hier encore je croyais aimer une petite fille blonde en robe blanche avec une ceinture bleue, entrevue entre Pordic et Kastelaudren. C'est pour elle que j'ai travaillé, que je me suis gardé... Et je crois bien comprendre qu'elle est morte... ou qu'elle n'a jamais existé... Timochenko m'avait bien dit : " Elle est morte ! "

— Timochenko ?

— Vous ne connaissez pas : un idéaliste slave du début du XXe siècle !... Et Marc'harit Fulupp aussi, dans ses contes...

— Encore cette Marc'harit Fulupp ? Mais je vous certifie que je ne me souviens pas du tout de cette personne... ni de cette Soizik...

— C'est bien possible, Anne. Mais Marc'harit Fulupp n'en exista pas moins et ses contes nous viennent de loin ! »

Je m'interrompis brusquement. Le nom, répété, de Marc'harit Fulupp venait d'éclater dans ma tête en quelque sorte, et l'histoire de Conan devenait tout à coup claire. Je m'écriai : « Mais, au fait, j'y pense tout à coup... »

Et comme ma phrase restait en suspens, Anne demanda :

« Que pensez-vous ?

— Rien ! C'est simplement le nom de Marc'harit Fulupp qui me remet en mémoire une de ses gwerz qui aurait dû me mettre la puce à l'oreille... »

Nous fîmes encore quelques pas : « ... Ces contes dont vous me parliez dans vos lettres ? Ce sont vraiment de curieux documents et que vous auriez bien dû noter scrupuleusement, car cela aurait eu certainement une grande valeur un jour ! Tout cela va se perdre très vite !... »

Le son de sa voix était neutre comme son propos, sans nuance, sans inflexion ni relief. Elle semblait même s'évanouir dans le ciel, très loin, très haut.

Nous rentrions alors dans le camp. Le commandant quittait l'adjudant-chef Joly et, nous voyant, disait :

« Mais où diable étiez-vous passés ?

— Nous parlions des vieux conteurs bretons, dit Anne.

— Ah ! les gwerzious de mon enfance ! Très curieux individus !... s'exclama le commandant. Et ce fut lui qui, pendant le reste de la visite, anima la conversation. Du diable si j'entendis la centième partie de ce qu'il disait !

Nous prîmes congé. Ils remontèrent dans leur voiture que je vis disparaître dans la poussière rouge.

Je la suivis des yeux jusqu'à ce qu'elle prît le tournant devant Bab Fez, qu'elle fit lentement parce qu'une bande de yaouled faisait une partie de ballon, sur la place, devant le caravansérail que venait de monter Herman, un légionnaire allemand fraîchement retraité. J'eus donc encore une fois l'occasion de voir Anne, de profil, dans la voiture. Elle ne se retourna même pas pour faire un geste d'adieu. Si elle l'avait fait, lui aurais-je même répondu ? A quoi bon. Elle m'avait conduit là où je devais être. Elle disparaissait comme la jeune cavalière du Barzaz Breiz et, comme l'avaient laissé entendre ma rencontre avec le chien blanc aux taches d'or, le cheval blanc et le marsouin, tout cela était prévisible et bénéfique. Timochenko, lui aussi, l'avait prédit. (Où diable celui-là prenait-il son inspiration ?) Elle était morte. Son corps avait-il même jamais existé ?

Alors que je revenais, comme ivre, vers le bordj de commandement, l'adjudant-chef Joly, sur le seuil, m'appela. Il riait. Et lorsque l'adjudant-chef Joly riait, sa figure semblait simplement s'éclairer un peu, par l'intérieur mais cela ne se traduisait par aucune manifestation extérieure. Il conservait son expression de bon petit fonctionnaire propre et consciencieux, qui me rappelait, cela soit dit en passant, mon défunt père.

Je me suis longtemps demandé pourquoi cet homme affectueux, rangé, pusillanime et hésitant, était devenu légionnaire ? C'était, semblait-il, l'anti-légionnaire absolu.

Il riait donc, à sa manière, en ouvrant une grande enveloppe émanant de la Résidence, de Rabat. Il en sortit un grand dossier qu'il étala sur la table :

« Je viens de recevoir, dit-il, toute cette paperasse : c'est une demande de filleul...

— Une demande de filleul ? ach kaïne [1] ?

— Eh bien, c'est une femme, ou plutôt une jeune fille, qui paraît très recommandable, ma foi, qui demande à devenir la marraine d'un combattant T.O.E...

« Comment dire ? Ce n'est pas la coutume de la Légion ! Le colonel Brillin-Savarat, lorsqu'une mère maquerelle demande à faire suivre un régiment de Légion par ses femmes, jette le dossier à la corbeille en disant : Qu'est-ce qu'on a à foutre de femmes à la Légion ? Tout le monde sait bien que les légionnaires s'arrangent entre eux !...

1. *Ach kaïn :* en arabe dialectal : Qu'est-ce que c'est ? De quoi s'agit-il ?

— Ce qui est une pure calomnie, mon lieutenant[1] !

— Mais bien sûr, chasseur ! Au surplus je doute fort qu'un légionnaire accepte de se lier... »

Fixant au loin le minaret des Oudayas, l'adjudant-chef Joly eut alors un silence, un de ces silences légionnaires que je n'ai jamais osé interrompre, assez semblable à celui des moines de Kerascleden, où j'étais allé faire retraite, après la mort de mes parents.

Lorsqu'il revint sur terre, il continua :

« J'ai pensé que cela pouvait vous amuser, me dit-il en poussant le dossier sous mes yeux. D'autant plus que cette femme a l'air... Comment dire ?... intelligente... et même étonnante. Sa lettre est... Comment dire ?... enfin vous verrez vous-même. Je pense que vous êtes le seul à pouvoir tirer profit de ce " marrainage "... vos diplômes... vos connaissances... Ça m'a l'air d'être une fille très bien, je ne pourrais pas la proposer à n'importe qui... d'ailleurs elle est appuyée par le général Giraud !... »

J'allais refuser poliment en le remerciant d'avoir pensé à moi, mais il continuait :

« Et puis elle veut... comment dire ?... elle veut un combattant, un héros...

— Je ne suis pas un héros ! J'ai eu deux côtes cassées, et encore les majors ne sont-ils pas d'accord là-dessus, par un mulet qui a été tué sur moi alors que je faisais dans ma culotte en me cachant derrière un caillou gros comme un melon !

— ... Enfin elle veut... Comment dire ?... Correspondre avec quelqu'un qui a des problèmes. C'est stipulé dans la lettre. »

Il feignit de parcourir le dossier et de regarder intensément une photo qu'il y trouva.

1. Comme le conteur le dit plus haut : le héros est cavalier, et dans la cavalerie on dit mon lieutenant à un adjudant.

« ... Et comme j'ai cru comprendre, continua-t-il, que vous aviez... comment dire ? Bref : j'ai pensé à vous. Vous êtes l'homme qu'il lui faut ! »

Ce disant, il avait laissé tomber sur la table, sous mes yeux, cette photo qui était épinglée à la lettre. Elle représentait une jeune fille. Les imperfections, ou le flou artistique de l'image en accusaient les formes féminines dans ce qu'elles ont de plus séduisant pour moi. Elle était photographiée de face, les mains jointes à la hauteur de la taille.

Son visage, rendu imprécis par la mauvaise mise au point était d'une régularité et d'une sérénité extraordinaires. Ses cheveux, aussi bruns qu'Anne était blonde, étaient divisés en deux bandeaux et rassemblés sur la nuque en un chignon lourd. Ses hanches étaient larges et galbées comme il fallait pour retenir mon regard. C'était pour moi l'image même de la Maternité que je poursuivais depuis mon adolescence.

Je pris le dossier. La lettre était là adressée au général commandant les troupes du Maroc, transmise à toutes fins utiles à monsieur le colonel commandant la Légion étrangère et enfin transmise à l'adjudant-chef Joly, chargé de la gestion du camp de convalescence, à Salé.

Je pris à peine le temps de parcourir le dossier car je sentais que tout ce qu'il contenait m'importait peu. La seule chose qui m'attirait, c'était cette photographie mise innocemment sous mes yeux par ce brave adjudant-chef Joly (Légion d'honneur, médaille militaire) à l'instant même où la Demoiselle de Plouvara s'évanouissait et disparaissait dans la poussière rouge du Gharb. Cette photo, où le flou faisait comme une aura autour de cette femme que tout me désignait, me brûlait les doigts.

« Je prends ! m'écriai-je, comme dans une partie de tarot, en frappant du poing sur la table.

— Prenez, prenez ! me dit Joly en riant, débarrassez-moi de ça ! »

Et il poussait déjà vers moi le dossier en continuant :

« ... J'ai d'autres chiens à fouetter que de fournir mes rationnaires en marraines de guerre, moi !... Et que Dieu vous bénisse, vous et votre marraine ! »

Et il ajouta gentiment en souriant à sa manière :

« Elle a l'air bien brave, cette fille !... Mais elle a un drôle de nom, vous verrez ! un nom irlandais, on dirait. »

Ce dossier, peut-on appeler ainsi cette lettre accompagnée de la fiche de transmission ? m'attirait comme cette énorme émeraude trouvée par Conan sur le rivage de l'île des Pommes, dans les contes de Marc'harit Fulupp.

Je la saisis, envahi d'un grand trouble.

Et d'abord l'enveloppe :

Elle venait de Paris. Le tampon de la poste, détail auquel je ne prenais jamais garde, me parut être d'une très grande importance car en le déchiffrant, je lui trouvai une valeur symbolique : « Rue de Penthièvre. » Oui, cette lettre venait du bureau de poste de la rue de Penthièvre, dans le quatorzième arrondissement. Le « quatorzième » ! la plus grande ville de Bretagne disait-on alors, près de la gare Montparnasse ! Et enfin : rue de Penthièvre ! Pouvait-on plus précisément attirer mon attention ?

Dans cette grande enveloppe adressée au « général commandant les troupes du Maroc », il y en avait une autre, encore cachetée, qui portait la suscription : « A remettre en main propre au militaire qui voudra bien accepter cette correspondance. »

Je l'ouvris en hâte et je lus :

Je lus le nom de cette jeune fille : Thoraval !

Elle s'appelait Marie Thoraval !

Thoraval : « Qui brise le vent », en vieux breton. En le lisant, je n'avais pas pu m'empêcher de pousser un cri. L'adjudant-chef l'entendit :

« Alors ? me dit-il en riant, une salope, hein, ta Parisienne ? Comme les autres ! Je m'en doutais ! Elle te dit des saloperies, hein ?... Enfin libre à toi si ça t'amuse. Mais je te promets des surprises.

— Non, mon adjudant, elle ne me dit pas de saloperies ! » répondis-je vivement, et avant même d'avoir lu la lettre. Mais l'adjudant-chef avait un compte à régler, sans doute, car il continua, bavard :

« Moi aussi, lorsque j'étais à Bel-Abbès j'avais pris une marraine... ou plutôt nous nous étions mis à cinq pour répondre à une annonce parue dans *Frou-frou*, cinq légionnaires ! Il n'en fallait pas moins pour tenter de l'égaler dans le domaine de la pornographie et de la scatologie. Ce qu'elle nous écrivait dépassait ce que des hommes comme nous, qui n'étions tout de même pas des enfants de chœur, pouvaient imaginer.

« Nous eûmes trois correspondances. Trois, pas plus et c'est nous, la Légion qui avons abandonné les premiers. Tout légionnaires que nous fussions... Comment dirai-je ?... nous avions une autre idée de la Femme !

— Vous deviez continuer au contraire !

— Mais nous avions épuisé tout le répertoire ; nous étions à sec ! Au bout du rouleau !

— Mais, mon lieutenant, il fallait tout remettre en ordre. Après tout : c'est notre rôle, à nous, les hommes, de diriger le dialogue ! Vous aviez une autre idée de la Femme, dites-vous ? Il fallait la lui imposer ! La Femme est ce que l'Homme la fait — et il n'a le droit ni de s'en étonner ni de s'en plaindre. C'est lui le maître du couple — ou alors il n'a qu'à se châtrer ! »

L'adjudant-chef Joly me regarda longuement. Il dit, en hochant la tête, très lentement, l'œil complice et en me tutoyant pour la première fois : « Toi !... Toi ! tu me fais un drôle d'original ! »

A quoi je répondis : « Tant mieux, mon lieutenant : les originaux ont beaucoup plus de valeur que les copies ! »

Il me regarda encore profondément, bouche bée, et se tut.

Dans cette première lettre, que j'ouvris fiévreusement car elle m'arrivait en de curieuses circonstances, Marie Thoraval disait :

« ... Je ne sais pas ce qui m'a poussée à prendre cette audacieuse initiative. Tout ce que je peux vous dire c'est qu'une nuit, alors que je dormais, j'ai vu en rêve un homme jeune, seul, dans un grand paysage marocain. Et il y avait, au loin, une femme à cheval qui disparaissait dans un nuage de poussière. Et le jeune homme me regardait — c'est tout. Lorsque je me suis éveillée j'étais très impressionnée. J'ai pensé qu'il y avait sans doute un homme seul qui, au Maroc (pourquoi au Maroc ?), avait besoin de moi dans sa solitude.

« C'était stupide, bien sûr, mais j'en ai parlé à des amis qui m'ont dit qu'il fallait céder à ce phantasme, qui n'était peut-être pas un phantasme, et que, de toute façon, il était facile d'en avoir le cœur net. Ils m'ont dirigée sur l'Œuvre des marraines de guerre.

« Je ne savais pas que nous étions en guerre au Maroc, mais il paraît que si. J'ai fait cette demande, et voilà !

« Si ce que l'on nomme le hasard vous a fait parvenir cette lettre, c'est sans doute que vous êtes cet homme solitaire qui a des choses, des choses peut-être toutes simples, mais très importantes, à confier à une femme. Je ne crois pas au hasard. Je pense que vous m'avez été désigné... »

Toute la lettre était de cette eau.

J'ai pensé tout d'abord que c'était une vieille fille très sentimentale, probablement disgraciée d'une certaine façon et « laissée pour compte », qui voulait jouer, par lettre, les grandes amoureuses avec un chacal de légionnaire en perdition et qui sentirait bon le sable chaud...

Au contraire le « vous m'avez été désigné », et le « je ne crois pas au hasard » n'annonçaient-ils pas une adroite bigote surexcitée, une mystique fermentée, quoique diplomate, qui allait finir par tenter de sauver l'âme de ce mercenaire cruel et perverti que je ne devais pas manquer d'être ?

Pourtant l'écriture et la photo étaient celles d'une jeune, jolie et simple fille. Et puis : la jeune fille qui, dans son rêve, s'enfuyait, très loin... Et puis le nom, Thoraval, qui m'apportait le parfum de l'Autre Monde, le parfum de Pordic (le boulanger ne s'appelait-il pas Thoraval ?). Et cette fille « qui brise le vent » et qui voit, dans son rêve, la fille à cheval disparaissant au loin, tout cela ne constituait-il pas la fiche anthropométrique la plus complète ?

Aussi je n'hésitai pas à lui répondre.

J'avais été tenté, tout d'abord, d'écrire : Mademoiselle, c'est du fond du bled marocain, entre deux attaques de Chleuhs, que je vous écris... »

C'était de cette façon, je suppose, que devait commencer la lettre du bledard à sa marraine de guerre. Cela faisait partie du jeu qui doit s'établir entre eux mais j'abandonnai bien vite ce ton car quelque chose me disait que ce n'était pas un jeu. Il y avait là-dessous, pour moi, de la fatalité.

Aussi écrivis-je plus sincèrement : « Mademoiselle, c'est du centre de convalescence, où je suis à la suite d'une blessure reçue au cours d'une attaque chleuh... »

Mais cela ne me convenait pas encore, car c'était faux et une voix me disait que je ne devais pas mentir à cette femme. Enfin je commençai définitivement ainsi :

« Mademoiselle, votre lettre m'a été remise par le gestionnaire du centre de convalescence de Salé, où je suis, à la suite d'une blessure de rien du tout et qui n'a rien de glorieux, croyez-moi.

« Vous supposez que j'ai des choses à dire à une femme. En effet n'ayant plus de mère et pas de sœur ni de cousine, je ne reçois de lettres que de quelques condisciples et du vieux loup de mer qui m'a recueilli et dont je suis d'ailleurs sans nouvelles depuis quelques mois, ce qui m'inquiète beaucoup. De sorte qu'une écriture féminine me fera plus que plaisir.

« J'ai des choses à vous dire, pensez-vous ? Oui et d'abord que votre nom, sans qu'aucun doute ne soit possible, est un nom de chez moi. Et je l'apprendrai peut-être à la petite Parisienne que vous semblez être : " Thoraval ", en celte, veut dire " brise le vent ".

« De grâce, alors, dites-moi bien vite, et avant toute chose : D'où l'avez-vous, ce nom ? — Parisienne, vous l'êtes certainement, comme tant de Botrel, Menez, Guyomarc'h, Mahé, Le Porz et Guéguen, qui se disent parisiens parce qu'ils marinent dans la grande soupe incolore et insipide de la métropole, mais vos pères sont certainement d'Armorique, et il est bien possible que votre groupe sanguin le confirme.

« Si cela était, vous ne pouvez savoir avec quelle joie j'entreprendrais avec vous cette correspondance suscitée, pensez-vous, par la Providence.

« Oui, mademoiselle, vous êtes pour moi, providentielle et plus encore que vous ne le pensez. J'essaierai de vous l'expliquer, si cela vous intéresse, dans la correspondance que je me permets de commencer aujourd'hui même... »

Et d'abord, il fallait joindre, à ma lettre, une photo. Je ne pouvais pas moins faire. Le goumier hépatique me signala que, dans le camp de convalescence, un sous-officier spahi devait avoir un appareil photographique. Nous le trouvâmes en train de faire sa lessive et c'est lui-même qui insista pour me prêter ses belles bottes de spahi, des bottes molles, de fantaisie, en cuir rouge.

Il me photographia d'abord appuyé à un palmier, en grand uniforme, chaussé de ses bottes, puis ensuite en maillot de corps, pour montrer une musculature, dont j'étais fier, devant les ruines de la mosquée, puis plusieurs fois, de face, de profil droit et de profil gauche, en gros plan devant les énormes bougainvillées, orgueil de l'adjudant-chef Joly, et enfin en tenue de campagne, le chèche négligemment noué autour du cou, à la façon des légionnaires rempilés; ces photos furent prises derrière les murailles de Salé, face à la mer barbaresque tout près du marabout de Sidi Moussa.

Et ma première lettre partit, lestée de ces photos, à l'exception de la première, qui constituait un faux puisque les bottes que j'y portais n'étaient ni les miennes ni celles de mon unité, qui n'avait droit qu'aux bottes houseaux et aux bottes Saumur de stricte obédience.

Une fois cette lettre postée, je me mis à attendre la réponse, guettant dès le lendemain l'arrivée du courrier comme si Marie Thoraval eût été ma fiancée.

J'avais placé sa photo dans mon portefeuille et je me mis à la regarder souvent, avec une attention croissante. Elle avait la figure large, les pommettes bien marquées ainsi que le maxillaire inférieur. Il me manquait certes la couleur mais je n'avais pas de peine à deviner que la peau de son visage était hâlée, avec d'émouvantes taches de rousseur autour du nez, mais que celle de son corps était blanche comme nacre, que ses cheveux étaient châtain foncé et naturellement lisses et brillants, ses yeux sombres et frangés de grands cils plus foncés encore, ce qui lui donnait le regard noir et brûlant des Gallos de la côte dont le recteur Le Touzé disait qu'on les retrouve, par places, tout le long de la côte française, de Capbreton au Portel et qu'ils sont les descendants de ces Celtibères navigateurs qui longeaient les côtes du monde occidental au temps préhistorique... mais peu importe.

Oui, cette femme était de la tribu ; cela faisait battre mon cœur d'une curieuse façon. Ce faciès me bouleversait. J'en arrivai même à imaginer sa voix, cette voix de gorge, si particulière qui convient si bien pour chanter, dans le grand vent, les jours de pardon, les cantiques à Notre-Dame de Bon-Voyage, qui...

Protège nos matelots
De la fureur de l'orage
Et de la rigueur des flots...

Je revoyais, d'un coup, la baie, les petites maisons grises aux toits bleus, alignées sur la pointe, avec leurs cheminées de pignon, toutes semblables et orientées de même façon. Je revoyais aussi toutes les filles, j'entendais leurs voix, chantant sur le cap du Corps-de-Garde, je voyais leurs jambes fines, car la race a des jambes nerveuses de chèvre, danser la dérobée jusqu'à la nuit tombée.

Et la réponse vint.

Elle vint même très vite, en dépit des difficultés de fonctionnement de la poste aux armées. A croire qu'il se mêlait à tout cela une sorte de magie ; et je le crus, mais sans me l'avouer :

Marie Thoraval était certes née à Paris, rue de Penthièvre, de parents nés aussi à Paris, mais, et c'est là où il me semblait toucher du doigt cette fatalité grandiose qui conduisait les contes de Marc'harit Fulupp, les grands-parents paternels et maternels étaient bel et bien de « là-bas ». Très précisément du Vaudic, ce petit sanctuaire auprès d'une source miraculeuse où l'on allait en pèlerinage en août, si je me souviens bien, entre Pordic et Binic. L'eau du doué y guérissait radicalement. Il suffisait de s'en ablutionner, discrètement, ou d'en boire en disant une prière, et l'on était guéri, je ne sais plus de quel malandre, mais peu importe, puisqu'on en guérissait, sinon sur-le-champ, du moins de son vivant.

La Parisienne Marie Thoraval ignorait sans doute ces choses, car ses parents (je me demande pourquoi) s'étaient bien gardés de les lui enseigner. Elle ignorait même où était le Vaudic. Elle me le demanda sur sa deuxième lettre, sans masquer une curiosité passionnée qui me stimula vigoureusement. « ... Oui, me disait-elle, non sans humour, je connais maintenant au moins une des raisons qui m'ont incitée à provoquer une correspondance avec un militaire en opérations au Maroc : c'était pour connaître, d'abord, la source guérisseuse qui arrose mes racines... Je croyais apporter à mon correspondant le réconfort d'une voix féminine et c'est lui qui me donne la fascination de mes origines, aussi invraisemblables que cela paraisse... »

Cette correspondance fut, dès le début, très abondante et elle ne cessa de s'amplifier. Marie avait vu avec quelle fièvre je parlais de l'Autre Monde. Elle me questionna là-dessus avec une ferveur qui n'était pas feinte et moi j'enfourchai la cavale et lui laissai la bride sur le cou...

Je rédigeais ces lettres face à la mer que l'on voyait par-dessus la médina de Salé la Blanche ; j'étais assis sous les bougainvillées de l'adjudant-chef Joly, ce brave homme qui me disait, en me regardant écrire : « Eh bien, toi, on peut dire que tu as été vacciné avec un porte-plume ! »

Puis, d'une voix très paternelle : « ... C'est à ta marraine que tu as écrit là ? »

Ma convalescence devait ainsi prendre fin : j'étais réputé « recollé », et j'étais d'autant mieux recollé que je n'avais jamais été cassé ! L'ordre vint de me rapatrier sur mon peloton, qui se trouvait alors à Kasbah-Tadla. « Pour préparer une colonne de pénétration dans l'Atlas et faire la liaison avec les postes de la Vallée du Draa à travers le Gountafa », me confia l'adjudant-chef.

J'en informai Marie Thoraval en ces termes : « ... Cette convalescence au bord de l'Océan m'avait fait perdre de vue que j'étais, hélas, un soldat. Et un soldat mêlé à une opération " scélérate ". Je ne sais ce que vous pensez, Mari[1], de la guerre, mais je viens d'en voir la vanité et l'horreur et, ne pouvant m'y soustraire, m'y voilà engagé à nouveau. Peut-être allez-vous me traiter de lâche ? Moi je sais que cette lâcheté, c'est tout simplement la voix de la raison.

« Oui, j'ai simulé, je me confesse à vous, la femme

1. J'écrivais « Mari » et non Marie, car c'est ainsi que l'on a convenu de l'écrire en breton au moment où très artificiellement on a voulu écrire cette langue.

génératrice, j'ai simulé, avec une facilité déconcertante, une blessure, pour échapper à cet odieux et criminel malentendu. Oui, c'était par " peur ", mais je sais maintenant que la peur est la mère de la sagesse. La raison m'est venue avec la colique. Je n'ai pas encore tué, mais j'ai peur d'être amené à le faire. Mais, J'AI VU TUER DES HOMMES, Mari ! J'ai vu. J'ai vu mourir, et pour rien, un brave camarade breton ! Et j'ai vu fusiller, comme au tir aux pigeons, un de ces hommes qu'on appelle ici " salopard ", et qui était un homme, tout simplement. Et il a été tué par un autre homme, comme moi mort de peur. Moitié pour liquider cette peur, moitié pour vérifier et admirer la précision et l'efficacité du mousqueton de cavalerie, modèle 1929. J'ai vu ensuite cet héroïque tireur d'élite recevoir une balle au niveau du foie et ne penser qu'à une chose : comment récupérer et conserver cette balle pour servir de preuve, afin de justifier l'ouverture d'une pension substantielle ? Quel est ce jeu ridicule et sinistre ?

« Et me voici reparti en colonne, " à la riflette " comme il est de bon ton de dire dans la troupe coloniale et je vais peut-être, malgré que j'en aie, être amené, par la force des choses, et par peur encore, à tuer de l'Homme ! Je vous en demande pardon à l'avance, à vous, la Femme, la Genitrix, vous qui êtes destinée, dans la douleur, et au péril de votre vie, à créer de l'Homme. C'est une véritable injure que je vous fais en acceptant implicitement d'être dans la situation de devenir un tueur d'homme. »

A cela, elle devait répondre, dans une lettre que je reçus plus tard :

« Non, je n'ai pas à vous pardonner de tuer les hommes que le destin vous fait rencontrer dans ces circonstances où vous n'êtes pour rien. Il me plaît de penser que vous faites tout pour l'éviter...

« Pour moi, croyez-le bien, et je suis bouleversée de voir à quel point notre correspondance est devenue, en si peu de temps, confidentielle, je puis bien vous dire que je suis prête à être, quoi qu'il puisse arriver, celle qui accepte, qui désire, " dans la douleur, et au péril de sa vie, créer de l'Homme ". J'aspire à cet honneur. »

A cette lecture, je fus saisi d'une grande joie. J'entendais enfin la voix d'une femme répondre à la mienne. Je pris sans attendre le porte-plume de l'escouade et je répondis dans la plus grande exaltation.

Mon ordre de mission arriva alors que je remettais cette lettre au vaguemestre. Je refis mon paquetage et je rejoignis le centre régulateur de Rabat où je devais être affecté à un convoi « montant » au bled.

Il y eut alors un moment où, rejoignant Rabat en traversant le Bou-Regreg par le bac, je vis, amarré au quai, le seul quai du port de la capitale marocaine, un navire américain et j'eus la tentation stupide de déserter...

Je dois dire que j'étais alors en compagnie du légionnaire Di Rotta, un Américain d'origine italienne qui, lui aussi, rejoignait individuellement son régiment, le 2ᵉ étranger à Meknès, et qui, alors que le bac à vapeur fendait les eaux phosphorescentes du fleuve, me dit :

« ... Ce serait facile de... scapa ! »

Et de la main, il faisait le geste de s'évader. Il resta muet un instant, puis redoubla dans la note :

« Tou n'as jamais pensé à... scapa ? et il refit le geste.

— Comme tout homme qui a du cœur, oui, j'y ai pensé.

— Allora ?... » demanda-t-il en me regardant dans les yeux. Je ne répondis point. Il reprit en riant :

« No... Toi, ce serait idiot. Mais moi, sure, jé vais !... Si je reste moi je souis condamné, je sais ! Jé né sortirai pas vivant !

— Pourquoi ?

— Look ! » me répondit-il en ouvrant la bouche et en découvrant une denture entièrement en or. Je feignis de ne pas comprendre. Il insista, avec son accent inimitable : « Beaucoup de gens ils aiment beaucoup l'or, ici, you know ! »

On arrivait sur la rive gauche du fleuve. Il me donna un vigoureux shake hand en disant : « So long ! Good luck ! »

Et il gagna, d'un air las, le quai où le *White Star*, c'était le nom du cargo, qui portait le pavillon panaméen, était doucement soulevé par la marée montante et semblait appareiller.

Di Rotta disparut derrière une petite cabane. Lorsqu'il réapparut de l'autre côté, après un assez long moment, il n'avait plus son barda sur le dos ni son képi blanc. Il marchait nonchalamment au bord de l'estacade, comme un flâneur. Il s'arrêta même, les mains derrière le dos, d'un air parfaitement détendu, en regardant un pêcheur. Et tout à coup je ne le vis plus. En vérité mon attention avait été attirée, quelques secondes, par le branle-bas d'appareillage. Spectacle très rare à Rabat dont le port était, déjà à cette époque, fort envasé et quasiment inutilisé.

La passerelle se balançait au bout de son palan et le bâtiment semblait commencer à éviter. Je ne voyais toujours pas Di Rotta.

Le rafiot panaméen, qui avait davantage besoin de gagner le bassin de radoub que la pleine mer, quitta lentement le quai en évitant au courant pour virer de bord. Au milieu du fleuve, une barcasse l'accosta par tribord, c'est-à-dire qu'elle était maintenant cachée par le cargo. On pouvait croire à une fausse manœuvre de la part du passeur, ou bien encore que c'était le pilote du port qui montait à bord pour lui faire prendre la passe, assez difficile, entre la rive basse de Salé et le rocher accore des Oudayas. Toujours est-il qu'il me sembla voir une silhouette, qui pouvait être celle de Di Rotta, se mêler aux membres de l'équipage occupés aux manœuvres.

Le coup semblait réussi.

Le *White Star* doublait, maintenant, la pointe extrême de la forteresse des Oudayas et filait vers la passe de sortie. Di Rotta s'enfuyait avec tout son or. En vérité les menaces qu'il fuyait en désertant furent bientôt remplacées par une autre, car il ne quittait la Légion que pour entrer dans une équipe de trafic d'armes par le rio de Oro. C'est tout au moins ce qui se murmura dans les popotes du 2e Étranger. Mais que ne murmurait-on pas au 2e Étranger !...

Pour moi, je regagnai sagement le bureau de la place où l'on s'occupa de me faire rejoindre les camarades, à Kasbah-Tadla.

Une lettre de Marie Thoraval m'y rejoignit : j'y lus cette phrase, soulignée deux fois :

« ... Non ce n'est pas la peur qui vous a fait refuser de tuer, mais au contraire un grand courage et je souhaite que vous puissiez persévérer dans cette voie, jusqu'au bout : et je prie pour cela !

« Oui, il m'est arrivé cette aventure bizarre : Comme je marchais, dimanche matin, dans Paris, car c'est, sur votre conseil, le dimanche matin que je visite ma ville natale, je pensais à vous et à cette phrase qui est un des commandements de Dieu et que vous m'avez révélé : Tu ne tueras pas. J'étais alors dans le square Viviani le dos appuyé au mur de cette petite église, la plus vieille de Paris, m'avez-vous dit : Saint-Julien-le-Pauvre, et je regardais Notre-Dame. Et je me suis surprise à dire, par trois fois, en serrant les mains l'une contre l'autre : pourvu qu'il réussisse, pourvu qu'il réussisse, pourvu qu'il réussisse ! Envers et contre tous !

« Et je suis entrée dans la cathédrale, et je me suis trouvée devant cette curieuse statue de la Vierge Mère et j'ai encore répété mon vœu plusieurs fois, moi à qui l'on n'a jamais appris la moindre prière. »

Cet élan, plein d'une naïveté enfantine qui prouvait, je me plaisais à me le répéter, une généreuse ignorance, me chauffa le cœur, en dépit de l'erreur qu'elle commettait en pensant que j'avais « refusé de tuer ». Non, hélas, je n'avais pas refusé de tuer, mais, Mari, je vous le jure : le cœur y était.

Le fait qu'on ne lui eût jamais donné d'instruction religieuse me fit attacher plus de prix à son intention de prier. Et à Notre-Dame ! Quel symbole !

Le rythme de notre correspondance fut désormais très capricieux : de mon côté je relatais, au jour le jour, en une sorte de journal, le déroulement de notre expédition, qui avait pris, dans les papiers officiels, le nom de « colonne Z » et j'envoyais le pli par le vaguemestre chaque fois que c'était possible. Marie Thoraval recevait donc ces nouvelles de façon irrégulière. Elle y répondait immédiatement mais ses lettres me poursuivaient, souvent longtemps avant de me rattraper, la colonne se déplaçant sans cesse.

Mais, au fond, cela n'avait pas grande importance car la chronologie était, pour nous, sans intérêt.

Chacun récitait un long monologue intemporel ponctué de précisions étrangères à nos préoccupations profondes. Par exemple :

« ... J'ai retrouvé mes camarades, mais pas mon cheval, mon bon 4022, Zorro pour les dames. Je l'ai réclamé en disant que ce n'était pas humain de détruire un couple comme celui que nous formions tous les deux. On m'a répondu : " Quand on veut conserver son cheval, il ne faut pas tirer au cul pour descendre en villégiature à Salé ! " (On jalouse très fort ceux qui vont à Salé.) Il est vrai que l'on m'a affecté un autre cheval, de même robe pommelée : Amadou, d'un an plus jeune que Zorro, comme son initiale l'indique, et, de ce fait, plus nerveux, qui bronche pour un oui pour un non et me fait piler du sel plus que je ne voudrais. »

Et tout de suite après, suivait, très sérieusement, en réponse à une de ses précédentes missives, une profession de foi, qu'elle avait provoquée en me posant la question : « Que pensez-vous de la Femme ? » Je voulais réserver pour plus tard ce sujet, qui me semblait capital, aussi répondis-je par une pirouette. C'était une phrase de tonton D'ziré : « La Femme ? C'est tout simplement la génératrice et la régénératrice de l'Humanité », et j'ajoutai, de mon cru : « En Elle j'ai foi et espoir » (majuscule comprise).

Elle me demanda, dans un courrier ultérieur : « L'avez-vous trouvée ? »

Je répondis :

« Je lui suis destiné de toute éternité, et je la trouverai, j'en suis sûr, quand je l'aurai méritée.

— Et que vous faudra-t-il faire pour la mériter ? »

Mais la lettre qui posait cette dernière question arriva alors que nous entrions en bled es-Siba, où la poste aux armées fonctionnait comme mon mousqueton le jour de l'embuscade de l'Assif Melloul. Et je ne touchai donc cette lettre que beaucoup plus tard.

Lettre 1, pour Marie Thoraval :

« A dire vrai, le bled es-Siba, ce " pays de l'insoumission ", s'ouvre aussitôt que l'on quitte Midelt. La rivière Moulouyia, que le bled el-Maghzen (le pays du gouvernement) nomme oued, s'appelle ici assif. Les deux mots ont le même sens, littéralement, et signifient " cours d'eau ", mais le second est le mot chleuh, et cela change tout. L'eau d'un oued, c'est de l'eau, tout simplement. L'eau d'un assif est autre chose : pure, glacée, tellement transparente que l'on peut voir à travers elle, au plus profond, impalpable comme une âme, intraitable, indomptable, imprévisible, farouche, et dès qu'on la voit, on établit tout naturellement le parallèle avec les hommes qui sont nés avec elle sur les hauteurs, les djebelous, les montagnards berbères. Ceux que l'adjudant Padovani appelle " les salopards " et que l'on rencontre, isolément, innocemment pasteurs derrière un troupeau ou la pioche à la main pour diriger les minuscules canaux d'irrigation, mais que l'on retrouve trois kilomètres plus loin, cachés dans les rochers, un fusil en main.

« Nous remontons donc le cours supérieur de la Moulouyia, puis de l'un de ses affluents, par des pistes escarpées, qui s'élèvent par lacets vertigineux, au flanc du massif de l'Ayachi, le point culminant des Atlas[1], et, au fur et à mesure que nous nous élevons

1. A l'époque où cette lettre a été écrite, on n'avait pas encore officiellement pris garde que c'était le Toubkal le sommet le plus élevé avec ses 4 165 mètres. (*N.d.A.*)

ainsi, nous découvrons tout le Moyen Atlas, dans le Nord, et le versant septentrional du Haut Atlas, où brille la neige qui fait paraître le ciel violet sombre, et noires les roches aiguës des sommets, à contre-soleil. Ainsi, pour peu qu'on lève la tête, toute la chaîne supérieure se découpe comme la dure lame d'une gigantesque scie. Les vallées se creusent en abîmes, sculptées par les ombres pourpres des ubacs, alors que s'opposent les ocres clairs des adrets et les seuls verts pâles des petites vallées. Ce que l'on prend, parfois, pour un rocher dressé vers le ciel, c'est un village, couronné de ses hautes tours carrées, décorées à la chaux, de triangles blancs sur l'ocre rouge du pisé. Ce sont les fameuses casbahs, où des silhouettes, sur les hautes terrasses, nous guettent, figées en une sieste inoffensive, ou prosternées pour la prière.

« Où allons-nous ? Que venons-nous faire ici ? Une colonne de Légion nous accompagne. Une compagnie je crois, la troisième du troisième Étranger. J'ai l'impression que nous nous élevons pour trouver un col qui nous conduira à cette espèce de plateau où je crois reconnaître ce que le professeur de Colo appelait " le plateau des Lacs " et où les légionnaires prétendent avoir tué pas mal de " salopards ".

« Ce sont là les territoires des tribus insoumises qui recueillent et rassemblent les guerriers des tribus du Nord, fuyant devant nous depuis... le Rif en 1924.

« Après cela où irons-nous, avec nos mulets chargés, comme pour ma première colonne, de barbelés et de réseaux défensifs ? Je suppose, mais là je suis bien téméraire, que nous allons gagner les territoires du Sud, peut-être la vallée du Draa, par le Todra, dont les vieux briscards nous font un enfer.

« La piste que nous ouvrons là pourrait, me semble-t-il, présenter le gros avantage d'être de beaucoup la plus courte, pour l'approvisionnement des postes de

Tomliline, de Aït Hali et de Tinerhir, qui verrouillent le pays des Aït Morhad. Mais là je m'avance imprudemment et, sans carte sous la main, je risque bien de commettre de grosses erreurs, et, en somme, cela ne vous intéresse probablement pas du tout.

« Je quitte donc ce cours de géographie pour répondre à une question essentielle que vous me posez : Que me faut-il faire pour mériter l'épouse ? Je vous réponds en pesant mes mots : depuis toujours, et en vue de l'union totale et exclusive, et sans la connaître, je me suis entièrement et définitivement consacré à elle, corps et âme. Je ne conçois pas autrement le mariage. »

Lettre 2, un peu plus tard :

« ... Nous progressons sur ce plateau des Lacs où des combats semblent se dérouler, car on entend, ici ou là, des feux de peloton, ou des roulements rageurs de mitrailleuse, puis aujourd'hui, le grondement nerveux des 65 de montagne paraît-il — instruments que je n'ai pas encore vus, mais qui doivent être en batterie du côté d'Imilchil, mais notre colonne passe sans rencontrer de résistance. Pourvu que ça dure !

« Ce matin, alors que le soleil se levait, nous marchions sur les flancs du djebel Iouigharacène, dont le sommet est encore blanc de neige. Nous suivions une sorte d'étroit plateau pierreux dominant le Ziz, dont la source doit être assez proche. Suivant une piste qui coupait la nôtre, un groupe étrange est arrivé, très vite, sur notre droite : des Chleuhs, en djellaba blanche, cette djellaba courte des montagnards qui découvre leurs mollets incroyablement maigres et tendus, ont littéralement surgi d'une crevasse qui plongeait vers l'assif, qu'on entendait gronder et certainement vers un village tout proche, mais invisible.

« Ils couraient tous et les quatre premiers portaient

sur leur tête une civière, où un cadavre ballottait sous son linceul. Ses pieds nus dépassant de la civière étaient agités de droite et de gauche, comme s'il avait encore été vivant. Les autres suivaient à l'amble qui est leur allure habituelle pour se déplacer, en scandant le psaume sauvage dont ils accompagnent leurs morts.

« Ils avançaient par notre travers, sans ralentir, sans même paraître nous voir. Nos deux convois allaient donc se télescoper.

« Le sergent-chef Borodine (hé oui ! c'était son nom : Nicolas Nicolaeïvitch Borodine), au moment où le convoi funèbre allait percuter notre groupe de tête, commanda vivement la halte, regroupa la première section, qui avançait au pas de route, la mit au garde-à-vous et commanda le " Présentez armes " !

« La section, prestement alignée et raidie en un garde-à-vous comme seuls savent le faire les légionnaires, présenta les armes, alors que les Chleuhs défilaient, imperturbables, le regard hypnotique, scandant leur prière, les veines du cou gonflées à péter.

« Ils passèrent ainsi devant une section de Légion au garde-à-vous et une colonne de mulets immobilisée le long de la piste, alors qu'Amadou, mon cheval, que j'avais mis lui aussi au garde-à-vous, soulageait son arrière-train et pissait sans vergogne.

« Par-dessus les hurlements funèbres qui s'éloignaient, j'entendis le " Reposez armes " du sergent-chef Borodine et nous reprîmes la piste, alors que les Chleuhs arrivaient sur le point le plus élevé du plateau, où de petites pyramides de pierres empilées indiquaient l'emplacement de leurs tombes, alignées sur l'horizon du djebel Irhoud.

« Ce garde-à-vous des tueurs, devant une de leurs victimes, peut-être ! A quel jeu jouent-ils ? Comprendrai-je jamais ? Quoi qu'il en soit, ce cadavre porté par ce groupe fanatique chantant et défilant devant les lointains fauves du Moyen Atlas m'ont fait un souvenir inoubliable et je ne voulais pas, chère Mari, vous en priver. »

....

Lettre 3, un peu plus tard :

« ... Nous sommes à cheval, en principe, mais le règlement de la marche en colonne en T.O.E. prévoit d'alterner : nous chevauchons une demi-heure, et nous mettons pied à terre pour marcher pendant une demi-heure et ainsi de suite. Et j'ai remarqué, c'est très curieux, que si, pendant que nous sommes en selle, la pensée se développe certes très harmonieusement, elle est beaucoup plus active et plus claire encore pendant la marche. Le cheminement à pied, dans ce paysage biblique sans clôture, sans limite, sans route, où chacun trace son chemin au hasard de ses pas (dans ce pays qui ne connaît pas la roue) et sous ce grand ciel, stimule la pensée, au point qu'elle s'aventure dans des zones insoupçonnables. Mon esprit balaye un horizon immense, à la mesure de l'immensité où nous progressons. La peur elle-même disparaît, je découvre que le balancement de la marche, surtout cette marche forcée et monotone, crée un rythme qui n'est pas seulement celui de la chair, mais qui se communique à l'esprit.

« Et ainsi avançant, je pense à vous, Mari, que je ne connais pas. Et j'y pense avec une force extraordinaire. C'est-à-dire que je pense à la Femme que vous êtes. (Et voyez que, comme mon ami Yves, je l'écris toujours avec une majuscule.) Je pense au Couple : la Femme et l'Homme, ni égaux ni surtout identiques, mais absolument complémentaires dont la raison d'être est de réaliser l'accord voulu par Dieu, dans la dichotomie sexuelle dans le but de la procréation.

Désordre en deçà et au-delà. Et l'idéal est, certes, l'union des corps, mais aussi et surtout : renonciation mutuelle aux autres, ce qui perpétue et magnifie le désir et sacralise l'acte...

« Voilà, Mari, à quoi je pense en marchant et souvent cette pensée prend la forme d'une prière en ce sens que je demande ardemment (à qui ? je ne saurais le dire) le courage nécessaire pour assumer parfaitement ma masculinité et de réaliser l'accord humain parfait, formé par la sagesse attractive de l'époux et la gravitation amoureuse de l'épouse. Car c'est ainsi que je vois la vraie situation spirituelle de l'un au regard de l'autre, arcane essentiel du Grand Œuvre de la Création...

« Et le soir, après quelque cinq heures de selle et cinq heures de marche, c'est un sommeil pur et total comme celui que je connaissais après une marée à bord du doris de Désiré Angot. Le vrai sommeil que j'avais perdu à Paris... »

12

Le camp de Sidi Abdallah est installé sur une sorte de piton, dégagé du massif, que l'oued contourne. Nos guitounes sont plantées en haut du camp, autour du fortin où flotte le drapeau tricolore. Ce drapeau qui nous a fait hurler de joie, hier, lorsque nous l'avons aperçu après un mois de colonne, tout petit dans l'immensité des éboulis. De là-haut proviennent les appels réglementaires des clairons. Des hommes en uniforme courent ici et là, pendant que d'autres, près de l'oued, se douchent.

La Légion, en effet, a construit un système de douches qui a beaucoup de succès. Un petit assif affluent a été barré et le courant dévié vers un jeu de vieux tuyaux percés, trouvés je ne sais où, suspendus aux maigres arganiers et d'où l'eau tombe en pluie sur les hommes, nus comme des vers. Ils gigotent sous l'averse en riant comme des gamins. Les Allemands, constructeurs et organisateurs du système, se sont réservé le meilleur endroit, où la douche est la plus régulière. Ils se savonnent méticuleusement avec le sérieux de curés en messe, sans dire un mot. Les Slaves chantent, les Français, eux, semblent se contenter de regarder de haut tous ces minables ratons laveurs. Ils iront peut-être, tout à l'heure, s'asperger, très rapidement et reviendront prudemment s'asseoir à la mi-ombre. On a l'impression que le Gaulois, instinctivement, fuit l'eau. C'est certainement l'une des observations les plus constantes que j'aurai pu faire dans cette sacrée campagne où je suis venu, à la poursuite de la Demoiselle, fourrer mon nez.

Ce hammam se passe en contrebas du ravin, dans le bosquet d'arganiers et de chênes verts, qui culbute dans une zone de roseaux et de lauriers-roses, au bord de l'oued, qui contourne le camp. Le soir tombe. Cela sent très fort la menthe, la nahna, que les harratins [1] de l'oasis, assez proche, cultivent dans les jardins minuscules en marge du torrent.

Après une ablution sommaire, je remonte au camp du haut, avec le légionnaire de deuxième classe Deny et le sapeur Le Bozec, du 3e Étranger. Deny, bien qu'il soit engagé « au titre belge » (va savoir pourquoi ?), est un Breton de Morlaix. C'est avec eux que je me retrouve instinctivement aussitôt que j'ai un moment de liberté. Bien que je sois un vulgaire chasseur d'Afrique, ils m'acceptent volontiers parce que je parle breton. Ils me recherchent même, surtout Deny qui, ne sachant pas écrire, me demande de rédiger les lettres qu'il envoie à la maman Goz et ses deux sœurs, mariées à Carantec. Oui, ce Carantec où nous sommes allés chercher le bateau neuf d'Yves Maximy. De sorte que cet homme, qui a l'allure et la réputation d'une brute dangereuse, et qui est couvert, des pieds jusqu'au cou, d'un tatouage représentant une chasse au tigre dont la bête de chasse poursuivie par meute et cavaliers, s'apprête à entrer dans le « terrier » que l'on devine, est d'une douceur et d'une délicatesse incroyables. Quant à Le Bozec, qui, en tant que

1. *Harratin :* individu de la classe inférieure, souvent descendant d'esclave noir, et horticulteur de métier.

sapeur, porte une superbe barbe blonde, c'est apparemment un doux poète rêveur. Je dis : « apparemment », car il porte des décorations, Légion d'honneur et médaille militaire, dont on ne récompense, que je sache, ni les mérites littéraires ni les prouesses oniriques.

Et c'est en traversant, avec eux, le petit boqueteau de chênes kermès que j'aperçois, dans l'ombre rare, une sorte de tente caïdale, dressée devant un bâtiment en pisé, tout en longueur, percée d'une vingtaine de petites portes. Un peu comme des teks à porcs dans un élevage. On entend le vague nasillement d'une réta et un rythme sec fait de claquements de mains.

« Chouette, les femmes sont là ! fit Deny. On y va ? »

La tente caïdale, fort rapiécée et défraîchie, est éclairée intérieurement par des quinquets fumeux qui puent le pétrole. Devant : un groupe de chirates qui dansent, presque immobiles, alignées face au « public », impavides. Elles se tiennent par la ceinture et font des pas comptés, qui déplacent lentement leur théorie de gauche à droite puis de droite à gauche. Le visage impassible, la robe longue soigneusement boutonnée depuis les chevilles jusque sous le menton, les cheveux cachés par les « mdammas » impeccablement noués, elles ont une attitude hiératique et chaste.

Le musicien s'arrête. Elles se dénouent et vont discrètement, les yeux baissés, sans un sourire, vers les petites cellules dont la porte est un simple rideau de cotonnade. Elles y disparaissent, alors que des hommes se lèvent et se bousculent pour les rejoindre, histoire de passer les premiers.

Un autre groupe de huit femmes lui succède en piaillant un peu. Le musicien qui, en dépit de sa djellaba, n'est pas un Marocain mais un nervi maltais, a disparu dans la grande tente où on le voit manger tranquillement un tajine, son numéro artistique terminé. Il surveille, du coin de l'œil, les tractations qui s'engagent entre les femmes et les militaires. Les femmes qui sont là maintenant, sur le devant de la scène, sont des Européennes, apparemment, ou des métis et leur tenue est, hélas, beaucoup plus sommaire : de minuscules culottes de soie multicolores qui livrent au regard des cuisses de tous les modèles en circulation dans le bassin méditerranéen. Certaines sont drapées dans une mantille de dentelle aux mailles suffisamment lâches pour laisser voir des poitrines et des épaules de mérites très inégaux.

Elles gagnent leurs cellules en jouant de la croupe sans conviction. La mère maquerelle, une cartomancienne très mafflue, les contemplent de l'intérieur de la tente avec un large sourire commercial, tout en bavardant avec la patrouille de police qui veille au grain. Bien que le début de la soirée soit officiellement réservé à la Légion, des tirailleurs ou des cavaliers peuvent venir mettre le désordre dans la cérémonie.

Il y a des commentaires dans l'assistance, comme sur un champ de foire, devant le cheptel. Deny et Le Bozec m'expliquent, car c'est la première fois que je rencontre un B.M.C., un boxon militaire de campagne, officiel et parfaitement contrôlé par les plus hautes instances des services militaires de Santé. Ils me disent aussi que le soldat préfère les premières, les « fatimas », c'est-à-dire les femmes indigènes. Elles sont plus « honnêtes » et beaucoup plus « consciencieuses dans le travail » que les Européennes.

Chacune a allumé, à l'intérieur de sa case, qui mesure un peu plus de deux mètres carrés, sa petite lampe-tempête à pétrole et à verres de couleurs. Et je me surprends à trouver charmant le tableau formé par ces lumignons multicolores alignés devant la belle tente caïdale, dans l'ombre des chênes verts, sous le ciel constellé d'étoiles et sous la garde, là-haut, du drapeau français.

Les femmes indigènes sont invisibles, pudiquement retirées dans leur gourbi, soit par discrétion, soit parce qu'elles sont déjà « en main ». Par contre les Européennes sont savamment appuyées au mur, se détachant, en contre-jour, dans des poses inspirées par les photos et les dessins des magazines spécialisés, et, bien entendu, l'inévitable cigarette au bec. La cigarette, emblème de la putain à cette époque, et qui deviendra, petit à petit, l'emblème de la femme évoluée.

Le Bozec me les montre :

« Non mais regarde-moi ça !... Elles me débecquètent ! »

Moi aussi, elles me débecquètent. Mais plutôt : elles me bouleversent. J'en ai la nausée.

Mes deux compagnons, qui viennent de toucher « le prêt », se demandent s'ils vont y aller, mais tout bien réfléchi, pour presque le même prix, à la cantine, ils pourront se payer une bonne biture, alors qu'ici, en quinze minutes (car c'est le temps réglementaire, travaux de cuvette compris) ils auront « si ça se trouve » une bonne vérole.

Et voici que mon regard tombe sur une des Européennes, et je ne puis la quitter du regard : elle est blonde. Du blond des Bretonnes que j'ai vues dans les cantons de Gouarec et de Rostrenen. Elle est belle, en dépit des oripeaux indécents qu'elle porte. Prétendument « excitants ». Elle est belle, mais je l'ai mal vue, dans cette piètre illumination de 14-Juillet au rabais, et si j'osais, je m'approcherais pour voir la couleur de sa peau et de ses yeux :

C'est Soizik Le Louarn !

Ses yeux ne seraient-ils pas verts, en effet ?

Je fais deux pas, trois pas en avant vers elle. Mais mes deux lascars me rattrapent par le bras.

« Ho ! Hé la bleusaille ! Tu ne vas pas aller mettre ta paye dans cette tirelire-là, cette boîte à tréponème pâle ? Cet élevage de gonocoques ?... Viens donc plutôt là-haut ! »

« Là-haut » c'est la cantine. Elle est aussi rudimentaire que le salon d'amour, mais beaucoup moins désespérante. Au contraire elle est même réconfortante, saine et joviale, par comparaison.

« Hein ? » dit Deny en français de Morlaix, tout en s'étalant sur la natte qui sert de canapé, devant la caisse qui tient lieu de comptoir, « on est-y pas mieux icite que chez les femelles poivrées ?

— Dam oui », répond Le Bozec, très calme.

On commande du vin rouge. C'est un mascara supérieur très coloré, qui titre gentiment quatorze. On boit. Pour faire descendre ce tord-boyaux bien chambré, le thermomètre est certainement à 38°, je commande de ces gros beignets que savent faire les légionnaires bavarois même s'ils sont au pôle Nord ou en enfer. Malheureusement ici, ils les font frire à l'huile d'argan. Eux, mes Bretons, n'ont pas besoin de beignets pour avaler le petit mascara. Et petit à petit nous entrons tous les trois dans un de ces hauts moments de l'existence où tout est bon, tout est beau, tout est rose. Les souvenirs affluent avec une abondance, une facilité, une fluidité proprement miraculeuses.

On voit, mais on les voit vraiment, le château du Taureau, la pointe de Bloscon, l'île Callot et le café de Jobic Kakouet, sur le quai, au coin de la ruelle... à Morlaix.

Le troisième litre n'est qu'à moitié entamé. Ou à moitié vide. Discussion si grave que la langue utilisée pour se communiquer les plus subtiles sensations vire irrésistiblement au celte continental, le trégorrois plus précisément. Mais quelle clarté de vue ! quelle précision des images, quelle générosité du verbe ! Du verbe et du cœur. Le Bozec, la larme à l'œil, nous dépeint sa mère, son admirable mère, qui tient justement un café, là, tout juste au coin du quai... Vous savez bien ?... Et Deny, à qui j'ai eu l'imprudence de raconter que je n'avais pas eu assez d'argent, l'an dernier, pour prendre le train à Montparnasse pour retourner au pays, sort son prêt de sa poche, son prêt encore intact (il l'a touché il y a une heure, tout au moins la part que le fourrier a bien voulu lui donner), il l'étale devant moi, sur la caisse de bière qui lui sert d'accoudoir. Il aligne les billets et les pièces :

— Tiens, prends !... Prends !... Prends, je te dis !...

Et tout à coup je repense à cette fille blonde.

— Bons dieux ! Ce sont bien ses cheveux, les cheveux de Soizik... et ses yeux !

— Elle a les yeux mauves, que je te dis ! affirme Le Bozec qui les a bien regardés.

— Non : bleus ! s'échauffe Deny.

— Mauves !

— Bleus ! »

On aurait tort d'attendre une bagarre, car ces deux-là sont de sacrés camarades... l'un de Morlaix-bourg et l'autre du faubourg. Vous pouvez juger !

Moi, je suis bouleversé. Oui, c'est le mot. Je sangloterais maintenant aussi bien que j'éclate de rire. Pauvre petite Soizik ! ma petite sœur ! ma frangine ! Serais-tu tombée si bas ? Dans un B.M.C. ! Et moi qui aurais pu te sortir de ton bordel de la rue Mazet ! si je m'y étais pris plus tôt... ou bien si j'avais persisté dans mes recherches !

On débouche le quatrième litre pour me consoler. J'enchaîne : « Un boxon militaire de campagne ! Une si jolie petite ! Voilà où conduit l'abandon des traditions, la trahison de la race ! »

On me demande des précisions sur cette trahison de Soizik.

« Pensez : un jour, à la sortie de la messe du bourg je la vois arriver avec un chapeau ! dis-je.

— Un chapeau ?

— Oui. Un chapeau jaune canari ! Elle qui vous portait le coëff comme une déesse !... Ah ! il fallait voir sa coëff... toute de dentelle bretonne, sur ses beaux cheveux dorés !... Ah !... Et sa... »

Deny se fâche tout à fait en frappant du poing sur la table :

« C'est-y possib' aussi don ? »

L'indignation est à son comble. On finit le litre, de colère et on en commande un cinquième, mais le cantinier, un très beau Souabe, de Müncingen, passé à la Légion pour « motif patriotique », nous fait signe que c'est fini, que nous n'aurons plus une goutte de mascara supérieur, ayant atteint et même dépassé la quantité permise par le règlement du camp. On discute. Cela pourrait être un casus belli. On s'est entre-tué pour moins que ça. Mais l'affaire qui nous scandalise est autrement grave et préoccupante.

Nous allons redescendre là-bas, pour tirer l'affaire Soizik au clair ! Cette fille blonde du B.M.C., est-ce Soizik ou n'est-ce pas Soizik ?

Le plan du camp est assez compliqué, ce qui peut expliquer, sans doute, que nous mettions un certain temps à retrouver le temple provisoire de l'Amour. Nous descendons même trop bas, jusqu'à nous mouiller les fesses dans l'oued, ce qui, en soi, n'est pas désagréable, surtout en la circonstance. Il nous faut cependant remonter. Il y a encore une trentaine de gars, semble-t-il, qui font la queue devant les petites lumières. On les voit en silhouettes sombres, les uns derrière les autres et j'imagine avec précision la petite Soizik livrée à cette atroce prostitution en série dans la petite cellule de deux mètres carrés, sous la surveillance de la mère maquerelle et de l'affreux nervi maltais en djellaba, qui joue de la reta, accessoirement, pour corser le programme !

Nous tentons un dernier effort pour « aller tirer ça au clair », mais le sol est curieusement couvert à cet endroit d'une végétation, que nous n'avions pas vue en passant la première fois, avant la cantine, et qui vous entrave les jambes et vous paralyse littéralement, comme le varech dans l'herbier ! Il est donc préférable de nous asseoir pour attendre que tout s'éclaircisse. L'affaire d'une minute.

Couché sur le sol, je crois bien que j'ai appelé « Soizik !... Soizik !... Soizik ! » une bonne douzaine de fois, longuement, très longuement.

Et puis les lumières se sont éteintes. C'était l'heure de dormir. Deny s'est mis alors à chanter un couplet de cette rengaine : *Kousk, kousk mamm goz Arvor*[1] !

An heol a zo kuzet
Setu achu an de
Me gleu ar chloc'h o tintal Ave

Et nous avons repris en chœur le refrain : Kousk, kousk... Et il m'a semblé. Oui il m'a semblé qu'une voix de femme reprenait ce refrain avec nous. Et j'ai voulu voler à son secours. Mais mes jambes étaient si lourdes que je n'ai pas pu me précipiter vers elle, comme j'aurais voulu le faire et je suis tombé de

1. « Dors, dors, grand-maman Bretagne ! »

sommeil alors que j'entendais cette voix féminine, très loin dans les arganiers :

Breiz Izel bro dispar
Setu an noz o tont war an doar...

Au matin, surexcité, j'étais sur pied bien avant le rassemblement et le salut aux couleurs. Je me suis précipité vers la tente caïdale. Elle avait disparu. Ne restaient que les petites cases en pisé, vides, où ces dames recevaient ces messieurs, pas plus tard que cette nuit. J'en étais sûr! D'ailleurs il régnait encore dans ces réduits une odeur de cigarettes kifées et de parfum de basse qualité.

Je me précipitai dans celle où j'avais vu cette fille blonde. Je n'y trouvai qu'une bonbonne d'eau au tiers vide, un morceau de savon de Marseille et le lit, ou plutôt un genre de divan, très sommaire, chargé de coussins crasseux, multicolores, et, en guise de porte, le rideau de perles à franges. Il battait au vent brûlant, qui annonçait un beau chergui pour l'après-midi.

La corvée de nettoyage faisait son travail. Un des gars me voyant entrer et ressortir, me dit :

« Tu viens trop tard, chasseur! Elles sont parties, les poulettes... Ça ne chôme pas, le petit trésor! On les attend à Taroudannt. »

Je fus pris d'une puissante colère et je rentrai dans la cellule avec le désir de fracasser ce divan exténué, de fouler aux pieds cette couche sordide mais en arrachant le tapis qui la recouvrait, j'aperçus, sous un coussin, une culotte de femme. Oui, une petite culotte en soie rose, large comme la moitié de ma main, oubliée par la dernière occupante. Immédiatement j'eus le geste d'y fourrer mon nez, pour la respirer.

Mon vieux maître Bachelard m'ayant dit que « les odeurs sont les sublimateurs de l'essence de la mémoire ». Étais-je encore ivre ? C'était « son » odeur.

Par la suite, lorsque je racontai l'histoire à Le Bozec il éclata d'un rire énorme qui se répercuta jusqu'à l'horizon saharien :

« T'as pas encore dessoulé, ma parole ! » dit-il avec son accent morlaisien, lorsqu'il eut repris souffle. « Tous les culs de femmes sentent de même ! »

Et tout de suite je pris une décision qui me confond encore : le pitoyable convoi des chirates ne devait pas être loin. Je calculai qu'étant parties à cinq heures du matin, avec leur chariot, elles pouvaient maintenant avoir fait dix kilomètres et qu'avec mon cheval, Amadou, je pouvais les rejoindre en une demi-heure et avoir enfin le cœur net. Car, tout à coup, je voyais l'occasion d'arracher Soizik à ses proxénètes. Depuis l'affaire manquée des Galeries Lafayette, je me reprochais en effet d'avoir abandonné trop tôt ma petite sœur Soizik. Pourquoi, à Paris, m'étais-je avoué vaincu si facilement ? Pourquoi n'avoir pas insisté pour la retrouver coûte que coûte et la sauver ? même contre son gré !

Heureusement le sort, par une chance invraisemblable, m'avait mis à nouveau sur la piste, car Soizik était là, il n'en fallait pas douter. C'était le moment de racheter ma lâcheté et mon indifférence. Je cherchai Deny et Le Bozec dans le camp. Ils cuvaient leur mascara dans les agaves, c'était sûr, ou bien dans le bordj qui tenait lieu de salle de police.

Je me glissai vers la corde où nos montures passaient la nuit. C'était d'ailleurs l'heure du pansage. Sans conviction et d'un geste machinal mes camarades passaient l'étrille et le bouchon sur la croupe de leur bête, tout en jasant, alors que le brigadier et le maréchal des logis s'endormaient, étendus tous deux sur les basses branches du grand arganier.

Je pus seller Amadou, qui fort heureusement était en bout de corde et, sans être vu, sortir du camp par ce que j'appelais « le cône de déjection », c'est-à-dire la chicane, hérissée de barbelés, par où l'on évacuait tout bonnement les ordures du camp pour les brûler et où, je ne sais pourquoi, l'on ne plaçait de sentinelle que la nuit.

Sans arme, ayant quitté ma chéchia et ma veste d'uniforme, j'étais donc en maillot de corps, je suivis le fond d'un ravin qui me dérobait à la vue du camp. Plus loin je montai sur la hamada où courait la piste de Taroudannt et, au bout d'une grande demi-heure de galop ininterrompu (Amadou était une fameuse bête), je vis le convoi, qui se signalait par un nuage de poussière, que rabattait le chergui naissant.

Ils cheminaient sur le plateau incliné qui conduisait à l'oued Sous, perdu dans le nuage de sable rouge. Ils s'étaient joints à un détachement de Légion de protection, qui devait probablement rejoindre Taroudannt.

Piquant des deux, je les rejoignis au franchissement d'un oued sec. La plupart des femmes étaient dans deux chariots bâchés. Quelques-unes suivaient à pied en chantant. La troupe, la valeur de deux sections, marchait en tête à une certaine distance. En m'approchant, je vis que le Maltais, monté sur une haquenée fort dépoilée, flanquait le chariot de tête où il semblait bavarder avec la mère maquerelle. Je m'approchai, par l'arrière, du dernier chariot, c'était celui des Européennes, derrière lequel je pus me dissimuler.

Certaines d'entre elles, m'ayant vu, s'accoudèrent aux ranchers de la voiture et m'interpellèrent à leur façon.

Au fond du chariot, je vis la blonde. Celle que j'appelais Soizik. J'étais encore comme ivre de cette beuverie de la veille ; il me semblait qu'un battant de cloche se balançait dans ma tête et un halo rouge auréolait chaque figure dans cette purée rouge qui aveuglait tout le monde. La femme blonde, dans l'obscurité, sous la bâche, luisait un peu, comme le visage de la Demoiselle dans la cave des Le Louarn.

J'eus l'impression que cette blonde me regardait intensément ; je sortis la petite culotte rose de ma poche et la lui montrai en l'agitant :

« Vous avez perdu quelque chose ! » lui criai-je.

Comme un automate elle se leva et vint à l'arrière de la voiture, sauta à terre. Je la rejoignis en m'efforçant de n'être pas vu du Maltais ni de la voiture de tête, où la mère maquerelle devait être affalée sur ses coussins, tous bijoux dehors.

« Te zo aze ? » dis-je à la fille, à voix basse, en breton. (C'est toi ?)

Elle ne répondit rien. Elle semblait même ne pas comprendre. Pourtant ayant dit, toujours en breton : « Viens ! Je t'emmène ! Vite ! », je la vis s'approcher rapidement du cheval et, d'un geste mécanique, les yeux grands ouverts, elle me tendit les bras. Je ne savais trop ce que je faisais : me penchant, je la pris par-dessous les aisselles, alors qu'elle s'agrippait vigoureusement à mon épaule, et je la soulevai pour la prendre en croupe. Elle exécuta le mouvement comme si elle eût été une voltigeuse professionnelle. Elle était légère comme une plume. Avait-elle maigri à ce point ? Elle se trouva assise en dame à droite sur la croupe d'Amadou, serra fortement ses bras autour de ma poitrine. Virevoltant, je piquai des deux et partis au grand galop, alors que les filles piaillaient comme si elles eussent découvert une hottée de souris blanches.

Après un temps de petit galop, je mis bien vite mon cheval au pas, car il peinait, et c'est alors que je m'aperçus qu'un homme nous suivait. C'était le Maltais, au grand galop de sa haquenée, que je n'aurais pas crue capable d'une telle allure. Il m'interpella, se mit botte à botte et, avant que j'eusse pu faire un geste, il me prit au collet et voulut me désarçonner. Nous nous y prîmes si bien que nous roulâmes tous les trois sur le sol et, alors que la femme hurlait comme une chienne, je me trouvai debout, sans arme, en face d'un homme qui avait dégainé le « mouss », le poignard arabe de combat et se tenait en garde, en avançant sur moi.

Mon Amadou en profitait pour faire un tour autour de nous, au petit trop, comme au manège.

J'étais dans un tel état d'excitation et de colère qu'au lieu de rompre et d'esquiver je ramassai une pierre, et, sans attendre son attaque, je la lui jetai à la tête. Il la reçut fort heureusement sur la tempe et chancela. J'en avais déjà ramassé une autre qu'il reçut en plein visage. J'étais comme fou et j'agissais sans me contrôler et pourtant avec une grande précision et une grande vigueur. A la quatrième ou cinquième pierre (il n'en manquait pas sur cette hamada du diable !), il s'affala en lâchant son mouss. La femme s'approcha de lui en vociférant toutes les plus belles injures de l'arabe dialectal, cracha sur lui par trois fois et, avant que j'aie eu le temps de m'interposer, prit un énorme parpaing et le lui laissa tout simplement tomber sur la tête, ce qui fit un bruit atroce qui me sortit de cette sorte de furieuse torpeur qui me stimulait et le vent de sable parut s'arrêter tout à coup.

Amadou était maintenant là, à ma main, me donnant des coups de chanfrein sur l'épaule droite, comme pour me dire « C'est fini, repartons vite ». Je le pris par la bride et invitai, du geste, cette femme blonde qui me regardait, hagarde, à monter en selle.

« Attends ! » dit-elle en se dirigeant vers le cadavre

qu'elle retourna avec une étonnante facilité. Elle lui arracha sa choukara, cette grande aumônière de cuir que les Marocains portent en bandoulière pour faire de la route et me la montra, triomphante, en disant :

« Le flouss ! » (L'argent, en arabe dialectal.)

C'était la voix de Soizik !

Une demi-heure plus tard nous remontions le ravin de l'Izouharen et j'entrais dans le camp en douceur, par la chicane du tas d'ordures pour reprendre ma place au pansage ; personne n'avait remarqué mon absence. Tout au plus, le maréchal des logis Bernasconi s'étonna-t-il de ce que mon cheval fût un peu échauffé.

Bien entendu, j'avais laissé Soizik en dehors des barbelés. Il n'était pas question que je la fisse entrer dans le camp. Je l'avais cachée, en hâte, avec la choukara, pleine de « flouss », qu'elle tenait serrée sur son ventre, dans cette espèce de casemate abandonnée où le caporal-chef Legrand trouvait l'obscurité nécessaire pour développer ses photos.

Nous conduisîmes les chevaux à l'oued où le filet d'eau de l'Izouharen était retenu par un modeste barrage de caillasse et je profitai du branle-bas d'abreuvoir pour retourner vers la fille et lui porter de la nourriture et de la boisson quêtées aux cuisines où j'avais, près du cuisinier-chef bavarois, la réputation d'un « morfal ». (Le major de Salé ne m'avait-il pas accordé, sur le vu de mon extraordinaire appétit, le bénéfice de la double ration ?)

Soizik était encore recroquevillée dans le noir, le menton aux genoux, les mains dans le giron, les yeux hagards, dans la position où je l'avais posée, trois heures plus tôt.

Était-ce bien Soizik ?

Oui pour ses yeux — et même oui pour son odeur, pourtant adultérée par celle du kif, dont on avait dû l'abrutir depuis longtemps. Mais cette maigreur ? Cette peau grise ? Ces cheveux morts ?...

Elle se jeta sur la nourriture que je lui apportais et, comme une bête, se mit à manger. Je lui parlai breton. Elle répondit par des monosyllabes et il me sembla qu'elle comprenait. Mais sa voix ? Cette voix de gorge si claire jadis et si pure, où était-elle ? Celle-ci était rauque, vaseuse. La voix d'une poissarde, fumeuse et alcoolique. Ses lèvres étaient atrocement gercées et même saignantes et ses cheveux, j'y reviens, ses beaux cheveux, si recherchés par les perruquiers ambulants ? Ils étaient ternes, et blancs, oui, blancs à la base. Elle était méconnaissable. Ce n'était pas Soizik, et pourtant il me sembla bien qu'elle répondait par « ya » et « nann ».

Sa première phrase organisée, lorsqu'elle eut englouti une boule de pain et la ration d'escouade de pâté de porc, fut, en français :

« T'as pas une cibiche ?

— Tu sais bien que je ne fume pas ! »

Elle me regarda, sans comprendre sembla-t-il.

Mes yeux dans les siens, je lui chantai, à mi-voix, cette rengaine qu'elle m'avait apprise, très à la mode à cette époque en terre trégorroise :

An heol a zo kuzet
Setu achu an de
Me gleu ar chloc'h tinsal Ave...

Elle continua à me regarder, sans réagir — avec une lueur narquoise au fond de l'œil.

Là-dessus, je comptai l'argent de la choukara. Il y avait trois mille douros, que l'on cacha provisoirement dans une fente du rocher et je détruisis l'aumônière en la jetant, en passant, dans cette espèce de four crématoire où brûlaient, à petit feu, les ordures du camp.

C'est alors que cette sorte de délire, dans lequel j'étais depuis le mascara, tomba complètement et que je vis clairement ma situation : après avoir tué et dépouillé une fripouille inconnue (un nervi maltais de moins, la perte n'était pas grande !), j'étais là dans un camp perdu du Sud marocain avec une prostituée pourrie, que je prenais pour Soizik Le Louarn, cachée dans un trou de roche (Louarn veut dire renard, trouvai-je le moyen de ricaner) avec un magot de trois mille douros.

Cette situation ne dura que trois jours pendant lesquels je ne vis la fille que trois fois, pour lui porter de la nourriture, de l'eau et du savon. Jamais elle ne me dit autre chose que « oui », « non », ou « merci », et, plusieurs fois, en une lamentation : « Une cibiche !... »

Ce qui me fit comprendre qu'elle était en manque de kif, cette drogue douce, ou peut-être d'un autre stupéfiant, plus fort, avec lesquels on abrutissait et dépersonnalisait ces filles vouées à la glorieuse soldatesque colonisatrice.

Le troisième jour, le caporal-chef Legrand, le légionnaire photographe, secrétaire de la compagnie hors rang qui gérait le camp, vint me parler. Legrand n'était certainement pas son nom. On le disait fils d'une grande famille. Il avait en effet de belles manières et voussoyait tout le monde.

Il connaissait l'existence de cette fille. Il l'avait trouvée en allant développer des pellicules dans son « laboratoire » rupestre. Comment avait-il su que je l'y avais amenée ? Je n'en avais parlé à personne — pas même à Deny ni à Le Bozec. Seule, la fille avait pu lui donner mon nom, car il était venu à moi et m'avait dit, sans hésitation :

« Mon cher, il faut évacuer votre poule. Vous concevez j'espère qu'elle ne peut pas rester là éternellement et vous ne pouvez pas l'amener dans le camp... »

Elle lui avait donc dit mon nom. Alors c'était Soizik ?

Le soir de ce même jour, le caporal-chef Legrand vint m'entretenir d'une idée qu'il avait eue : un convoi de rapatriables et d'évacués sanitaires partait, à l'aube suivante, vers le dépôt des isolés militaires d'Agadir et le centre de réforme. Il pouvait parfaitement demander au chef de convoi de rapatrier cette fille en la présentant comme une chirate du boxon de campagne évacuée sur le Maghzen pour raison médicale :

« Une vérolée quoi ! plaisanta-t-il, en ajoutant : Je ferai des papiers sanitaires en conséquence et vous pourrez retrouver cette pauvre fille, si vous y tenez, lorsqu'on vous rapatriera pour votre démobilisation, qui ne saurait tarder. »

Je m'assurai, le plus discrètement possible, que personne n'était venu au camp pour signaler sa disparition dans le pauvre troupeau d'esclaves. Personne non plus pour enquêter au sujet de la mort du Maltais. Son cadavre devait, à cette heure, pourrir dans la caillasse, en dehors de la piste, là où je l'avais traîné pour le cacher ou bien, si quelque dissident l'avait trouvé, il s'était bien gardé de venir au camp pour s'en plaindre. D'ailleurs c'était un « sale maquereau de Maltais ». Et puis le coup ne pouvait pas avoir été fait par un Européen, car la lapidation est une méthode purement sémite. Les femmes n'avaient certainement pas parlé et le légionnaire Legrand, je le savais bien, serait muet comme un tombeau.

Je passai une partie de la nuit à ruminer tout cela. A

l'aube, j'avais l'esprit plus dégagé, aussi me levai-je avant le jour pour assister au départ de cette fameuse colonne.

Legrand était là, très dignement réglementaire, dans le lait de l'aube, ses papiers à la main et, près de lui, Soizik (ou ce qui en tenait lieu dans mon esprit). Il la tenait gentiment par l'épaule en la remettant au chef de convoi. Pour moi, l'air très détaché, faisant mine de pisser dans la caillasse, je l'entendais dire à l'adjudant qui commandait le détachement :

« Mon adjudant, voici cette femme qu'on évacue sur la base pour visite médicale, ordre du major. Voici ses papiers. »

Le chef du détachement regarda Soizik des pieds à la tête :

« Cette femme n'ira jamais jusqu'à Marrakech ! On l'enterre en route, becif ! »

Je ne pus m'empêcher de m'approcher. Elle grelottait car l'aube était glacée. Legrand voulut relever sur sa tête la capuche de son caftan gris mais elle s'y opposa, car elle y avait enfoui, à la façon des paysans marocains, toute sa fortune, c'est-à-dire ses trois mille douros, cachés sous les vivres, une boule de pain et une boîte de ration de pâté, que je lui avais donnés, avec mon couteau.

La colonne se mit en route, forte d'un détachement de légion, de dix gaillards libérables en tenue de changement de corps et d'une femme du boxon militaire de campagne en qui je voyais Soizik Le Louarn. Et c'était Soizik Le Louarn, je ne pouvais plus en douter.

Je m'étais avancé un peu sur la piste du Nord. Ainsi tout le monde défila sous mes yeux. Lorsque, étendue sur le cacolet droit du deuxième mulet, Soizik passa devant moi, je vis qu'elle avait soigneusement installé sa capuche sous son épaule gauche. Sa capuche qui lui tenait lieu d'oreiller et de coffre-fort.

Je m'approchai et lui soufflai :

« Tu te serviras de ton argent pour payer ta traversée et retourner " chez nous " ! »

Elle ne sourcilla pas. Enfin, comme je lui faisais un signe d'adieu, je murmurai :

« Kenavo. »

Alors, avec le premier et bien pâle sourire que je lui voyais depuis nos curieuses retrouvailles, elle répéta de sa voix de poivrotte, et sans presque remuer les lèvres :

« Kenavo ! »

Mais pouvais-je en déduire que c'était bien Soizik ? N'importe qui peut dire « Kenavo » et faire un certain signe de la main. Quand même, elle était seule, j'en étais sûr, à pouvoir lancer le regard qu'elle eut alors pour moi.

Un matin, je touchai un bon paquet de lettres ; je mis à part, tout de suite, les enveloppes, de plus en plus lourdes, de Marie Thoraval. Il y en avait douze, que j'ouvris dans l'ordre chronologique et dont j'entrepris passionnément la lecture. Dans l'une, elle m'annonçait, la pauvre, l'arrivée d'un colis dans lequel elle avait mis des craquelins de Lanvollon, du beurre salé, du pâté breton, des galettes et de la saucisse, tous produits « importés de Bretagne en France » par une maison spécialisée de l'avenue du Maine, où on lui avait juré que tout était « d'origine », et même plus précisément, de Lantic, à vingt kilomètres de Pordic.

Marie continuait ainsi :

« ... Par la même occasion j'ai fait connaissance de ces produits. Je les ai goûtés et je les ai apportés sur la table familiale. Mon père a fait mine de les consommer comme si de rien n'était. Il n'a fait aucune réflexion. Pourtant je l'ai vu s'arrêter de mâcher, à la première bouchée et rester ainsi un bon moment, le regard dans le vide. Puis il a continué le repas sans dire un mot mais il a repris du pâté plusieurs fois. Tant que ma mère lui a dit :

— On voit que ça vient de là-bas...

— Tu es stupide. " Là-bas " ne veut rien dire. Tu sais bien que je n'y suis jamais allé, " là-bas " !... Et tout ça n'a pas de signification pour moi !

« Cette réflexion m'a peinée, et même choquée très fort. Je crois qu'elle ne m'aurait pas ainsi vexée avant de vous avoir connu... »

Toutes ses lettres commençaient ainsi, en relatant les petits événements de sa vie, mais toujours il s'y glissait un mot, une phrase qui trahissait le fond de sa pensée, ou plutôt son intuition, et donnait la raison profonde et mystérieuse qui l'avait poussée, elle, Marie Thoraval, à correspondre avec un soldat inconnu servant au Maroc.

Elle redisait, de différentes façons, et implicitement, que notre « rencontre » était le résultat fatal d'une prédestination. Ce qui me paraissait évident puisque c'était le jour où la Demoiselle de Plouvara avait disparu dans un nuage de poussière rousse, que l'adjudant-chef Joly m'avait choisi pour me donner sa lettre.

Et même, dans une de ses lettres, la plus récente, Marie lançait tout à coup ce cri :

« ... Corps et âme ! — Vous avez bien dit : Corps et âme ? » On aurait pu trouver ce cri risible, mais pour moi c'était si poignant que je commençai ainsi ma longue réponse :

« ... Âme et corps. Oui. Vous avez bien lu et je l'ai bien dit. Ce n'était pas une clause de style. C'est, si vous voulez, un vœu que j'ai fait quand j'avais seize ans, et par lequel je me suis consacré à Elle, celle que je n'ai jamais approchée ni même vue. Corps et âme, pour la vie. Je ne conçois pas autrement le couple, ces deux moitiés de Dieu, qui ne sont rien l'une sans l'autre, mais qui, unies depuis le commencement des temps humains, sont seules créatrices... »

Et j'osai souligner de deux traits :

« ... Et je suis sur le point de réussir, si incroyable que cela puisse paraître. Je suis sans doute au terme de mon pari... »

J'allais ajouter : « Grâce à vous, Mari, si vous le voulez bien. » Mais je m'abstins d'écrire cette phrase qui eût sottement forcé la porte du destin, ou peut-être tout simplement celle du rêve...

Il y avait aussi les lettres d'Yves Le Floch. Elles commençaient par ces formules : « Cher preux de l'an 2000 », ou « Chevalier des temps modernes » et « Cher Lancelot ». Et dans le corps du texte je trouvais encore des « Peredur de mon cœur » et surtout « épée de Birga », ce qui était une allusion à une légende qui avait enchanté notre enfance.

Il me comparait, dans mon périple africain, au centurion de Psichari, à « Pryderi [1] »... que sais-je encore ?

La disparition de la Demoiselle au coin de la vieille mosquée en ruine de Salé lui semblait absolument normale, et bien « dans la tradition la plus pure ». Elle était tellement prévisible qu'il me l'avait annoncée. Ce dont je ne me souvenais pas du tout. D'ailleurs

1. *Pryderi :* héros celtique traditionnel.

je ne savais pas trop de quelle tradition il s'agissait, bien que le mot, dans le texte, fût écrit de sa main avec une majuscule. Mais je sentais qu'il avait raison et j'en riais, assis au bord de l'oued, les pieds dans cette eau dont la présence au milieu de cet enfer était un pur miracle. Il souhaitait que, la Demoiselle étant évanouie, se présentât à moi la Dame de chair et de sang à qui je consacrais ma semence, etc.

Sur la dernière lettre, il m'annonçait, non sans prendre de puériles précautions oratoires, qu'il venait de se vouer à cette nouvelle spécialité : les sous-marins.

Il s'en excusait presque en osant dire, tout d'abord, que c'était, ô horror ! une « technique de très grand avenir ». Mais aussi qu'il trouvait là une façon moderne d'aller « courtiser la dame de sous la vague ». Une aubaine pour un Breton !

Yves Le Floch, le gabier, devenant sous-marinier ! voilà qui me désorientait complètement. Et pourtant la mer est surtout profondeur : il peut être considéré comme normal que l'homme qui l'épouse cherche à la pénétrer. Pourtant cette nouvelle me fit mal et je ne pus dormir à mon aise, la dame de sous la vague étant, je le savais, traîtresse et exclusive.

Actuellement en vacances au pays, il me donnait des nouvelles de tout le clan, filles et garçons, qui dansaient la dérobée dans les genêts du Corps-de-Garde, mais de plus ou plus tenté de faire ces danses par couple, apportées par les Parisiens, qu'il appelait « Tud an Danan [1] », et où les garçons et les filles, s'entre-frottant les pubis, devaient fatalement en arri-

1. *Tud an Danan* (« ceux de Danan ») : allusion à un peuple légendaire et malfaisant, ennemi des anciens Celtes, dont il est question dans les légendes galloises et trégorroises.

ver à ressentir des démangeaisons intempestives et déshonnêtes.

Enfin il m'apprenait que la grande marée de 112 avait découvert un herbier littéralement ravagé, une ruine d'herbier où les varechs étaient arrachés avec la motte. Il semblait que ne pussent plus y subsister, et encore pas pour longtemps, que les « minar » qui pullulaient [1].

Il y avait aussi une lettre de Jean Lemâle. Elle m'informait qu'il allait ouvrir un cabinet, ses études étant enfin terminées. Il commençait bien par la formule jacto-galate « cher comminche », mais le texte était rédigé en bon français dans un style très « médecin de famille ». Il y avait même un long passage dans lequel il me félicitait : oui, il me félicitait, et toute l'Armée française avec moi, pour la merveilleuse œuvre de pacification réalisée par nous au Maroc, « et que l'on ignore trop en France », ajoutait-il.

Il venait d'apprendre, et il s'en montrait fort surpris, « les merveilleux résultats » de notre action pacificatrice, depuis le « dahir berbère » jusqu'aux redditions récentes et solennelles des tribus rebelles. Comme j'avais dû être heureux d'assister à ces cérémonies symboliques de « l'amann » ! Ce taureau immolé par les caïds devant nos troupes et dont le sang versé scellait la fraternisation franco-marocaine ! J'y étais certainement présent.

Ce qu'il appréciait surtout, ce n'étaient pas nos résultats, fort glorieux, certes, mais « la façon » dont ils avaient été obtenus : par la douceur, la persuasion amicale... qui complète la merveilleuse œuvre française de colonisation réalisée en Afrique...

Le brave Jean, toubib raciste et pourtant trousseur

1. *Minar :* nom local de la pieuvre.

de juives, venait sans doute de lire des articles publiés en France, et que j'ignorais. Et pour cause. J'étais donc bien incapable de me mettre à l'unisson de cet homme, jadis si fraternel.

Exceptionnellement, car je ne répondais qu'à Yves et à Mari, je lui fis savoir, au plus vite, que je n'étais au courant ni des redditions, ni des dahirs, ni des fraternisations, car, depuis que j'avais touché ce sol d'Afrique, je me trouvais mêlé à des opérations militaires fort incompréhensibles, dangereuses et exténuantes, avec la troupe professionnelle surtout composée de Russes, d'Allemands et de Sénégalais, dans des zones confuses, mais admirables, où les seuls contacts avec les populations avaient été, à mon grand regret, de fer et de feu, que je me trouvais ainsi, moi, diplômé de l'École coloniale, tout à fait en porte à faux et que, de toute façon, je ne donnais pas trente ans pour que tous ces « frères » colonisés nous foutent à la porte avec pertes et fracas.

13

Des renforts arrivaient alors aussi bien de Marrakech que de l'Est ! Les ragots de popote nous apprenaient que la dissidence, renforcée par des guerriers qu'un certain Bel Kacem était allé chercher dans tous les territoires sahariens, même au-delà du Tafilelt, était en train de se regrouper dans le djebel Sagho, un massif fermé, situé entre l'oued Draa et l'oued Dadès.

C'était vers le cours de ces deux ouadi qu'affluait tout le matériel que nos colonnes transportaient. Il s'agissait d'encercler très étroitement ce Sagho en occupant fortement le cours de ces deux rivières, car le massif, stratégiquement imprenable, n'a pas un seul point d'eau.

Pour boire seulement une goulée, les « salopards » devaient descendre au cours d'eau, et là « on les attendait comme à la passe à la bécasse ».

C'est tout au moins ainsi que Deny et Le Bozec, mes deux professeurs de stratégie, me présentèrent la chose, soutenus dans leur thèse par un groupe de goumiers qui, un soir, arrivèrent du Draa, où ils avaient vu arriver matériel et hommes.

Ragots de popote encore ? Toujours est-il que le lendemain nous partions bel et bien en direction de ce

Sagho, qui avait, dans la troupe, une sinistre réputation de montagne du diable.

J'étais pourtant rapatriable un mois plus tard, mon temps étant terminé, mais l'Armée ne devait me faire grâce de rien. Au fond, je ne le regrettai point et peut-être même considérai-je cette nouvelle campagne comme une épreuve supplémentaire, la dernière sans doute, qui réalisait un destin, entrevu à Pordic depuis ma petite enfance et surtout le soir où Marc'harit Fulupp avait raconté, pour moi, cette gwerz étonnante.

J'étais ainsi comme encouragé par ces gens qui m'avaient élevé et qui, toujours prêts à accepter les signes apparus dans le ciel, dans la mer, ou le vent, étaient disposés à recevoir, comme une amie, la fatalité la plus inattendue : tante Léouise Carpier, les sœurs Angot, Jeanne Rault, la grand-mère d'Yves Le Floch, toutes les femmes de la pointe, et des hommes comme Désiré Angot.

Non, certes, la réputation du Sagho n'était pas usurpée. Et d'abord il m'apparut dépourvu totalement de végétation : une sorte de carcasse de roches fauves, un énorme chacal, momifié par les vents de sable, qui pour mourir est venu se coucher entre Dadès et Draa, à bout de forces, dans cette file spectrale d'autres squelettes perdus en bordure des grandes hamadas sahariennes : le djebel Ougnat, le djebel Bani et l'Anti-Atlas, sinistre et superbe, tous usés et colmatés par les sables du grand âge.

Nous l'aperçumes vers le sud, depuis les hauteurs du pays Glaoua, alors que nous sortions des gorges du Dadès. A nos pieds, la dépression qui longe l'abrupt du

Haut Atlas était remplie d'une brume rousse qui rendait irréel ce massif ainsi suspendu dans le ciel saharien. Un ciel qui, je le constatais une fois de plus, n'était pas toujours bleu, comme on le croit, mais jaunâtre et comme cuivré. Le spectre du Sagho était, lui, presque blanc, avec les saignées mauves de ses ravins, notamment celui de l'Est, ouvert comme une blessure au-dessus de Tagdilt, vers le col de Tazazert, et tout cela tremblait de chaleur avec une intensité effrayante. Bien que la température fût certainement de plus de 35 °C, j'eus un véritable frisson. De peur. Oui : le Sagho (que je devrais écrire Sarro) était effrayant. Tout au moins pour moi, homme des pays verts gorgés d'eau.

C'était exactement cela qu'il me fallait pour me faire désirer retrouver les humides verdures bretonnes. Oui, très franchement, dans cette chaleur pulvérulente qui vous faisait la langue comme un os de seiche et la peau aussi râpeuse que celle d'un hâ, je rêvais, jusqu'à la folie, de cette petite ravine près de Plouvara où, sous la pluie, j'avais pataugé dans la tourbe noire qui suintait sous une herbe épaisse et où mes pieds faisaient, ô merveille, clich... clich... clich... Ah ! ce « clich » bien-aimé, combien réconfortant ! Ah ! la pluie, cette bénédiction du ciel ! Quand la reverrai-je tomber bien régulièrement sur les hautes fougères ?

Nous mettions le plus souvent pied à terre et nous marchions à côté de notre cheval pour qu'il nous tînt à l'ombre et, alors que nous traversions la moiteur brûlante de la dépression du Dadès, je me prenais à murmurer, les lèvres bordées d'une fine bave blanche : « ... Et les Celtes, sous un ciel gris, rêvaient d'un golfe noir rempli d'îlots... »

Ainsi nous approvisionnâmes les postes de la Kelaa des Mgouna, Aït Ridi, Imassine, Sidi Fla, Oulad

Merzoug, faisant franchement volte-face vers le sud-est pour faire tous les postes sentinelles piqués le long du Draa, jusqu'au-delà de Tamnougalt, en contournant le djebel Kissane.

C'est là, d'ailleurs, dans le tortueux ravin du Draa, entre le djebel Tifernine et Rebat, à un endroit où la montagne avait hélas la forme ironique d'une coupe, que nous rencontrâmes, posté sur la piste de paroi, à l'ombre d'un redent de rocher, Ibn Daoud avec ses six bourricots et ses sept chameaux chargés à refus de tout ce dont le troupier en colonne peut rêver, depuis la bière (je dis bien : de la bière, au sud du 31e parallèle !) jusqu'aux savonnettes très roses ou très vertes, en passant par l'inévitable alcool de menthe, le fil, les aiguilles, les boutons (même des boutons d'uniforme !), les figues sèches et quelques pastèques fanées, couvertes de poussière.

J'étais en avant-garde et lorsque nous tombâmes, brusquement, sur son campement, nous crûmes tout d'abord à une embuscade chleuh. Ses ânes et ses méharis étaient couchés, en rond, dans un étroit, genre coupe-gorge ; on aurait dit un petit camp retranché, avec sa murette pare-balles.

On fit halte. On mit le mousqueton à la saignée et l'on observa très soigneusement cette harka, tapie au droit de la piste, en un endroit hautement stratégique. Mais on vit surgir un grand diable, en caftan noir, calotte noire et barbe flottante qui nous faisait des signes en s'approchant, seul et désarmé. Il était jeune, trente-cinq ans peut-être, et ressemblait au Christ.

C'était Ibn Daoud, soukier ambulant de son métier, qui demandait au chef de convoi de bien vouloir ordonner la halte de toute la colonne pour que ces chers soldats puissent, près de lui, se désaltérer et refaire provisions de toilette.

Cela lui fut refusé. Du diable si on allait arrêter là

notre arroi et se donner de l'aise dans cette ratière où un djich de quelques hommes pouvait nous bloquer. Ibn Daoud n'était-il même pas mis là pour nous y retenir ?

Peu lui importa : il demanda simplement, avec de merveilleux sourires, à suivre la colonne pour faire son petit commerce.

« Tu suivras si tu veux », dit le lieutenant, qui ordonna d'inspecter son chargement.

« Je demande surtout ta protection pour quelques jours, inch'Allah ! et que Dieu te bénisse ! » dit-il pour nous donner bonne conscience.

C'est à partir de ce moment-là qu'Ibn Daoud devait suivre la colonne pas à pas, toujours souriant et prêt à rendre service aux soldats. Personnellement, je me hâtai de lui acheter une topette dont le contenu, dûment agité par l'amble des bourricots, prétendait être de la bière, mais qui ressemblait tout à fait à de l'urine. Et, y ayant goûté, je regrettai que cela n'en fût point.

C'est ainsi que je fis connaissance d'Ibn Daoud.

Nous supposions tous que c'était un agent de renseignement de cette dissidence qui se trouvait rassemblée dans le réduit du Sarro. Le verrouillage, par le sud, de ce massif, devait avoir été très rapide, car ils devaient maintenant s'y retrancher, n'ayant pu s'en échapper à temps vers la Mauritanie. On disait que nous formions la mâchoire occidentale d'une tenaille, dont la branche orientale, déjà placée, pour isoler du côté du Tafilelt, venait à notre rencontre par la piste d'Aït-el-Farsi, Alnif et Tazzarine.

Le bruit courait aussi qu'Ibn était placé là pour surveiller la mise en place du dispositif, faire parler les soldats et travailler les arrières. Bien sûr, c'étaient encore là des ragots de popote. Les langues vont vite par cette chaleur. Ce qui était certain, c'est qu'Ibn

Daoud, comme son nom, Daoud (David) le laissait deviner, était un descendant des familles juives, de la vallée du Draa, converties à l'islam je ne sais trop quand, et furieusement musulmanes. En marchant, nous nous répercutions tous ces on-dit, en les accommodant chacun à notre sauce.

Ce soir-là, nous avions bivouaqué au poste de Rebat, alors qu'Ibn Daoud s'installait en dehors de la murette, avec ses chameaux, ses bourriques et son fourniment. Après la soupe, servie par le petit groupe du 4e Étranger, qui tenait le poste, je rejoignis sa petite tente basse où il attendait les pratiques, dignement adossé aux matelassures exténuées d'un bât retourné, qui lui faisait comme un trône royal.

Nous étions là une douzaine, Russes, Allemands, Italiens et cinq Français, la fleur de l'Europe, en train de siroter officiellement la nahna, le fameux thé à la menthe, mais la plupart tenaient, à portée de la main, derrière un parpaing, un flacon, fourni par Daoud, de cet alcool parfumé à l'anis, que l'on appelait alors Sevillana. Une sorte de Pernod de contrebande d'origine espagnole je crois, fort pâteux et judicieusement chambré, on peut me croire, dans les couffins du soukier, par 40° à l'ombre.

La chaleur du jour rémanait gaillardement du sol et, la fatigue aidant, portait à la somnolence. Chacun notre tour, nous rotions bruyamment, comme il est de bon ton de le faire au sud de Gibraltar. Les conversations étaient tout simplement faites de monologues anonymes, entremêlés, murmurés, comme rêvés, en plusieurs langues, dans la lueur de la petite lampe à huile d'argan, dont la flamme vacillait pour s'éteindre.

Après avoir commenté l'évolution subtile des prix

entre le « bled el-Maghzen », le pays soumis, et le « bled es-Siba », le pays de la résistance, Ibn Daoud entreprit, à mi-voix, un long monologue, qui ressemblait plutôt à un récitatif, presque à un psaume.

Savait-il même encore que nous étions là ? Je crois que, s'étant endormi sans que nous y ayons pris garde, il délirait. Et, chose prodigieuse, il parlait français. Un français parfait avec des mots savants qui me firent penser que cet homme-là n'était pas seulement un humble commerçant de la vallée du Draa, mais un homme ayant fréquenté les universités françaises, et aussi la Karaouyine, et revenu là pour animer la guerre sainte. Son discours me fut longtemps indifférent, mais petit à petit il s'imposait à mon esprit. C'étaient de petites phrases séparées par un court silence, sur un ton de psaume. Et j'écoutai :

Il disait :

« L'œuvre de chair (il disait : l'œuvre de chair !), c'est un bienfait de Dieu. C'est une prière véritable... Abd el-Wahab parle du " miracle de la zuwyia " comme symbole du merveilleux de la gloire divine... Abd el-Wahab dit : " Par l'amour, l'homme s'enchante et se met à l'unisson avec le cosmos... "

« ... C'est par l'œuvre de chair (je n'avais pas rêvé : il disait " l'œuvre de chair ") que l'homme réalise cet enchantement de soi...

« ... L'œuvre de chair est la voix royale pour atteindre Dieu.

« ... Le coït n'est pas pénétration dans le monde du Mal, s'il accède à celui des forces définitives du Sacré...

« ... Abou-Saïd dit : " Celui qui a enchaîné son être à une femme ne rompra jamais la chaîne de son idole !... " »

Et, tout à coup, alors qu'il avait dit tout cela dans l'immobilité la plus parfaite, il dut se dresser, car on entendit le bruissement violent de son caftan, et lever la main :

« Mais attention !... Balek ! Ton esprit ! Que chaque femme ait son mari et que chaque mari ait sa femme... » Et ceci :

« L'homme qui touche la main d'une femme à laquelle il ne s'est pas consacré exclusivement, on lui mettra des braises rouges dans la main fautive, le jour du jugement... »

Tout ce qu'il disait me bouleversait, m'exaltait intimement et me touchait au plus profond de moi-même. C'était visiblement inspiré du Coran, et bien différent de l'idée que l'on s'en fait en Europe, car je croyais y reconnaître l'expression du schisme kharidjiste, dont Chassigneux, notre professeur de civilisation islamique nous avait parlé. Mais peu importait. Cet homme, c'était visible, parlait pour moi. Le sort ne m'avait-il pas fait participer à cette colonne de malheur que pour rencontrer cet Ibn David et l'entendre me donner confirmation ?

L'un de nous, un titi de Ménilmontant, soucieux d'apporter là le témoignage de l'esprit parisien, célèbre dans le monde entier, s'écria :

« C'est pas tout ça, Toto... (tout le monde était Toto pour lui). Ça manque un peu de fesse ici !... la Sevillana, c'est marre (il jeta au loin la bouteille vide)... Alors amène ta sœur, Toto !... T'entends ? Amène ta sœur ! Djib ourtek ! Tarfch !... T'as bien tout de même des femmes dans ton paquetage ?... Hein ? »

Il y eut quelques rires discrets.

Comme Ibn Daoub restait muet, le titi répéta dans son sabir marocain :

« Djib ourtek ! Fissa ! »

Regrettable injure au silence, à la grandeur de l'heure, à la pureté du ciel, vert sombre, où brillaient des myriades d'étoiles.

Ce fut le signal d'une charmante macédoine des différentes expressions de la gaillardise militaire européenne. Puis cela s'apaisa lentement et, dans le silence à peine revenu, Ibn Daoud parla. Lentement, il dit :

« ... L'Amour (il disait Nika) c'est la moitié de la foi !

« ... L'homme n'est rien. La femme n'est rien...

« ... Les deux ensemble sont le Tout...

« ... et le moment de l'orgasme, c'est celui où ils se confondent en Dieu. Car c'est celui où ils créent la Vie...

« ... Par l'œuvre de chair l'être humain s'enchante et se met à l'unisson du cosmos... Il devient Dieu lui-même. »

Les Français se levèrent en bâillant et s'éloignèrent en soutenant le Titi qui lança ce dernier trait : « Ta gueule, toto, tu nous les casses ! »

Ne restèrent là que trois Russes, deux Allemands apparemment indifférents, un Français nommé Delarue, caporal-chef au 4e Étranger, étrange philosophe socratique, et moi-même.

C'est alors que Ibn Daoud reprit son curieux discours, mais cette fois j'eus davantage encore l'impression qu'il s'adressait directement à moi :

« ... La sexualité ne saurait être une pure activité ludique. Au contraire elle est engagement et spiritualité... et c'est là ce qui la caractérise, beaucoup plus que la joie des sens, qui n'est là que comme stimulant. »

C'est alors que l'un des Allemands, le légionnaire Hiltner, j'ai bien retenu son nom, ci-devant professeur de philo à Francfort, prit la parole :

« La sexualité, c'est l'apprentissage et la réalisation de la vie en autrui. La découverte d'autrui. La fusion en lui...

« ... L'union sexuelle suppose la volonté divine

préalable. Donc l'acte sexuel ne saurait être réalisé que dans le mariage, solennel, qui est acceptation joyeuse et sans réserve de l'accord de deux êtres complémentaires, dont la procréation est le seul but... »

Les phrases étaient susurrées. Pourtant elles remplissaient l'immensité. Elles ricochaient sur les parois du ravin et dominaient le murmure du Draa, réduit ici à un filet d'eau blanche se faufilant dans le large cailloutis où quelques lauriers-roses solitaires s'entêtaient à fleurir.

Oui, ils parlaient pour moi, tous les deux. Hiltner et Ibn Daoud. Mais pourquoi ce fanatique doctrinaire s'était-il déguisé en sordide soukier, et ce philosophe allemand en légionnaire de deuxième classe, pour se rencontrer dans le site le plus sauvage du djebel Kissane afin seulement de me transmettre le message de la pure sagesse universelle ? Comme pour me dire : Oui, frère, tu es dans la vérité ! Tu tiens le sens transcendantal de la Vie !

Je m'endormis probablement très tard, là, près du Draa, enfreignant dangereusement la réglementation qui, en zone de dissidence, interdit aux hommes de sortir individuellement la nuit, en dehors de la murette.

Lorsque je m'éveillai (c'était quand le clairon du poste sonna la diane), je me retrouvai seul, étendu sur la caillasse nue, assez loin à l'extérieur des barbelés. Il n'y avait plus ni bourricots, ni méharis, ni soukier. Il avait sans doute levé le camp avant l'aube. Je cherchai, autour de moi, les traces mêmes de son bivouac, je ne vis rien, sauf deux ou trois traces de sabots d'âne très légèrement gravées dans un filet de sable jaune, et quelques petites crottes encore tièdes.

Ibn Daoud avait-il même existé ?

Pourtant ces phrases fulgurantes, qui me restaient dans l'âme, je ne les avais pas inventées.

« L'homme qui touche la peau d'une femme à laquelle il ne s'est pas consacré, celui-là on lui mettra des braises rouges dans la main au jour du Jugement dernier...

« ... L'œuvre de chair est la voie royale pour atteindre Dieu.

« ... Le coït n'est pas pénétration dans le monde du Mal s'il accède à celui des forces définitives du Sacré... »

Je revins au poste, où les camarades rassemblés au garde-à-vous montaient les couleurs alors que le clairon, premier prix du conservatoire de Berlin (qu'il disait. Allez savoir ?), coulait, avec talent il est vrai, le salut matinal au drapeau, modeste étoffe bleu, blanc et rouge, curieusement fraternelle dans ce paysage pétrifié.

On me demanda d'où je venais. Je répondis que j'avais eu un rendez-vous, cette nuit, avec lalla Aycha Kanticha (qui est la femme maléfique et fatale de la mythologie légendaire berbère).

Mon absence et ma réponse me valurent un mois de prison et deux mois de « rabiot », que je fis. Je quittai donc la colonne deux mois plus tard que prévu, alors que nous étions remontés vers le bled el-Maghzen, avec un motif infamant porté sur mon livret militaire : « désobéissance devant l'ennemi ». Peu s'en fallut que je fusse déféré devant le conseil de guerre. On se contenta de m'infliger un mois de cellule avant ma libération et encore ce mois-ci fut-il ramené à quinze jours par le colonel, en raison de mon volontariat pour la colonne et... ma bonne conduite !

Même pour quinze jours seulement, c'était payer bien cher une innocente promenade au clair de lune hors des barbelés du poste, mais je m'aperçus bien vite que ce n'était là qu'une épreuve supplémentaire.

Ce séjour en prison, simple et banal petit incident de ma vie militaire, m'a semblé être un épisode très important de mon existence. Non, je n'étais pas fait pour la vie en clôture, et l'abbé Chancerel, qui m'avait harponné au petit bonheur pour avoir, qui sait ?, son Huysmans ou son de Foucauld à son tableau de chasse, s'était trompé lorsqu'il m'avait dit, en désespoir de cause : « Vous refusez d'entrer dans le clergé séculier, car vous avez, dites-vous, de plus grandes exigences, alors pourquoi ne tâteriez-vous pas de la vie monacale ? La clôture et le silence ?... »

La clôture et le silence ? Ouiche ! Ces trente jours de vie claustrale imposés par la discipline militaire m'apparurent comme les plus durs de ma vie. Je peux bien dire que cette cellule, ce vase clos où je mijotais, était bien le lieu le plus parfait pour y devenir l'objet « des attaques du démon », toujours comme disait l'abbé Chancerel.

Il m'y attaqua en effet, ce diable de Satan, dès le premier jour, je m'en souviens bien, et par les moyens les plus simples, les plus bêtes : en m'amenant tout simplement à penser à la femme. Et à la femme sans majuscule : à ce genre de femme entrevu au B.M.C. en compagnie de Soizik : la femme-trou, la femme instrument de plaisir, le petit animal lascif et titilleur, la jolie petite machine à « acte sexuel ». Ce furent ces créatures qui vinrent me tenir compagnie. J'avais beau raviver les souvenirs de la Demoiselle pour les leur opposer, elles étaient là, dans ce réduit nu et s'imposaient à moi avec une précision étonnante.

La figure de Mari, évoquée à partir d'une photo, que l'on m'avait d'ailleurs retirée à mon entrée au gnouf (« une jolie fille comme ça ne doit pas entrer en prison ! » avait dit l'adjudant en me la confisquant), suffit à les mettre en déroute.

Fort heureusement, on me fit sortir quatre heures par jour, entre deux tirailleurs, baïonnette au canon, pour assurer la corvée de fumier. Travail monstrueux qui consiste à évacuer le crottin, sans cesse copieusement renouvelé, de deux cents chevaux alignés « à la corde » et à le charger dans des chariots que les camarades allaient vendre aux harratins qui faisaient un très beau maraîchage sous les murailles de Salé.

L'odeur du fumier de cheval m'a toujours régalé à tel point qu'à Paris, j'ai omis de le dire, je faisais de longs détours pour passer sous les lucarneaux des écuries des « gardes républicains montés » de la caserne Henri-IV.

Au cours de ces quatre heures de fumier, l'adjudant Padovani me suivait presque pas à pas et exigeait que le sol fût en permanence débarrassé de la moindre impureté, ce qui était pratiquement impossible, car la corde de deux cents chevaux bien nourris alignés, côte à côte, représente à peu près quatre cents mètres. L'adjudant Padovani était tout à fait conscient des difficultés et m'aidait consciencieusement et fermement à les résoudre en me signalant les endroits sur lesquels je devais revenir avec un petit plumeau fait de feuilles de palmier-doum, ligaturées avec une tresse d'alpha — petite merveille d'ingéniosité taularde. On comprendra le délicat de l'opération lorsqu'on saura que le sol de cette écurie de plein air était fait de petits galets ronds, à demi noyés dans un mortier de latérite.

« Voyez, me disait l'adjudant, voyez ces petits fétus de paille (il prononçait fœtus, comme la plupart des speakers de la radio et de la télévision) entre ces deux cailloux ! Voyez ! Ce n'est pas propre, ce n'est !... »

Et j'accourais avec mon petit plumeau de doum et

ma pelle faite d'une boîte de confitures judicieusement découpée. Avec un attendrissement touchant il me regardait fignoler le travail et, me voyant sincèrement appliqué, comme un dentiste sur une dent creuse, il disait :

« ... Je vous l'avait dit, té, des types à tuile, ces Arabes ! car pour lui, après douze ans de Maroc (il était à l'affaire des Beni Snassen), il ne s'était pas encore aperçu de l'existence des Berbères, tout Maghrébin était, pour lui, un Arabe.

— ... Votre Ibn Daoud, il vous a attiré en dehors du poste pour vous faire votre affaire, hé ?... ou bien pour vous soutirer des renseignements... Balekeu, balek ! C'est grave, ça ! Vous avez de la chance, oui, vous avez, de vous en tirer avec un mois !... Et votre Ibn Daoud ? Je me demande bien ce qu'il a pu vous faire dire.

— Il ne m'a rien demandé.

— Alors je me demandai bien, moi, pourquoi il vous a attiré loin du poste, avec ces chacals de légionnaires allemands... Savez-vous que vous avez été à deux doigts d'intelligence avé l'ennemi, hé !... Alors je me demande ce qu'il a bien pu vous demander, ce salopard ?

— Il ne nous a pas attirés. C'est nous qui y sommes allés pour boire la nahna, comme d'habitude, et, tout à trac, il nous a parlé des sages de sa religion : Abou Saïd et Abd el-Wahab, et ce qu'ils disent de l'amour...

— De l'amour ? Putain ! (Il éclate de rire.) Vous vous foutez de moi ou quoi ?

— Je vous jure, mon lieutenant...

— ... Alors un salopard peut vous parler de l'amour ? Comme ça ?

— Bien sûr, mon lieutenant ! »

Il reste un instant rêveur, puis : « Hé ! je vous crois, hé ! parce que vous êtes intelligent vous, oui vous êtes, et que vous êtes passé par les écoles, hé, mais putain, en voilà une histoire, oui ! Un salopard qui parle de l'amour à des soldats français... en plein baroud ? (Il rit.) Mais continuez, continuez à me balayer ça... Té, regardez : il y a le 1048 qui lève la queue. Attention, hé, il va vous en envoyer du bien juteux, hé ! Balekeu balek !... »

Eh bien, me croira qui voudra, ces propos de la plus haute stupidité, je m'en régalais. Combien ils m'étaient plus agréables que le silence de ma prison. Ce fameux silence qui purifie, paraît-il, les frères cloîtrés, et qui risquait, moi, de me pourrir. Et cette chasse au crottin, combien préférable à l'inaction du bat-flanc où « Satan m'attendait », comme eût dit le brave abbé Chancerel, ou encore « où le Diaoul me guettait comme au coin d'un bois », comme le chantait Marc'harit Fulupp.

... Mais c'était là, je le sentais, la dernière épreuve. Le temps de la contention était fini ! Arrivait, oui, j'en étais sûr, le temps de l'Amour absolu.

4

Le Grand Œuvre

14

Le rapide 510 se rangeait lentement le long du quai F de la gare de Lyon. J'avais mis le nez à la portière. Le nez ? non, le buste entier, pour respirer l'air, pourtant fort puant, déjà à cette époque, de la capitale.

Le convoi ralentissait, puis stoppait.

D'un bond je fus sur le quai, avec le barda du brave bledard : le chèche en sautoir et l'inévitable plateau de cuivre ciselé enveloppé dans le traditionnel tapis berbère.

Devant moi, un peu en retrait, au pied d'un pilier de la grande halle de la gare de Lyon, une jeune fille était là, comme pétrifiée. Je fis un pas vers elle. Elle en fit un vers moi, puis nous en fîmes chacun un autre, et ce fut une ruée des deux, ensemble, qui nous jeta dans les bras l'un de l'autre, dans une longue et brûlante embrassade, lèvres unies.

C'était Marie Thoraval.

Le seul être vivant m'attendant sur le quai, c'était Marie Thoraval, que j'avais reconnue tout de suite, tendue, sur le bout de ses pieds, juste en face de ma portière. Seule au monde à m'accueillir dans le palais de ferrailles enfumées de la gare de Lyon !

Lorsque nos lèvres se dessoudèrent, il y eut un

moment de grande confusion. Je la regardais alors, mais elle tenait les yeux fermés. Elle ne les rouvrit que lorsque nous cessâmes de nous étreindre. Elle me parut admirable, avec ses lourds bandeaux de cheveux bruns qui encadraient son visage très doux et très régulier. Oui, c'était autre chose que toutes les autres femmes, qui n'étaient, auprès d'elle, que des petites bêtes sans intérêt.

Nous nous regardions encore sans rien dire, en catalepsie, alors que la foule des voyageurs s'écoulait autour de nous et qu'une voix disait, avec un remarquable accent parisien : « Dis donc, Nénette, vise les amoureux ! »

Et que Nénette répondait : « En voilà deux qui sont contents de se revoir ! »

Nous nous voyions pour la première fois, mais Nénette avait raison : nous étions contents de nous revoir. Le moment n'en était que plus grave, car Marie Thoraval, ma marraine de guerre, me dévisagea, me regarda des pieds à la tête, souriant gauchement :

« C'est tout à fait lui ! dit-elle.

— C'est tout à fait elle ! » répondis-je.

Mais j'étais encore sous le coup du premier vrai baiser d'amour que je recevais et que je donnais, de ma vie.

Nous sortîmes de la gare de Lyon, la main dans la main. Elle portait des gants de peau, et nous n'étions pas arrivés sur le boulevard Diderot que mon index gauche, je ne sais trop comment, se trouva engagé dans l'ouverture de son gant droit, et s'y complut. Bien mieux : il fut comme happé par une force énorme. Un tourbillon cosmique étrange l'attirait irrésistiblement et, dans le secret de ce gant, la peau de sa paume était d'une douceur humide extraordinaire, telle que je ne l'aurais jamais imaginée dans ma cervelle d'homme vierge.

Elle ne retira pas sa main ; elle la referma doucement, au contraire, sur mes doigts, car mon majeur et mon annulaire étaient venus rejoindre l'index sans qu'elle parût y prendre garde. Elle jasait, au contraire, simplement, en marchant, souriante : elle récitait les lettres que je lui avais envoyées, et moi je lui répondais en récitant les siennes. Et je compris alors que nous ne faisions qu'une même âme.

Nous nous aperçûmes tout à coup que nous remontions le boulevard Diderot et que nous arrivions à mi-chemin de la place de la Nation, alors que notre but était de prendre un taxi pour rejoindre la rue de Penthièvre, dans le xve...

Nous parcourûmes ainsi, à pied, un long chemin en direction de Reuilly. Lorsque nous fûmes au coin de la rue Labat nous nous aperçûmes tout à coup du malentendu. Il ne nous restait plus qu'à prendre le métro à Reuilly-Diderot pour changer à Châtelet. Mais nos mains restèrent unies tout naturellement et je vis que son gant était déchiré : je l'avais fait éclater en y pénétrant. Elle ne s'en aperçut même pas.

Je ne la voyais pas, car nous marchions côte à côte de sorte que nous regardions tous les deux devant nous, dans la même direction, ce qui me parut être de bon augure. Mais lorsque nous fûmes dans le métro, nous nous trouvâmes face à face, et alors je la vis : elle était belle comme une petite caille. Par chance. Peut-être n'était-elle belle que pour moi ? Mais c'était nécessaire et suffisant.

Le son de sa voix ? Je l'avais toujours eu dans mon oreille. Tout son corps, et particulièrement son souffle, que j'avais recueilli sur la peau de mon visage pendant que nous nous donnions le baiser imprévu de notre rencontre, avait le parfum que j'attendais. Que j'attendais depuis longtemps. Le temps de cette attente me paraissait maintenant très long, mais je n'aurais su m'en plaindre : c'était bien moi, en effet, qui avais choisi cette discipline pour honorer la Femme. « La Femme génératrice et régénératrice », comme disait le père Angot.

Je venais d'arriver au port. Fidèle au rendez-vous prédit par tonton D'ziré et annoncé en termes ésotériques par Marc'harit Fulupp.

C'est dans une sorte de brume aveuglante que je me trouvai tout à coup dans un modeste salon du quartier Montparnasse, en face d'un monsieur et d'une dame qui étaient le père et la mère de Marie, et à qui j'offris, sans trop savoir ce que je faisais, le plateau de cuivre et le tapis glaoua que je rapportais, le second enveloppant le premier.

M. Thoraval se tourna vers sa fille et lui dit :

« Mais il doit avoir faim et soif, ton filleul. Offre-lui donc... »

Marie eut alors un regard ingénu et, d'une voix suave, coupa, le plus naturellement du monde, « Ce n'est plus mon filleul... C'est mon fiancé ! »

Dans le grand silence qui suivit, elle me fixa, sans sourire, gravement, comme pour appuyer solennellement son affirmation. Moi aussi, je la regardais, dans les yeux, sans dire un mot, alors que s'estompaient, jusqu'à disparaître, M. et Mme Thoraval, dont les paroles m'échappèrent un long instant.

Lorsque je revins en pleine possession de mes moyens, ce fut pour entendre M. Thoraval terminer une longue phrase : « ... de telle sorte qu'il faudrait tout de même, avant toute chose, savoir quelle situation vous allez trouver ? et quand ?... car enfin nous sommes en pleine crise... il y a près de deux millions de chômeurs, et ce n'est pas près de s'améliorer ! Il faut penser à nourrir votre femme...

— ... et vos enfants ! » ajouta la mère.

Marie, avec son plus doux sourire, affirma :

« Tout ce que vous nous dites est vrai, mon petit papa, mais il n'empêche que nous sommes fiancés. »

C'était alors notre coutume, barbare sans doute mais logique et naturelle, me semble-t-il, qu'un homme ne se mariât que s'il était « capable de nourrir sa famille ». Je partis donc sur le marché du travail dès que fut réglé mon compte de tutelle et que j'ai pu constater que le tout petit avoir que m'avaient laissé mes parents était épuisé. Il avait servi, me dit le notaire, à payer mes études. Il ne me restait que cinq mille francs vaillants, qui pouvaient me permettre de subsister pendant quatre mois peut-être. Je me mis à parcourir inlassablement les rues de Paris, à lire les annonces des journaux, ceux de Paris et ceux de province, et de tous les partis. En vain.

Je traînais ainsi la semelle lorsqu'un jour, alors que je revenais du ministère des Colonies, où je m'étais entendu dire que les concours, en principe annuels, de contrôleur civil des colonies étaient reportés à une date ultérieure et qu'on n'embauchait plus nulle part dans les professions coloniales, privées ou publiques, je remontais l'avenue de Wagram, lorsqu'une affiche placardée parmi d'autres violentes revendications (les murs en étaient alors couverts) attira mon regard : Sous l'égide du « Mouvement de la Femme libre » (M.F.L.) une certaine Simone Berger était en train, à cet instant même, de conduire un débat sur « l'Émancipation », et même sur « la libération de la femme ». L'affiche parlait encore de « l'esclavage féminin ».

Par curiosité, et l'entrée étant gratuite, je pénétrai dans cette salle Wagram, où se donnaient aussi des matches de boxe. Le sujet du débat m'intriguait certes, car je m'étonnais naïvement qu'il y eût encore des esclaves sous nos climats, mais surtout ce nom, Berger, me faisait penser à notre Erika.

La salle était prodigieusement enfumée, donnant ainsi une haute idée du sens civique des innombrables auditeurs, car des affiches rappelaient, partout, qu'il était interdit de fumer.

Une jeune femme blonde, les cheveux coupés comme les garçons de l'école des H.E.C. d'alors, pérorait avec fougue, perchée sur la tribune.

Elle avait les cheveux blonds et raides et pourtant c'était Erika. Notre palpitante Erika, plus pathétique que jamais. Oui, c'était elle. C'étaient sa voix, son débit, son vocabulaire, ses yeux, ses merveilleuses mirettes, ses épaules et ses admirables bras, qui avaient forci, il faut bien le dire : c'était elle !

Sauf bien sûr ses cheveux blonds, ternes, courts et droits comme macaroni. Eux, si longs jadis qu'ils descendaient jusqu'à ses fesses, et si brillants, si largement et naturellement crépus...

Oui, c'était elle. J'en fus absolument sûr lorsqu'elle employa le mot « international », qu'elle prononçait toujours « internatzional », avec l'L final avalé, à l'anglaise, comme la mode, je ne sais pourquoi, s'en est répandue dans les milieux les moins anglophiles.

J'eus beaucoup de mal à l'aborder lorsque, ayant terminé son discours, elle descendit dans la foule comme le premier ministre venu et y fut assaillie par une foule en délire. Des femmes surtout, de ces pauvres esclaves qui avaient sans doute échappé un instant, et à quel prix, on frémissait d'y penser, à leurs odieux geôliers tortionnaires, pour venir hurler, ici, leur brûlante soif de liberté.

Il y avait là aussi des hommes, qui n'étaient pas les derniers à applaudir et à s'approcher du prophète libérateur, pour toucher ne fût-ce que le pan de son manteau.

Elle me vit enfin et fit un grand cri : « Toi ? ! Non ? »

Elle se jeta dans mes bras avec un sens très certain de la tragédie (elle ressemblait encore à Sarah Bernhardt en dépit de ses cheveux maintenant plats et couleur de filasse) en me tapotant le dos de ses deux mains. Puis elle me lâcha, me regarda en disant : « Pas possible !... Non ?... Et bronzé comme un vrai " bat d'Af ! " »

Nous échappâmes aux effusions de la foule et, avisant un petit café, elle m'y entraîna. Je refusai, lui avouant que je ne pourrais pas payer les consommations. Elle eut un geste alors qui fit tomber tous mes scrupules et liquida d'un coup mes complexes phallocratiques dont le plus ridicule est sans conteste celui qui consiste, pour l'homme, à toujours se croire obligé de payer les consommations.

La conversation fut d'un très grand décousu, bien entendu. Elle voulait tout savoir à la fois : Le Maroc ? les abus coloniaux ? la colère de ces pauvres peuples opprimés ? les odieuses exactions de cette sale armée ? et surtout de cette affreuse légion, « honte de l'Occident » ? (C'étaient ses propres termes.) Elle enchaîna fort habilement sur « la lutte » qu'elle avait entreprise pour la libération de la femme.

« Bravo ! lui dis-je, je viens de voir ça ! Et ça a l'air de marcher ! quel triomphe ! »

Elle m'avoua alors que cette campagne, qu'elle avait en quelque sorte imaginée et lancée elle-même, avec les encouragements, fort platoniques, du Parti socialiste, n'était en réalité qu'un tremplin pour en arriver à la politique pure : elle serait un jour député ! Et si possible ministre !...

« Mais les femmes ne sont pas éligibles ! dis-je naïvement.

— Justement ! Je veux qu'elles le soient. Elles le seront. Électrices et éligibles !

— Rêve !

— Nous y arriverons ! J'y arriverai ! Et avant que j'aie perdu mes molaires ! Crois-moi !

— Et alors ?

— Et alors ?... Ah ! petit fiancé, me dit-elle avec des étincelles dans ses grands yeux lourdement mâchurés de rimmel, alors je réaliserai mon rêve ! »

Elle s'arrêta. Sa figure se mit à pâlir, comme si tout son sang se concentrait dans son cerveau. Ses yeux devinrent fixes, ses poings se crispèrent :

« Je veux, tu m'entends ? Je veux que la femme " secoue le joug". Je veux qu'elle soit libre de son corps et de son esprit. Je veux qu'elle puisse refuser l'enfant qu'elle n'a pas désiré...

— Mais toute femme est parfaitement libre de refuser l'enfant : elle n'a qu'à ne pas coucher avec un homme, c'est très simple ! » dis-je, encore plus naïvement, mais elle ne m'entendit pas. Elle continuait, mais presque à voix basse cette fois :

« Il faut que l'avortement soit admis, généralisé et pris en compte par la collectivité !...

— Mais si les femmes refusent l'enfant, on le tue dans leur ventre, il n'y aura plus de " collectivité "... », lui dis-je encore sur le ton de la plaisanterie, pour tenter de faire revenir la conversation dans le domaine du bon sens. Mais elle avait bondi :

« Eh bien, justement : je veux déstabiliser, détruire cette sale société occidentale !... Un jour je serai au Parlement. J'y mettrai le temps qu'il faudra mais j'irai. Je serai peut-être ministre... et là, je tuerai vos enfants dans le sein de vos femmes, avec la bénédiction de l'État et à vos frais ! C'est vous qui financerez mon génocide... et j'en mourrai de plaisir ! »

Elle était maintenant méconnaissable : avec le faux

blond de ses cheveux, ses beaux yeux noirs, encharbonnés à outrance, paraissaient animés d'une flamme farouche. Ses lèvres charnues et si tentantes étaient crispées par une sorte de rictus. On aurait cru qu'elle entrait en transe :

« ... Et pour déstabiliser cette sale société occidentale ? Ce n'est pas difficile : il suffit de déstabiliser la Femme. La Femme, clé de voûte de toute société !...

— Voilà la première parole sensée que j'entends aujourd'hui.

— Tant que la Femme est Femme, on ne peut rien contre cette société.

— Bravo, ma petite fille !

— Si, au contraire, on arrive à l'avilir, à la désaxer, tout s'écroule !...

— Je n'ai jamais entendu plus bel éloge de la Femme !

— ... il suffit de sortir la Femme de son temple : la maison, la famille, qui ne tient debout que par elle... Il faut la persuader qu'elle y est exploitée, avilie. Il faut la désaccoupler. Il faut la banaliser, lui retirer l'enseignement et l'éducation de ses enfants qui deviennent alors proie facile pour le vice et les pires utopies... Et ce sera la crise de la moralité... ! Il faut la jeter en vrac sur le marché du travail, ce qui fera baisser le prix de la main-d'œuvre et amènera le chômage et la crise économique, donc désordre et ruine de cette société que je veux anéantir ! »

Elle était effrayante et je pensai qu'elle était folle.

« Mais Erika, pourquoi tant de haine ? lui dis-je.

— Ce n'est pas de la haine. Oh ! non, ce n'est pas de la haine ! affirma-t-elle en un rire insupportable. C'est pour me venger. Je peux te le dire à toi, parce que tu es le seul à avoir osé frapper Jean Lemâle pour me défendre lorsqu'il me bafouait, et qu'il insultait mes frères. Oui, c'est pour me venger, pour venger ma race sans cesse insultée, méprisée, persécutée par tous, depuis le fond des temps, et de plus en plus en Europe ! En Allemagne par exemple, sais-tu ce qui se prépare en ce moment, avec ce salaud de Hitler... ? Et vous, en France ?... pas toi, mon petit frère, je sais, mais les autres, je sais de quoi ils sont capables... »

Elle s'interrompit tout à coup. Son geste resta en suspens. Son regard redevint celui de mon amie Erika : très doux et diablement caressant :

« Mais que vais-je dire là à un Breton rêveur ? A notre petit fiancé ? »

Elle me prit par les épaules, toute fureur tombée :

« Et toi ? Où en es-tu ? »

J'eus à peine le temps de lui dépeindre ma situation, elle me coupa :

« Et ta Demoiselle ? Tu y penses toujours ?

— Oui ! clamai-je, oui ! J'ai gagné le pari ! J'ai vu Béatrice !... »

Elle éclata d'un rire qui se voulait jovial et un tantinet narquois.

« Sans blague ?

— ... Et je l'épouse !

— Ta Bretonne ?

— Oui. Ma Bretonne ! »

Je me gardai bien de lui dire que son visage, ses yeux, la couleur de ses cheveux, tout avait changé. Qu'elle ne s'appelait plus Anne, mais Marie. Elle n'aurait pas compris. Elle n'avait jamais compris ce genre de choses. Elle n'avait jamais compris les contes de Marc'harit Fulupp que je lui racontais, qu'elle notait et dont elle faisait néanmoins l'exégèse, avec ses propres explications, tout à l'envers des miennes. Elle ne comprenait que les sciences exactes, les sentiments spéculatifs et les gestes intentionnels. Elle en donna tout de suite la preuve en disant :

« Tu l'épouses ? Bien. Mais ne m'as-tu pas dit que tu étais sans situation ? Et sans le sou ?

— C'est bien là le drame ! Nous attendons cela pour nous marier.

— Mais alors c'est facile !

— Tu trouves ?... Voilà un mois que je cherche...

— Mais tu n'as qu'à venir chez Bernhardt !

— Bernard ?

— Mon frère aîné Bernhardt ! (Elle prononçait à l'allemande : Bernhardt, avec le H aspiré de Hitler.) Il vient de monter une affaire senzatzionnelle : une formule de magasin... Terrible ! Il gagne beaucoup d'argent et il a besoin d'inspecteurs...

— Et ça marche ?

— Formidable ! C'est tout nouveau ! Tu verras...

— Mais la Crise ?... »

En souriant :

« C'est en temps de crise qu'il y a le plus d'argent à gagner ! »

— Je ne te comprends pas : tu veux gagner beaucoup d'argent dans une société que tu veux détruire. Tu scies la branche sur laquelle tu es assise ? »

Elle éclata d'un rire moqueur, mais elle retint visiblement une réponse qui n'eût pas été flatteuse, j'en suis sûr, pour les Gaulois. Oui : elle était folle.

Elle m'entraîna aussitôt chez son frère Bernhardt, qui vivait avec sa famille de cinq enfants, son père et son frère cadet, l'humoriste Rotop, dans un logement de cinq pièces situé dans le fond d'une cour de la rue du Roi-de-Sicile, et qui servait en même temps d'atelier au père Mardochaï, tailleur.

Bernhardt était là, retranché derrière une table couverte de piles de papiers qui le cachaient à mes yeux. Il était également environné de dossiers, posés à même le sol et qu'il fallait enjamber pour l'approcher, et parmi les chutes de tissu du tailleur, qui était assis sur une autre table et faufilait avec une rapidité confondante.

Deux garçons pâles jouaient dans une pièce borgne, coiffés d'énormes casquettes noires, d'où sortaient, de chaque côté du visage, de longues mèches tirebouchonnées, qui rendaient leur visage encore plus pâle et plus émacié. Je crois qu'en jouant ils parlaient polonais.

Une très belle et très opulente personne s'échappa furtivement de la pièce et disparut, la tête couverte de châles cachant scrupuleusement ses cheveux. C'était Sarah — hé oui ! elle s'appelait, comme je l'aurais deviné, Sarah — l'épouse de Bernhardt. Elle se déroba en hâte à ma vue sans répondre à mon salut. Erika m'expliqua : « Elle est impure. » J'en acceptai l'augure. Je crus comprendre qu'elle avait tout simplement ses règles, car j'avais lu Jérôme et Jean Tharaud, qui m'avaient expliqué que chez ces braves gens, la femme qui n'est pas en puissance d'enfant est dans une situation honteuse.

Je fus donc présenté à Bernhardt. C'était une sorte de colosse bouffi, à regard de myope et aux cheveux rares et roux, pourtant finement ondulés. Il était scrupuleusement rasé et sa peau était luisante comme s'il s'était oint d'une matière grasse et fortement parfumée.

C'était lui l'homme d'affaires, celui qui venait de « lancer » cette « formidable formule » de magasin à prix unique. Erika lui expliqua mon cas. Il me regarda par-dessus ses lunettes, ce qui prouvait qu'il n'en avait pas besoin pour juger les hommes et qu'il s'en servait plutôt pour se mettre en embuscade.

Il me dit simplement :

« Alors demain matin, sept heures, au magasin de Levallois-Perret, place de la Planchette, numéro 3. »

Et ce fut tout. Il remit le nez dans ses paperasses. Le

père Mardochaï s'était arrêté de coudre et me regardait, lui aussi par-dessus ses lunettes, qui étaient également des lunettes de myope, de très grand myope. Il s'adressa à Bernhardt en yiddish et je sentis que ce qu'il lui disait me concernait. Mais Bernhardt ne répondit rien et continua ses calculs.

Erika m'entraîna : « Tu vois, dit-elle, ça va très bien ! »

En me reconduisant dans l'escalier, elle fixa elle-même le prix de mes services, ce que j'avais omis de préciser, impressionné que j'étais par la mise en scène israélite :

« Tu gagneras quinze cents francs par mois. Ça te va ? »

Cela m'allait. C'était le quintuple du salaire d'un ouvrier spécialisé.

« Qu'a donc dit ton père, en yiddish ? demandai-je.

— Il a dit : " Attention, mon fils ! Tu donnes ta confiance sans connaître ! "... Mais mon frère Bernhardt n'a qu'à regarder une fois pour connaître. Il ne se trompe jamais ! Et puis c'était moi qui te présentais !... »

Je courus jusqu'à la rue de Penthièvre où j'arrivai, fou de joie, pour annoncer la nouvelle. Et le baiser que nous nous donnâmes fut un baiser d'époux.

Le lendemain, à sept heures, j'étais à Levallois, au numéro 3 de la place de la Planchette. Et je fus bien étonné de découvrir cet immense magasin, luxueusement et excessivement éclairé (plus il y a de lumière, plus les femmes achètent, disait Bernhardt, comme s'il l'avait lu dans un livre) et remarquablement approvisionné. C'était en effet une très grosse affaire, surtout que des succursales existaient à Nanterre, Mulhouse et Nancy et que, j'allais bientôt le savoir, il s'en montait trois autres : une à Dijon, une à Lyon, une à Saint-Étienne. Le contraste était saisissant entre ce colossal palais du Négoce et le taudis dans lequel s'entassait la famille Mistberger, qui était en passe de devenir la famille Berger, tout simplement, une démarche ayant été faite dans ce sens au Conseil d'État par l'intermédiaire de Léon Blum.

« Bon ! m'avouai-je, tu es en bonnes mains ! »

Certes, j'eusse préféré être contrôleur civil de commune mixte en pays glaoua, ou surtout tendre mes cordes entre Port-Madec et Barrié, même avec un simple doris. Mais le sort en était ainsi jeté. Je n'avais plus qu'à me mettre au travail. Et l'amour de Marie valait bien que j'acceptasse le pire.

Ce travail consistait à ouvrir l'établissement à sept heures, à surveiller le nettoyage, pointer les balayeuses, puis assister à l'arrivée et au pointage, par horloge moucharde, du personnel. Surveiller les ventes et réapprovisionner les rayons. Maintenir judicieusement les réserves en passant des commandes (et je crois que la réussite venait de là) à un groupe, très restreint, d'acheteurs de première force, tous cousins, neveux ou oncles de la famille Mistberger, importés récemment d'Europe centrale et d'Allemagne. Ces gens-là obtenaient, va savoir comme, et pour des prix dérisoires, toutes les marchandises plus ou moins frelatées ou sophistiquées qui font la joie des proches banlieusards parisiens.

« ... Mais, me disait Bernhardt, qui me dispensait un enseignement commercial pragmatique, seul le prix compte aux yeux des clients d'aujourd'hui. La qualité ? Ils en perdent de plus en plus la notion. On peut leur vendre de la merde pourvu qu'elle soit brillamment emballée. »

Enfin, et ce n'était pas la tâche la plus désagréable, j'embauchais, chaque jour, les vendeuses dont nous faisions une consommation effrayante, pour des raisons qui ne m'apparurent que par la suite.

Cette grotte d'Ali Baba était inondée de lumière, mais aussi de bruit, des haut-parleurs diffusant sans arrêt une musique bruyante, la plus trompettante possible. Un jour que j'avais demandé à la « préposée aux disques » d'interrompre le massacre de temps en temps, le tailleur Mardochaï, qui venait à l'improviste pour surveiller « le jeune inspecteur » (il prononçait : inchpektor), arriva pendant l'un de ces délicieux silences au cours desquels les vendeuses et moi-même reprenions âme et figure humaines (je leur permettais aussi de s'asseoir). Il réclama partout le « inchpektor » et, lorsque je me présentai à lui, il hurla :

« Mouchik ! Mouchik ! Touchours mouchik ! »

Il savait, lui, ce que je n'avais pas compris moi, pauvre Gaulois fantaisiste et rêveur, que la musique « poussait les femmes à l'achat ». Et que plus la mouchik était tapageuse, violente, indiscrète, et plus les ventes étaient actives. « La mouchik énerve les femmes ! La musique vive, gaie... » disait le vieux, qui n'avait pourtant « fait » aucune haute école commerciale ni aucun institut de psychologie appliquée. Et j'ai moi-même alors constaté en effet qu'Offenbach faisait vendre les bijoux et les robes, que le New-Orleans faisait partir les chaussures et les colifichets comme des petits pains et que le jazz-hot remplissait le « restaurant » pardon : « le dining-room », qui servait le « hot dog » et les chips. Je fus obligé d'en convenir au bout de quelques semaines et je m'étonnai qu'Erika n'eût pas encore fait une thèse là-dessus.

Le clinquant et les lumières violentes, les couleurs rutilantes, oui, les rouges surtout, étaient de prodigieux stimulants de vente. Les pommes rouges se vendent dix fois mieux que les autres, tout le monde sait ça. J'ai fait aussi l'expérience de réduire, petit à petit, l'intensité de l'éclairage de l'établissement : la courbe des ventes, je le jure, suivait exactement la marche descendante du rhéostat. Et c'est pourquoi ce genre de commerce me semblait déprimant, voire déshonorant, car il consiste à prendre l'être humain et surtout la femme pour un imbécile (« mais il l'est ! » me soufflait Rotop).

Une autre fois, le père Mardochaï surprit certaines de mes vendeuses assises et il fit un scandale car, dans la célèbre « formule » adoptée par son fils Bernhardt, les vendeuses devaient toujours être debout, et surtout ne jamais quitter leur rayon.

Ayant fait irruption à l'improviste dans le magasin à une heure creuse, il en surprit une qui descendait du premier étage pour se rendre aux W.-C., qui étaient aménagés en sous-sol. Il voulut que je la congédiasse sur-le-champ. J'eus beau lui dire que je l'avais autorisée, il exigea son renvoi en disant :

« Chamais ! Chamais pipi !... ou alors le commerce il est plus bossible ! »

Par contre il était avec moi d'une gentillesse extrême et d'une indulgence étonnante. Un peu plus tard, lorsque je l'eus bien sondé, je lui en demandai la raison :

« T'apord parce qué fous êtes pien élevé et chentile. Mais aussi il faut touchours se faire les inchpektors des amis ! Fous defez être afec nous. Pas afec eux (et il désignait le personnel d'un doigt aux ongles noirs).

« Soufenez-fous de ça, mon ami : Bernhardt fous aime bien et s'il fous donne un chour un magassin à diricher : soufenez-fous des conseils du fieux Mardochaï !... »

Lorsque Bernhardt rencontrait son père dans le magasin, il faisait un scandale, en yiddish, et le chassait comme un vulgaire clochard. J'aurais bien voulu savoir ce qu'ils se disaient alors. Par les mots germaniques, qui sont nombreux dans ce parler, je comprenais qu'il y avait incompatibilité profonde entre leur conception des affaires : l'éternelle bagarre des classiques et des modernes. Et puis ils se réconciliaient tout à coup, en me prenant tous deux par le coude, en me faisant de touchantes manifestations d'amitié dont je leur suis très reconnaissant. Cette amitié me permit de rester, malgré que j'en eusse, dans cette affaire qui, certes, n'était pas de mon registre : vendre un parapluie de pacotille à quelqu'un venu pour acheter un balai que nous n'avions pas en rayon, me paraissait hors de mes goûts, donc de mes compétences. Et c'est pourtant des opérations de ce genre que le père Mardochaï voulait me voir faire. N'a-t-il pas, un jour, arrêté une cliente qui sortait du magasin les mains vides en lui demandant pourquoi elle n'avait rien acheté.

« Je venais chercher un pneu de 25-43. Or vous ne tenez pas cet article ! » expliqua-t-elle.

Il la prit par le bras, la ramena dans les rayons et lui fit acheter, après deux heures de discussion, une glace encadrée de fer forgé. Après quoi il me fit la leçon : « Personne, fous m'entendez, personne ne doit sortir du magassin les mains fides ! »

Je précise que la cliente rapporta le lendemain ladite glace, dont le cadre « en fer forgé » s'était « dessoudé ». En réalité je m'aperçus que les différents éléments de « fer forgé » qui composaient le cadre de la glace étaient en alliage léger verni et collés entre eux à la Secotine.

Bernhardt, au contraire, répudiait violemment ces vieilles façons de commercer.

« Ici, ce n'est pas le carreau du Temple ! criait-il. Ce n'est pas le marché Saint-Pierre ! »

Et il exigeait que l'on fût fidèle à « sa formule », rigoureuse comme le postulatum d'Euclide. Il la considérait comme une des grandes inventions de l'humanité. Et je dois dire que cette « formule » se révélait excellente. Au cours du seul premier mois vécu dans cette maison, je vis le chiffre d'affaires augmenter de jour en jour. J'étais bien placé pour le savoir : je faisais la caisse tous les jours et l'inventaire de chaque rayon toutes les semaines, contrôlé avec un système de tickets de vente, percés de trous, et fort ingénieux, imaginé par le génial Bernhardt. Système auprès duquel la formule d'Einstein était de la merde de morgate.

Il était fatal qu'un jour j'en fusse amené à demander à Bernhardt :

« Vous parlez toujours des femmes. Vous dites : il faut transformer les femmes en acheteuses, il faut énerver les femmes, les femmes, toujours les femmes !...

— Parce que des expériences très poussées, faites en Amérique à l'Institute for Psychological Researches, ont prouvé que l'homme n'entre dans un magasin que parce qu'il a besoin d'un article précis. Une clé à molette par exemple. Il en ressortira avec sa clé à molette. S'il ne la trouve pas, il en sortira les mains vides, et il ira dans un autre magasin. Il fera tous les magasins de la ville, tant qu'il n'aura pas trouvé sa clé à molette. Et tous les éclairages, toutes les musiques du monde n'y changeront rien, ou très peu de chose. Sinon qu'il n'hésitera pas, s'il a le choix entre plusieurs clés du même type, à choisir celle dont le manche est rouge.

« Une femme, au contraire, entre dans un magasin sans idée préconçue. Elle aura choisi le magasin le plus éclairé et le plus bruyant...

— Vous croyez ?

— C'est sûr !... Mon cher, les expériences sont probantes. Et à partir du moment où elle aura franchi la porte de ce magasin, son besoin d'acheter va naître et, à ce moment, si elle est baignée par une musique appropriée, qui peut d'ailleurs n'être qu'un bruit, et pas forcément harmonieux, mais excitant, son besoin d'acheter va croître et même devenir incoercible si le bruit est d'une certaine " qualité ". C'est la musique à percussion, et donc le jazz, qui semble le plus efficace. Ce qui explique que nous ne passions que du jazz, du hot si possible. Le Johann Strauss, la valse, est bien efficace aussi, mais pour les sous-vêtements surtout... Le trois temps !

« Ah ! le trois temps !... les dessous troublants ne le sont jamais tant qu'au rythme ternaire viennois... C'est ainsi !... La trompette, aussi, est un excellent stimulus absolu !

« Et puis les couleurs ! Le rouge, toujours le rouge, et le jaune — tout au moins pour certains articles... Pour certains autres, c'est le bleu. Et certains bleus seulement... Enfin tout cela a été étudié avec soin et l'American Institute a pu établir des sortes de barèmes, et les a publiés dans son bulletin. Je les ai : je vous les passerai. Il faut lire ça ! C'est remarquable. On ne peut pas faire du marketing sans connaître ça !... »

Ce cynisme méthodique, qui créait une atmosphère, dont on me disait avec onction et respect qu'elle était celle « des affaires », me pesait étrangement. Moi je voyais l'humanité autrement. Et surtout la Femme. Ces théories prétentieuses impliquaient finalement un énorme mépris pour elle et conduisaient à l'exploitation systématique de « la génératrice et régénératrice » de papa Angot ! Sacrilège !

La première profession de foi du Catéchisme du « marketing » et de « l'Advertising », que j'appris dans les Bulletins de l'American Institute for Psychological Researches et dans tous les ouvrages que me passait Bernhardt Berger, était : Visez la Femme ! Séduisez et Éblouissez la Femme ! Vous en ferez facilement le consommateur inconditionnel et vous lui vendrez n'importe quoi.

La Femme !

Ma parole, tous ces gens la prenaient vraiment pour une alouette écervelée qu'un simple miroir clinquant suffit à mettre en transe pour l'amener, démunie et sans volonté, dans les grossiers filets du... « marketeur » !... La Femme ! la grande malmenée, la grande victime de ces « temps modernes » qui se disent libérateurs de la Femme !

Un jour, enfin, je découvris dans les réserves du magasin, à fond de cale, une énorme pile de caissettes pleines de tablettes de chocolat. Le magasinier, un Toulonnais retraité de la Marine d'État, m'expliqua que ce stock était là depuis deux ans. Ce chocolat était de si mauvaise qualité qu'il était devenu gris, puis presque blanc en vieillissant. Un peu trop riche en talc, probablement. Il avait été impossible de le vendre. Il finirait de pourrir là.

L'idée d'un énorme canular me passa par la tête. On ne pouvait pas vendre cette infâme camelote ? Alors pourquoi ne pas appliquer les principes de l'American Institute for Medical Researches ?

Je fis donc entasser les trois cents kilos de chocolat invendable dans une vitrine excessivement éclairée (effet de masse et lumières éblouissantes) et je fis confectionner par l'étalagiste de très beaux panneaux à lettres blanches sur fond rouge vif, bien entendu, sur lesquels on pouvait lire : « Achetez le chocolat X... ! » (formule impérative, recommandée par les professeurs américains). Puis :

« Le seul qui blanchisse ! »

Au moment de placarder cette violente ineptie, j'eus le soin de faire ajouter, en opposition :

« Mesdames... ! » (visez la Femme).

Ce qui donnait, en lettres grasses et impératives blanches sur fond rouge (éblouissez la Femme).

« Mesdames... !

« Achetez le chocolat X..., le seul qui blanchisse ! » Et l'on majora la sonorisation de la vitrine.

A ma grande honte, j'ose avouer que ce fut une ruée. Nous vendîmes les trois cents kilos en trois jours.

J'ai entendu une cliente, à la sortie du magasin, dire à une autre : « Je viens de faire une bonne affaire : je viens d'acheter du chocolat X... Et, vous savez, c'est le seul qui blanchisse ! »

Honte à moi ! Je vous assure, mesdames, que je n'ai jamais recommencé, et que j'ai juré, ce jour-là, de quitter cette activité.

Lorsque j'annonçai à Bernhardt que le chocolat X... était vendu, et par quel artifice, son visage s'éclaira comme Abraham apercevant le bélier dans le buisson ardent (si je ne me trompe) et il me serra dans ses bras :

« Eh bien, mon cher, tu vois qu'un petit Gaulois peut être un bon vendeur ! »

J'allais lui répondre vertement. Mais bien fol est le cheval qui cherche querelle à son sac d'avoine.

Et ce fut au cours de ce mois de découvertes étranges que tous les préparatifs de notre mariage furent faits par une Marie Thoraval en transe.

Au cours de ce mois de certitude, elle embellit considérablement. Comme par miracle (mais miracle il y avait). Non seulement son visage, mais tout son corps. Sa voix prit une profondeur émouvante, son haleine, que j'avais trouvée si suave dès notre rencontre, était devenue capiteuse comme le parfum de l'œillet sauvage. Et tout à coup elle vécut dans un état croissant d'exaltation. Au point de me faire peur : allais-je pouvoir répondre comme il le fallait à cette soif passionnée de ma fiancée ? Des phrases scabreuses, des plaisanteries grossières de Jean Lemâle me revenaient en mémoire : celles où il mettait en doute la compétence et les possibilités de l'homme vierge, surtout en face d'une fille vierge elle-même. « Ah ! la jolie nuit de noces que tu vas lui payer, à ta pucelle ! » disait-il souvent, lorsque nous en parlions au square d'Anvers.

Je savais bien que tout cela était stupide, mais pourtant ce carabin roué avait une telle connaissance de la chose ! « Neuf ans de médecine et vingt ans de fornication !... Et toujours avec des spécialistes ! » disait-il souvent ! Je faisais la part de sa fortanterie et de sa truculence, mais j'étais inquiet.

Tout à coup, trois jours avant la cérémonie, nous connûmes tous deux un grand calme, profond, charnel et spirituel (mais sont-ce des choses différentes ?).

Un sacrement approchait : c'était sensible et évident.

Une consécration commencée depuis l'éternité allait trouver son aboutissement fatal : Le sacrifice sanglant.

« Sacrement », « sacrifice » : Ce qui rend sacré.

Et commencerait alors l'Œuvre.

Sans doute est-ce après coup que j'écris ces mots pompeux, ces phrases grandiloquentes, pour définir l'acte le plus simple et le plus beau du monde. Les baisers et les caresses de plus en plus fous que nous nous étions donnés depuis notre rencontre physique, qui n'était que des retrouvailles, étaient devenus curieusement chastes, ce qui traduisait, dans nos corps, cette impression de solennité, de grandeur et de simplicité.

Enfin le jour arriva :

Deux fois : une devant les hommes et l'autre devant Dieu, deux fois nous avons dit : Oui. Oui, nous jurons de ne former à jamais qu'une seule âme et qu'une seule chair. Oui, pour le meilleur et pour le pire. Oui, quoi qu'il advienne et pour que vivent nos enfants.

Lorsque nous nous approchâmes pour nous remettre les anneaux d'or, magiques, je la sentis trembler de tout son corps. Et moi ? Eh bien, moi, je crois bien que j'en faisais autant.

Une porte venait de s'ouvrir sur quelque chose d'immense, de lumineux et de passionnément pur dont la lumière n'était que le prolongement de celle de notre ardente adolescence, et sans doute la récompense de notre chaste jeunesse.

Par la suite nous n'eûmes aucun souvenir de ce qui se passa après la cérémonie, tant ce serment prenait toute la place. Car nous avions juré, et notre joie s'en trouvait multipliée. Le lendemain déjà j'aurais été incapable de dire qui était à nos côtés. Dans quel restaurant le repas traditionnel avait été servi, comment était composé le menu de noce ? Si les mets étaient savoureux ? Avais-je même mangé ?

Mais ce que je peux parfaitement dire, pour l'avoir vécu, dans notre chair ou dans notre cœur, chaque nuit de notre vie conjugale, c'est notre accouplement.

Alors là, franchement cher et pitoyable Jean Lemâle, médecin et fornicateur averti et expert, tu as été ridiculisé de la plus cruelle manière, cette nuit-là... et toutes les autres.

J'en donne ma parole : une science très subtile nous vint dès les premières caresses. Nous en avions la connaissance, c'est sûr, depuis le début du monde. Et nos deux corps s'épanouirent sans la moindre hésitation ni la plus petite maladresse. Et s'il y eut, dans notre longue vie d'époux et en leur temps, des découvertes fulgurantes, elles étaient toutes en germe dans ces premiers ébats.

Une grande joie nous inondait tous les deux lorsque, au matin, le jour parut. « Par l'œuvre de chair, l'être humain s'enchante et se met à l'unisson avec le Cosmos » avait dit Ibn Daoud, répétant ce qu'avait dit le Grand Abd el-Wahab.

« Et ils ne formeront plus qu'une seule âme et qu'une seule chair » avait dit Jésus le charpentier.

Oui, j'étais devenu le prêtre d'un rite grandiose dont le but était cette prodigieuse transsubstantiation : en Marie, ciboire irremplaçable, ma semence allait se transformer en chair, sang et âme. Et, comme disait Timochenko : « Ce n'est pas rigolade ! », et il n'est pas trop de toute une adolescence de chasteté pour se préparer à cette prêtrise-là.

« Mais tu seras prêtre, m'avait dit aussi Yves Le Floch, le prêtre du seul culte possible pour le mâle : celui qui doit être rendu à la Femme, génératrice et régénératrice ! »

Mais je n'en pensais pas si long à cet instant, on peut me croire. Marc'harit Fulupp aurait dit de moi : « Il atteint l'île d'honneur où Anne Guesclin l'a conduit et où l'accueille Marie. Ce n'est plus la belle jeune fille qui montait le cheval blanc. C'est une femme aux formes pleines, au flanc généreux, qui vient au-devant de lui, l'accueillant en le baisant sur les lèvres et qui l'entraîne au lit nuptial en disant : C'est toi que j'attendais de toute éternité, toi, ma chair et mon sang ! Le père de mes enfants ! Et cette jeune fille diaphane que tu as poursuivie sans jamais l'atteindre, c'était l'ange envoyé pour te protéger des dangers de la route qui te conduisait à moi. »

15

C'est deux semaines, jour pour pour, après notre mariage que nous arriva, de Pordic, une lettre qui me parut tout de suite insolite : elle émanait de Désiré Angot. Il nous avait envoyé ses félicitations et ses vœux quinze jours plus tôt, pour la cérémonie, et il n'avait pas l'habitude d'écrire deux lettres à si peu d'intervalle.

Aussitôt donc que je touchai cette enveloppe, elle me parut lourde terriblement. J'avais dis à Marie : « C'est de tonton D'ziré », je n'osais pas l'ouvrir et mes mains devaient trembler un peu, car je me souviens que Marie me l'arracha vivement. Elle l'ouvrit elle-même et la sortit de l'enveloppe pour me la donner.

La voici :

« Mon cher fils,

« Je t'écris aussitôt après que la nouvelle a été connue sur la Pointe : ton frère Yves Le Floch vient de périr en mer.

« L'Administration maritime vient de le confirmer officiellement : il a coulé par huit cents brasses de fond, dans l'*Ondine,* le sous-marin sur lequel il était alors lieutenant, au grand large du cap Bon, où ils faisaient des essais de plongée.

« Il est cité à l'ordre de la Marine, en tête de l'équipage disparu, car il commandait alors le bâtiment. Il y avait aussi deux marins de la baie, que tu connaissais.

« Ainsi ton frère Yves dort maintenant dans les bras de la Dame de Sous la Vague dont il parlait avec exaltation, souviens-toi. Et elle le gardera, à jamais, car le renflouement est impossible.

« Son père, je crois te l'avoir écrit, venait de prendre sa retraite au pays, dans la maison qu'il avait fait restaurer, tout près de chez nous, tu le sais. Il est resté très digne, en vrai marin. Sa mère, hélas, est dans un état qui a nécessité son hospitalisation immédiate. M'est avis qu'elle ne s'en remettra pas.

« La Femme, vois-tu, je te l'ai dit bien des fois sur le doris, c'est cela : C'est la MÈRE.

« Toi, mon petit gars, tu penses que tu viens de " prendre femme ", comme on dit. Non pas ! C'est elle qui t'a pris, et pour que tu fasses d'elle une Mère. A quoi crois-tu que ça sert, ce que Dieu t'a mis entre les jambes ? A t'amuser ?

« Alors je te le dis encore une fois : Continue à respecter ta Marie comme tu l'as fait depuis ton enfance et avant même de la connaître. Tu me l'as confessé bien des fois à bord de notre confessionnal flottant qu'était le doris jaune. Ne lui manque jamais, à ta Marie, quoi qu'il puisse arriver. Tu lui appartiens. Corps et âme. Mais je sais pour t'avoir vu à l'œuvre que tu ne trahiras jamais. Je l'ai vu depuis le jour où je suis allé te chercher à la gare, avec ton balluchon sur le dos de Mignonne et tu me l'as confirmé bien des fois par le regard que tu as eu souvent, notamment un certain matin, que tu es revenu d'écouter cette Marguerite Philippe, que nous n'avons pas vue par chez nous depuis trois ans. Peut-être est-elle morte, elle aussi ? Elle en a bien le droit... »

....

En lisant cela, je suis tombé assis dans le seul fauteuil que nous avions pu acheter avec ma première paye. Marie, debout, m'a pris la tête dans ses mains et l'a serrée très fort contre son giron, au point de m'étouffer. Ma bouche était appuyée sur son ventre et je me suis aperçu que mes lèvres faisaient le mouvement de téter, à moins que ce ne fût celui du baiser. Ce qui est tout un. Peut-être pleurais-je aussi ?

Cela dura un court instant, car je me relevai bien vite pour me trouver face à face avec Marie, dans la position du couple parfait, ses lèvres un peu plus haut que mon cœur et les miennes sur son front, là où les cheveux ont un parfum si puissant et si agréable.

Elle reniflait un peu. Comme moi. Mais les larmes s'arrêtèrent très rapidement et nous sommes restés ainsi enlacés, tendus un très long moment, jusqu'à ce que cette pensée de la mort d'Yves se transformât en une grande ardeur de vivre.

Je la sentis alors se détendre lentement. Lentement aussi son visage se leva. Ses yeux étaient grands ouverts et cherchaient les miens. Elle voulut parler, ouvrit les lèvres, mais aucun son ne sortit. Je lui souris, et des larmes réapparurent sur ses bonnes joues, mais pas les mêmes larmes.

« Tu pleures encore ?

— ... C'est pour autre chose...

— Autre chose ?... Mais quoi ? »

Elle n'osait pas parler. Elle murmura :

« Désiré Angot est un grand philosophe et il parle bien de l'Amour... et de la Femme... Et de la Mère.

— Oui, c'est un homme remarquable. Je l'aime et je l'admire beaucoup... Mais ?

— Il a bien dit : “ Elle t'a pris pour que tu fasses d'elle une Mère ” ?

— Oui. Sans doute... C'est une idée grandiose, et pourtant très simple. Et il n'y a pas de quoi pleurer. »

Elle renifla de plus belle en hoquetant.

« Si. Il y a de quoi pleurer, parce que justement...

— ... Justement ?

— Je ne pourrai peut-être jamais !

— Jamais quoi ?

— Être mère !

— Que me chantes-tu là ? » dis-je en riant.

Elle baissait la tête comme une petite fille fautive, puis cela sortit de sa bouche, précipitamment, comme l'aveu d'une chose honteuse :

« Voilà bien seize jours que nous sommes mariés, n'est-ce pas ?

— Oui certes !

— ... Et je viens de...

— Tu viens de ?

— M'apercevoir... à l'instant...

— De t'apercevoir de quoi ?

— Que je ne suis pas encore enceinte ! » et elle éclata en sanglots.

Je me mis à la lutiner, à la bichonner, en lui disant des mots tendres, stupides, et toutes les drôleries possibles en la circonstance. Elle ne riait pas. Au contraire elle baissa la tête :

« J'ai honte ! » dit-elle. Et elle prit la mine de Sarah impure.

Je continuai de la plaisanter tendrement, pourtant je n'avais pas le cœur à rire. Et, sans jamais le lui dire, pendant les quatre semaines qui suivirent, je fus hanté par cette pensée : et si nous n'avions jamais d'enfant ? Pourtant elle m'avoua qu'avant de se marier elle était allée voir en cachette le vieux médecin de famille, qui avait ri lorsqu'elle lui avait posé la question et lui avait répondu :

« Ma chère enfant, autant que j'en puisse juger, vous n'aurez qu'à vous laisser faire ! »

Cinq semaines plus tard, ou six, je ne sais pas très bien car c'était l'époque des inventaires, où je perdis mon latin, je vis tout à coup ma Merveille retrouver son beau sourire. Un soir je sus qu'elle était allée voir Sarah. Elle m'en revint rose et pétillante de vie, l'œil brillant, les lèvres rouges et, au cours du strip-tease vespéral, je vis que sa poitrine était plus digne d'intérêt que jamais.

Lorsque nous fûmes au lit, elle ne prêta pas attention à l'ébauche de mes plus amples hommages. Au contraire elle se blottit très chastement contre moi. Prit ma main et la serra avec une force dont je ne l'aurais pas crue capable ; puis, faisant mine de m'embrasser dans l'oreille, elle y déposa ses trois mots.

« Ça y est ! »

Et la jouissance que j'en ressentis me combla pleinement ce soir-là.

C'est le lendemain de cet événement prodigieux que nous décidâmes, en toute hâte, et malgré que notre bourse fût bien plate, d'aller à Pordic.

Marie voulait connaître enfin Désiré Angot, et tout le monde de ma jeunesse : tante Léouise, Finette Angot, Marie-Rose, Louise, Étienne Rouzik l'aède ; elle voulait voir la baie, les grèves, Notre-Dame de Bon-Voyage, avec les ex-voto pendus dans la chapelle, l'enclos paroissial, la Pointe, le clocher à jour du bourg, et aussi, chose curieuse, le cimetière, bien qu'elle sût parfaitement qu'Yves Le Floch n'y serait jamais représenté que par son nom, gravé sur une plaque, au mur des disparus en mer.

Mais d'abord, elle voulait voir et entendre mon maître à penser : Désiré Angot.

Ce serait là, en somme, ce voyage de noces, que nous n'avions pas voulu faire, prétextant qu'un jeune couple ne doit pas gaspiller, sur les literies fatiguées et anonymes des chambres d'hôtel, les prémices de l'accomplissement du Grand Œuvre.

Le voyage put se faire quinze jours plus tard, Bernard Berger m'ayant accordé trois jours de congé et une gratification spéciale de mille francs pour « la bonne nouvelle » que Sarah n'avait pas pu s'empêcher de lui annoncer.

Nous prîmes le train de neuf heures à Montparnasse, et c'est dans l'automotrice, qui avait remplacé le petit tacot à vapeur, que nous arrivâmes en gare de Pordic. Avant qu'elle ait stoppé j'étais déjà descendu de « la Chouette ». C'est ainsi qu'on appelait ce véhicule automoteur de forme bizarre, et franchement laide (on n'arrête pas le progrès) car son signal avertisseur ressemblait au ululement de l'oiseau nocturne, cher au monde chouan et « symbole du druide enseignant », comme disait Yves Le Floch.

Marie Guyomarc'h était toujours là. Elle attendait, pour contrôler leurs billets, les voyageurs. Nous étions d'ailleurs les seuls. Machinalement, à son habitude, elle nous salua d'un « Biaou temps a né ! » auquel je répondis, comme il convient :

« Diab'mon gars toucom ver pa ! »

C'est alors qu'elle me reconnut. Elle m'embrassa

trois fois : joue gauche, joue droite, joue gauche, et s'exclama, en me secouant le bras :

« Toucom ! est-i forci ! Est-i biaou tula ! » (Est-il beau celui-là !)

Puis, se tournant vers Marie :

« Est-i ta femme tsellate ? Toucom !... Est-i possib ? » (Celle-là est-elle ta femme ?)

Je fis les présentations, à la mode du pays, par le nom de jeune fille, que les femmes de par ici ne perdent jamais :

« Marie Thoraval, mon épouse. »

Le nom la fit tiquer :

« Vous sée-t-y parente des Thoraval boulanger ? demanda-t-elle à brûle-pourpoint.

— Nannain ! dis-je. Les Thoraval du Vaudy.

— Tou... com ! » dit-elle. Ce qui était l'expression de l'étonnement le plus vif et de la plus grande perplexité.

Et nous voilà partis dans le chemin creux. Toujours aussi profond et aussi boueux qu'un fossé lamballais. Tout était tellement pareil que je fus bien étonné de ne pas voir déboucher de la sente la cape noire de Marc'harit Fulupp.

Pour rien au monde je n'aurais voulu que Marie arrivât à la chapelle autrement qu'à pied. Elle avait le temps, ainsi, de voir, à chaque pas, se modifier le paysage. Au bocage épais des premiers hectomètres succédaient progressivement de petits herbages humides cloisonnés de genêts et d'ajoncs, tout fleuris. Puis ce fut le terrain nu balayé par le vent, avec la file des maisons alignées de l'Épine-Merlet, puis enfin la chapelle, entre les maisons de Marie-Josée Bodin et des Le Duigou. Et alors là, au détour du chemin, la grande gifle des vents du large et la baie, toute grande ouverte, avec les îles et cinq cotres qui rentraient au port de Binic, marée faite.

Marie s'arrêta, comme suffoquée, le visage levé vers le ciel, pour reprendre souffle, les mains écartées, la paume tournée en avant, respirant à pleines goulées, souriante. Et je lui nommai tous les points singuliers, les îlots, les rochers, les villages alignés sur les falaises jusqu'à Saint-Quay et jusqu'au cap Fréhel.

Peu après, c'était la maison du baromètre. Nous entrâmes, le cœur battant en poussant la grille fraîchement repeinte : Désiré Angot était à sa petite fenêtre, les jumelles à la main et surveillait les manœuvres d'entrée au port de Binic. Il était vieilli et ses jambes étaient enveloppées dans une grosse couverture de laine marquée d'une ancre de marine.

Lorsqu'il me vit, il eut un sursaut et poussa un grand cri :

« Te voilà, mon gars ! » dit-il. Puis voyant Marie, il voulut se lever pour lui faire le baisemain, mais il était si étroitement enroulé dans sa couverture qu'il ne put :

« Vois comme je suis gréé !... Est les femmes qui m'ont cargué comme ci dans leurs couvertures... »

Tante Léouise arrivait :

« Hon hon hon hon hon ! Est-y possib ? »

Et, tout de suite après les trois baisers, puis avant toute autre chose, ce fut la brassée de fougère sèche, le fagot d'ajonc, le trépied dans la cheminée, le chapelet de capelans fumés et la motte de beurre salé sur la table. Et les bolées, et le cidre, toujours ce même cidre qu'il faisait avec les pommes achetées vers Plérin, dans « l'intérieur des terres », les pommiers sur la côte étant mâtés par le vent de mer.

Quand le cidre eut fait son premier effet et que les nouvelles furent échangées, il demanda à Marie de s'approcher de lui. Elle vint. Il la prit par la main et la plaça en face de lui, de l'autre côté de sa petite table. Elle y resta debout. Il ouvrit ses grosses mains boursouflées de rhumatismes et lui dit, avec une emphase amusée, et avec son plus charmant sourire en s'inclinant :

« Je vous salue, Marie, Reine du Monde, le Seigneur soit avec vous ! Soyez bénie entre toutes les femmes et que le fruit de vos entrailles soit béni ! »

De sa grosse main droite aux ongles rongés de sel, il avait, en disant cela, tracé sur le ventre de Marie, qui rougisssait violemment, un signe que l'on pouvait prendre aussi bien pour un signe de croix que pour une passe magnétique quelconque.

Il y eut un moment d'intense silence, car il regardait Marie, droit dans les yeux, en murmurant, la contemplant : « ... Arche d'alliance !... Étoile du matin !... Porte du ciel... Urne sacrée... Graal éternel !... »

Puis rompant tout à coup le sortilège, il demanda, le plus simplement du monde :

« C'est pour quand, ton enfant ?

— Le 21 mars, répondit Marie sans hésiter.

— Il est donc né le 21 juin, puisqu'il a été conçu ce jour-là !... 21 juin ! le solstice ? » ajouta-t-il en riant : « Ce sera un enfant remarquable ! »

Nous parlâmes longtemps de tout le village et de la mer, et de la pêche, qui était maintenant bien pauvrette, l'herbier « étant à se mourir », comme il disait. Puis ce fut d'abord, avec Marie, la visite du petit havre, désert. Peu de canots s'y balançaient, la plupart des vieux pêcheurs étant morts, et avec eux leurs embarcations, endommagées par les gros temps d'hiver, cette crique n'étant protégée des vents dominants que par une levée de blocs empilés, recouverte à marée haute même en morte-eau. De sorte que les canots qui, au moindre coup de chien, n'étaient pas remontés au-dessus de l'estran, étaient voués au pire.

Mais deux embarcations neuves m'étaient inconnues. Une à moteur, vulgaire baquet sans proue ni poupe, qui montait sur la vague comme verrat sur truie, et l'autre...

Ah ! l'autre ! Une merveille, une bête de toute beauté, un canot non ponté, de vingt pieds de long, qu'effaçait le clapotis, tranquillement ; il était désarmé. Sa mâture était affalée et arrimée solidement : deux mâts, la misaine plus courte que l'artimon, deux voiles au tiers, sans gui : donc un sinago ! Oui, c'était un sinago.

Lorsque nous remontâmes au village, je demandai à Désiré Angot qui avait bien pu amarrer là cette embarcation aristocratique, la plus pure de toutes, sans doute, la plus primitive et la plus authentique, à coup sûr, relique sacrée de la vieille navigation à voile et mère de tous les cotres, goélettes, bisquines, sloops, ketches, yawls et autres dundees. La vraie barque des pêcheurs bretons. Bref : presque une pièce de musée.

Désiré Angot écouta ma longue question, et mon ardent commentaire, en hochant la tête puis il eut un gros soupir, écarta les bras en un geste d'impuissance et de résignation et ses yeux gris-bleu devinrent humides :

« C'est l'embarcation de ton frère Yves ! dit-il. Il se l'était procurée à Locqmariaker pour naviguer pendant ses vacances de Navale et ses permissions d'officier. Lorsqu'il était là, il y passait ses jours et ses nuits. Il est même allé jusqu'à Penzance, en Cornouaille britannique, juste en face, là... »

Et tonton D'ziré levait le bras en direction du nord vers Land's End le « finisterre » britannique.

« ... Seul à bord ! Et sur un sinago, avec deux mâts et des voiles au tiers, il y a de l'occupation !... oui : seul ! Puis il ajouta : Dam, il serait allé en Amérique ! Dam, en voilà un qui aimait la mer ! Et la mer l'aimait aussi, puisqu'elle l'a pris. Elle l'a maintenant pour elle toute seule, la dévoreuse ! la grande folle ! »

Il se tut et personne n'osa rien dire. Il ajouta :

« Paix à sa grande âme ! »

Un peu plus tard, le cœur en chamade, pendant que Marie écoutait, extasiée, les oracles de tonton D'ziré, je poussai, seul, jusque chez les Le Louarn. La barrière était fermée et « Toul fank », cette cour si boueuse, était déjà pleine d'orties, de fenouil sauvage et rongée de ronces sur les bords. On me dit que les Le Louarn étaient partis depuis deux ans et qu'aucun autre fermier n'était venu les remplacer. Les champs étaient cultivés certes, par d'autres cultivateurs du bourg, mais la maison était inoccupée, livrée à la moisissure, qui a la dent longue en Armorique.

« Ils sont partis reprendre une petite métairie dans leur pays, là-bas, en Mertrie[1] », me dit-on en me montrant le sud-ouest.

Je n'osais parler de Soizik, mais celle qui me renseignait, une très vieille femme, qui m'avait reconnu, continua :

« Ils peuvent même se retirer maintenant ! Tu penses ! Leur fille est bien placée, donc !

— Soizik ! Où est-elle maintenant ?

— Oh ! dam, elle a épousé un gros monsieur de Paris, qui l'a emmenée en Afrique je ne sais où... Un très riche monsieur... il y a quatre ou cinq ans. Et tu penses bien mon gars qu'on ne l'a jamais revue. Maintenant elle ne fréquente plus les petites gens comme nous. La Pointe n'est plus assez belle pour elle, donc !

1. *Mertrie :* pour les gens d'ici la Mertrie désignait, je ne sais pourquoi, la Bretagne intérieure profonde.

— Vous ne savez pas si elle a des enfants ?

— Dam non, dam ! On n'a plus de nouvelles. La Pointe est loin, au bout du monde... »

Un volet battit au vent. Par une vitre cassée je revis, à l'intérieur, la cheminée, dans cette pièce obscure où Marc'harit Fulupp venait conter et, dans le coin où l'on posait les barriques de cidre, le mur sur lequel l'image de la Demoiselle m'était apparue, à côté de cette Soizik Le Louarn, qui a si bien réussi...

Enfin Marie voulut connaître la source du Vaudy. Elle voyait cela pour la première fois et elle ne sut pas trouver, parmi les bâtiments des environs, la maison de ses ancêtres. Peu importait : elle me tenait par la main et répétait : « Et tout ça existe ! Et je ne le connaissais pas ! Nous reviendrons, n'est-ce pas ? Oui nous reviendrons !... On n'a pas le droit de ne pas revenir ! »

On aurait dit qu'elle avait honte.

Et plus loin, alors que nous contournions la pointe par le sentier des douaniers, encombré d'ajoncs fleuris, nous tombâmes sur l'ancienne aire de danse, qui avait l'air fort délaissée, au pied des ruines du Corps-de-Garde, au bout de la lande.

Marie contempla l'immense panorama de la baie, saisie ici dans toute son ampleur sauvage. Il faisait gris. Le vrai temps. Celui où la grand-mère Armor est la plus belle. Les sables des Rosaires brillaient comme nacre, sous les falaises, et les nuages faisaient de grandes moirures mauves sur la mer d'émeraude où ils se reflétaient à l'infini et les cloches de Binic sonnaient : *mi ré mi do, mi ré mi do...* Si l'on se retournait vers le sud, c'étaient les terres, la Mertrie, sombre, bleue et verte, épaisse et mystérieuse, percée de la pointe ajourée du clocher du bourg.

Elle fit le tour des deux horizons et me dit :

« C'est ici que je viendrai faire notre enfant. »

Et l'événement imprévu, et incroyable fut qu'à notre retour, à Paris, Bernard Berger, qui m'attendait, me sauta au cou, dans l'enthousiasme le plus délirant, lui qui jamais ne riait et ne parlait que très rarement :

« Mon cher, il te faut maintenant, tout de suite, retourner dans ta Bretagne bien-aimée !... Viens par ici, je vais t'expliquer... »

Sarah, qui n'était pas impure ce jour-là, préparait une lourde pâtisserie et le père Mardochaï taillait, taillait dans les coupons d'étoffe.

Nous gagnâmes le coin-bureau de ce superbe taudis, et Bernhardt, dont l'œil brillait curieusement derrière ses tessons de bouteille, m'expliqua avec délectation :

« Mon cher, je lance une affaire d'importation de bois scandinaves et coloniaux, hein !... »

Il me laissa le temps d'accuser réception de cette prodigieuse nouvelle et continua :

« ... J'ai les débouchés. Je rachète deux vieux cargos. Bientôt trois. Et j'installe l'affaire !... Et sais-tu où j'installe cette affaire ? hein ?... »

Il fit attendre sa réponse en fermant les yeux et en frottant, l'une contre l'autre, ses grosses mains velues.

« ... A Saint-Brieuc !... Saint-Brieuc d'où tu viens ! Alors, comme tu es un habile homme d'affaires...

— Tu crois ?

— Bien sûr : " le chocolat X..., le seul qui blanchisse ! " » Il éclata de rire. « De plus tu es homme de mer...

— Ho ho !...

— Enfin tu l'es plus que moi. Et tu es colonial !...

— Hé là ! doucement, doucement...

— Es-tu diplômé de l'École coloniale de Paris, oui ou non ?

— Certes.

— Bon ! Alors je te nomme directeur de la section coloniale de la Société des Bois d'œuvre français, la S.B.O.F. C'est le nom sous lequel elle est enregistrée. J'ai un autre type (il prononçait : tupe), que tu ne connais pas, qui dirigera les importations de bois scandinaves, tu le verras après-demain... »

Il commenta :

« Saint-Brieuc est parfait pour l'importation de bois. Le Légué est un port presque désaffecté, la location des emplacements y est donc très peu coûteuse. La desserte par voie ferrée y est assurée et j'agis auprès du chemin de fer pour remettre en état un ancien embranchement. Les bois se stockent en plein air. Pas besoin de hangar. Du moins pas pour l'instant, hein ? Et toi, tu t'installes là-bas, mon frère, comme un coq en pâte, à côté de ton petit village breton... au fond de ta baie bien-aimée, et tu t'occupes, comme un chef, dé... mais nous verrons ça après-demain ! »

Il mit les pouces aux entournures de son gilet, avança le ventre, qu'il avait déjà fort avantageux et lança :

« ... A vingt et une heures, après-demain, réunion du conseil d'administration dans ton bureau, dans ton magasin.

— Mais ce magasin, précisément... ?

— Tu le regrettes ?

— Diable non ! Vendre le seul chocolat qui blanchisse à des ilotes banlieusards, toute la journée enfermé dans cet antre bruyant et vicié, ne me dit rien du tout. Je le fais pour gagner ma vie, je te l'avoue aujourd'hui mais ce n'est pas ma vocation, je t'assure !...

— C'est bien pour ça que je t'offre une situation de grand large !

— J'y serai certainement plus efficace que dans ton capharnaüm... Mais quelle idée ? Pourquoi fais-tu cela ?

— Mon cher, Jéhovah m'a donné des enfants, c'est pour que je les nourrisse et pour les nourrir je...

— J'entends bien. Mais pourquoi me choisir, moi ?

— Que veux-tu, les youtres, nous sommes ainsi !

— ... Justement : n'as-tu pas assez de gens, dans ta famille, ton immense famille, ta tribu, pour y puiser des gens certainement plus capables que moi ? »

Il haussa la voix :

« Mon cher, tu es capable ! Merveilleusement capable. » Il croisa les bras sur sa poitrine, me regarda furieusement et dit :

« Mais pourquoi vous, les goyim, vous croyez-vous toujours inférieurs à nous ? hein ? Je vous entends dire que : " Les juifs sont tous scandaleusement intelligents, les juifs sont tous de grands artistes, des commerçants exceptionnels ou d'extraordinaires salauds ! Ils sont nos maîtres en tout. " Voilà ce que vous vous mettez dans la tête. De là votre jalousie et votre rage à nous persécuter ! (Il prononçait perzécuter.)

« Vous faites un effroyable complexe d'infériorité ! »

Il se leva en donnant du plat de sa grosse main sur sa table :

« ... Mais réagissez, que diable ! Pas en nous égorgeant, non, mais positivement, en luttant, en exploitant vos immenses qualités.

« ... Toi, par exemple, je t'offre une situation de direction et d'iniziative, hein ? Parce que je sais que tu pourras parfaitement la tenir avec succès, hein ? Et qu'est-ce que tu fais ? hein ? Tu te ratatines dans ta petite coquille bien de chez vous, hein ? et tu me dis (il caricature ma voix, mon accent breton et mon geste timoré) : Non, Bernhardt, je te jure, il y a certainement un juif dans ta famille qui ferait mieux ça que moi, moi le Gaulois minable, je te jure !

« Voilà comme tu parles ! Ce n'est pas raisonnable ! »

Il roula ses gros yeux exorbités derrière ses loupes et me jeta affectueusement au visage :

« Goy, va ! »

C'était la réponse à Jean Lemâle qui, lui aussi, ponctuait toujours ses discours de grands coups de paluche sur la table. Bernhardt abattit encore une fois sa main sur les dossiers, empilés en un désordre apparent, et, très fort :

« Alors ? Tu prends ou tu ne prends pas ?

— Je prends ! »

Il rajusta paisiblement ses lunettes, fit mine de chercher négligemment un papier et laissa tomber, d'une voix très douce :

« A la bonne heure ! »

Puis, encore plus doucement :

« Pour le magasin, ne te fais pas de souci : C'est Erika qui en prend la direction...

— Erika ?... mais sa carrière politique ? »

Il eut un sourire globuleux et humide pour dire, narquois :

« On peut très bien faire du grand commerce, ou de la haute finance et de la politique de gauche ou de droite, en même temps !... Et puis elle va lancer un journal, il lui faut rester à Paris.

— Un journal ?

— Oui. Un journal féministe. Oh, elle sera ministre un jour, tu verras !

— Mais encore faudrait-il que les femmes fussent éligibles !

— Ça vient... Ça vient !... » répondit-il avec un sourire finaud.

C'est ainsi que je devins « importateur de bois coloniaux » et « homme de mer » en quelque sorte. La part du hasard était-elle si grande là-dedans ?

Je revenais inexorablement dans les terres régaires, mon Autre Monde. L'anneau se refermait. La quête était résolue. Était-ce le hasard aussi qui me fit trouver très vite, à Saint-Brieuc, un appartement dans la rue Cardenoual ?

Cardenoual ! Le Kaer den Wall. Le camp du Gallois ou Gaulois. Ce héros de la tradition bardique, dont Marc'harit Fulupp nous parlait dans ses gwerz, en le chargeant, je suppose, de ses phantasmes personnels, et qui avait hanté les nuits de mon enfance.

L'installation fut rapide. « Jeune ménage en trois valises déménage. » Et ce fut l'enchantement de cette nuit de noces éternelles car, s'il existe, il dure toute l'existence et certainement après — dans l'éternité —, ce merveilleux plaisir donné et reçu et qui crée la Vie.

Jouissance et responsabilité, inséparables et coextensives l'une à l'autre, et, beaucoup plus que la joie des sens, pourtant si parfaite : engagement et spiritualité. Découverte sacrée du sexe non opposé mais complémentaire et fusion en lui. Tout ce que j'avais rêvé dans mon amour de longue attente et de chasteté se réalisait jour après jour, nuit après nuit.

Très tôt l'enfant se mit à bouger dans le ventre de sa mère. Beaucoup plus tôt que je ne l'imaginais, dans ma naïveté de jeune homme mal éduqué : ni les parents, ni le maître d'école, ni mes professeurs, ni mes catéchistes, non, personne ne m'avait appris que l'enfant vivait dès la fécondation. Et j'avais attendu d'avoir vingt-trois ans pour apprendre que l'enfant s'exprimait dès la deuxième semaine, et avec quelle intensité et quelle vigueur, dans le sein de sa mère. Oui, vraiment, on est élevé comme si les garçons venaient dans les choux et les filles dans les roses ! et l'idée que l'on m'avait donnée de la Femme était fausse, et la mienne était la bonne.

C'est la nuit que la chose était la plus merveilleuse, quand les bruits des hommes se taisaient : nous étions lovés l'un dans l'autre, Marie et moi et, dans le grand silence, il nous interpellait en bougeant lentement. Marie alors posait ma main sur son ventre nu, et les mouvements de l'enfant devenaient alors plus vifs et plus précis, juste à l'endroit où se posait ma main. Si je la déplaçais, on aurait dit qu'il la suivait et ainsi communiquait.

Un soir, nous nous taisions et écoutions, tendus, retenant même notre souffle, et tout à coup, nous avons entendu très nettement sa voix, du plus profond des entrailles maternelles. Un peu le cri, très doux et modulé des baleineaux, dans les lointains sous-marins, captés par le commandant Cousteau.

Marie, au plus haut point de l'émotion la plus pure, murmura, comme en extase : « Il parle ! »

Et nous avons guetté un nouvel appel. Qui vint, comme une réponse à notre question. Et Marie lui parla, avec ces mots que savent inventer les mères, et que je serais bien incapable de reconstituer ici. Ce n'étaient à vrai dire pas des mots, mais des sons, très doux, comme fluides, inarticulés et sur un ton interrogatif.

Et il répondit.

La conversation continua ainsi un moment, puis Marie interrompit le dialogue en disant :

« Assez parlé ! Maintenant dodo ! On se repose ! »

Et l'enfant se tut et resta immobile.

Tout cela prolongeait la jouissance du coït. Nous restions là, bouche à bouche, respirant l'haleine de l'autre, son gros ventre tellement soudé au mien que le petit semblait faire partie de mon propre corps aussi bien que du sien.

On aurait alors pu nous dessiner, tous les trois, comme un beau fruit rond, mûrissant (la voilà bien la sphère), elle et moi formant la pulpe protectrice enfermant encore la graine vivante prête à jaillir à l'air libre. Nous prolongions ainsi, à longueur de nuit, l'orgasme initial dont je savais, de science certaine, qu'il ne devait jamais finir.

Nuit de noces perpétuelles, méritées et enfin réalisées.

Avant de m'endormir ce soir, je pensai à la vie des enfants dans le sein de leur mère, et il me vint tout naturellement à l'esprit ce qu'avait dit Erika : « Il faut que l'avortement soit considéré comme normal. Ce n'est qu'une question d'habile propagande, et qu'il soit pris en compte par la collectivité ! On pourra même le présenter comme un progrès, une sublime acquisition de la civilisation... »

Sentant vibrer notre enfant tout contre moi, je pensai qu'en vérité elle rêvait là d'un formidable génocide à la mesure de tous les pogroms passés, présents et à venir. Oui, elle la tenait bien, sa vengeance, notre belle Erika... en admettant que les Femmes, « nos Femmes », acceptent jamais cette atroce et collective perversion.

Et je ne m'endormis qu'en me persuadant qu'il était absolument impossible qu'elles en arrivassent là ! Erika était une folle et je faisais un imprudent cauchemar.

16

Sant Brieg — Saint-Brieuc, pour les autres — surveillait le fond de la ria tortueuse et encaissée entre les falaises abruptes de Saint-Laurent et de Cesson et Sous-la-Tour, où le Gouète et son petit frère le Gouédic formaient le port endormi et un peu envasé du Légué.

Le bureau de l'entreprise d'importation des bois coloniaux et scandinaves fut installé, provisoirement, dans l'une des quatre pièces de notre appartement.

Les cargos étaient à quai peints en gris clair avec les taches cocasses d'un minium tout frais qui les faisaient ressembler à deux holothuries des mers du Sud perdues le long du rivage armoricain, collées aux quais briochins.

Mon travail consistait maintenant à faire passer les deux dernières couches de peinture, à réviser les appareils de levage, les moteurs et les circuits électriques. Restait aussi à régler les questions administratives avec les autorités maritimes, recruter l'équipage...

On n'eut pas le temps de passer la deuxième couche de peinture sur la coque de la *Santa-Anna*, le cargo qui fut affecté au trafic avec l'Afrique noire. Il dut prendre la mer dans sa tenue léopard grise à ocelles rouge minium, car notre bon Bernhardt, plus époustouflant que jamais, avait déjà fait affaire pour une cargaison d'okoumé à prendre à Douala. Il avait aussi trouvé le fret aller : un chargement fort curieux constitué de deux camions Ford datant de la guerre de 1914, de la clouterie, de la visserie, de l'outillage. Toutes sortes de rossignols démodés absolument invendables désormais en France, une trentaine de faucheuses mécaniques et une tonne de chocolat. Notre fameux chocolat X..., « le seul qui blanchisse », et dont notre groupe d'achats avait acquis tout le stock, en raison du succès que j'avais obtenu à Levallois. Et enfin, et je le garde pour la bonne bouche, un énorme stock de supports-chaussettes.

Oui : des supports-chaussettes élastiques, mauves avec montures métalliques dorées. Articles rendus désormais inutiles, en Europe, par la mode des chaussettes élastiques.

« Mais qu'en fera-t-on en Afrique, où personne ne porte de chaussettes ? demandai-je.

— On les vendra ! » me répondit Bernhardt, qui me fit remarquer, avec cet extraordinaire humour yiddish qu'il cultivait avec succès, mais en famille seulement, que « les colonies avaient tout de même du bon » en lui permettant de liquider tous les invendus de son commerce métropolitain.

Par les gars de l'équipage, j'appris, plus tard, qu'en effet les supports-chaussettes avaient eu un énorme succès en Afrique noire. Les deux tonnes étaient parties en un clin d'œil et l'on avait vu en un rien de temps, et jusqu'à trois cents kilomètres à l'intérieur de la brousse, les femmes parées de ce superbe bijou, soit comme serre-tête, soit comme bracelet autour du biceps, soit comme ceinture autour du ventre des enfants, et que tout cela était du plus bel effet, le joli mauve de l'élastique étant exactement la couleur complémentaire de la peau bien brune de ces merveilleuses populations noires, si avides de s'imprégner de notre ineffable civilisation.

17

Et vint le temps que Désiré Angot m'avait annoncé lorsqu'il m'avait dit, sur le doris jaune : « La Femme ? C'est le temple de l'Humanité. C'est dans son ventre qu'un petit grain de ta semence, que tu ne verrais pas seulement à l'œil nu, et même pas avec une lunette d'amiral, se fait chair et se transforme en un être vivant, comme toi, et qui sera un autre toi-même... »

Il avait ajouté, dans son style prophétique d'homme de mer :

« ... Une recommandation, matelot : pendant tout le temps qu'elle porte et mûrit ce fruit, garde-toi bien de lui demander le plaisir. Si elle te refuse, c'est que le temps approche. Contente-toi alors d'écouter et de contempler le miracle, et d'admirer.

« Et le jour viendra que tu le verras sortir de la mandorle et se révéler au monde, celui qui est le témoin vivant de votre amour, votre amour créateur. Et tu pourras alors le contempler, dans toute sa grandeur et sa fragilité et désormais tu le verras grandir dans la lumière... »

J'essaie, maladroitement, de reconstituer là ce qu'il m'avait dit, sur le doris jaune, mais hélas, le talent me manque.

Et ce temps-là était enfin venu pour nous.

La *Santa-Anna* n'était pas encore revenue de son premier voyage que Marie, alourdie, voulut entreprendre le grand ménage de sa maison et commencer une grande lessive. J'avais entendu dire que c'était un signe.

Elle fit la lessive et commença le grand ménage, bien que ni l'une ni l'autre ne s'imposât vraiment.

Lorsqu'elle eut, au séchoir, étendu le linge lavé et que le dernier coup de torchon eut enlevé le dernier grain de poussière, elle commença à ressentir les premières douleurs. Tout cela se déroulait avec la précision et la simplicité épique des contes de Marc'harit Fulupp.

Lorsque les contractions se rapprochèrent, j'appelai la sage-femme et, aussitôt qu'elle fut là, elle m'informa que Marie « entrait en travail ».

J'étais là. J'assistai à l'accouchement et je vis !

Je vis l'enfant sortir de la mandorle, comme l'avait dit, avec une grandiose truculence, Désiré Angot. J'avais peine à respirer, tant mon émotion était grande.

« N'allez pas faire la carpe, vous, l'homme ! » dit la matrone qui me regardait ouvrir le col de ma chemise.

Je ne fis pas la carpe. J'avais tellement besoin de le voir, sans plus attendre, celui qui, depuis de longs mois nous téléphonait et qui, depuis plus longtemps encore, nous hantait tous les deux.

Après le dernier cri de la mère, ce fut, tout de suite, son cri, à lui, alors que la sage-femme me disait :

« Plaignez-vous, le père : c'est un garçon ! »

Le jour naissait.

Mon collaborateur vint me dire :

« ... La *Santa-Anna* est au phare du Paon. Nous l'aurons ici dans quatre heures et demie. »

Il huma l'air, en connaisseur (il avait quatre enfants) et dit :

« Dam, ça sent la naissance, ici ! »

L'enfant fit un cri.

« C'est un garçon ! annonça Marie, du fond du lit conjugal.

— Bon début ! dit l'homme. Compliments !

— Nous l'appellerons Jean, du jour de sa naissance ! ajouta Marie.

— Est pas la Saint-Jean aujourd'hui, toucom ! dit l'homme, étonné. Est le 21 mars à né[1] !

— Il est né le jour qu'il a été conçu, et, qu'on le veuille ou non, s'il est venu à la lumière le 21 mars, c'est bien le 21 juin que nous l'avons fait !... dit Marie, et nous l'appellerons Jean ! »

1. *A né :* « aujourd'hui », pour les Gallos qui, comme les Gaulois, comptent en nuits, et non en jours, car « nuit » se dit *né*.

DU MÊME AUTEUR

Aux Éditions Denoël

JE FUS UN SAINT

LA PIE SAOULE

LES CHEVALIERS DU CHAUDRON *(Prix Chatrian)*

LA PRINCESSE DU RAIL *(Feuilleton télévisé)*

WALTER CE BOCHE, MON AMI

À REBROUSSE-POIL

LES YEUX EN FACE DES TROUS

LE PAPE DES ESCARGOTS *(Prix Olivier de Serres)*

LE SANG DE L'ATLAS *(Prix Franco-Belge)*

LA BILLEBAUDE

LES ÉTOILES DE COMPOSTELLE

LES VOYAGES DU PROFESSEUR LORGNON

LOCOGRAPHIE

L'ÂGE DU CHEMIN DE FER

Aux Éditions Hachette

LA VIE QUOTIDIENNE DANS LES CHEMINS DE FER AU XIXe SIÈCLE *(Bourse Goncourt* et *Prix de la Revue indépendante)*

LA VIE QUOTIDIENNE DES PAYSANS BOURGUIGNONS AU TEMPS DE LAMARTINE *(Prix Lamartine)*

LES MÉMOIRES D'UN ENFANT DU RAIL

Aux Éditions Nathan

LE CHEF DE GARE

LE BOULANGER

Impression Bussière à Saint-Amand (Cher),
le 11 février 1986.
Dépôt légal : février 1986.
Numéro d'imprimeur : 3332.
ISBN 2-07-037719-9./Imprimé en France.

37012